PERCHTOLDSDORFER PUNSCH

Christian Schleifer, Jahrgang 1974, ist gebürtiger Perchtoldsdorfer, gefangen im Leben eines Wieners. Nach erfolgreichem Lehramtsstudium der Anglistik und Germanistik arbeitete er zwanzig Jahre lang folgerichtig als Sportjournalist bei zwei österreichischen Tageszeitungen, bevor er 2015 beschloss, sich mehr Zeit für seine Frau, die Zwillinge und das Krimischreiben zu nehmen.

CHRISTIAN SCHLEIFER

PERCHTOLDSDORFER PUNSCH

Der dritte Fall für Charlotte Nöhrer

Kriminalroman

emons:

Bibliografische Information der Deutschen Nationalbibliothek
Die Deutsche Nationalbibliothek verzeichnet diese Publikation in der Deutschen Nationalbibliografie; detaillierte bibliografische Daten sind im Internet über http://dnb.d-nb.de abrufbar.

MIX
Papier | Fördert gute Waldnutzung
FSC® C083411
FSC
www.fsc.org

Umschlagmotiv: Johanna Schendel/Pixabay.com
Umschlaggestaltung: Nina Schäfer, nach einem Konzept von Leonardo Magrelli und Nina Schäfer
Umsetzung: Tobias Doetsch
Gestaltung Innenteil: DÜDE Satz und Grafik, Odenthal
Lektorat: Uta Rupprecht
Druck und Bindung: CPI – Clausen & Bosse, Leck
Printed in Germany 2022
ISBN 978-3-7408-1484-7
Originalausgabe

Dieser Roman wurde vermittelt durch die Semmelblond Script Agency, Dresden.

Für meinen Vater

Der Hofer war's, vom Zwanzgerhaus!
Der schaut mir so verdächtig aus!
Der Hofer hat an Anfall kriagt
und hat die Leich da massakriert!
Da geht a Raunen durch die Leut,
und a jeder hat sei Freud.
Der Hofer war's, der Sündenbock!
Der Hofer, den was kaner mog.

Wolfgang Ambros, »Da Hofa«

Prolog

Nacht von Samstag, 13. Dezember, auf Sonntag, 14. Dezember

»Was zum Teu...!« Im letzten Moment verkniff sich der Perchtoldsdorfer Pfarrer Richard Kraus das böse Wort. War ja nun wirklich nicht schicklich, im (Neben-)Hause Gottes so zu fluchen.

Es war kurz nach Mitternacht, noch knapp zwei Wochen bis Weihnachten, und in wenigen Stunden musste er seine Predigt beim Sonntagsgottesdienst halten. Und daran arbeitete er in der Küche seiner Dienstwohnung gerade. Erinnerte ein wenig an einen Schüler, der erst am Vorabend für eine Schularbeit zu lernen beginnt. Aber – und das war ein großes ABER – Kraus machte seinen Job schon seit über vierzig Jahren. Den Großteil davon hatte er hier in der Perchtoldsdorfer Pfarre verbracht. Er kannte seine Schäfchen, umso mehr, als sie über die Jahrzehnte immer weniger geworden waren.

Natürlich hatte das auch mit dem unvermeidlichen »natürlichen Abgang«, wie es im Business-Deutsch so schön hieß, zu tun, aber die Zeiten, sie hatten sich eben geändert. Der regelmäßige Besuch der Sonntagsmesse war bei Weitem nicht mehr so selbstverständlich wie zu Beginn seiner Zeit als Geistlicher. Ein Schicksal, das er mit so gut wie allen Pfarrern in Österreich teilte.

Weil er schon so lange im Dienst war, machte er sich aber auch keine Sorgen, dass ihm für die Sonntagspredigt nicht etwas Passendes einfallen würde. Kraus war ein begnadeter Redner. Dass er zu diesem Zeitpunkt schon einen gewissen Illuminierungsgrad aufwies, hatte mit seiner Wurschtigkeit gegenüber der anstehenden Aufgabe wohl auch etwas zu tun.

Das »Damenspitzerl« war einem geselligen Beisammensein mit einigen seiner treuesten Schäfchen beim Punschstand zu verdanken. Zum Glück hatte er es diesmal nicht weit nach Hause ins Pfarrheim gehabt. Mit Schaudern erinnerte er sich noch an den Vorfall vor gar nicht so langer Zeit, als ihn das Nöhrer-Gör und ihr Cousin übers Ohr gehaut hatten. Direkt vor seiner Haustür hatten sie ein improvisiertes Planquadrat durchgeführt, nur um ihn unter Druck zu setzen, damit er ihnen vertrauliche Informationen gab. Mit Führerscheinentzug hatte ihm der Leo Nöhrer gedroht! Was war ihm schon übrig geblieben? Also war er eingeknickt, hatte sich erpressen lassen und die Informationen rausgegeben. Und was hatten sie jetzt davon? Eine ganze Familie war ausgelöscht worden. Er konnte das Gefühl, eine Mitschuld an dieser Tragödie zu tragen, nicht abschütteln.

Er war nicht beichten gegangen, zumindest nicht zu einem anderen Pfarrer, dafür kannte er seine Kollegen zu gut. Die würden in so einem Fall nicht dichthalten, Schweigegebot hin oder her. Deshalb hatte er sich die Beichte einfach selbst abgenommen. Als Sühne hatte er sich zehn Rosenkränze auferlegt und geschworen, dass er nie wieder so schwach sein und einknicken werde. Lieber den Führerschein verlieren. Besser aber nicht mehr betrunken mit dem Auto fahren. Das war einfacher.

Und genau so hatte er es auch an diesem Abend gehalten. Nach seinem kargen Abendmahl aus Salzerdäpfeln und einer gekochten Knacker (seine Haushälterin hatte sich ihren alljährlichen Vorweihnachtsurlaub genommen, um ihre Verwandtschaft in Polen zu besuchen) war er zu Fuß den kurzen Weg hinüber zum Weihnachtsmarkt am Kirchenvorplatz marschiert. Das waren ja nicht viel mehr als hundert Meter, also wirklich kein Grund, sich hinter das Steuer seines Autos zu klemmen. Am Weihnachtsmarkt hatte er pflichtbewusst jeder Punschhütte einen Besuch abgestattet (man wollte als Pfarrer ja alle gleich behandeln) und sich mit seinen zahlreich anwesenden Schäfchen unterhalten. Quasi das Ohr am Volksmund, sich ihre Sorgen und Nöte anhörend, weitab vom Beichtstuhl (allerdings nur im übertragenen Sinn, denn tatsächlich stand der Beichtstuhl nur zwanzig Meter vom Weihnachtsmarkt entfernt) und mit vom

Alkohol gelockerter Zunge. So war er auch auf sein Thema für die Sonntagspredigt gekommen: die leidige Sache mit den Asylwerbern.

In wenigen Wochen fanden in Niederösterreich Landtags- und Gemeinderatswahlen statt, und so zuverlässig wie das Amen im Gebet, nur unheiliger, hatte die ÖHP (kurz für Österreichische Heimatpartei) den Wahlkampf frühzeitig gestartet, mit ihrem immer gleichen Thema, den Ausländern in Österreich. Kraus hatte das Gefühl, dass sie heuer einen Schritt weiter gingen als in den Jahren zuvor. Dementsprechend aufgeheizt – nicht zuletzt durch den Alkohol – waren auch die Diskussionen an den Punschständen. Es war halt immer einfacher, jemand anderem die Schuld an den eigenen Unzulänglichkeiten zu geben.

In Wirklichkeit lagen die großen Flüchtlingsströme schon einige Zeit zurück, und in Perchtoldsdorf war es sowieso nie zu einem gröberen Zwischenfall gekommen. Aus einer privaten Initiative war ein Flüchtlingshilfswerk hervorgegangen, das sich alle Mühe gab, die wenigen Dutzend Flüchtlinge aus Syrien und Afghanistan, die noch nicht weitergezogen oder zurückgeschickt worden waren, so gut es ging, zu integrieren und sich um sie zu kümmern. Der Gemeinde hatte man dafür ein ganzes Stockwerk im architektonisch scheußlichen Kulturzentrum abgeschwatzt. Dort gab es einige Notschlafstätten, ansonsten wurde es eben zum Netzwerken und für Integrationsprojekte verwendet. Einige der Asylwerber hatten Aushilfsjobs im Ort gefunden, andere warteten noch auf die Abwicklung ihres Verfahrens oder zitterten vor der Abschiebung in die Heimat. Selbst das Nöhrer-Gör hatte ein oder zwei Flüchtlinge als Aushilfskräfte bei sich aufgenommen. Apropos Nöhrer-Gör: Ihre Punschhütte hatte der Pfarrer natürlich als einzige ausgelassen. Nach der Aktion mit dem Planquadrat wollte er ihr nicht auch noch Geld in den Rachen werfen. Außerdem hielt er es da ganz mit dem Alten Testament: Auge um Auge, Zahn um Zahn und so weiter.

Seine Dienstwohnung befand sich im ersten Stock des Pfarrheims, erreichbar durch eine kurze Stiegenflucht. Und eben war dort eine der Topfpflanzen umgefallen, die seine Haushälterin seit Jahren mit Hingabe, aber leider nicht dem entsprechenden Talent, hegte und pflegte. Das hatte für seinen anfänglichen Fluch gesorgt.

»Wer hat denn schon wieder die Katze rausgelassen?«, schimpfte er in seinen durchaus ansehnlichen weißen Rauschebart. Kraus hätte, auch aufgrund seiner Körperfülle, einen hervorragenden Weihnachtsmann abgegeben. Hätte, denn als katholischer Pfarrer kam für ihn natürlich nur das Christkind in Frage.

Kraus erhob sich von seinem Platz in der Küchenessecke, ging den kurzen Vorzimmerflur entlang, riss die Eingangstür auf – und blickte in ein dunkel verschmiertes Gesicht. Stechende Augen musterten ihn, bevor sich der Eindringling unsanft Eintritt verschaffte. Aus einem schwarzen Vollbart blitzten dem Pfarrer im Zwielicht des schwach beleuchteten Stiegenhauses funkelnd weiße Zähne entgegen. Dann spürte Kraus einen stechenden Schmerz mitten im Gesicht, und ihm wurde schwarz vor Augen.

Als der Pfarrer wieder zu sich kam, konnte er weder Arme noch Beine bewegen. Auch das Atmen fiel ihm schwer, sein Mund war mit Gafferband zugeklebt. Der Kopf dröhnte, die gebrochene Nase schmerzte, und Atmen war fast unmöglich. Panik ergriff ihn. Der Angstschweiß tropfte von der Stirn direkt in sein angeschwollenes linkes Auge. Auch das tat weh. Der salzige Schweiß brannte darin wie Feuer.

Nach einigen Sekunden wurde sein Blick klarer. Er stellte fest, dass man ihn an einen seiner eigenen Küchenstühle gebunden hatte. Drei dunkle Gestalten saßen nebeneinander in der sonst so gemütlichen Essecke und machten sich an seinem Laptop zu schaffen, in den er noch vor wenigen Minuten die Stichworte für seine Rede getippt hatte.

Er kannte sich nicht mehr aus. Was wollten die drei Typen mit seinem Laptop? Der war uralt und gerade noch dazu zu gebrauchen, um Text zu schreiben und ein bisschen im Internet herumzusurfen. Und das auch nur, wenn die Seiten nicht zu überladen mit Grafiken waren. In so einem Fall zog der Laptop regelmäßig den Kürzeren und stürzte ab. Im nächsten Moment ärgerte er sich maßlos über sich selbst. Wieso hatte er sich nie angewöhnt, seinen Laptop zu sichern, wenn er ihn herumstehen ließ?

Kraus betrachtete die Einbrecher genauer. Sie murmelten ganz leise untereinander. Zu leise, um ein Wort oder auch nur die Sprache zu verstehen. Der Pfarrer schloss aber aus, dass es sich um Einheimische handelte. Ihre Gesichter waren dunkel verschmiert, wie man es sonst nur aus Kriegsfilmen kannte. Alle trugen Vollbärte und Kopftücher, die mit einem Band befestigt waren. Ein paar schwarze Locken lugten hervor. Das Gewand sah ein wenig sackmäßig aus, es war weit und aus leichtem Leinenstoff. Es musste sich um einen Kaftan handeln. Eigentlich viel zu kalt für diese Jahreszeit.

Der Pfarrer konnte es nicht fassen. Gerade eben hatte er an einer Predigt zur Verteidigung der islamischen Flüchtlinge gearbeitet, und da wurde er von irgendwelchen Arabern überfallen? Und überhaupt: Wer rannte hier schon so herum? Fehlte nur noch ein großer Säbel. Das war ja wie bei Karl May! Kraus begann, ernsthaft an seinem Gott zu zweifeln.

Einer der drei Männer tippte wild am Laptop herum. »Adler-Technik«, also nur mit den beiden Zeigefingern. Die beiden anderen sahen dennoch begeistert zu. Schließlich war der Tipperant fertig. Er warf seinen beiden Komplizen einen Blick zu, diese nickten, und schließlich drückte er mit einer langen Ausholbewegung auf eine Taste. Einen Moment später erklang ein kurzes »Ping«, und der Pfarrer wusste, dass die Männer ein E-Mail abgeschickt hatten. Aber wer zum Teufel (der Pfarrer bekreuzigte sich in Gedanken) brach in einem Pfarrheim ein und verprügelte den Pfarrer, nur um ein E-Mail von dessen Laptop abzuschicken?

Die Männer klappten den Laptop zu und packten ihn in einen

mitgebrachten Rucksack. Dann begannen sie, die Wohnung zu verwüsten. Jede Lade wurde herausgerissen, die Schränke wurden geöffnet, und der Inhalt wurde am Boden verteilt. Die Marienstatue wurde aus ihrem Platz in der Ecke der Küche gerissen, zertreten und schließlich sogar geschändet. Einer der drei krempelte seinen Kaftan hoch und pinkelte mit einem heiseren Lachen auf den abgebrochenen Kopf der Holzfigur.

Mitgenommen wurde nichts. Allerdings hatte der Pfarrer bis auf einen billigen Flatscreen-TV, einen Blu-Ray-Player und eine uralte Stereoanlage auch keine Vermögenswerte in seiner Dienstwohnung. Als die Eindringlinge nach einer Viertelstunde mit ihrem Zerstörungswerk fertig waren, sah es in der Wohnung aus wie Sodom und Gomorrha.

Schließlich wandten sie sich wieder dem Pfarrer zu. Einer der Männer klaubte ein Küchenmesser vom Boden auf und fuchtelte wild vor dem Gesicht des Pfarrers herum. Kraus begann wieder zu schwitzen. Die Panik erfasste ihn immer heftiger und machte sich nun auch in seiner Brust breit. Ein Hilfeschrei verfing sich ungehört im Klebstoff des Gaffertapes. Die Männer lachten.

Dann ging der mit dem Messer langsam im Kreis um den gefesselten Kirchenmann herum. Ein Mal, zwei Mal, drei Mal. Kraus hatte die Augen geschlossen und soeben in Gedanken sein letztes Gebet gesprochen. Jeden Moment würde sein Peiniger auf ihn einstechen oder – eine noch schlimmere Vorstellung – ihm langsam die Gurgel durchschneiden.

Nach schier endlosen Sekunden kam der Schnitt. Und noch einer. Der Pfarrer fiel vornüber und knallte mit der zuvor gebrochenen Nase ungebremst auf den Holzboden. Erneutes Lachen. Sie hatten ihn nicht umgebracht! Nur die Fesseln durchgeschnitten. Einer der Männer zog ihn hoch und zwang ihm die Hände auf den Rücken. Dort machte sich ein anderer wieder mit dem Gaffertape zu schaffen. Mit am Rücken gefesselten Händen stießen sie Kraus zur Eingangstür.

Der geprügelte Pfarrer sah alles nur noch durch einen roten Schleier. Beim Aufprall am Boden hatte er sich auch noch eine

Platzwunde an der Stirn zugezogen, das Blut rann ihm in die Augen. Die Schmerzen waren unbeschreiblich. Mit schlurfenden Schritten bewegte er sich langsam in die Richtung, in die ihn seine Peiniger drängten. Einer der Männer beugte sich zum linken Ohr des Pfarrers. »Weitergehen!«, zischte er leise. Auch dieses einzelne Wort gab Kraus keinen Hinweis, wer seine Kidnapper waren oder woher sie kamen.

Weiter ging es durch das Stiegenhaus, vorbei an der umgeworfenen Yuccapalme, dann standen sie im Freien. Das Pfarrheim lag direkt am Marktplatz, aber um diese späte Stunde und bei diesem Sauwetter – es hatte wieder einmal stark zu schneien begonnen – war niemand mehr unterwegs.

Zwei der Männer packten den Pfarrer links und rechts unter den Achseln, und so wurde der hilflose Mann Gottes davongeschleppt. Kurz darauf standen sie vor dem versperrten Eingang zum Wehrturm, gleich neben der Pfarrkirche. Sehnsüchtig verdrehte der Pfarrer den Kopf, suchte die vermeintliche Sicherheit seiner Kirche, aber die Kidnapper waren gnadenlos. Einer der Männer gab ihm eine schallende Ohrfeige, die Kraus zwang, den Blick wieder auf den Wehrturm zu richten.

Die Männer schien es nicht zu stören, dass das schwere Eingangstor versperrt war, einer zog einen Schlüssel aus seinem Kaftan. Momente später ging die Tür auf. Die drei sahen sich nochmals um, aber niemand hatte sie beobachtet. Die Fußspuren würden am nächsten Morgen auch kein Problem mehr sein – der Neuschnee würde sie komplett verdeckt und ausgelöscht haben. Kraus spürte eine Faust im Kreuz und stolperte ins Innere des Perchtoldsdorfer Wahrzeichens.

Schwache Notbeleuchtung erhellte das Innere der kleinen Eingangshalle. Eigentlich war das hier die Nikolauskapelle, aber sie wurde schon lange nicht mehr für kirchliche Zwecke genützt. In jeder der vier Ecken standen steinerne Heiligenstatuen, genau in der Mitte sah man den obersten Teil einer jahrhundertealten Zisterne. Sie war durch ein Metallgitter gesichert, damit kein neugieriges Kind die zehn Meter tief hinunter in den Schacht fallen konnte. Seine Entführer stießen den Pfarrer nun genau dorthin. Das Zisternenloch selbst war durch einen Holzverhau geschützt, ein Eck der Holzplanken bohrte sich schmerzhaft in die Hüfte von Kraus. Wieder eine Hand, diesmal im Nacken. Der Pfarrer gab seinen geringen Widerstand auf und ließ sich nach vorne drücken. Er schaffte es gerade noch, den Kopf zur Seite zu drehen, ehe er auf dem schmiedeeisernen Gitter aufprallte. Die ohnehin schon malträtierte Nase hatte so zwar nichts mehr abbekommen, dafür war jetzt auch noch sein Jochbein gebrochen. Der Schmerzensschrei verhallte aber wieder ungehört. Das Gaffertape hielt.

Diesmal lachten seine Peiniger nur leise. Eine gewisse Anspannung machte sich innerhalb der Gruppe breit. Hinter ihnen öffnete sich wieder das Tor, aber das schien niemanden zu beunruhigen. Der Pfarrer konnte nicht anders, er musste nach unten blicken. Sanftes orangefarbenes Licht erhellte den Grund der Zisterne, die schon längst kein Wasser mehr enthielt. Aber der Blick durch das Loch im Stein ins Innere unter dem Wehrturm war ein beliebtes Touristenmotiv, weil die Zisterne nicht einfach ein schmaler Schacht war, sondern sich in einigen Metern Tiefe zu Katakomben erweiterte. Diese wurden durch das orangefarbene Licht ausgeleuchtet.

Im nächsten Moment wurde der Pfarrer wieder hochgezogen, und jetzt sah er, wieso sich das Tor geöffnet hatte. Ein vierter Kidnapper hatte sich zu ihnen gesellt. Er war etwas kleiner als die anderen drei, schien aber der Anführer zu sein. Seine drei ursprünglichen Peiniger standen stramm wie bei einem militärischen Appell. Als die kleinere Gestalt nickte, wurde der Pfarrer vorwärtsgestoßen. Der Neuankömmling war so dicht verhüllt, dass es dem Pfarrer unmöglich war, das Gesicht zu erkennen.

Im rechten Eck, gleich neben dem Eingang zum Wehrturm, war eine weitere Tür, flankiert von zwei Heiligenstatuen. Jetzt, in der Nacht, sah die kleine Tür aus wie ein schmales schwarzes Loch, das weiß Gott wohin führte.

Was wollen die nur von mir?, fragte sich Kraus. Er empfand eine seltsame Ruhe. Ihm war klar geworden, dass er diese Nacht nicht überleben würde. Seinen Frieden mit Gott hatte er schon längst geschlossen. Er hatte ein erfülltes Leben gehabt, war seiner Berufung gefolgt und würde nun wohl im Namen seines Gottes sterben. Ein moderner Märtyrer. Nur wie ihn seine Entführer umbringen wollten (und warum), war ihm noch nicht klar.

Wieder eine Hand im Rücken. Sie stieß ihn auf die Tür zu, die natürlich nichts anderes als der Durchgang zu der engen Wendeltreppe war, die hunderteinundvierzig Stufen hinauf zur Spitze des Wehrturms führte. Mit all den Verletzungen und in seinem fortgeschrittenen Alter war der Aufstieg mühsam. Über vierzig Meter ging es in die Höhe, die restlichen gut zwanzig Meter machte das Keildach aus, das dem Wehrturm sein unverwechselbares Aussehen gab. Das Treppenhaus war so eng und niedrig, dass man sich stellenweise bücken musste, um sich nicht den Kopf anzustoßen. Nach einigen Minuten hatten sie den höchsten Punkt des öffentlich zugänglichen Teils erreicht – die Glockenstube. Der Zugang zur Glocke selbst war durch Gitter versperrt. Der Anführer stieß eine Holztür auf. Sie führte ins Freie auf einen Wehrgang, der weniger als einen Meter breit war und einmal komplett um den Turm herumlief. Die Steinbrüstung reichte den Vermummten bis zum Nabel. Auch wieder ein Zeichen, dass der Turm zu einer ganz anderen Zeit und für ganz andere Bedürfnisse gebaut worden war.

Ein eisiger Wind fegte ihnen den Schnee ins Gesicht. Die kleinen, messerscharfen Schneekristalle bissen sich in die Wangen des Pfarrers, aber sein Empfinden für Schmerz war schon längst erloschen.

Kraus wurde an die Brüstung gepresst. Trotz seiner misslichen, ja hoffnungslosen Lage bewunderte er den nächtlichen Ausblick. Von hier aus konnte man an einem klaren Tag kilometerweit in jede Richtung schauen. Da, wo Kraus jetzt gezwungenermaßen stand, reichte der Blick von Wien über das südliche Umland bis zum Wienerwald. Direkt unter ihnen lagen der Marktplatz und seine Ausläufer, eine Bushaltestelle und ein kleiner Grünbereich mit einer Handvoll der für diese Gegend so typischen Föhren. Von hier aus konnte man auch in die vielen kleinen, versteckten Innenhöfe der alten Häuser sehen. Was sich hier für architektonische Schätze befanden, von denen die meisten Einheimischen gar nichts wussten! Alles war von Schnee bedeckt, der das orangefarbene Licht der Straßenbeleuchtung und den Mondschein so stark reflektierte, dass es fast schon so hell wie während der Dämmerung war. Nur der starke Schneefall verhinderte einen genaueren Blick auf Details.

BOOHOONNNGGGG! BOOOHHOOONNNNGGGGG! Die Turmuhr über ihnen schlug zwei Uhr morgens. Vor Schreck hielten sich die Entführer die Ohren zu. Auch Kraus hätte das gerne getan, aber seine Hände waren ja hinter dem Rücken gefesselt. Als wieder Ruhe eingekehrt war, nickten sich die vier zu. Einer schrie: *»Alluha akbar«*, riss Kraus das Gaffertape vom Mund, durchschnitt die Fesseln, und dann spürte der Pfarrer wieder eine Hand im Rücken. Der Druck wurde immer größer, bis er schließlich das Gleichgewicht verlor. Seinen Entführern schien es nicht schnell genug zu gehen, schließlich packten sie ihn an den Beinen. Kraus sah noch, wie der Ausblick vor ihm kippte. Statt der ruhigen Winterlandschaft blickte er auf einmal kopfüber auf die Steinwand der Brüstung. Den Rest übernahm die Schwerkraft. Kraus schloss die Augen und wartete. Eine noch nie da gewesene Klarheit erfasste ihn, und stumm ergab er sich in sein Schicksal.

Kurz vor dem Aufprall schrie er dann doch noch.

Die Neuschneemengen fingen seinen Aufprall ab. Ein wenig.

Zu wenig. Wenn hundert Kilo aus vierzig Metern Höhe ungebremst auf die Erde klatschten, konnte das so oder so kein schönes Ende nehmen.

In einem Haus gegenüber dem Wehrturm ging Licht an.

1. Teil

1

Nacht von Samstag, 13. Dezember, auf Sonntag, 14. Dezember

Am Anfang war das Wort. Eigentlich waren es sogar zwei Wörter: »*Alluha akbar!*« Wenige Sekunden später folgte ein Schrei. Der ist phonetisch schwer wiederzugeben, war es doch, wie wir wissen, ein Todesschrei. Nein, stimmt nicht ganz. Es war ein Beinahe-Todesschrei. Oder ein Kurz-vor-dem-Tod-Schrei.

Wurscht, es klang auf jeden Fall so wie: »Aaaaaahhhh!« Bei ganz genauem Hinhören hätte man sogar noch ganz leise ein »Scheiße!« vernommen.

Der Schrei also beziehungsweise die Schreie dauerten ein, zwei Sekunden, dann war wieder Ruhe. Die Charlotte war sich nicht sicher, ob sie wirklich etwas gehört hatte. Sie stand nämlich zitternd und bibbernd vor der Turmbar, ihrem Stammlokal. Mit halb erfrorenen Fingern schob sie sich eine widerspenstige kastanienrote Locke unter ihre Wollmütze. Sie wollte nur ein bisschen frische Luft schnappen. Drinnen war es dermaßen verraucht, dass ihr bereits der Kopf brummte. Die Musik, die trotz geschlossener Tür wummernd ins Freie dröhnte, machte es ihr fast unmöglich zu entscheiden, was sie da jetzt gehört hatte. Tatsächlich einen menschlichen Schrei? Vielleicht waren es nur zwei Katzen gewesen, die sich um eine tiefgefrorene Maus stritten. Und das »*Alluha akbar*« davor? Ja, sie war schon ein bisschen betrunken (leicht untertrieben), aber sie war sich sicher, dass es eigentlich »*Allahu akbar*« heißen musste. Und überhaupt! Was taten laut grölende Araber, die nicht mal die eigene Sprache richtig beherrschten, um diese Uhrzeit im beschaulichen Perchtoldsdorf?

Sie schüttelte den Kopf, um ihn wieder frei zu bekommen. Wohl alles nur eingebildet. Die Tür zur Turmbar öffnete sich, und sie wurde von der Andrea nach drinnen gezogen.

»Komm schon!«, brüllte die Freundin ihr ins Ohr, um sich über die laute Musik hinweg irgendwie verständlich zu machen. Die blonden Haare der Andrea kitzelten sie in der Nase. Die Charlotte ließ sich reinziehen und mit der Menge mittreiben. Masse, ja, das war so eine Sache in der Turmbar. Die war zwar gesteckt voll, aber das bedeutete, dass sich vielleicht fünfzig Leute eng aneinanderpressten, um in der kleinen, aber feinen Cocktailbar wenigstens einen Stehplatz zu haben. Die Luft war zum Schneiden, die Augen tränten. Der Charlotte schmerzten die Zehen von den unzähligen Malen, die irgendein Idiot beim Vorbeigehen draufgestiegen war.

»Soll ich dir den Schmerz wegküssen?«, hauchte die Andrea an ihrem Kopf, was die feinen Härchen an Charlottes Ohr strammstehen ließ. Sie nahm die Einladung an. Nach nur drei Sekunden löste die Andrea wieder ihre Lippen von der Charlotte.

»Ich habe so einen Durst«, sagte sie laut lachend und zerrte die Charlotte nach vorne zu ihren Plätzen direkt an der Bar. Der Mario, Barbesitzer und Chefbarkeeper in einer Person, warf der Charlotte einen kurzen Blick zu und begann sofort, ihr einen weiteren Cuba Libre zu mixen.

Als das dunkle, süß-säuerliche Getränk vor ihr stand, versuchte die Charlotte zu rekonstruieren, wie viel sie heute schon getrunken hatte. Wenig war es nicht gewesen. An ihrem Punschstand am Weihnachtsmarkt gleich ums Eck hatte sie die letzte Schicht gemacht. Das hieß Dienst bis zweiundzwanzig Uhr. Davor hatte sie sich um ihren Heurigenbetrieb oben in den Weinbergen von Perchtoldsdorf gekümmert. Jener Heurige, der zum elterlichen Weingut gehörte und in den sie nach knapp zehnjährigem, selbst auferlegtem Exil als Polizistin in Wien im letzten Frühjahr reumütig wieder zurückgekehrt war. Als Juniorchefin hatte sie dort mittlerweile kaum einen Stein auf dem anderen gelassen und sich damit nicht nur Freunde gemacht.

Der Samstag war der erste Ausstecktag gewesen, und da sollte alles rundlaufen – weshalb die Chefin persönlich anwesend sein musste. »Musste« ist jetzt natürlich ein starkes Wort, denn der Herr Papa und das restliche Personal hätten das schon ganz gut auch ohne die Frau Juniorchefin hinbekommen. Aber die Charlotte wollte halt unbedingt mittendrin sein und ein bisschen Flagge zeigen. Schön und gut, dass sich auch der Herr Papa, quasi der Alt-Chef, um den Betrieb kümmern wollte, aber sie kannte ihren Papa bestens. Gerade am ersten Tag würden seine ganzen Spezln vorbeischauen, und dann war es nix mehr mit Arbeiten.

Vor einem Jahr war das noch ganz anders gewesen. Da hatte die Charlotte mit dem elterlichen Betrieb nix zu tun haben wollen. Da war aber ihre selbst auferlegte Alternativkarriere als Polizistin auch schon vorbei gewesen und die Charlotte auf einem langweiligen Security-Posten in einer großen Shoppingmall im Süden Wiens gelandet. Dann war der Skiurlaub in Schladming gekommen, und fast über Nacht hatte sich alles geändert.

In der Folge hatte die Charlotte die Zügel im Weingut der Eltern in die Hand genommen. Das war dem Herrn Papa zu Beginn nicht einfach gefallen (obwohl er es sich ja immer gewünscht hatte, aber Wunsch und Realität waren dann eben doch zwei verschiedene Paar Schuhe), aber inzwischen hatte er gelernt, dass er sich voll und ganz auf seine Tochter verlassen konnte. Eigentlich auf seine Töchter, denn da war ja auch noch die Flora, die kleinere, sechzehnjährige Tochter. Die ging zwar noch zur Schule, hatte aber ihrer fast doppelt so alten Schwester im letzten Jahr nicht nur einmal hilfreich unter die Arme gegriffen. Und das nicht nur, was das Geschäft betraf.

Also, wie viel Alkohol hatte sie schon intus? Beim Heurigen hatte die Charlotte nicht viel getrunken. Zwei oder drei Achterl vielleicht, um mit ein paar der treuesten Stammgäste anzustoßen, aber die hatte sie gar nicht ganz ausgetrunken. Vor einem Jahr hätte das noch gereicht, dass sie sich halb komatös hätte hinlegen müssen. Inzwischen hatte sie sich eine dem Winzertum keinesfalls abträgliche Trinkfestigkeit zugelegt. Das Beste war, dass das quasi ganz von alleine funktioniert hatte. Sie hatte sich gar nicht besonders anstrengen müssen.

Beim Punschstand war es dann ein wenig anders. Sie hatte dort die Flora abgelöst, die die Frühschicht von zehn bis sechzehn Uhr übernommen hatte. Um kurz vor sieben Uhr abends war dann der werte Herr Pfarrer aufgetaucht und hatte sich quer durch alle Punschstände getrunken. Nur ihren hatte er ausgelassen. Sie wusste schon, warum, aber trotzdem ärgerte sie dieses kindische Verhalten. Daraufhin hatte sie einen Punsch zur Beruhigung getrunken. Und noch einen. Und noch einen. Und dann … hatte die Andrea sie gepackt und auf einen Hocker gesetzt, ihr tief in die Augen geschaut, einen feuchten Kuss auf die Lippen gedrückt und gesagt: »So, genug gesoffen, Charly. Komm wieder runter. Der alte Pfaffe ist es doch gar nicht wert.« Natürlich wusste die Charlotte, dass ihre Freundin recht hatte und dass sie sich total kindisch aufführte, aber das änderte nichts an der Tatsache, dass es sie ganz furchtbar wurmte, wie auffällig Pfarrer Kraus einen großen Bogen um gerade ihren Stand machte.

Den anderen Besuchern des Weihnachtsmarkts war das natürlich nicht aufgefallen, lediglich ein junges Mädchen – oder eher schon eine junge Frau – hatte das Ganze mit einem verschmitzten Lächeln registriert. Die Charlotte hatte sie im Ort schon ein paarmal gesehen, aber nie näher mit ihr zu tun gehabt. Hübsch war sie. Lange, glatte schwarze Haare, blasse Haut, rote Lippen, eisblaue Augen – man hätte fast meinen können, das Schneewittchen wäre direkt aus den Seiten eines Märchenbuchs in die Realität gesprungen. Die Charlotte schätzte sie auf achtzehn, neunzehn Jahre.

Das Engelsgesicht hatte am späten Nachmittag zwei Punsche bei der Charlotte getrunken und sich zwischendurch unters Publikum gemischt. Auch mit dem Pfarrer hatte sie geplaudert, obwohl der offensichtlich wenig Wert auf eine Unterhaltung mit dem schwarzhaarigen Engel legte. Nicht, dass es den Engel gestört hätte. Sie hatte weiter selig vor sich hin gelächelt und war noch vor dem Pfarrer wieder verschwunden. Die Charlotte hatte keinen weiteren Gedanken an sie verschwendet, zu sehr war sie noch auf den Pfarrer grantig.

Pünktlich um zweiundzwanzig Uhr hatte sie den Punschstand dichtgemacht, nach Hause wollte sie aber noch nicht. Eine Whatsapp-Nachricht von der Flora hatte ihr versichert, dass daheim alles gut laufe und sie sich den Rest des Abends freinehmen solle. Das musste man ihr natürlich nicht zweimal sagen. Ein kurzer, tiefer Blick in die Augen der Andrea, und die Sache war klar.

Also saß man ein paar Minuten später auch schon beim Mario in der Turmbar. Dort war an diesem Abend zwar wegen einer Geburtstagsfeier »geschlossene Gesellschaft«, aber der Mario hatte sie einfach zu sich an die Bar geholt, ihnen zwei Cuba Libre vor die Nase gestellt und nur gemeint: »Passt schon, ab Mitternacht ist sowieso wieder für alle geöffnet.« Da ist dann auch der Leo, der Cousin der Charlotte und der lokale Chefinspektor, eingetrudelt. Er war aber nicht wegen der Charlotte und der Andrea da, sondern wegen der Elena. Das war die brandneue Kellnerin vom Mario. Sie kam aus Tschechien. Ein echt heißer Zahn, wenn man auf den Look stand …

Platinblonder Pagenkopf (»nuttenblond«, wie die Charlotte zu dieser ganz speziellen Blondierung immer sagte – wobei sie in diesem Fall gar nicht so falschlag), üppige Brüste, die am liebsten aus dem knappen Dekolleté gesprungen wären, endlos lange Beine und ein Hüftschwung beim Servieren der Getränke, der die männliche Hälfte des Lokals schwindlig machte, weil man bei jedem Schritt unwillkürlich mit dem Kopf mit hin- und herschwingen musste. Dazu noch ein rauchiger, östlich angehauchter Akzent.

Wenn alles nach Plan lief, würde die Elena aber nicht allzu lange ihre Brötchen als Kellnerin verdienen. Sie war die erste »Dame«, welche von der Magda aus ihrer ehemaligen Heimat Tschechien nach Perchtoldsdorf importiert worden war, weil sie hier ein – natürlich streng legales – Luxuspuff aufsperren wollte.

Darüber wusste der Leo als Polizeichef des Orts selbstverständlich Bescheid. Dass die Elena dort in Zukunft anschaffen würde, wusste der Leo allerdings (noch) nicht. Glaubte zumindest die Charlotte. Aber er war ja ein großer Bub, und die Charlotte wollte ihm seine Träume nicht zerstören. Abgesehen davon: Es hatten sich sicher schon seltsamere Paare gefunden als ein Polizist und eine Nutte. Auf Anhieb wollte ihr jetzt aber keines einfallen.

Die Magda selbst war nicht anwesend. Sie hatte – und nicht zu Unrecht – einen Teil der Zaitler-Erbschaft eingestrichen. Mit dem Geld wollte sie sich jetzt wieder in ihrem alten Beruf selbstständig machen. Die Sache mit dem Bordell war schon recht weit vorangeschritten, was dafürsprach, dass die Magda das schon länger geplant hatte. Es fehlten nur noch die letzten behördlichen Bewilligungen, dann konnte sie loslegen.

Die Finanzspritze aus dem Zaitler-Erbe war eine überraschende, aber natürlich willkommene Unterstützung gewesen. Und der Leo wusste, er würde mit dem Etablissement noch genug Arbeit haben. So legal und verantwortungsbewusst konnte die Magda das Puff gar nicht führen, als dass es nicht früher oder später irgendwelche Wickel geben würde. Und wenn es nur deswegen war, weil daheimgebliebene Ehefrauen den Leo ständig auf die Suche nach ihren »abgängigen« Göttergatten schickten.

Was mit dem Zaitler-Weingut passieren würde, stand noch in den Sternen. Verwandte gab es keine mehr, also würde es wahrscheinlich komplett oder in Teilen versteigert werden. Baugrund für neue Luxuswohnungen wurde im Ort immer gesucht – und gut bezahlt.

Daran verschwendete die Charlotte momentan aber noch keinen Gedanken. Ja, sie wollte zwar einen Teil der Zaitler-Weingärten kaufen, aber die Marianne – die Einzige, an der ihr von dieser Familie etwas gelegen hatte – war ja noch nicht einmal unter der Erde. Das Begräbnis fand erst nächste Woche statt. So lange wollte die Charlotte aus Pietätsgründen auf jeden

Fall warten, ehe sie sich einen genauen Schlachtplan zur Anschaffung der für sie interessanten Parzellen überlegte.

Ein Griff an die Hüfte und eine sanft nach oben wandernde Hand rissen die Charlotte schließlich aus ihren Tagträumen. Der Andrea war langweilig, und sie wollte ein bisschen herumschmusen. Weil grundsätzlich gehört ja sowieso viel mehr geschmust. Kein Problem, dachte die Charlotte und ließ sich – bildlich gesprochen – fallen. Eine halbe Stunde später checkte sie ihr Äußeres im kleinen Wandspiegel auf der Damentoilette. Ihr Lippenstift war komplett weg, der Eyeliner im ganzen Gesicht verschmiert. Das war aber eher auf die brütende Hitze in der Bar zurückzuführen. Wenigstens konnte sich die Charlotte nicht erinnern, dass ihr die Andrea auch die Augen abgeschleckt hätte.

Zurück zum Alkohol. Die Charlotte hatte also schon circa zwei Achterl, mehrere Häferl Punsch und mindestens drei oder vier Cuba Libre intus. Sie wunderte sich, dass sie überhaupt noch gerade stehen konnte. Durch die warmen Temperaturen in der Bar schien sie den Alkohol aber genauso schnell auszuschwitzen, wie sie ihn in sich hineinschüttete.

Das Problem war eher der Rauch. Der war ihr zu sehr in den Kopf gestiegen. Und in die Augen. Und in die Nase. Und überhaupt. Sie hatte unbedingt frische Luft gebraucht. Also war sie kurz vor die Tür getreten, und da hatte sie – hatte sie wirklich? – den eigenartigen Schrei gehört. Jetzt saß sie vor ihrem x-ten Cocktail und wurde langsam müde. Eigentlich wollte sie nur noch ins Bett. Die Andrea war dem Vorschlag nicht abgeneigt – wenngleich mit anderen Hintergedanken als die Charlotte –, und so verabschiedeten sie sich. Arm in Arm schlenderten sie das schmale Gässchen über vereistes Kopfsteinpflaster zum Marktplatz. Da auch die Andrea zu viel getrunken hatte, wollten sie ein Taxi nehmen. Das Auto würde sie am nächsten Vormittag holen.

»Mist, wir müssen noch mal zum Punschstand.« Die Charlotte fluchte.

»Wieso? Hast noch nicht genug getrunken?«, lallte die Andrea amüsiert.

»Bäh! Für heute reicht's mir. Nein, ich muss meinen Schlüsselbund dort vergessen haben.« Zur Kontrolle griff sie noch mal in alle Mantel- und Hosentaschen, aber sie fand nur ihr Handy, eine Packung Zigaretten und die Schlüssel für die Punschhütte. Also machten sie einen kleinen Umweg.

Direkt unterhalb des auf einem kleinen Hügel erbauten Wehrturms führten ein paar breite Steinstiegen hinauf zum Kirchenvorplatz. Links und rechts säumten alte, hohe Föhren die Treppen, die Wiese darunter war – wie alles andere in diesem Winter – von einer dicken Schneedecke eingehüllt. Die Stiegen waren, natürlich, um diese Uhrzeit wieder mal weder geräumt noch gestreut, und so musste sich die Charlotte am dünnen Eisengeländer festhalten, das seitlich in den Stein geschraubt war. Es herrschte völlige Stille, nur das Knirschen ihrer Schuhe im frischen Schnee war zu hören. Die Stille hielt genau so lange, bis ein spitzer Schrei sie durchbrach. Die Charlotte fuhr vor Schreck zusammen, bevor sie registrierte, dass der Schrei von direkt neben ihr kam. Es war die Andrea gewesen. Sie war kreidebleich im Gesicht und starrte an der Charlotte vorbei auf eine Stelle unter den Föhren. Dann übergab sie sich geräuschvoll. Herrgott, nicht schon wieder, dachte die Charlotte ein wenig genervt. Aber das war nun mal die Reaktion der Andrea, wenn sie plötzlich vor einer Leiche stand. Was eben jetzt wieder einmal der Fall war. Gut, der Anblick, der sich ihnen bot, war wirklich kein schöner. Der viele Schnee hatte den Aufprall des Pfarrers zwar gemildert, aber trotzdem war die Wucht so groß gewesen, dass es den Körper des Geistlichen ziemlich, nun ja, zerrissen hatte.

Kraus war mit seiner Breitseite aufgeschlagen. Die linke Seite des Körpers war zerdrückt und aufgeplatzt, graue Gehirnmasse hatte sich in die schmelzende Schneedecke ergossen. Darunter hatte sich rasch stockendes Blut gemischt, das aus unzähligen natürlichen (und unnatürlichen) Körperöffnungen herausgepresst worden war. Nein, es war wirklich kein schöner Anblick.

Nach einigen Momenten fing sich die Charlotte wieder. Automatisch reichte sie der Andrea ein Taschentuch aus ihrer Manteltasche, damit sie sich den Mund abwischen konnte. Ein kurzer Blick nach unten reichte, um zu sehen, dass die Andrea ihr auch noch auf die Stiefel gekotzt hatte. Fuck, dachte die Charlotte, die waren noch brandneu! Na ja, das war jetzt ihr geringstes Problem. Während sie ihr Handy herausholte und die Nummer vom Leo wählte, wischte sie ihre Stiefel in einem Schneehaufen am Rand der Stufen ab.

Nach fünfmaligem Läuten hob der Leo endlich ab.

»Jetzt ist schon wieder was passiert«, murmelte die Charlotte gefasst ins Handy.

»Zu viel Wolf Haas gelesen, Cousinchen?« Der Leo schmollte gut hörbar. Offenbar war er noch immer fleißig beim Anbraten der Elena.

»Ich wusste gar nicht, dass du so belesen bist, mein Bester«, maulte die Charlotte zurück. »Reiß dich von deiner Elena los, da machst sowieso keinen Stich, außer du hast genug Bares dabei«, sagte die Charlotte. Sie trampelte ganz bewusst auf den Gefühlen ihres Cousins herum.

»Was soll das schon wieder …?«

»Ach, komm schon, Leo. Ist dir echt noch nicht aufgefallen, was für eine deine Elena ist? Aber egal, schwing deinen Arsch zum Marktplatz herüber. Der Pfarrer ist tot.«

»Der Pfarrer? Wo bist du genau?«

Die Charlotte beschrieb dem Leo, wo sie über die Leiche des Pfarrers gestolpert waren. Drei Minuten später war er schon bei ihnen. Überraschenderweise mit der Elena im Schlepptau.

Ob sich da tatsächlich eine Pretty-Woman-Geschichte anbahnte? Der Leo musste sich jedenfalls fast schon gewaltsam losreißen, so fest hatte die Elena ihn an der Hand. Oder in der Hand?, fragte sich die Charlotte.

»Ist dir nicht kalt?«, wandte sie sich an die Aushilfskellnerin, die es nicht für nötig befunden hatte, sich für den Ausflug ins Freie etwas überzuwerfen. Sie stand in ihrem Minirock und dem gerade das Notwendigste bedeckenden Oberteil da und zitterte nicht einmal.

»Nein«, gurrte die Elena. »Leo macht mich so heiß!«

Oh. Mein. Gott. Das waren die einzigen drei Wörter, die der Charlotte dazu einfielen, die sie aber geflissentlich für sich behielt. Augenverdrehen durfte (und musste) aber sein.

Dann wandte sie sich dem Leo zu. Der war schon über die Steinbrüstung auf die Wiese gehechtet und sah sich den Leichnam genauer an.

»Ihr bleibt unten«, wies er seine Cousine an. »Ich habe schon den Rest der Mannschaft verständigt. Nicht dass ihr mir irgendwelche Spuren kaputt macht.«

»Ach, und was ist mit dir?«, schnappte die Charlotte zurück.

»Was soll mit mir sein?«, konterte der Leo. »Nur weil du selbst mal Polizistin warst, weißt du nicht automatisch alles besser. Und schau dich doch mal um: Ich habe genau zwei Schritte gemacht, sonst gibt es hier keine Spuren. Also beruhig dich, mehr mache ich auch nicht.«

Ein paar Minuten später waren Teile des Marktplatzes und der Kirchenvorplatz in pulsierendes blaues Licht getaucht. Die Einsatztruppe war angekommen und hatte den Schauplatz weitläufig abgesperrt. Rundherum in den Häusern und Wohnungen ging Licht an, vereinzelt wurden sogar Fenster geöffnet. Völlig egal, dass es zweistellige Minusgrade hatte.

»Was ist denn da los?«, wollten einige Leute wissen, empört über die späte Störung.

Antwort gab es keine, außer: »Kommt schon, Leute, gehts wieder schlafen. Ihr verpasst hier nix.«

Was natürlich eine glatte Lüge war. Die auch als solche verstanden wurde. Niemand schloss sein Fenster, niemand machte das Licht aus, niemand ging zurück ins Bett. Wer wollte sich schon einen Live-»Tatort« direkt vor der eigenen Haustür entgehen lassen?

Der Leo hatte die Elena in der Zwischenzeit wieder zurück in die Turmbar geschickt. Es war ihr doch zu kalt geworden, und außerdem wäre sie jetzt sowieso nur im Weg. Die Charlotte und die Andrea hatten sich in ihre Punschhütte zurückgezogen, wo sie von einem Kollegen vom Leo einvernommen wurden. Die Charlotte beschrieb das wenige, was sie zu der Geschichte aussagen konnte. Und die Spurensicherung versuchte, dem tückischen Schnee alles an Spuren zu entlocken, was möglich war.

Die Leiche des Pfarrers war inzwischen in die Gerichtsmedizin abtransportiert worden, vor Ort hatte der Polizeiarzt aber einige interessante Feststellungen gemacht. So war die Nase des Pfarrers gebrochen gewesen, obwohl Kraus mit der Seite des Kopfes aufgeschlagen war. Er führte das auf einen direkten Schlag mitten ins Gesicht zurück. Rund um den Mund fehlten dem Pfarrer büschelweise Barthaare, was darauf schließen ließ, dass sein Mund zuvor mit einem Klebeband geknebelt gewesen sein musste. Das alles sprach für einen eiskalten Mord und gegen Selbstmord. Eine Theorie, die schon die Charlotte und der Leo aufgestellt hatten, während sie auf den Rest der Truppe warteten. Die Charlotte hatte dem Leo erzählt, dass der Pfarrer ihren Stand nur wenige Stunden zuvor wie der Teufel das Weihwasser gemieden hatte. Aber sich wegen dieser Geschichte vor ein paar Tagen gleich vom Wehrturm zu stürzen?

Das mit dem ausgerissenen Bart war dem Leo zunächst gar nicht aufgefallen. Nachdem ihn der Polizeiarzt darauf hingewiesen hatte, ließ der Leo sofort das Pfarrheim absperren und durchsuchen.

Die Charlotte heftete sich an seine Fersen, als der Leo die paar Schritte hinüber zum Pfarrheim ging. Die Andrea kam gezwungenermaßen mit. Es war noch gar nicht so lange her, dass sie gemeinsam in der Wohnung vom Pfarrer Kraus gewesen waren, jetzt war sie aber kaum mehr wiederzuerkennen.

»Da hat sich jemand ganz schön zu schaffen gemacht«, stellte der Leo trocken fest.

»Weiß man schon, ob was fehlt?«

»Keine Ahnung. Wir haben seine Bedienerin noch nicht ausfindig machen können. Die wohnt doch sonst auch hier irgendwo im Haus.«

Die Charlotte wollte nicht länger warten. Vorsichtig tippelte sie an den weiß gewandeten Beamten der Spurensicherung vorbei und versuchte, sich in Erinnerung zu rufen, wie die Wohnung ausgesehen hatte, als sie den Pfarrer zuletzt besucht hatte. Der Fernseher war noch da, auch die Stereoanlage. Über fehlenden Schmuck oder Geld konnte sie natürlich nichts sagen.

»Hat man den Laptop schon gefunden?«, rief sie über ihre Schulter zum Leo. Der warf einen fragenden Blick zu einem der Spurensicherer.

»Nö, Chef. Wir haben hier schon alles durchsucht, aber einen Laptop haben wir nicht gefunden.«

Die Anwesenheit der Charlotte wunderte oder störte keinen der Beamten. Sie hatte sich in den letzten Monaten mehr als fähig und nützlich erwiesen, wenn es um die Aufklärung von Kriminalfällen ging.

»Komisch«, raunte die Charlotte dem Leo zu. »Die Einbrecher lassen den Fernseher da und offenbar auch sonst alles, aber den uralten Laptop vom Kraus nehmen sie mit?«

»Da ist noch etwas Komisches«, mischte sich der Spurensicherer wieder ein. »Wir haben eine zerstörte Marienstatue gefunden.«

»Was ist daran komisch?«, bellte der Leo zurück. »Die haben hier einfach alles zerstört. Müssen einen richtigen Hass auf den Kraus gehabt haben.«

»Aber nicht so«, erwiderte der Spurensicherer. »Wer auch immer das war, hat nämlich auf die Marienstatue gepinkelt. Wer macht denn so was?«

Ja, tatsächlich. Wer machte so etwas?

»Dann haben wir jetzt wenigstens eine DNA-Spur«, beendete der Leo das Gespräch und schaute seine Cousine von seinen eins neunzig herab ratlos an. »Lass uns rausgehen«, sagte er schließlich.

Im Stiegenhaus des Pfarrheims fragte er die Charlotte: »Was hast du dem Kollegen denn vorhin zu Protokoll gegeben? Gibt es irgendwas, was du mir noch nicht erzählt hast?«

Die Charlotte dachte kurz nach, dann sagte sie: »Ja, ich bin um zwei Uhr vor die Tür der Turmbar gegangen, da habe ich etwas gehört. Oder auch nicht. Ich bin mir nicht sicher, deshalb habe ich es auch nicht angegeben.«

»Um zwei Uhr?«

»Ja, ich weiß es noch genau, weil die Turmuhr zwei geschlagen hat.«

»Was hast du gehört?«

»Gute Frage. Ich weiß es wirklich nicht genau. Hätte ein Mensch sein können oder auch zwei streitende Katzen. Hey, du hast doch gesehen, in welchem Zustand ich vorhin war. Außerdem habe ich am ganzen Körper gezittert, weil mir so kalt war.«

»Scheint fast so, als hätte es sich um einen Menschen gehandelt«, meinte der Leo nachdenklich.

Die Charlotte nickte zustimmend. Ja, schien fast so, als hätte sie den letzten Schrei des Pfarrers gehört.

Jetzt stellte sich nur noch die Frage, ob irgendwer etwas gesehen hatte. Aber das war um diese Uhrzeit eher unwahrscheinlich.

»Wir werden uns in den Häusern am Marktplatz trotzdem mal umhören«, beschloss der Leo. Damit wandte er sich wieder seinen Kollegen zu.

Die Charlotte war inzwischen wieder so ausgenüchtert, dass sie sich zutraute, sich hinter das Steuer ihres Autos zu setzen. Wer sollte jetzt schon kontrollieren? Die Polizei war gerade anderweitig beschäftigt.

Eine halbe Stunde später fielen die Charlotte und die Andrea todmüde in ihr Bett. Es war fünf Uhr in der Früh, und der Charlotte graute schon vor dem nächsten Morgen. Was man vom Morgen selbst noch nicht behaupten konnte. Draußen war

es nach wie vor stockfinster, bis zur Dämmerung waren noch über zwei Stunden Zeit.

Die Charlotte fiel in einen traumlosen Schlaf. Um zehn Uhr sperrte der Heurige auf, und sie sollte dann eigentlich so frisch wie ein Frühlingsmorgen sein, um ein Auge auf ihren Betrieb zu haben. Die Vorstellung, dass dies tatsächlich der Fall sein würde, ließ sie sogar im Schlaf herzhaft grinsen.

2

Sonntag, 14. Dezember

Völlig überraschend wachte die Charlotte ganz von selbst schon um acht Uhr wieder auf. Der Mord am Pfarrer ließ ihr keine Ruhe, er hatte sie bis in ihre Träume verfolgt. Die Andrea war da ganz anders. Sie schlief noch tief und fest, während sich die Charlotte die letzten Reste Alkohol und Nikotin aus ihren Poren duschte.

Um halb neun stand die Charlotte schon in der Frühstücksstube des Weinguts. Diese war gut gefüllt, am Vortag hatte ein Reisebus eine Ladung von zwanzig Gästen ausgespuckt, die bis nach Heiligabend bleiben wollten. Am Weihnachtsabend wurde die Christmette aus der Pfarrkirche europaweit live im Fernsehen übertragen. Um bei diesem Ereignis live dabei zu sein, hatten sich im ganzen Ort mehr Touristen als gewöhnlich angemeldet – obwohl der Platz in der Pfarrkirche natürlich begrenzt war.

Das Weingut der Nöhrers war ja inzwischen nicht nur Heuriger und Wohnhaus der Familie, denn die Charlotte hatte als eine ihrer ersten Aktionen im letzten Jahr einen Teil des alten Vierkanthofs in einen kleinen, aber feinen Hoteltrakt umgewandelt. Seitdem lief das Geschäft durchgehend, nicht mehr nur zu den Stoßzeiten, wenn der Heurigenbetrieb auch offiziell geöffnet hatte.

Durch das »Buschenschankgesetz« waren die erlaubten Öffnungszeiten für Heurige nämlich auf einige Monate pro Jahr beschränkt. Den Rest des Jahres durfte man zwar »ab Hof« verkaufen, aber das Lokal selbst nicht betreiben. Ausnahmen waren geschlossene Gesellschaften wie Hochzeitsfeiern. Aber davon allein konnte man natürlich nicht leben.

Freundlich und als wäre nicht vor wenigen Stunden der Pfarrer umgebracht worden, flanierte die Charlotte zwischen den Frühstückstischen durch. Ein »Hallo« hier, ein »Wie geht's?« dort, dazu noch ein »Gut geschlafen?«, und die Gäste waren glücklich. Auch wenn sich die Charlotte – im Gegensatz zu ihrer Mutter – nicht in ein touristenfreundliches Dirndl gezwängt hatte, sondern lieber normal in Jeans und Pulli herumlief. Der Hoteltrakt befand sich in einem anderen Gebäudeteil des Weinguts, durch ein paar Türen gelangte die Charlotte aber rasch in den Heurigen, ohne einen Fuß ins Freie setzen zu müssen.

Der Schneefall hatte in der Früh aufgehört, der ganze Innenhof war von einer festen Schneedecke eingehüllt. Auch die kahlen Äste der hundertfünfzig Jahre alten Kastanie und das Dach des direkt darunterliegenden alten Presshauses mitten im Hof waren von einer dicken weißen Schicht bedeckt. Ein paar Meter daneben war das ausgehobene Loch für die Wiederherstellung des historischen Weinkellers mit einer dicken Plane abgedeckt, die, um das Gewicht des Schnees zu tragen, von unten mit schweren Holzpfeilern gestützt wurde.

Die Arbeiten waren vor einigen Tagen eingestellt worden, als das Wetter einfach zu schlecht geworden war. Fortsetzung im Frühjahr. Inzwischen wurde lediglich am geplanten Showroom weitergearbeitet, der auf halbem Weg zwischen Oberfläche und Weinkeller in einem Seitenarm des vorhandenen Kellerabgangs eingerichtet wurde. Da waren sich die Erdaushebungsarbeiten gerade noch ausgegangen. Jetzt konnte man sich bereits daranmachen, die notwendigen Leitungen und Anschlüsse zu verlegen, ehe – ebenfalls im Frühjahr – alles verputzt und auf Hochglanz gebracht werden würde.

Vom Himmel strahlte eine kühle Wintersonne, deren kraftlose Strahlen sich in den glasklaren Schneekristallen millionenfach widerspiegelten. Der Fernblick durch das Panoramafenster war atemberaubend, eine vorweihnachtliche Stille hatte sich über die malerische Gegend gelegt. Eigentlich ein Bild wie aus einer Tourismusbroschüre. Wäre da nicht der Herr Papa gewesen, der mit einem kleinen Schneeräumtraktor geräuschvoll einen Weg von der Einfahrt quer durch den Hof freischaufelte. Natürlich mit dem dazugehörigen Geknatter und Gebrumme. »KNIRSCH! KRATZ! KNARSCH! KNIRSCH! KRATZ! KNARSCH!«, machte die schwere Schaufel, wenn sie über den Boden schleifte. Der Herr Papa war aber nicht alleine, wie die Charlotte erkennen konnte. Der Noah, der Pflegesohn der Nöhrers mit halbseidener Vergangenheit, war mit einer normalen Schneeschaufel zugange, um die restlichen Gehwege im Hof vom Schnee zu befreien.

Die Charlotte schaute ihrem Vater durch das Fenster nach, bis er am großen Einfahrtstor angekommen war. Mittels Fernbedienung öffnete er das schwere Tor, das auch Platz für einen größeren Traktor bot, fuhr hinaus und machte sich daran, den Besucherparkplatz zu räumen. Spätestens zum Mittagstisch würde dieser gesteckt voll sein. Wie inzwischen schon traditionell bot der Nöhrer-Heurige am ersten Sonntag des Aussteckens den ganz speziellen Schweinsbraten mit Semmel- und Erdäpfelknödeln von der Omama an – zu einem Spezialpreis. Um die notwendige Menge vorzubereiten, waren die Omama und die Frau Mama den ganzen Samstag in der Küche gestanden. Die Charlotte hatte zuschauen dürfen, jedoch nichts angreifen! Die Omama liebte ihre Enkelin über alles, doch sie wusste: Die Charlotte konnte viel, nur kochen nicht. In dieser Hinsicht hatte die Charlotte sogar richtige Giftfinger. Der Ruf von Omamas Schweinsbraten war im Ort noch selten ungehört verhallt. Also hatte man sich für einen wahren Ansturm gewappnet.

Als die Charlotte in die erste Gaststube eintrat – jene, in der sich auch die Getränkeausschank und das Büfett befanden –, strömte ihr bereits der unwiderstehliche Duft des Schweinsbratens entgegen. Zu sehen war niemand. Sie ging weiter in die Küche, wo sie ihre Frau Mama und die Omama fand, die wie wild Knödel rollten, um sie in riesigen Töpfen mit köchelndem Wasser zu versenken.

»Ah, auch schon munter?«, wurde sie von der Frau Mama empfangen. Das Verhältnis zwischen den beiden war grundsätzlich nicht schlecht, aber irgendwie auch nicht … na ja, es war in letzter Zeit etwas abgekühlt. Die Frau Mama hatte zwar ohne großes Aufsehen akzeptiert, dass ihre ältere Tochter lesbisch war, ließ sie in letzter Zeit aber immer wieder spüren, dass sie sich damit schwertat, ihr zu verzeihen, dass sie von ihr keine Enkelkinder erwarten durfte.

Als die Charlotte letzten Winter wieder ins Hotel Mama eingezogen war, hatte sich das noch ganz anders angefühlt. Da war die Frau Mama heilfroh gewesen, dass die verlorene Tochter endlich wieder in den Schoß der Familie zurückkehrte. Selbst die Andrea hatte sie herzlich empfangen und als Lebensgefährtin ihrer Tochter akzeptiert. Im Lauf der Monate schien ihr aber aufgefallen zu sein, dass es halt eben doch keine »normale« Beziehung nach ihrem Weltbild war. Nicht, dass sie es die Andrea hätte spüren lassen, nein, da gab sie sich schon alle Mühe. Aber die Charlotte … das war ein ganz anderer Fall. Zum Fräulein Tochter durfte man ja doch ein wenig offener sein, nicht? Und es konnte sicher nicht schaden, wenn man ab und zu anmerkte, man wünsche sich von den eigenen Kindern eigentlich schon (»erwartete« wollte sie dann doch nicht sagen), dass sie die Eltern mal mit Enkelkindern beglückten. Wer sollte denn sonst einmal den Hof übernehmen, wenn es keine potenziellen Erben gab? Da hatte sich die Familie über Generationen die Hände wund gearbeitet, und dann kam die moderne Erziehung, und auf einmal sollten Kinder keine Priorität mehr sein? Das war die Sichtweise der Frau Mama.

Der Standpunkt der Charlotte war folgender: Wieso war Muttern überhaupt der Meinung, dass sie sich von ihr keine Enkelkinder erwarten durfte? Heutzutage gab es ja auch ganz andere Wege und Möglichkeiten, das zu bewerkstelligen. Musste ja nicht immer unbedingt durch steroidbedingte männliche Turboeinspritzung erfolgen. Diesen Gedankengang wollte sie aber nicht gemeinsam mit der Frau Mama weiterspinnen, das war ihr einfach zu mühsam. Die Omama war da ganz anders. Sie busselte die Charlotte ab, drückte sie mit ihren klebrigen

Knödelmachfingern an sich und schob ihr einen Bissen eines fertigen Erdäpfelknödels in den Mund.

»Hm, köstlich«, schmatzte die Charlotte mit vollem Mund, was ihr einen liebevollen Wangenschnalzer von der Omama einbrachte.

»Wo ist denn die Flora?«, wollte sie von ihrer Mutter wissen.

»Die richtet drüben in der Stube die Tische her. Warum?«

»Ich möchte sie fragen, ob sie mich zu Mittag vertreten kann.«

»Schon wieder zu viel getrunken?«, fragte die Mama eisig. Das war auch so eine Sache. Die Frau Mama hatte überhaupt kein Verständnis, dass die Charlotte nach wie vor gerne ihr Leben lebte und in vollen Zügen genoss. Sie stammte eben noch aus einer Generation, wo man lieber gestorben wäre, als sich als Frau öffentlich betrunken sehen zu lassen.

»Auch«, antwortete die Charlotte schließlich resignierend, »aber das ist ja schon wieder alles weg.« Mein Gott, dachte sie, die Madame ist aber heute wieder mal mit dem falschen Fuß aufgestanden. »Ich möchte runter zum Sonntagsgottesdienst«, erklärte sie schließlich.

»Ach, seit wann ist dir denn das so wichtig?«

»Wieso nicht? Ab und zu kann es ja nicht schaden.«

Natürlich war die Charlotte neugierig, wie die Gemeinde mit dem Verlust ihres Pfarrers umgehen würde. Konnte man so schnell überhaupt einen Ersatz herankarren? Es mangelte schließlich sowieso an allen Ecken und Enden an Pfarrern. Wie auch immer, bis dahin war noch mehr als eine Stunde Zeit. Sie verließ die Küche, fand ihre Schwester in der anderen Gaststube und nahm ihr das Versprechen ab, für geordnete Bahnen zu sorgen, sobald der Heurige öffnete.

Auch der Flora kam es etwas eigenartig vor, dass ihre große Schwester plötzlich ganz erpicht darauf war, in die Kirche zu gehen, fragte aber nicht lange nach. Sie hatte mit dem Noah selbst eine lange und nicht ganz alkoholfreie Nacht hinter sich und war ganz froh, dass sie heroben im Warmen bleiben durfte und nicht in den Ort runtermusste, um die Punschhütte aufzusperren. Das übernahm jetzt die Charlotte. Viel war da ja nicht zu tun, die Hütte musste nur aufgesperrt, befüllt und an eine ihrer Kellnerinnen übergeben werden.

Die Charlotte wanderte quer durch das Haus zurück zu ihrer Wohnung und weckte die Andrea.

»*Wohin* gehen wir?«, fragte die schläfrig.

»Du hast schon richtig gehört. Wir gehen in die Kirche. Oder interessiert es dich nicht, wer den Kirchenschäfchen da heute die Leviten lesen wird?«

»Nicht wirklich«, seufzte die Andrea, rollte sich dann aber doch aus dem Bett. Am Marktplatz fanden sie schnell einen Parkplatz, von den Geschehnissen der letzten Nacht war kaum mehr etwas zu sehen. Wenn man mal die unzähligen Fußabdrücke an der Stelle, wo der Pfarrer aufgeschlagen war, außer Acht ließ. Aber das war so weit entfernt vom Kircheneingang, dass es niemandem wirklich auffiel.

Der Weihnachtsmarkt hatte noch geschlossen, am Sonntag öffnete er erst unmittelbar nach dem Ende des Gottesdienstes. Trotzdem herrschte dort schon hektisches Gewusel. Die Standbetreiber waren alle damit beschäftigt, ihre Hütten auf den Ansturm nach der Messe vorzubereiten. Kurz vor Weihnachten waren die Leute ja besonders katholisch. Und mit dem Christkind wollte es sich auch niemand verscherzen.

Die Charlotte und die Andrea schlenderten zu ihrer Hütte, wo bereits die Inaaya, eine Aushilfskellnerin, auf sie wartete. Inaaya war eine achtzehnjährige Syrerin, der die Flucht aus der Kriegshölle gelungen war und die es dann irgendwie nach Perchtoldsdorf verschlagen hatte. Das war gewesen, nachdem sich Panik und Angst in ganz Europa breitgemacht hatten und die Flüchtlingsrouten geschlossen worden waren. Aber wo ein Wille, da auch ein Weg, und so dicht konnte man die Routen gar nicht schließen, dass es ein paar ganz Desperate nicht doch nach Europa schafften. Die Inaaya und rund zwei Dutzend anderer Flüchtlinge wurden von einem privaten Verein im Perchtoldsdorfer Kulturzentrum versorgt und beraten, bis sie endlich Bescheid bekamen, ob ihre Asylanträge positiv oder negativ bearbeitet wurden. Die Inaaya konnte sich durchaus Hoffnungen machen, in Österreich bleiben zu dürfen. In der Zwischenzeit hatte sie sich bei den Nöhrers als Aushilfe verdingt.

Die Charlotte sperrte auf, kontrollierte kurz den Warenbestand und übergab dann an die Inaaya. Die machte große Augen, als sich die Charlotte und die Andrea von ihr verabschiedeten. Es war das erste Mal, dass sie alleine für die Punschhütte verantwortlich war.

»Du schaffst das schon«, sagte die Charlotte vertrauensvoll. »Außerdem geht es ja eh erst nach Ende der Messe los.«

»Danke, ich werde mir Mühe geben«, antwortete die Inaaya nahezu akzentfrei. Sie hatte in ihren ersten zwei Jahren hier in der Fremde alles darangesetzt, sich so schnell wie möglich zu integrieren, und als Erstes versucht, sich die neue Sprache anzueignen. Etwas, was man nicht von allen Flüchtlingen behaupten konnte. Faule Äpfel gab es da wie dort. Das wusste auch die Charlotte, und sie hatte die Inaaya nicht zuletzt wegen ihrer Emsigkeit ausgesucht. Aber auch wenn nicht alle Flüchtlinge einen so großen Integrations- und Arbeitswillen an den Tag legten, war die Angst- und Hasspropaganda der Rechten in den letzten Monaten doch maßlos übertrieben. »Obezahrer« und Mistviecher gab es unter der heimischen Bevölkerung ebenfalls. Das war wohl auf der ganzen Welt so.

In der Kirche wuselte es zehn Tage vor Weihnachten nur so vor Besuchern. Vor allem der Anteil an Kindern war höher als sonst während des Jahres. Geschnäuzt und gekampelt und in ihre feinsten Sonntagsanzüge und -kleider gezwängt, waren sicherlich gut drei Dutzend unter Zehnjährige in der Kirche versammelt.

Alles erweckte den Anschein, als würde der Gottesdienst abgehalten. Am Kircheneingang war kein Zettel gehangen, der etwas anderes verkündet hätte. Die Messdiener und Ministranten hatten auch schon ihre Positionen bezogen. Die Charlotte und die Andrea tupften ihren Zeige- und Mittelfinger in das Weihwasserbecken neben dem Eingangstor, bekreuzigten sich, machten einen kurzen Knicks und nahmen dann in einer der Reihen etwa in der Mitte der Kirche Platz. Es waren noch gut zehn Minuten bis zum Beginn der Messe. Pseudointeressiert blätterten die beiden in den aufgelegten Liederbüchern, und obwohl die Kirche zu gut drei Vierteln gefüllt war, war es fast schon unheimlich leise. Verhaltenes Tuscheln, ab und zu ein Quieken von einem der Kinder, aber das war es dann auch schon.

Um Punkt zehn Uhr läuteten die Kirchenglocken, und der Pfarrer samt den restlichen Ministranten und Ministrantinnen zog ein. Ein kollektives, zugleich möglichst unterdrücktes »Oohhh« schwoll an, als die Kirchgänger statt ihres seit Jahrzehnten gewohnten Pfarrers plötzlich einen anderen sahen. Ja, natürlich hatte auch der alte Pfarrer immer wieder mal einen Gottesdienst ausgelassen. Auch Pfarrer mussten auf Urlaub. Aber das war immer rechtzeitig angekündigt worden. Und jetzt … stand auf einmal ein Schwarzer vorne am Altar, hob seine Arme zum Gebet und verkündete mit einem leicht französisch angehauchten Akzent: »Lasset uns beten!«

Trotz des Schocks erhob sich die versammelte Gemeinde wie eine Person von den Bänken. Die Charlotte konnte sich ein Schmunzeln nicht verkneifen. Das Ausländerthema war in den letzten Tagen von der rechten Partei im Gemeinderat ja wieder mal unnötig dramatisiert worden. Und jetzt schickte die Diözese als Ersatz einen Schwarzen!

Geschah dem scheinheiligen Pack schon recht, dachte die Charlotte. Wie auch immer, der neue Pfarrer stellte sich kurz als Sabinus Mwene vor und spulte danach den Gottesdienst routiniert herunter. Über die Gründe seines Einspringens verlor er nur zu Anfang ein paar Worte. Für den verstorbenen Pfarrer Krauss wurde ein Gebet verlesen und anschließend darauf hingewiesen, dass es in den nächsten Tagen eine eigene Seelenmesse für den beliebten Kirchenmann gebe.

Am Ende der knapp einstündigen Veranstaltung schien gar niemand mehr den alten Pfarrer zu vermissen. Mwene war charismatisch und ein guter Redner. So kurzfristig war es sicher nicht einfach gewesen, aber seine Predigt – mit der in den Augen der Kirchgänger die ganze Messe stand oder fiel – war großartig improvisiert. Mwene hatte vorausschauend ein möglichst wenig polarisierendes Thema, nämlich Weihnachten, genommen, und zum Ende hin empfing die Kirchengemeinde auch (mehr oder weniger) ohne Scheu die Kommunion aus seinen schwarzen Händen.

Hier »am Land« (was für eine Übertreibung, grenzte Perchtoldsdorf doch direkt an Wien) war man so einen Anblick eben noch nicht gewohnt. Es kam selten vor, dass einem hier ein Schwarzer über den Weg lief, die kannte man in erster Linie aus dem Fernsehen. Ganz wohl war vielen in der Gemeinde nicht bei dem Gedanken, dass man in Zukunft vielleicht noch öfters die Messe von einem schwarzen Ersatzpfarrer gelesen bekam. Die Charlotte kannte ihre Pappenheimer nur zu gut. Sie wusste noch, mit welchen Ressentiments sie in den letzten Monaten zu kämpfen hatte, als sie den Weinbetrieb ihrer Eltern mit großer Entschiedenheit zu modernisieren begann. Das war in einer so traditionsverwurzelten Gemeinde wie Perchtoldsdorf zunächst überhaupt nicht gut angekommen. Als man sich schließlich daran gewöhnt hatte, war es, als ob nie etwas gewesen wäre. Ein harter Kampf, der dem neuen Pfarrer wohl noch bevorstand. Man konnte nur hoffen, dass das rechte Pack hier nicht zu viel zündelte.

Nach der Messe versammelte man sich zum gemeinsamen Punschtrinken am Weihnachtsmarkt. Und natürlich wurde über den »Neuen« getuschelt. Die Charlotte war sich sicher, dass sie auch das eine oder andere »Neger« dabei hörte. Wie alt er wohl sein mochte? (Charlottes Einschätzung: circa dreißig, fünfunddreißig.) Wie lange er wohl bleiben würde? (Viele, viele Jahre.) Was mit dem Pfarrer Kraus war? Ja, man wusste natürlich, dass er gestorben war. Die vielen Schaulustigen an den Fenstern letzte Nacht hatten die Nachrichten innerhalb kürzester Zeit über den ganzen Ort verteilt. Man wusste also auch, dass der Pfarrer vom Turm gestürzt war. Aber warum und wieso, das wusste man noch nicht.

Also wurde fleißig spekuliert: War es Mord? Selbstmord? An Letzteres wollte eigentlich niemand glauben, dafür war der Pfarrer Kraus ein viel zu geselliger Mensch gewesen. Und Selbstmord war ja noch dazu etwas so Unkatholisches, dass wirklich niemand an diese Möglichkeit glauben wollte. Also musste es wohl Mord gewesen sein. Oder vielleicht doch ein Unfall? Hatte der Pfarrer vielleicht mitten in der Nacht noch jemandem den Ausblick vom Wehrturm zeigen wollen?

All diese Gespräche bekam die Charlotte beim Bedienen an ihrem Punschstand brühwarm mit. Ihre Gedanken dazu sprach sie nicht laut aus. Sie wollte auf eine offizielle Polizeiaussendung warten, ehe sie zu irgendwas ihren Senf gab.

Der neue Pfarrer ließ sich vernünftigerweise nicht am Weihnachtsmarkt blicken. Der Arme wäre wohl kaum zum Atmen gekommen, so sehr hätten ihn seine – von ihrem Glück noch nichts ahnenden – neuen Schäfchen wohl mit Fragen bombardiert. Den Kindern war das alles egal. Sie fuhren Runde um Runde mit dem historisch anmutenden Ringelspiel, das in einer Einbuchtung zwischen Kirche und angrenzender Herzogsburg aufgebaut war. Sie waren es auch, die am wenigsten Probleme mit dem Pfarrer hatten. Oder einfach nicht darüber nachdachten. Die Kinder wuchsen heutzutage glücklicherweise mit einem ganz anderen Verständnis für Diversität auf als die früheren Generationen. Da gab es kaum Vorurteile und Berührungsängste. Wenigstens nicht, solange sich die Eltern nicht einmischten und ihnen unnötige und unbegründete Ängste einimpften.

Ein Piepsen ihres Handys riss die Charlotte aus ihren Gedanken. Eine Whatsapp-Nachricht vom Leo: »Komm zu mir, ich muss dir was Interessantes zeigen«, war der Wortlaut. Das musste man ihr nicht zweimal sagen. Also packte sie sich zusammen und schnappte die Hand der Andrea. Die Inaaya würde den Laden für eine weitere Stunde auch alleine schupfen können. Im Gehen konnte sie noch sehen, wie sich das Engelsgesicht vom Vortag durch die Menge drängte. Diesmal hatte »Angelface« – diesen Namen hatte die Charlotte ihr insgeheim verpasst – jedoch einen anderen Punschstand im Visier. Egal, sie war schon zu gespannt, was der Leo ihr zu erzählen hatte.

Die Polizeistation lag am anderen Ende des lang gezogenen Marktplatzes, keine zwei Gehminuten vom Weihnachtsmarkt entfernt. Mit einem Summen öffnete sich die Sicherheitstür und ließ die beiden ein. Der Leo erwartete sie bereits in seinem Büro. Die beiden nahmen gegenüber von ihm Platz und warteten gespannt, welche Neuigkeiten er für sie hatte.

»Da«, sagte der Leo kurz, drehte seinen Laptop zu ihnen um und ließ die beiden ein E-Mail lesen.

Im Namen Allahs, des Allerbarmers, des Barmherzigen.
Allah, der Höchste, hat gesagt: Sie dachten, ihre Festungen würden sie vor Allah schützen, aber Allah kam zu ihnen dort, wo sie ihn nicht erwartet hätten, und hat Terror in ihre Herzen gebracht. Sie haben ihre Häuser mit ihren eigenen Händen zerstört, wie von den Händen der Gläubigen. Lernt aus diesen Lektionen, die ihr klar seht.
In einer gesegneten Attacke, die Allah ermöglichte, hat eine Gruppe von Gläubigen, Soldaten des Kalifats – Allah möge ihnen Macht und Sieg geben! – die Stadt der Abscheulichkeit und Perversionen ins Visier genommen. Die Stadt, die das Banner des Kreuzes in Europa trägt, Wien und Perchtoldsdorf. Eine Gruppe, die sich vom irdischen Leben getrennt hat, ist zum Feind gegangen, hat den Tod gesucht in Allahs Weg, hat seiner Religion Hilfe geleistet, seinem Propheten und seinen Getreuen, und hat seine Feinde erniedrigt. Mit Allah waren sie wahrheitsgetreu, wir betrachten sie so und danken Allah, dass ihre mutige Tat mit dem Leben belohnt wurde. Nehmt dies als Zeichen

für die heilige Rache für das Jahr 1683 in eurem unheiligen Kalender. Das Jahr des heiligen Gemetzels und der Schande.
Unsere Brüder waren es, die den unheiligen Hund, den Wortverdreher und Scharlatan von seinem eigenen Turm geworfen haben. Diese Attacke war nur der Anfang eines Sturms, der eure Stadt von der Landkarte und vom Antlitz Allahs fegen wird. Macht euch bereit, verbarrikadiert euch in euren warmen Löchern, ein Feuersturm wird euch heimsuchen und alles vernichten, was euch lieb und wertvoll ist. Wir werden euch räudige Hunde nicht mehr zur Ruhe kommen lassen. Die Schmach, die Kara Mustafa 1683 erlitt, wird jetzt von uns getilgt.

»Ganz schön blumig geschrieben«, war die erste Reaktion der Charlotte, dann: »Ist das echt?«

Der Leo nickte. »Offenbar. Wir haben die Meldung mit der Todesursache von Kraus ja noch nicht rausgegeben, außer an die Diözese. Die musste schließlich einen Ersatz besorgen.«

»Wer hat das Mail geschickt?«

Achselzucken vom Leo. »Das Mail ist natürlich von einem anonymen Freemail-Account gekommen. Unsere Spezialisten sind schon dran, vielleicht lässt sich herausfinden, von wo es geschickt wurde. Der Absender selbst gibt natürlich nichts her: ›allah1683karamustafa‹. So etwas lässt sich innerhalb von Minuten anlegen.«

»Gibt's schon Neuigkeiten von der Gerichtsmedizin?«

Auch hier konnte der Leo nur den Kopf schütteln. »So schnell geht das auch nicht, das weißt du doch, Cousinchen. Noch dazu an einem Sonntag. Wir können nach diesem Mail aber fix davon ausgehen, dass es sich um einen Mord handelt. Außerdem muss ich jetzt auch das Innenministerium in Wien einschalten. Selbst wenn es nur Trittbrettfahrer sein sollten, haben wir es hier mit Terrorverdacht zu tun. Das ist für uns eine Nummer zu groß.«

»Das hast du beim Nazi-Bunker vor ein paar Wochen auch gesagt, und denk dran, was dann passiert ist«, sagte schmunzelnd die Andrea. Der Aufheiterungsversuch fiel auf wenig fruchtbaren Boden. Der Leo sah einfach nur müde aus. Ob das wohl an den nicht enden wollenden Ermittlungen oder doch an den durchgemachten Nächten mit der Elena hing?

»Was ist denn bloß los?«, fragte er schließlich niemand Bestimmten. »Bis voriges Jahr war bei uns alles ruhig. Ab und zu mal ein Diebstahl, aber das war's schon. Und jetzt häufen sich auf einmal die Leichen. Man kommt ja kaum mehr zum Verschnaufen.« Sein Blick wanderte ziellos durch das Büro, ehe er schließlich an der Charlotte hängen blieb. »Wenn ich abergläubisch wäre, würde ich sagen, dass das deine Schuld ist, Charlotte. Du hast hier alles durcheinandergebracht.«

»Na, da habe ich aber Glück, dass du nicht abergläubisch bist«, sagte die Charlotte unangenehm berührt. Das hatte ihr gerade noch gefehlt – dass sie durch ihre Anwesenheit Mitschuld an all den Morden im letzten Jahr trug. Aber ganz unrecht hatte der Leo nicht. Angefangen hatte alles ziemlich genau vor einem Jahr während ihres Skiurlaubs in Schladming. Aber das ist eine Geschichte für ein anderes Mal.

»Das Mail passt übrigens zu einer Aussage, die wir gestern Nacht noch aufgenommen haben«, erwähnte der Leo nebenbei, als sich die Charlotte und die Andrea bereits zum Gehen aufgemacht hatten.

»Ach?«

»Ja, ›ach‹! Die Trude, du weißt schon, die Busenfreundin von der Omama –«

»Du meinst die Tratschtante?«

»Ja, genau die. Also, die hat uns erzählt, dass sie auch einen Schrei gehört hat. Sie wohnt ja gleich gegenüber vom Wehrturm.«

»Um zwei Uhr in der Nacht? Hat sie da nicht geschlafen?«

»Keine Ahnung, vielleicht senile Bettflucht. Egal, sie hat gemeint, sie habe etwas gehört, und hat natürlich beim Fenster rausgeschaut. Und hat dort ›vier schwarze Gesellen‹ – ihre Aussage – gesehen, die über den Marktplatz davongelaufen sind. Sie hat zu Protokoll gegeben, dass sie direkt an ihrem Fenster vorbeigekommen sind.«

»Konnte sie die Männer beschreiben?«

»Nicht genau. Sie meinte zuerst, das müssten Frauen gewesen sein, weil sie schwarze Kleider getragen haben. Im Gesicht von einem hat sie dann allerdings einen langen, dunklen Vollbart gesehen. Daraus schließt sie, dass es sich um ›Wüstensöhne‹ – wieder von ihr – gehandelt habe.« Der Leo kramte in seinen Unterlagen, bis er schließlich triumphierend einen Zettel hervorzog. »Hier ist ihr Schlusswort, ich zitiere: ›Wüstensöhne, genau so haben sie ausgesehen. Ich habe ja meinen Karl May gelesen. Ich weiß schon, wovon ich spreche.‹«

Die Charlotte hatte genug gehört. Mit einem kurzen »Ciao« verabschiedete sie sich von ihrem Cousin. Am Kirchenhügel ging es nach wie vor rund. Die Inaaya schien den Punschstand gut im Griff zu haben, sie meldete keine gröberen Vorkommnisse. Abgesehen von den offenbar nie ganz zu verhindernden Stänkereien einiger betrunkener Gäste. Im Fall von Inaaya war es doppelt bitter, weil sich einige der Rabauken bemüßigt gefühlt hatten, sie aufgrund ihrer Herkunft anzupflaumen.

»War es sehr schlimm?«, fragte die Andrea besorgt. Sie hatten der Inaaya die Informationen fast aus der Nase ziehen müssen, weil das schüchterne Mädchen von selbst nie mit der Wahrheit rausgerückt wäre.

Die Inaaya schüttelte sanft den Kopf. »Nein, nein. Nicht schlimm. Es ... es ... wie ist das Wort? Erniedrigend, so war es ein wenig.«

»Welcher Typ hat dich denn beschimpft?«, hakte die Charlotte nach. Sie würde demjenigen gehörig die Leviten lesen.

»Kein Typ. Eine Frau war es, eine junge Frau.«

Verwundert sahen sich die Charlotte und die Andrea an. Bislang waren Beleidigungen ihres Flüchtlingshelferleins ausschließlich von männlicher Seite gekommen. »Welche denn?«

Die Inaaya sah sich um und zeigte dann auf eine junge Frau, die an einem Stand genau gegenüber stand. »Die da!«

Wieder blickten sich die Charlotte und die Andrea an. Die Inaaya hatte zielsicher auf das Angelface gezeigt. Die junge Frau hatte ein Punschhäferl in der Hand und unterhielt sich offenbar blendend mit einigen älteren Herren. Dabei warf sie immer wieder abschätzige Blicke herüber zum Stand von der Charlotte. Als sie das fassungslose Starren der Charlotte und der Andrea sah, grinste sie über das ganze Gesicht und prostete ihnen extra kokett zu.

»Was ist denn mit der los?«, fragte die Andrea.

»Ja, das ist eine gute Frage. Sie sieht irgendwie ein wenig … aus der Zeit gefallen aus? Ich meine, wer trägt heute noch so einen Hut und … und … und … und überhaupt? So als hätte sie die Garderobe von der Marlene Dietrich geklaut.« Der Charlotte fehlten hier im wahrsten Sinne des Wortes die, ja, die Worte.

Das Angelface sah nämlich tatsächlich aus, als wäre sie einem Marlene-Dietrich-Film entstiegen: Unter dem Hütchen (Hut war das ja keiner) rollte ihre pechschwarze Mähne in gelegten Wellen hinunter auf die Schulter. Unter dem schwarzen Mantel mit Nerzeinsätzen konnte man gut erkennen, dass das Angelface eine weiße Bluse trug, die zum Teil von einem grauen Gilet überdeckt wurde, und dazu eine schwarze Damenkrawatte. Gibt es so etwas überhaupt?, fragte sich die Charlotte im Stillen. An den Füßen trug sie hochhackige, schwarz glänzende Stiefel, die mindestens bis zu den Knien reichen mussten. Eine Überprüfung dessen verhinderte jedoch der graue Bleistiftrock, der ihr bis knapp über die Knöchel ging. Ihre Zigarette steckte in einem Zigarettenhalter.

»Na ja, jedem Tierchen sein Pläsierchen«, meinte die Andrea schließlich trocken und wandte sich ab. Auch die Charlotte schaffte es schließlich, ihren Blick von Angelface abzuwenden. Ganz im Gegensatz zu der immer größer werdenden Traube an älteren Männern, die sich um die junge Frau scharten.

Eine Beobachtung machte die Charlotte aber schon noch: Gemeinderat Adefris gesellte sich nämlich auch zu diesem eigenartigen Grüppchen. Dabei lief der Charlotte ein kalter Schauer über den Rücken. Adefris war ein hochrangiger Gemeinderat der ÖHP, der Österreichischen Heimatpartei – mehr musste man über deren Gesinnung auch schon nicht mehr wissen.

Sie sah, wie der Adefris seine Zwei-Meter-Gestalt hinunterbeugte und das Angelface sanft links und rechts auf die Wange küsste. Sie schien ihm etwas ins Ohr zu flüstern, denn er schaute gleich darauf rüber zum Stand der Charlotte. Bei ihm war aber kein süffisantes Lächeln zu sehen. Wenn Blicke töten könnten … Konnten sie zum Glück nicht, aber alleine der Gedanke ließ die Charlotte abermals frösteln. Sie hatte seit ihrer »Heimkehr« in den Weinort nicht viel mit den ansässigen Lokalpolitikern zu tun gehabt. Diese Arbeit hatte ihr der Herr Papa mit seinen langjährigen Kontakten und Seilschaften abgenommen. Aber die zwei, drei Mal, die sie dem Adefris und seinen Kollegen begegnet war, hatten ihr schon gereicht. Von wertkonservativ oder ähnlich verniedlichenden Umschreibungen konnte da wirklich keine Rede sein. Das war ein ganz übles rechtes Pack. Halt in eine rechtskonservative Verpackung gehüllt, die aber eigentlich auch nicht wirklich herzeigbar war. Und jetzt schien es zudem noch, als würde sich der Adefris zu ihr herüberbemühen. Der Zwei-Meter-Hüne in Lodenmantel und Hut wurde vom Rest des Altmännerpacks (einige davon gut erkennbar mit Schmiss im Gesicht, wie der Charlotte erst jetzt auffiel) rund um das Angelface mit entsprechenden Hand- und Kopfbewegungen tatkräftig aufgemuntert und unterstützt.

Am Punschstand der Charlotte angekommen, knallte er eine bratpfannengroße Pratze auf die Schank: »Einen Punsch, aber dalli!«, brummte er und warf der Inaaya einen stechenden Blick zu. Die junge Syrerin schickte sich an, den Gemeinderat zu bedienen. »Welcher darf es denn –«, begann sie mit leicht zitternder Stimme.

»Nee, nix da«, wurde sie vom Adefris unterbrochen. Die Charlotte meinte einen lallenden Unterton auszumachen. War er um diese Uhrzeit, es war gerade mal Mittag, schon betrunken? »Ich will nicht von dem Ausländerpack da bedient werden.«

»Herr Gemeinderat«, mischte sich die Charlotte ein, um die Situation zu beruhigen, wurde aber auch gleich vom Adefris unterbrochen.

»Charlotte, nicht?«, sagte der Gemeinderat und betonte dabei das ›e‹« am Ende von Charlotte ganz besonders. »Was für ein schöner, alter deutscher Name«, stellte er zufrieden fest.

Die Charlotte verdrehte die Augen. »Ja, Charlotte, das stimmt schon, Herr Adefris. Aber das ›e‹ wird nicht ausgesprochen. Mehr so französisch, gell?«

Der Gemeinderat schluckte, da hatte ihm die Charlotte doch glatt seinen ganzen deutschnationalen Ansatz mit einer frankophilen Replik kaputtgemacht. Noch dazu in einer Lautstärke, dass man es an den Nebenständen auch noch ganz gut hatte hören können. »Also gut, Charlotté«, antwortete er schließlich (Charlotte mit Akzent?, wunderte sich die Charlotte, ließ es ihm aber durchgehen, um nicht noch mehr Öl ins Feuer zu gießen), »wie gesagt, ich will nicht von diesem, diesem … Ding da bedient werden. Gib du mir doch einen. Was habt ihr da überhaupt für ein Gsiff? Hm, ja, einen Beerenpunsch, liebe, gnädige Frau Nöhrer.«

Die Charlotte stemmte die Arme in die Hüften, ihre Augen funkelten. Da wusste die Andrea bereits, dass es mit der Gutmütigkeit ihrer Freundin jetzt vorbei war. Dass der Adefris sie beleidigte, das konnte sie ihm noch durchgehen lassen, aber wie er über die Inaaya sprach, das ging wirklich überhaupt nicht. Rund um ihren Punschstand hatte sich eine Menschentraube gebildet. So ein Theater wollte sich natürlich niemand entgehen lassen. Die Sympathien der Gaffer schienen ziemlich gleichmäßig verteilt zu sein. Eigentlich eine Schande, dachte sich die Andrea.

»Von diesem ›Ding‹? Ja, geht's noch? Das ist die Inaaya, und entweder Sie lassen sich von ihr bedienen, oder Sie holen sich woanders einen Punsch. Nein, wenn ich es mir genau überlege, dann holen Sie sich lieber gleich woanders was zum Saufen. Trinken würde ja voraussetzen, dass es sich bei der Tätigkeit um ein menschliches Wesen handelt. Aber Sie und Ihr rechtes Pack … ihr habts mit Menschen ja wirklich nur periphere Gemeinsamkeiten«, redete sie sich in Rage.

Dem Adefris schienen vor Erstaunen und Wut beinahe die Augen aus dem Kopf zu springen. So hatte man ihn noch nie behandelt. »Fräulein Nöhrer, was erlauben Sie sich?«, brüllte er so laut los, dass einem der Schaulustigen vor Schreck das Punschhäferl aus der Hand fiel. »Mich so zu beleidigen! Sie gehören doch zum selben Pack. Schauen Sie sich doch mal an. Genieren Sie sich überhaupt nicht?«

»Wofür sollte ich mich genieren?«, fragte die Charlotte gelassen, genau wissend, worauf der Gemeinderat anspielte.

Wenn es überhaupt noch möglich war, wurde der Adefris durch die Ruhe der Charlotte noch wütender. Und lauter. »Wofür? WOFÜR? Sie treiben's wie bei den Hottentotten. Leben mit einer anderen … ich trau es mich ja gar nicht laut auszusprechen … leben mit einer anderen Frau zusammen! Und stellen dann auch noch dieses Gesindel in Ihrem Betrieb an. Was für ein Vorbild soll denn das für unsere Jugend abgeben?« Die bemühte Aufregung des Adefris war fast schon herzig, so ganz wegen nichts und wieder nichts.

Aufreizend legte die Andrea ihre Wange auf die Schulter der Charlotte, was den Adefris nur noch mehr in Rage versetzte. »Sind Sie sicher«, flötete die Andrea, »dass Sie nicht einfach nur neidisch sind, weil Sie uns dabei nicht zusehen können?«

Damit war die Grenze überschritten. Der Adefris lief hochrot im Gesicht an, schnappte sich von einem der Gaffer ein Punschglas, holte aus und …

3

Sonntag, 14. Dezember

… schrie vor Schmerzen auf. Das Punschhäferl fiel zu Boden, wo es klirrend in tausend Stücke zersprang. Eine Wolke in die Nase stechenden Orangendufts stieg auf. Der rechte Arm des Gemeinderats baumelte leblos an seiner Seite, und er heulte vor Schmerzen.

»So nicht, mein Bester«, sagte der Leo streng. Einer der Schaulustigen hatte vorsorglich die Polizei verständigt, und der Leo war gerade rechtzeitig eingetroffen, um den Adefris zu stoppen. Als der Adefris mit dem Häferl ausholte, hatte der Leo einfach seinen Arm gepackt. Da war der Gemeinderat aber schon dabei, seinen Schwung auszuführen. Der Leo hielt den Arm fest, und so war es gekommen, wie es kommen musste: Der Gemeinderat hatte sich die Schulter ausgekegelt.

»Lassts mich durch, Herrschaftszeiten noch einmal!«, fluchte jemand im Hintergrund. Die Menschentraube machte widerwillig Platz und ließ Wolfgang Oberhofer, einen der praktischen Ärzte im Ort, durch. »Ah, Leo, gut, dass du rechtzeitig gekommen bist«, hechelte der knapp vor der Pensionierung stehende Oberhofer.

»Hast du bei uns angerufen?«

»Ja, ich habe gleich gesehen, dass der werte Herr Gemeinderat nur stänkern wollte. Aber jetzt lass mich mal zu ihm, ich möchte mir die Schulter anschauen.«

»Ein Tierarzt wäre passender«, murmelte die Charlotte.

Oberhofer, zugleich auch einer der Onkel von Charlotte und Leo, packte den rechten Arm des Gemeinderats recht unwirsch, was zu einem neuerlichen Aufheulen führte.

»Ach, jetzt stell dich nicht so an, mit dem Mundwerk bist ja sonst auch ganz groß.« Man merkte, dass der Arzt keine allzu großen Sympathien für den Gemeinderat hegte. Aber der hippokratische Eid war nun mal wichtiger als persönliche Befindlichkeiten. Was jedoch nicht bedeutete, dass man mit so einem Typen zimperlich umgehen musste. Der Arzt drehte den Arm hierhin und dorthin und brummte etwas Unverständliches vor sich hin. Die Charlotte wurde den Eindruck nicht los, dass ihr Onkel es durchaus genoss, den Adefris ein klein wenig zu quälen.

Dem standen mittlerweile vor Schmerzen die Tränen in den Augen, die Schreie hatten jedoch aufgehört. Der Supermacho konnte oder wollte vor dem zahlreich versammelten Stimmvieh wohl keine Schwäche zeigen.

»Adefris, schau mal da rüber«, sagte der Oberhofer schließlich. Er zeigte mit der Hand auf das Ringelspiel, das sich gerade in voller Fahrt befand.

»Was soll dort sein?«, fragte der Gemeinderat verwundert.

KNACKS! Im nächsten Moment heulte der Adefris abermals auf wie ein angeschossenes Tier.

»Passt schon«, schmunzelte der Arzt schadenfroh. »Ich wollte dich nur ablenken, während ich deine – wie passend, höhö – rechte Schulter wieder einrenke. Lass mal schauen.« Oberhofer klopfte die verletzte Stelle vorsichtig ab und nickte zufrieden. »So weit, so gut. Als Erste Hilfe geht das durch. Aber ich würde an deiner Stelle trotzdem noch ins Spital fahren und ein Röntgen machen lassen.« Er musterte Adefris von oben bis unten. »Was hast du denn da an der Schläfe?«, fragte er schließlich besorgt. Während der Schulterreparatur war dem Gemeinderat der Hut vom Kopf gefallen, und auf seiner linken Schläfe war ein tiefes Cut zu sehen, ganz augenscheinlich noch relativ frisch.

»Ach nix!«, pfauchte der Adefris, während er seinen Hut aufhob und wieder aufsetzte. »Das geht dich wirklich gar nichts an.« Dann wandte er sich wieder an die Charlotte. »Und was Sie angeht, Frau Nöhrer: Das hier wird ein Nachspiel haben!«

»Für mich?«, fragte die Charlotte unschuldig. »Ich habe doch gar nichts gemacht. Wenn ich mich richtig erinnere, waren Sie es, der mich mit einem Punschhäferl attackieren wollte. Dafür gibt es auch jede Menge Zeugen.« Die Charlotte sah auffordernd in die Menge. Einige machten verschreckt ein paar Schritte zurück, mehr als genug nickten jedoch eifrig. Was das Vertrauen der Charlotte in ihre Mitmenschen wenigstens ein bisschen wiederherstellte.

Der Adefris schüttelte die rechte Faust. Was keine gute Idee war, denn sofort spürte er wieder einen stechenden Schmerz in der Schulter. Schließlich steckte er die Hand in die Manteltasche. Er beugte sich vor, sodass nur die Charlotte ihn hören konnte. Leise und sehr bedrohlich meinte er schließlich: »Der alte Zaitler hat schon recht mit dir gehabt …«

»›Mit dir‹?«, flüsterte die Charlotte zurück. »Gerade waren wir noch per Sie.«

Der Adefris lächelte kühl, er hatte seine Fassung wiedergefunden. »Du kleines Flitscherl, du. Dein Tag wird schon noch kommen. In ein paar Wochen sind Wahlen, und wenn wir die gewinnen, dann räum ich hier mal ordentlich auf. Die Geschichte mit dem Zaitler … da ist noch eine Rechnung offen. Du und der Rest von diesem Ausländerpack, ihr könnts euch dann warm anziehen. Ihr werdet euch noch wundern, was alles möglich ist.«

Die Charlotte schluckte. Eigentlich sollte sie sich von so jemandem nicht ins Bockshorn jagen lassen. Und selbst wenn der Adefris und seine Bagage die Wahlen gewinnen würden – sie lebten hier noch immer in einem Rechtsstaat, oder? *Oder???* Aber er hatte schon recht. Er könnte ihr einen Knüppel nach dem anderen zwischen die Beine werfen und ihr Geschäft massiv schädigen. Oder hatte er ihr eher mit körperlicher Gewalt gedroht? Dass er dazu fähig war, hatte er eben erst bewiesen.

Adefris verschwand in einer Traube seiner Anhänger, die restlichen Gaffer zogen sich möglichst unauffällig zurück an ihre bevorzugten Punschstände. Damit blieben nur mehr die Charlotte, die Andrea, die Inaaya, der Leo und der Onkel Doktor (in diesem Fall sogar eine passende Bezeichnung) an Charlottes Stand über.

»Was hat dir der Adefris denn noch zugeflüstert?«, erkundigte sich der Leo, als er sah, wie bleich die Charlotte plötzlich geworden war. Die Charlotte schwieg zunächst, sie wollte erst einmal ihre Gedanken ordnen. Sollte sie überhaupt irgendwas sagen? Aber schließlich erzählte sie es den anderen doch. Die Inaaya hielt sich vor Schreck die Hand vor den Mund, die Andrea schüttelte nur verständnislos den Kopf. Am Ende war es ein Neuankömmling, der als Erster das Wort ergriff.

»Es ist wirklich eine Schande. Und das Gesindel wird bei den nächsten Wahlen auch noch kräftig zulegen. Wieso sieht eigentlich keiner, was da wirklich dahintersteckt?«

Die Charlotte sah den neuen Gast mit großen Augen an. Es war der »Graf«. Man sah ihn nur selten herunten im Ort. Er war irgendwann während des selbst auferlegten Exils der Charlotte nach Perchtoldsdorf gezogen und hatte begonnen, ein altes Schlösschen am Rand der Heide zu renovieren. Ob er wirklich ein Graf war, wusste keiner so genau, aber wegen des Schlosses hatte man ihm diesen Spitznamen gegeben.

In Wirklichkeit hieß er Johann Hinteregger und war der Erbe des kleinen Schlosses, das seit Jahrzehnten leise vor sich hin verfallen war. Viel mehr wusste man nicht über ihn, aber das mit dem Grafen könnte schon irgendwie hinkommen, auch wenn Adelstitel heute in Österreich verboten waren.

Der Graf war der Charlotte noch nie ungut aufgefallen. Das war allerdings auch nicht sonderlich schwer, weil er eben sehr zurückgezogen lebte. Vom Herrn Papa wusste sie lediglich, dass er gut betucht war und das Geld nicht nur aus seinem Erbe stammte, sondern aus einer florierenden Porzellanmanufaktur in Wien, die edles Geschirr nach Saudi-Arabien bis Japan verkaufte.

»Was darf's denn sein?«, fragte sie den Grafen und musterte

ihn genauer, während die Inaaya den gewünschten Orangenpunsch einschenkte. Er mochte so um die sechzig Jahre alt sein, groß gewachsen, glatt rasiert – was auch für den Kopf galt, soweit man das unter dem Hut sehen konnte – und hatte ein einnehmendes Lächeln, das auch in seinen Augen zu sehen war. Ein gutes Zeichen, dachte die Charlotte. Gekleidet war der Graf sehr traditionell: Beigefarbene Tracht, der man ansah, dass sie ganz sicher nicht von der Stange kam, und Haferlschuh. Nur die blaue Daunenjacke sah etwas deplatziert aus, aber die war der beißenden Kälte geschuldet. Vergeblich versuchte sich die Charlotte zu erinnern, ob sie den Grafen schon einmal auf ihrem Weingut gesehen hatte. Bei den Sommerfestspielen, ja, da war er damals zur Premiere eingeladen gewesen und einer der Hunderten Zeugen, die den Mord am Norbert Obermaier miterlebt hatten. Aber sonst? Fehlanzeige. Am ehesten kannte sie sein Gesicht noch aus der Gemeindezeitung, die sich regelmäßig vor Lobhudelei überschlug, weil der Graf das alte Schlösschen aus eigener Kassa restaurierte. Normalerweise waren ihr solche Leute suspekt (das war schon ihr Problem als Polizistin gewesen – Vorgesetzte und Respekt vor anderen, das war nicht ihres), aber selbst die Stimme des Grafen strahlte eine Wärme aus, der man sich einfach ergeben musste. Schließlich zuckte sie mit den Schultern und hakte das Thema für sich ab. Manche Leute wollten einfach geheimnisvoll bleiben. Solange er nichts anstellte, sollte ihr das recht sein.

Der Onkel Doktor knüpfte derweil am abgerissenen Gesprächsfaden an. »Ja, da haben Sie schon recht«, sagte er zum Grafen. »Immerhin wissen wir ja spätestens seit dem Begräbnis vom alten Zaitler, wes Geistes Kind der Adefris und seine Spezln sind.«

»Ach?«, fragte die Charlotte. »Erzähl mal, ich war ja nicht dort. Das habe ich mir lieber erspart.«

»Wie soll ich sagen?«, überlegte der Oberhofer laut. »Der Adefris saß in der Aufbahrungshalle erste Reihe fußfrei, umgeben von lauten Burschenschaftern und Konsidären, wie sich die Nichtkorporierten jetzt nennen. Wichs, Schmiss und alles Drum und Dran. Sogar ein paar junge Damen von einer Mädelschaft waren dabei. Zum größten Teil waren es Leute, die ich noch nie im Leben hier im Ort gesehen habe. Aber die Geschichte mit dem Zaitler scheint sich in gewissen Kreisen in Windeseile herumgesprochen zu haben. Und jetzt wird er dort quasi als Märtyrer verehrt. Grauslich, wenn du mich fragst.« Die Charlotte nickte und forderte ihren Onkel zum Weitererzählen auf. »Der Adefris hat auf jeden Fall eine flammende Grabrede gehalten. Immer schön am Rand des gerade noch Legalen. So wie es die Rechten halt seit ein paar Jahren machen, auch wenn ein paar von denen sogar dazu zu dumm sind und über das Ziel hinausschießen. Aber hat das denen schon jemals geschadet?«

»Sequenzielle Einzelfälle«, warf der Graf an dieser Stelle mit einem bitteren Lächeln ein. Der Arzt nickte zustimmend.

»Genau so ist es. Es sind immer nur ›Einzelfälle‹. Und so wird's auch diesmal sein. Ich weiß nicht, was passieren muss, damit mal was passiert und unsere lieben Mitbürger erkennen, was wirklich dahintersteckt.«

Wieder meldete sich der Graf zu Wort. »Ich fürchte, da würden Sie enttäuscht werden. Sie glauben ja gar nicht, wie viele Menschen sich heutzutage wieder einen sogenannten starken Mann an der Spitze wünschen. Vor allem junge Leute. Also jene, die die furchtbare Zeit nicht miterlebt haben. Ich kenne Parteiumfragen, da würden Ihnen die Haare zu Berge stehen.«

»Was auch die derzeitige Regierung und die Begeisterung für sie erklärt«, meinte die Andrea.

Der Arzt fuhr fort: »Also, wie gesagt, das Begräbnis vom alten Zaitler. Nachdem sie den alten Deppen eingegraben hatten, hat der Adefris die ganze Gesellschaft noch zum Leichenschmaus eingeladen. Zum Andrasch. Das arme Schwein hat nicht gewusst, worauf er sich da einlässt. Er war erst vor zwei oder drei Tagen bei mir zur Vorsorgeuntersuchung und hat mir die ganze Geschichte erzählt. Der Adefris hatte bei ihm einen Extraraum bestellt und, no na, einem Gemeinderat sagt man halt nicht ab. Auch wenn's einer vom rechten Gesindel ist. Als dann aber die Burschenschafter grölend eingefallen und den ganzen Nachmittag geblieben sind, ist ihm irgendwie schon anders geworden. Hat sich aber nicht getraut, den Leo anzurufen. Im Schein vom Adefris haben die Gfraster jede Hemmung verloren und Sachen gesungen … Der Andrasch war völlig fertig. Immerhin habe ich ihn beruhigen können. Er ist pumperlgsund.«

»Das hättest jetzt aber nicht erzählen dürfen, Onkel!«, scherzte die Charlotte.

Der Onkel zwinkerte seiner Nichte zu und sagte: »Ja, das war's im Großen und Ganzen. Ich habe mir gedacht, dass die Sache mit dem Tod vom Zaitler eigentlich ausgestanden sei, aber es sieht so aus, als würde da noch einiges nachwirken. Ist dir aufgefallen, was das für Leute waren, die rund um den Adefris gestanden sind?«

Die Charlotte und die Andrea nickten. Spät, aber doch, waren ihnen die Schmisse im Gesicht seiner Adoranten aufgefallen.

»Das waren alles Auswärtige«, erklärte der Onkel Doktor. »Ich würde wetten, dass das alte Burschenschafter aus Wien waren, die jetzt hier heraußen eine neue Pilgerstätte gefunden haben. Wieso zum Teufel musste der Zaitler aber auch …? Hätte der alte Depp uns das nicht alles ersparen können?«

»Jetzt haben wir das Pack da und müssen schauen, wie wir mit denen in Zukunft umgehen«, mischte sich der Leo ein. »Ich kann euch sagen, dass das in den nächsten Wochen nicht besser werden wird. Ihr wisst ja: Die Wahlen stehen an, und der Adefris hat kein Geheimnis daraus gemacht, dass er neuer Bürgermeister werden will. Und wenn das nicht funktioniert, dann wird wohl ein hoher Posten in der neuen Landesregierung auf ihn warten. Bisher hatte er ja keine Chance darauf, aber seitdem die Stimmung wegen der Flüchtlinge so gekippt ist …«

Der Leo musste seine Ausführungen nicht beenden. Allen

war klar, wie es derzeit politisch aussah. Auch wenn die Flüchtlingswelle schon längst vorbei war, wurden von diversen Seiten doch nach wie vor die Ängste der Menschen geschürt. Dem schlicht gestrickten Stimmvieh brauchte man gar nicht erst mit Zahlen und Fakten zu kommen, es war viel einfacher, den reißerischen Schlagzeilen der Boulevardmedien und den schmerzhaft anmutenden Wahlreimen der Rechten auf ihren Plakaten zu folgen. Manchmal hätte man echt denken können, dass selbstständiges Denken entweder etwas Unanständiges war oder einfach zu sehr wehtat.

Der Onkel verabschiedete sich. Der Graf schloss sich an, und auch die Charlotte und die Andrea machten sich auf den Heimweg. Den Schweinsbraten von der Omama wollten sie sich nicht entgehen lassen.

»Schaffst du das alleine?«, fragte die Charlotte die Inaaya besorgt.

»Aber ja«, meinte diese lächelnd.

»Außerdem bin ich ja auch noch da«, warf der Leo ein. »Ich werde ein Auge auf sie haben.«

»Danke! Wir kommen am späten Nachmittag wieder runter.«

Am Weingut wartete auf die Charlotte schon die nächste Tragödie. Diesmal in Form einer total aufgelösten Flora. Die kleine Schwester saß an einem Tisch in der großen Heurigenküche und stocherte lustlos in ihrem Schweinsbraten herum. Neben ihr saß der Noah, auch sein Schweinsbraten war kaum angerührt. Die Charlotte schnappte sich ebenfalls eine Portion und gesellte sich zur Flora. Erst nach ein paar Bissen vom zauberhaft zarten Schweinsbraterl, dem spröde-knackigen »Knuspi« und von den zauberhaften Erdäpfelknödeln sprach sie ihre Schwester an.

»Mah, du kannst einem echt den Appetit verderben, Flora. Wieso schaust denn so angepisst drein?«

Die Andrea stieß ihr einen Ellbogen in die Seite. »Ein bisschen mitfühlender kannst schon sein«, zischte sie.

Die Flora schaute von ihrem kaum angerührten Mittagessen

auf, ihre Augen glasig, rot und verheult. »*Whatever* …«, flüsterte sie nur und stocherte weiter in ihrem Essen herum.

»Komm schon, Schwesterherz, rück raus.«

»Ich vertschüss mich lieber«, meinte der Noah. Er stand auf, verließ die Küche und pfiff kurz. Sofort kam der Balu, der kleine Labradorwelpe, angehechelt und sprang am Noah auf und ab. Der zog sich eine Jacke über und ging mit dem Hund in den Hof hinaus.

»Geht's jetzt?«, fragte die Charlotte, nachdem der Noah im Freien verschwunden war. Durch die offene Tür zu den Gaststuben war lautes Gebrabbel von den Heurigengästen zu hören. Dazu mischte sich das Klingen von Gläsern, mit denen angestoßen wurde, und das Klirren von Besteck, mit dem genussvoll in den Schweinsbraten der Omama gestochen und geschnitten wurde.

Die Flora nickte fast unmerkbar. »Geht's um den Luca?«, schaltete sich die Andrea ein. Sie war viel empathischer als die eher praktisch veranlagte Charlotte. Ihr war schon vor Wochen aufgefallen, dass sich zwischen der Flora, dem Noah und dem Luca ein Liebesdreieck gebildet hatte, das für einen der beiden Burschen kein gutes Ende haben würde.

Bei der Erwähnung von Lucas Namen brach die sonst so toughe Flora wieder in Tränen aus. Sie legte den Kopf an die Schulter der Andrea und schluchzte hemmungslos drauflos. Nur gut, dass alle anderen in der Küche so beschäftigt waren, dass sie das Drama, das sich in der hintersten Ecke entfaltete, nicht mitbekamen.

»Schon gut, schon gut«, flüsterte die Andrea beruhigend, während sie der Flora durch die Haare strich.

Es dauerte ein paar Minuten, bis sich die Flora wieder gefangen hatte. »Ja, es geht natürlich um den Luca«, schluchzte sie. »Er bombardiert mich mit Nachrichten und fragt, wann ich zu ihm nach Italien komme. Das habe ich ihm inzwischen wenigstens ausreden können. Ich habe ihm gesagt, dass es derzeit unmöglich ist, von hier wegzukommen. Ich kann die Charlotte nicht alleine lassen, weil sie ohne mich nichts auf die Reihe bekommt.«

»Fräulein!«

Die Flora ignorierte den Zwischenruf ihrer großen Schwester. »Dann hat er gemeint, dass er raufkommt.«

»Auch nicht besser, oder?«, merkte die Andrea an. Fassungs- und verständnislos saß die Charlotte daneben.

Die Flora schüttelte heftig den Kopf. »Nein, natürlich nicht. Ich … ich … ich weiß einfach nicht, was ich machen soll.«

»Was ist mit dem Noah?«, fragte die Andrea.

»Der nimmt das eh heldenhaft hin.«

»Und wenn du mit dem Luca einfach Schluss machst? Ich weiß, ich weiß … Das ist hart und alles andere als einfach. Vor allem so knapp vor Weihnachten. Aber manchmal ist ein Ende mit Schrecken tatsächlich besser als ein Schrecken ohne Ende.«

»Ach, Andrea. Wenn das nur so einfach wäre. Ich weiß doch selbst nicht, was ich wirklich will. Ich bin sechzehn, meine Hormone spielen verrückt, und hier kommt man nie zur Ruhe. Meine große Schwester mischt sich ständig in irgendwelche Mordgeschichten ein …«

»He! Hallo! Ihr wisst schon, dass ich neben euch sitze?«

»… und ich kann dann immer hinter ihr aufräumen.« Die Flora ignorierte die Charlotte einfach. »Dazu noch die eisige Stimmung zwischen der Charlotte und der Mama. Glaubt ihr, das ist einfach für jemanden in meinem Alter?«

»Jetzt reicht's dann aber langsam«, empörte sich die Charlotte. »Du bist heute schon die Zweite, die mir die Schuld gibt, dass es im letzten Jahr hier so rundgegangen ist. Und was heißt, du musst hinter mir aufräumen? Liebes Fräulein, ich glaube, da nehmen Sie sich ein bisschen zu wichtig. Wenn ich mich richtig erinnere, habe ich dir eigentlich immer gesagt, dass du dich raushalten sollst, weil es zu gefährlich ist. Wenn du nicht hören willst und überall deine Nase reinstecken musst, kann ich dir auch nicht helfen.«

»Kommt schon, ihr zwei, jetzt beruhigen wir uns alle wieder«, versuchte die Andrea schlichtend einzugreifen. Innerlich gab sie ihrer Freundin allerdings recht. Die Flora brauchte sich wirklich über nichts zu beschweren. Aber das waren wohl die Pubertätshormone, die da mit ihr durchgingen. »Also, kommen wir zurück zum Luca. War das der Grund, wieso der Noah vorhin verschwunden ist? Was sagt er überhaupt zu der ganzen Sache?«

»Das Gleiche wie du. Ich soll mit dem Luca Schluss machen.«

»Bist du in den Luca verliebt? In den Noah?«

»Hach, was weiß ich denn? Ich mag sie beide. Sie sind halt völlig unterschiedlich.«

»Und der Noah ist praktischerweise immer zur Hand, weil er nicht in Italien lebt, gell?«

Die Flora nickte beschämt.

»Ich fürchte, damit musst du selber klarkommen«, meinte die Andrea abschließend. »Klar ist nur, dass es so nicht weitergehen kann, sonst seid ihr am Ende alle drei kaputt, und es geht gar nichts mehr. Ich spreche da aus Erfahrung, und glaube mir: Irgendwann stehst du plötzlich ganz alleine da. Ewig werden die beiden nicht so mit sich umspringen lassen.«

Die Charlotte hatte währenddessen ihren Schweinsbraten inklusive Erdäpfelknödeln verputzt. Sie lehnte sich zurück, rülpste leise und grinste: »So, jetzt noch ein Schnapserl und ein Zigaretterl und dann ab ins Bett. Ich bin echt fertig.«

»Das ist alles, was du dazu zu sagen hast?«, fragte die Flora fassungslos.

»Schwesterchen, an wessen Schulter hast du dich denn gerade ausgeweint? Sicher nicht an meiner.«

»Ja, weil du das Feingefühl einer angeschossenen Gazelle hast, blöder Trampel.«

Die Charlotte warf ihrer kleinen Schwester einen giftigen Blick zu und ließ sie dann mit der Andrea allein. An der Schank füllte sie sich einen Obstler ein, schüttete ihn auf ex runter und verzog sich dann vor die Tür, um die vorhin angesprochene Verdauungszigarette zu rauchen. Unter dem Heizpilz, der den

Rauchern eine möglichst erfrierungsfreie Fütterung ihres Affen ermöglichte, traf sie auf mehrere Gäste, die sie sofort in Beschlag nahmen. Aus einer Zigarette wurden zwei, dann drei, dann vier. Und dazu noch ein Achterl vom frischen Rosé, ein Glas vom »Schüttelwein«, aber die Vorwürfe ihrer kleinen Schwester gingen der Charlotte nicht aus dem Kopf. Auch nicht, als sie sich gegen fünfzehn Uhr endlich ein wenig aufs Ohr hauen konnte. Sie schlief schlecht und wachte nach nicht einmal einer halben Stunde wieder auf.

4

Sonntag, 14. Dezember

Als sich die Charlotte gegen achtzehn Uhr auf den Weg hinunter in den Ort machte, war auch die Flora dabei. Ihr Zorn war mittlerweile verraucht. Gemeinsam mit dem Noah und dem Balu zwängte sie sich auf die Rückbank von Charlottes Passat, die Andrea nahm am Beifahrersitz Platz. Abgesehen vom Hecheln vom Balu blieb es auf der fünfminütigen Fahrt ungewöhnlich still. Jeder hing seinen Gedanken nach. Die von der Charlotte drehten sich in erster Linie um die unverhohlene Drohung vom Adefris, die sie noch immer nicht ganz verdaut hatte. Die von der Andrea drehten sich nach wie vor um den grausigen Anblick von dem völlig zerstörten Körper des toten Pfarrers. Die vom Noah drehten sich um die Flora und den Luca und die von der Flora drehten sich um den Luca und den Noah. Und der Balu? Der schnappte in Gedanken bereits wieder nach diesen kleinen, eiskalten Schneeflockerln, die er einfach nicht fangen konnte.

Am Weihnachtsmarkt angekommen, war es sofort vorbei mit der Ruhe. Es herrschte helle Aufregung. Unter den gut zweihundert Besuchern war keiner, der nicht fieberhaft mit den Händen herumfuchtelte, seine Stirn in Falten legte oder lautstark fluchte.

Die größte Traube hatte sich um ihren eigenen Stand gebildet; sie hatten Mühe, durch die Menschenmenge durchzukommen. Der Leo stand mit zwei seiner Kollegen schützend davor, die Inaaya hatte sich verschreckt ins letzte Eck zurückgezogen.

»Was ist denn hier los?«, fragte die Charlotte entsetzt.

»Schau doch mal auf deinem Handy nach«, schnauzte der Leo sie an. Sie zückte ihr Handy, und tatsächlich, in der letzten halben Stunde hatte sie gut ein Dutzend unbeantworteter Anrufe ihres Cousins bekommen. Verdammt, sie hatte vergessen, nach ihrem kurzen Nachmittagsschläfchen ihr Handy wieder auf laut zu stellen. Das erklärte aber noch immer nicht, was hier jetzt los war.

In diesem Moment kamen drei weitere Polizisten dazu, und nach ein paar Minuten war der Auflauf vor Charlottes Punschstand einigermaßen aufgelöst.

Der Leo schnaufte kurz durch, dann sagte er: »Wir haben am Nachmittag die Meldung vom Mord am Pfarrer rausgegeben. Das Bekennerschreiben hatten wir schon am Vormittag an den Verfassungsschutz weitergeleitet. Irgendein Irrer muss das in den letzten Stunden an die Medien geschickt haben. Die haben das natürlich sofort überall groß im Internet verkündet.«

Die Andrea hatte sich unterdessen um die verschreckte Inaaya gekümmert, jetzt hielt sie der Charlotte ihr Handy vor die Nase. Sie hatte einige der österreichischen Online-Portale abgeklappert. Überall war der gleiche Aufmacher zu lesen, mal mehr, mal weniger reißerisch getitelt: »Terror erreicht Tore Wiens«, »Perchtoldsdorfer Turmsturz Beginn einer neuen Türkenbelagerung?«, »Bestialischer Pfarrersmord in Wiener Nobelvorort«, »Islamisten stürzen Pfarrer in die Tiefe« und so weiter und so fort. In den Aufmacherbildern waren in unterschiedlichen Kombinationen maskierte oder bärtige Männer mit Säbeln zu sehen, die IS-Flagge und ein körniges Bild von Pfarrer Kraus, dazu noch ein Foto vom Perchtoldsdorfer Wehrturm. In den Artikeln selbst bezogen sich die meisten Blätter auf Tratschtante Trude, die anscheinend nichts anderes zu tun hatte, als Reporterfragen zu beantworten und dabei gleich weltumfassende Verschwörungstheorien aufzustellen – die von den Reportern natürlich dankend aufgegriffen wurden.

Die Trude hatte natürlich auch nicht mit ihrer Annahme hinter dem Berg gehalten, dass »kopftuchtragende Araber« hinter dem Mord am Pfarrer steckten. Detailgetreu hatte sie beschrieben, wie sie die Verdächtigen in der Nacht von ihrem

Fenster aus flüchten gesehen hatte. Witzigerweise fragte niemand nach, wieso sie denn nicht die Polizei verständigt hatte, wenn das doch alles so verdächtig gewesen war. Dafür ergoss sich die Trude in Lobgesängen auf den verblichenen Pfarrer, der über die letzten Jahrzehnte das Gemeindeleben so stark geprägt habe.

Nachdem sich die Charlotte durch die größtenteils unappetitlichen Geschichten gekämpft hatte, wollte sie vom Leo wissen: »Und was hat das alles mit der Inaaya zu tun?«

»Na, ist das nicht offensichtlich?«, antwortete der Leo kopfschüttelnd. »Die Medien haben dank der Aussage der Trude natürlich sofort die Verbindung zu den Flüchtlingen hergestellt. Und nach der Szene mit dem Adefris von heute Vormittag haben sich ein paar Idioten bemüßigt gefühlt, es ihm gleich nachzumachen. Zum Glück war ich da, sonst wäre weiß Gott was passiert.«

Die Charlotte schaute sich um. Der Mob hatte sich längst wieder auf die anderen Punschhütten verteilt. Vom Adefris war nichts zu sehen, aber dafür war das Angelface da. Wie schon am Vormittag war die junge Dame von einem Kreis älterer, schmissiger Herren umgeben.

»Kennst du die eigentlich?«, fragte die Charlotte ihre kleine Schwester. Das Angelface war vermutlich nicht viel älter als die Flora. Vielleicht kannte ihre Schwester sie ja aus der Schule.

»Wen?«, fragte die Flora. »Meinst du die Hela da drüben?« Dabei zeigte sie völlig ungeniert mit dem Finger auf das Angelface. Die Charlotte nickte.

»Wer nennt sein Kind denn bitte Hela?« Das war für die Charlotte eine mehr oder weniger rhetorische Frage, auf die sie unerwarteterweise sogar eine Antwort bekam. Natürlich von der Flora.

»Na ja, zum Beispiel jemand, der selbst Hagen heißt? Das ist die Tochter vom Adefris. Sie ist bis letztes Jahr bei uns ins Gymnasium gegangen, jetzt studiert sie in Wien Jus, soweit ich weiß. In der Familie haben alle so eigenartige altdeutsche Namen. Eigentlich heißt sie Helena, weil der Pfarrer dem Adefris bei der Taufe das ›Hela‹ nicht durchgehen ließ. Hat ja auch seine Edda gelesen.«

»Seine was?«, fragte die Charlotte.

»Die Edda. Grob gesagt eine Sammlung nordischer Sagen und Mythen. Thor, Odin, Loki und so weiter. Sollte man heutzutage doch wenigstens aus dem Kino kennen, wenn man sie schon nicht gelesen hat. Na ja, dort ist Hela die Todesgöttin. Also eigentlich heißt sie dort nur ›Hel‹, aber inzwischen kennt man sie nur mehr als ›Hela‹. Kommt am Taufbecken halt nicht so gut. Helena hat der Pfarrer schlucken müssen, auch wenn er genau wusste, worauf der Adefris hinauswollte. Aber so hat sie nie jemand genannt. Immer nur Hela, die Abkürzung. Stand angeblich sogar so im Klassenbuch. Auf jeden Fall ist sie mit der Geschichte in der Schule immer hausieren gegangen. War ganz stolz darauf, dass ihre Eltern der Kirche ein Schnippchen geschlagen haben. Die Hela war immer schon ein bisschen eigenartig. Abgehoben. Die Tochter von einem Gemeinderat halt. Und jetzt macht sie sich auch noch Hoffnungen, bald Bürgermeistertochter zu sein.«

»Dass es dazu kommt, kann ich mir nicht vorstellen«, widersprach die Charlotte trotzig.

»Ach, Charlotte, schau dich doch mal um!« Die Flora schwang sich zu einem Sermon über die aktuelle politische Lage im Land auf. Nicht, dass die Charlotte das nicht schon zu Mittag vom Onkel und vom Grafen erläutert bekommen hätte! »Nachdem die Rechten inzwischen bei uns sogar in der Regierung sitzen, ist gar nix mehr unvorstellbar. Jetzt geht's an die Futtertröge. Und da werden keine Gefangenen gemacht. Burschenschafter und Konsidäre kriechen aus ihren Löchern. Lies doch wenigstens einmal die Zeitung, Charlotte. Bekommst du gar nicht mit, was da so abgeht? Keiner, der bei Verstand ist, glaubt den Rechten doch nur ein Wort von wegen, dass sie für die Kleinen und die Arbeiter sind.«

»Nur leider sind halt so viele nicht ganz bei Verstand«, sagte die Andrea. Was die Flora mit einem altklugen und müden Nicken quittierte.

Die Charlotte wunderte sich immer wieder, was für geschraubte Sätze aus dem Mund ihrer nur halb so alten Schwester kamen. Allerdings war die Kleine immer schon die größere Streberin gewesen. Da, wo sich die Charlotte mit Müh und Not durchgeschwindelt hatte, blühte die Flora erst so richtig auf. Und – aber das würde die Charlotte nie und nimmer zugeben – sie fand, dass ihre kleine Schwester nicht nur hochintelligent, sondern, fast noch wichtiger, richtig clever war. Sie durchblickte fast intuitiv komplexe Zusammenhänge und ließ sich für ihre sechzehn Jahre nichts, aber auch gar nichts vormachen. Außer es ging um ihr Liebesleben, da war sie nicht ganz so clever. Das alles machte das Leben mit so einer siebengescheiten Schwester zwar nicht einfach, aber immerhin musste man sich um die Zukunft der Kleinen mal keine Sorgen machen.

»Es gibt inzwischen übrigens ein paar Neuigkeiten in Bezug auf den Mord an Pfarrer Kraus«, mischte sich der Leo jetzt ein.

»Und zwar?«

»Das Bekennermail wurde von der IP-Adresse des Pfarrheims abgeschickt.«

»Wie geht das denn?«, wunderte sich die Charlotte. »Das Mail ist doch erst heute Vormittag eingetrudelt, und ihr hattet das Pfarrheim doch sicher abgesperrt, oder? Wer soll von dort was weggeschickt haben?«

Der Leo nickte. »Ja, klar hatten wir es abgesperrt. Es scheint zeitversetzt verschickt worden zu sein. Unsere Spezialisten meinen, dass die Täter das Mail am verschwundenen Laptop des Pfarrers geschrieben und es abgeschickt haben, nachdem sie ihn überwältigt hatten. Allerdings mit einer zeitversetzten Zustellzeit. So was geht heutzutage. Das Mail lag dann auf dem Server des Mail-Providers und ging am Vormittag schließlich an uns raus. Frag mich bitte nicht, wie das alles genau funktioniert, das ist mir zu technisch. Abgeschickt wurde es jedenfalls im Pfarrheim. Der Gerichtsmediziner ist mit der Obduktion natürlich noch nicht fertig, aber erste Ergebnisse haben wir bekommen. An der Leiche wurden Quetschungen an den Armen und Beinen festgestellt, die schon vor dem Sturz da gewesen sein müssen. Also dürfte man ihn gefesselt haben, bevor man ihn zum Wehrturm geschleppt hat. Reißspuren gibt es auch rund um den Mund, dort, wo die Barthaare fehlen. Das wussten wir bereits, aber jetzt ist auch sicher, dass er mit einer Art Gaffertape geknebelt war.«

»Wie sind die Täter eigentlich in den Wehrturm reingekommen?«, wollte die Andrea wissen. »Ist der nicht immer abgesperrt? Ich wollte ihn mir mal anschauen, aber der hat ja nur im Sommer an den Wochenenden geöffnet.«

»Das stimmt. Da rätseln wir auch noch. Der Wehrturm ist ständig verschlossen, eben auch, um potenzielle Selbstmörder abzuhalten. Wir konnten aber keine Einbruchsspuren an der Eingangstür feststellen.«

»Also hatten die Täter einen Schlüssel?«

»Scheint fast so. Das ist leider etwas schwierig nachzuvollziehen, weil nämlich einige Schlüssel im Umlauf sind.«

»Gleich mehrere?«, fragte die Charlotte nach.

»Weil wohl niemand damit gerechnet hat, dass da mal wirklich jemand einsteigen will. Ist seit Jahrzehnten nicht passiert. Vom Putztrupp bis zur Gemeindeverwaltung und uns bei der Polizei hat jeder seinen eigenen Schlüssel. Und ich möchte gar nicht wissen, wer sich sonst noch alles den Schlüssel nachgemacht hat. Da ist man schon ziemlich schleißig damit umgegangen. Wir haben natürlich alle bekannten Schlüsselbesitzer schon kontaktiert, aber niemand hat einen Schlüssel als fehlend gemeldet.«

»Was nicht viel heißen muss.«

Der Leo nickte ernst. »Deshalb werden jetzt alle genau überprüft. Auf den ersten Blick ist noch niemand dabei, der etwas mit Islamisten zu tun haben könnte. Nicht einmal im Putztrupp, und das ist jetzt nicht böse gemeint, gibt es jemanden mit muslimischem Hintergrund. Das sind alles Kroaten, Slowaken oder Polen.«

»Was machst du da?«, wandte sich die Charlotte überrascht an die Flora. Die tippte nämlich wie wild auf ihrem Handy herum.

»Pscht!«, zischte die Flora, tippte noch ein paar Sekunden und gab erst dann die gewünschte Antwort: »Ich habe dem Luca gerade abgesagt.«

»Wie? Abgesagt? Hast du gerade keine anderen Sorgen? Wir sind von einem Lynchmob umgeben, der jede Sekunde wieder hochgehen kann, und du denkst nur an deinen Bonsai-Lover?«

»He! ›Bonsai‹ war er vor einem Jahr vielleicht. Jetzt ist er größer als du! Und außerdem: Genau deswegen habe ich ihm ja geschrieben. Er soll lieber daheimbleiben, bei uns ist die Terrorgefahr zu groß. Ich will nicht, dass ihm etwas passiert.«

Hinter der Flora verdrehte der Noah genervt die Augen.

»Terrorgefahr?« Die Charlotte war fassungslos, während sich die Andrea ein Schmunzeln nicht verkneifen konnte. »Wegen so einem dämlichen E-Mail?«

»Als Ausrede geht es jedenfalls durch. Komm, wir gehen was trinken.« Damit machte sie am Absatz kehrt, und der Noah, dem die Aufforderung offensichtlich gegolten hatte, folgte der resoluten kleinen Nöhrer auf dem Fuß.

»Was heißt, ihr gehts was trinken?«, schrie ihr die Charlotte empört nach. »Wohin geht ihr was trinken? Hier gibt's doch eh was!«

Aber die Flora drehte sich nicht mehr um. Nur der Balu warf ihr einen unschuldigen Dackelblick zu (»Ich kann nix dafür!«) und trottete dann brav hinter dem Noah hinterher.

»Ach, gehts doch alle sch…«, fluchte die Charlotte. Angesichts der, sagen wir mal, suboptimalen Stimmung, tunkte die Andrea den Schöpflöffel in den Dreißig-Liter-Tank mit Beerenpunsch (teils selbst angesetzt, teils selbst zugekauft), löffelte noch ein paar von den gatschigen und picksüßen Waldbeeren dazu und drückte der Charlotte das Häferl in die Hand.

»Danke«, murmelte die Charlotte und stürzte den Punsch in zwei langen Schlucken in sich hinein. Woraufhin mindestens die Hälfte umgehend wieder rauskam. Die Charlotte spuckte und prustete, tanzte auf einem Bein und wachelte sich mit der freien Hand Luft zu.

»Fuck! Fuck! Fuck! Das ist ja scheißheiß!« Sie kam gar nicht mehr aus dem Fluchen heraus.

Der Leo beugte sich über die Schank und goss seiner Cousine schnell ein Glas kaltes Wasser ein. Anstatt zu trinken, steckte die Charlotte ihre Zunge hinein. Selbst im Zwielicht der künstlichen Beleuchtung des Weihnachtsmarkts war zu sehen, dass die Zunge ein ungesundes Dunkelrot angenommen hatte. Wie ein Hund schlabberte sie das Wasser. Nach ein paar Minuten hatten sich die Schmerzen halbwegs gelegt, aber die Charlotte würde die nächsten Stunden oder sogar Tage nicht viel schmecken.

»Keine Zungenküsse in nächster Zeit«, lispelte die Charlotte angepisst in Richtung Andrea.

Die zuckte mit den Schultern und erwiderte: »Mit dir vielleicht nicht ...«

Woraufhin sich die Augen der Charlotte zu gefährlich schmalen Schlitzen verengten. Die Andrea lächelte zuckersüß, hängte sich beim Leo ein und schlenderte davon. Konnte ja nie schaden, auch mal bei der Konkurrenz vorbeizuschauen. Damit blieb die Charlotte alleine mit der Inaaya zurück. Die saß schon wieder eingeschüchtert im hintersten Winkel der Punschhütte.

Die Charlotte nickte ihr aufmunternd zu. »Keine Angst, Inaaya, das ist nur der ganz normale Wahnsinn hier. Du wirst dich daran gewöhnen.« Jedes Wort tat der Charlotte auf der Zunge weh, daher verlief die nächste Stunde schweigsam. Die Inaaya bediente die spärliche Kundschaft.

Eine eigenartige Stimmung lag über dem Weihnachtsmarkt. Es war der erste seit Jahrzehnten, der ohne den im ganzen Ort geschätzten Pfarrer über die Bühne gehen würde. Der Todessturz war natürlich nach wie vor das Thema Nummer eins, und immer wieder konnte die Charlotte beobachten, wie Marktbesucher einen mehr oder weniger verstohlenen Blick zu der ungefähren Todesstelle hinüberwarfen. Außer der Charlotte, der Andrea und der Polizei wusste niemand, wo genau der Pfarrer gelandet war. Aber man konnte sich das relativ leicht ausmalen.

Die Andrea war mittlerweile von ihrem Rundgang zurückgekehrt. Sie nahm die Charlotte in den Arm und steckte ihr – entgegen dem vorherigen Wunsch der Charlotte – die Zunge in den Mund. Allerdings ganz sanft. Und irgendwie, auch wenn der Kuss etwas schmerzte, hatte die Charlotte keine Lust, die Andrea von sich wegzustoßen. Ihre Zunge war angenehm kühl.

Die Inaaya, die so einen öffentlichen Austausch von Zärtlichkeiten nicht gewohnt war, drehte sich verschämt weg und beschäftigte sich mit dem Abwaschen von retournierten Punschhäferln. Gegen einundzwanzig Uhr hatte sich der Weihnachtsmarkt so gut wie geleert. Ungewohnt früh, aber wohl auch dem Tod des Pfarrers geschuldet.

Dann stand plötzlich der nächste Gemeinderat bei der Charlotte am Punschstand. Oder besser eine Gemeinderätin. Die Gina Blauensteiner lümmelte sich auf die Theke und orderte einen Orangenpunsch. Sie war eine imposante Gestalt: fast eins neunzig groß, blonde, schulterlange Haare und ein Schmollmund, mit dem man ganz hervorragende Schnoferl ziehen konnte. Sie war die einzige Vertreterin der UPÖ, der Umweltpartei Österreichs, im Perchtoldsdorfer Gemeinderat. Zudem eine der wenigen Frauen in diesem Gremium. Beides hatte man sie von Anfang an spüren lassen. Statt des Umweltressorts hatte man ihr die Kultur umgehängt. Natürlich auch wichtig, aber doch ein Affront gegenüber einer ausgewiesenen Umweltschützerin. Die Gina hatte ihr Amt aber immerhin dafür genützt, den Asylwerbern das Kulturzentrum zur Verfügung zu stellen. Dafür hatte sie hart gekämpft und sich letztlich durchgesetzt. Was aber nicht hieß, dass sie nicht auch weiterhin für die Umwelt kämpfte.

»Na, was ist denn mit Ihnen los?«, fragte die Charlotte und schob ihr den Orangenpunsch über die Theke. Die schlechte Laune war der Gina auf einen Kilometer anzusehen.

Sie sprach leise, desillusioniert. »Der Adefris und seine Kumpane sind los. Die haben es doch echt geschafft, dass sich im Wahlkampf wieder alles um die Flüchtlinge drehen wird. Dabei haben wir doch ganz andere Probleme, aber mir will ja keiner zuhören.«

»Mhm«, murmelte die Charlotte, die der Gina auch nur halb zuhörte und die Gemeinderätin damit unfreiwillig in ihrer Meinung bestätigte. Sie war viel zu sehr mit ihrer eigenen Lage beschäftigt. Unter anderem mit der schmerzenden Zunge.

Die Gina fuhr unverdrossen fort: »Wenn wir nicht aufpassen, machen die uns nächstes Jahr unser schönes Perchtoldsdorf kaputt. Das muss man sich mal vorstellen! Die wollen Probebohrungen in Sachen Schiefergas machen, und dann …«

Zu dem Zeitpunkt hatte die Charlotte bereits komplett auf Offline-Modus geschaltet. Eigentlich wollte sie nur noch, dass dieser Tag endlich zu Ende war.

»… aber das interessiert hier ja niemanden. Alles dreht sich nur um die Flüchtlinge«, schloss die Gina Blauensteiner ernüchtert ihren Vortrag. Sie zahlte, verabschiedete sich und machte sich auf den Heimweg.

»An wen erinnert mich die nur?«, fragte die Charlotte, nachdem die Riesin gegangen war.

»Wahrscheinlich an die … na, wie heißt sie? Weißt schon, die große Blonde aus ›Game of Thrones‹.«

Das ließ den beiden jetzt keine Ruhe mehr.

Die Andrea googelte den Namen. »Gwendoline heißt die. Gwendoline Christie! Und ja, die ist auch so riesig. Könnte echt ihre Zwillingsschwester sein.«

Die Charlotte war aber mit ihren Gedanken schon wieder ganz woanders und nickte nur abwesend.

Auch sonst schien niemand mehr Lust zu haben, sich an so einem Abend zu betrinken. Die Charlotte beschloss, den Stand für heute zu schließen. Und war mit dieser Entscheidung nicht alleine. Rundherum wurden bei den Ständen die Schotten dichtgemacht. Nachdem sie die Inaaya noch im Kulturzentrum abgesetzt hatten, fuhr die Charlotte mit der Andrea schnurstracks heim aufs Weingut. Ausnahmsweise mal ohne Abstecher in die Turmbar oder die Motte.

Auch daheim war die Lage nicht besser. Bis auf ein paar Spezis vom Herrn Papa war der Heurige leer. Was der Charlotte gar nicht unrecht war. Sie fühlte sich komplett erledigt und wollte nur noch ins Bett.

5

Montag, 15. Dezember

Der Wecker riss die Charlotte schon um kurz nach sieben Uhr aus den Federn, trotzdem fühlte sie sich für diese für sie unsägliche Zeit unerwartet fit und ausgeschlafen. Gut, ein Abend fast ohne Alkohol hatte durchaus seine Vorteile, musste sie sich mit dem Anflug eines schlechten Gewissens selbst eingestehen. Neben ihr hatte sich die Andrea vom Läuten des Weckers nicht im Geringsten stören lassen.

Die Charlotte schlurfte zum Fenster und zog die Vorhänge auf. Was nicht wahnsinnig viel an der Helligkeit – oder eigentlich Dunkelheit – änderte. Nur mehr wenige Tage bis zur längsten Nacht des Jahres. Da das Schlafzimmerfenster noch dazu westseitig lag, war es noch finsterer. Nur auf den Weinhügeln, die sich hinauf in Richtung Tirolerhof und Gießhübl zogen, war ein Hauch von Sonnenlicht zu sehen, das im Schnee funkelte. Am Himmel zogen ein paar einsame Wolken. Alles in allem versprach es aber ein strahlend schöner, wenn auch bitterkalter Tag zu werden.

»Schon romantisch.« Die Charlotte erschrak. Sie hatte nicht gehört, dass inzwischen auch die Andrea aufgestanden war. Ihre Freundin schmiegte sich von hinten an sie, die Hände vor dem Bauch von der Charlotte verschränkt.

»Mhm«, antwortete die Charlotte, löste sich aus der Umarmung und gab der Andrea einen kurzen Kuss. Ein paar Minuten später nahmen beide in der Küche Platz, wo der Rest der Familie bereits mitten im Frühstücken war. Die Flora und der Noah waren sogar schon fertig.

»Ciao!«, sagte die Flora, noch ihre Buttersemmel kauend. »Und nift vergeffen, heute Nafmittag kommt meine Klaffe vorbei.«

»Deine Klaffe?«, ätzte die Charlotte.

Die Flora würgte den Rest ihrer Semmel hinunter. »Meine Klasse, Doofkopf.«

»Wieso kommt deine Klasse heute bei uns vorbei?«, fragte die Charlotte ehrlich erstaunt.

Die Flora stemmte die Arme in die Hüften, neigte den Kopf ein wenig zur Seite und sandte ihrer großen Schwester Blicke, scharf wie ein Tranchiermesser. Wie sie so dastand, war sie fast eine Kopie von der Frau Mama. »Merkst du dir eigentlich irgendwas von dem, was ich dir sage? Wir kommen mit unserer Geschichtsprofessorin vorbei, weil wir uns die alte Geheimkammer der Familie Goldmann ansehen wollen. Du weißt schon, wovon ich rede?«

Die Charlotte strich sich seelenruhig und völlig unbeeindruckt ein Frischkäsebrot und nickte dabei langsam. »Na klar, es wäre nur schön, wenn ich vorher über so etwas informiert würde.«

»Charlotte!«, schnaubte die Flora. »Ich habe dir das letzte Woche angekündigt. Wie wäre es, wenn du mir mal zuhören würdest?« Sie machte am Absatz kehrt und stapfte, mit dem Noah an der Hand, zur Tür hinaus. Die Hotelgäste im Frühstücksraum drehten sich um und blickten der kleinen Nöhrer verwundert nach.

»Charlotte«, meinte jetzt auch die Frau Mama, allerdings nicht ganz so empört wie die Flora, »ist es wirklich notwendig, dass du deine kleine Schwester immer so aufziehst? Du weißt doch genau, wie sie reagiert.«

»Jaja«, antwortete die Charlotte eingeschnappt. »Immer Rücksicht auf die kleine Diva nehmen. Als ob –«

»Charlotte!«, fuhr die Omama drein, bevor es zu einem ausgewachsenen Familienstreit kommen konnte. Der Warnruf wirkte. Nicht zuletzt, weil die Omama das »e« am Ende von Charlotte ausgesprochen hatte. Das tat sie nur, wenn sie es wirklich ernst meinte. Wenn die Omama ihren Namen so aussprach, war wirklich Feuer am Dach.

Sowohl die Charlotte als auch die Frau Mama hielten den Mund und konzentrierten sich auf ihr Frühstück.

Natürlich hatte die Flora ihre große Schwester vorgewarnt, dass sie heute mit ihrer Klasse am Weingut einfallen würde. Und natürlich hatte die Charlotte es gehört, aber genauso schnell auch wieder vergessen. Dabei hatte sie die tragische Geschichte mit der Familie Goldmann noch ganz frisch in ihrem Gedächtnis. War ja auch erst ein paar Wochen her. Genau wie die Geschichte mit dem Bunker beziehungsweise dessen ausgebrannten Überresten, der in den letzten Wochen zur Pilgerstätte von rechtem Gesindel geworden war. So viel Mühe konnten sich der Leo und seine Kollegen gar nicht geben, dass nicht immer wieder einer von dem Pack bis zur Bunkerruine vordrang und das eine oder andere Erinnerungsstück mitgehen ließ. Inzwischen stand der Aufwand in keiner Relation mehr zum Ergebnis, weshalb man die Bewachung ganz aufgegeben hatte.

Das war jetzt per se nicht das Riesenproblem, denn viel mitzunehmen gab es nicht. Die Explosion hatte so ziemlich alles vernichtet, was noch im Bunker gewesen war. Das größere Problem waren die Horden an Konsidären und Neonazis (wobei sich die Charlotte nicht ganz sicher war, wo genau da der Unterschied war), die seitdem durch den Ort vagabundierten und immer wieder für Stunk sorgten.

Der gestrige Tag war das beste Beispiel dafür. Noch vor einem Jahr hätte sich dieses Gesindel nie so offen auf die Straße gewagt oder gar eine ihrer Mitarbeiterinnen attackiert. Und jetzt? Jetzt hatte Österreich eine »rechtskonservative« Regierung, und auf einmal standen solche Nazi-Rülpser auf der Tagesordnung. Ohne dass irgendjemand ernsthaft dagegen vorging. Wieso die Leute auch einfach nicht aus der eigenen Geschichte lernen wollten! Nein, die Charlotte war nie groß an Politik interessiert gewesen, aber selbst sie bekam mit, was sich in Österreich und im Rest Europas abspielte: Ungarn, Polen … jetzt Österreich, und was in Zukunft in Deutschland passieren könnte, daran wollte sie am liebsten überhaupt nicht denken.

Musste sie auch gar nicht, denn die nächste große Veränderung konnte demnächst schon in ihrem geliebten, heimeligen Perchtoldsdorf anstehen. Wenn die Umfragen stimmten, würden die Rechten, Pardon: die Rechtsgerichteten, auch bei den Lokalwahlen stark zulegen. Und wie das Leben unter einem Bürgermeister Adefris sein würde … Nein, besser gar nicht darüber nachdenken. Alles in allem war es also schon gut, dass die Flora am Nachmittag ihre ganze Klasse anschleppte, um den jungen Leuten einmal geschichtlichen Anschauungsunterricht angedeihen zu lassen. Wie oft hatte man heutzutage noch die Möglichkeit, sich den Ort anzusehen, an dem eine jüdische Familie vergeblich versucht hatte, sich vor den Nazis zu verstecken?

Sie trank einen Schluck von ihrem kalten Kaffee, schüttelte den Kopf und nahm die anstehenden Arbeiten des Tages in Angriff. In wenigen Stunden öffnete der Heurige, bis dahin musste noch einiges erledigt werden. Außerdem wollte der Herr Papa mit ihr noch eine Runde durch die Weingärten drehen, um die Qualität jener Trauben zu prüfen, die im Herbst nicht gelesen worden waren. Die hatte man aufgehoben, um sie zur rechten Zeit (also demnächst) für eine Eisweinproduktion zu lesen. Picksüßes Zeug, Dessertwein, den man nur in geringen Mengen konsumierte, der aber auch nur in geringen Mengen produziert werden konnte. In den letzten Jahren sehr oft überhaupt nicht, weil die Winter einfach zu warm gewesen waren. Heuer schaute es aber endlich einmal danach aus, als könnte es wieder funktionieren.

Nachdem sich die Andrea auf den Weg in die Anwaltskanzlei in Wien gemacht hatte, pfiff der Herr Papa einmal, und zur Überraschung der Charlotte stand plötzlich der Balu aufbruchbereit da.

»Hast du ihn abgerichtet?«, fragte die Charlotte baff.

»Nein, ich hab mich nur ein bisschen mit ihm beschäftigt«, antwortete der Herr Papa lässig. »Es gibt so einiges, was du nicht mitbekommst, weil du ständig irgendeinem Mörder nachrennst.« Bevor die Charlotte wieder eingeschnappt sein konnte, drückte er sie fest an sich. »Aber das ist schon okay. Irgendwer muss im Ort ja schauen, dass alles seine Ordnung hat.«

Dann wuschelte er ihr durch die kastanienroten Locken, und mit einem Mal fühlte sich die Charlotte wieder wie ein kleines Kind. Sie drückte ihren Vater fest an sich und genoss den Moment.

Wenig später marschierten sie durchs hintere Tor hinaus auf die Wiese und in den angrenzenden Weingarten. Die Eisweinproduktion war – noch – eindeutig die Sache des Herrn Papa. Dafür benötigte es Erfahrung und ein gutes Auge, welche Rebstöcke sich dafür überhaupt eigneten. Das Ganze war ein wenig wie ein Roulettespiel, mit nur zwei möglichen Resultaten: funktioniert oder funktioniert nicht. Natürlich war auch eine gute Portion finanzielles Risiko dabei. Um Eiswein zu produzieren, mussten gesunde Trauben am Rebstock belassen werden. Um jegliche Gefahr einer Botrytisinfektion zu verhindern und die kostbaren Trauben vor Vogelfraß zu schützen, waren die Rebstöcke in Netze gepackt worden. Der frühe Wintereinbruch war optimal für die Trauben, die komplett durchgefroren sein mussten, um vermarktbaren Eiswein herzustellen.

Gemeinsam stapften die Charlotte und der Herr Papa durch den kniehohen Schnee. Balu versank bis über die Ohren in den Schneemengen. Das schwarze Energiebündel ließ sich davon aber nicht einschüchtern und jagte wie ein Flummi durch die weiße Pracht. Die Charlotte konnte nicht anders, sie machte mit ihrem Handy ein Video des völlig überdrehten Hundes, das sie an den Noah und ihre Schwester schickte.

Der Herr Papa kontrollierte derweil stichprobenartig die Trauben. Vorsichtig löste er an einigen Stellen das Schutznetz und prüfte mit Kennerblick und leichtem Fingerdruck die gefrorenen Früchte. Fast zwei Stunden später waren sie an der Grenze ihrer Weingärten angekommen. Noch ein paar Schritte weiter, und sie stünden in einer der Rieden der Familie Zaitler. Offenbar hatte auch der alte Zaitler geplant gehabt, heuer Eiswein zu machen, denn er hatte vor seinem Tod nicht alle Trauben gelesen. Im Gegensatz zum Herrn Papa hatte der Zaitler seine aufgesparten Trauben nicht in Netze, sondern in perforierte Folien gepackt – die zweite gängige Methode, um die Trauben vor hungrigen Vögeln zu schützen.

»Was meinst?«, fragte die Charlotte neckisch und stieß ihrem Papa sanft den Ellbogen in die Seite. »Sollen wir die gleich mitlesen? Ist ja niemand mehr da, der das jetzt noch machen würde.«

»Aber Charlotte!«, schnaubte der Herr Papa gutmütig. »Nein, sicher nicht. Würde ja auch auffallen.«

»Hast du schon etwas darüber gehört, wann die Zaitler-Weingärten neu vergeben werden?«

»Nein, noch nicht. Es muss erst noch geprüft werden, ob es nicht doch noch irgendwo erbberechtigte Verwandte gibt. Aber da ist die Hoffnung nicht groß. Du willst diesen Weingarten unbedingt, gell?«

Die Charlotte nickte. Ja, das wollte sie unbedingt. Nicht nur, weil er direkt an ihren angrenzte, sondern weil der alte Zaitler hier ganz spezielle Reben zog: eine Kreuzung aus Welschriesling und Sauvignon Blanc, aus der dann die heutzutage höchst seltene Weinsorte Königsast gekeltert wurde. Den hatte die Familie Nöhrer bislang nicht im Portfolio. Es juckte die Charlotte unter den Nägeln, diesen Wein zu machen, auch wenn sich an dieser Sorte die Geister schieden. Entweder man mochte den Königsast, oder man verabscheute ihn. Dazwischen gab es kaum eine Abstufung. Bei aller Abneigung gegen den alten Zaitler musste sie doch eingestehen, dass sein Königsast hervorragend war. Gewesen war. Eigentlich eine Schande, dass es den in Zukunft vielleicht nicht mehr geben würde.

Der Klingelton ihres Handys riss die Charlotte aus ihren Tagträumen. Sie schaute aufs Handy und sah, dass der Leo ihr eine Nachricht geschickt hatte. »Klick mal auf den Link …«, las sie und tippte auf die angehängte URL zur Online-Geschichte eines Boulevardblatts. Sie überflog kurz den Titel und die Story und fluchte dann so laut, dass der Balu erschrocken am Bein des Herrn Papa hochsprang.

»Was ist denn los?«, fragte der überrascht.

»Das!«, sagte sie fassungslos und hielt ihrem Papa das Handy unter die Nase. Auch er überflog die Geschichte kurz, dann wurde er kreidebleich im Gesicht.

Ein neues Drohschreiben der Attentäter war aufgetaucht, diesmal auf Facebook, und es hatte sich natürlich in Windeseile viral verbreitet. Der Inhalt des Schreibens war tatsächlich angsteinflößend. Das Online-Portal der Boulevardzeitung hatte einen Screenshot der Facebook-Meldung sowie Auszüge aus dem Schreiben veröffentlicht.

Glücklicherweise hatte man auch einen Link zur Facebook-Meldung selbst gesetzt. Diesen tippte die Charlotte jetzt an und wurde umgehend zu Facebook weitergeleitet. Dort konnte sie nun das gesamte Drohschreiben lesen. »Gekrönt« wurde es vom Foto einer Gruppe vermummter Männer in schwarzem Gewand, die vor einer IS-Flagge posierten.

»Fehlt eigentlich nur noch die kniende Geisel, der sie gleich den Kopf abhacken«, flüsterte der Papa.

Die Charlotte ließ sich davon nicht ablenken, sie las sich den kurzen Drohbrief genau durch. Trotz der beißenden Kälte traten ihr dabei Schweißperlen auf die Stirn.

Freut euch, wahre Kinder Mohammeds. Der Tod des ungläubigen Predigers war erst der Anfang. Es war der erste glorreiche Schritt, um die Christenhunde endgültig in die Knie zu zwingen. Die Uhr tickt. Die Geburtsstunde von Isa Ibn Maryam soll die Todesstunde der Ungläubigen und des Westens einläuten. Wenn der Westen untergeht, wird im Osten die Sonne lachend über den Gebieten unseres Kalifats aufgehen. Die Ungläubigen haben uns besiegt geglaubt, aber wir sind stärker denn je. Dies ist keine Drohung oder Warnung, sondern eine Ankündigung. Ihr könnt euch nicht verstecken, die ganze Welt wird es live sehen, wenn wir das Haus eures Herrn in die Luft sprengen. Gepriesen seien unsere syrischen Brüder.

Unterzeichnet war das Schreiben mit »Die Kinder Kara Mustafas«.

»Komm, gehen wir nach Hause«, schlug die Charlotte vor, nachdem sie das Drohschreiben – und nichts anderes war es, egal, wie es die Wahnsinnigen selbst bezeichneten – drei Mal gelesen hatte. Der Herr Papa nickte, und schweigend machten sie sich auf den Heimweg.

Während dieser halben Stunde ließ sich die Charlotte den Text immer wieder durch den Kopf gehen. Was konnten die Extremisten damit gemeint haben? Klar, sie wollten eine Kirche in die Luft sprengen, und das am 24. Dezember. Aber welche Kirche? Und wieso kündigten sie das an? Sie mussten sich doch im Klaren sein, dass – sollte das Schreiben für authentisch gehalten und ernst genommen werden – ab sofort jede einzelne Kirche unter besonderem Schutz stehen würde. Also war es entweder eine leere Drohung, um auf diese Weise zu noch mehr Publicity zu kommen, oder sie hatten die Bombe bereits versteckt. Nein, das konnte nicht sein, entschied die Charlotte. Das würde der Polizei viel zu viel Zeit lassen, um die Bombe zu finden. Es waren noch neun Tage bis Weihnachten, da konnte man durchaus alle Kirchen in Österreich durchsuchen. Also wollten sie die Bombe erst noch verstecken. Sie mussten sich sehr sicher sein, dass sie das auch durchziehen konnten, wenn sie das so öffentlich ankündigten.

Aber welche Kirche, verdammt noch mal, meinten sie? Sie ging im Kopf den Brief noch mal durch, und dann fiel es ihr wie Schuppen von den Augen. Gemeint war die Perchtoldsdorfer Pfarrkirche! Deshalb war in dem Schreiben auch davon die Rede, dass »die ganze Welt es live sehen« werde. Natürlich! Die Christmette wurde heuer ja live im Fernsehen übertragen – in die ganze (katholische) Welt. Die perfekte Bühne für einen Terroranschlag.

Hektisch zupfte die Charlotte mit gefrorenen Fingern ihr Handy aus der Jackentasche. Es entglitt ihr und fiel in den Schnee. »Shit«, fluchte sie, griff in den eiskalten Schnee, putzte ein paar Schneeflocken vom Display und wählte dann die Nummer ihres Cousins.

»Wir müssen reden«, sagte sie ohne Begrüßung, als der Leo den Anruf annahm.

»Ich weiß«, erwiderte er, wenig überrascht. »Sie wollen unsere Kirche in die Luft jagen.«

6

Zwischenspiel: Nacht von Sonntag, 14. Dezember, auf Montag, 15. Dezember

»Hast du die Packerl?« Frösteln in der Stimme der vermummten Gestalt. Kein Wunder, es waren nur mehr zehn Tage bis Weihnachten, und jeder neue Tag kam einem fast noch mal eine Spur kälter vor als der vorherige. Tiefe Minusgrade sorgten dafür, dass die glitzernde Schneedecke nicht wegschmolz. In diesem Moment funkelte sie weiß im Schein des Vollmonds, der fett und bleich am Himmel hing.

»Na klar, hältst du mich für einen Amateur?«, kam die schnippische Antwort der anderen vermummten Gestalt.

»Wenn ich ehrlich sein soll, ja.«

»Idiot!« Verärgertes Zischen in der Stimme, aber zugleich auch ein Hauch von … Vertrautheit?

Die beiden Vermummten standen in dem schmalen Gässchen, das sich zwischen Turm, Kirche und der alten Herzogsburg in einem Bogen den kleinen Hügel hinaufschlängelte. Es war nach Mitternacht, keine Menschenseele war unterwegs, und selbst wenn – hierher hätte sich um diese Uhr- und Jahreszeit niemand verirrt. Der perfekte Ort für ein konspiratives Treffen. Zentral gelegen und doch abgeschieden.

Eines der beiden identisch aussehenden Päckchen wechselte den Besitzer und wurde vom Empfänger vorsichtig gedreht und gewendet. Es wog wohl knapp fünf Kilogramm. Durch das Acrylglas der rechteckigen Box konnte man den Inhalt sehen.

»Du weißt, was du damit zu tun hast?«

Die andere vermummte Gestalt nickte. »Ich habe den Zeitplan schon abgecheckt. Das Versteck sollte nach menschlichem Ermessen sicher sein. Bis Weihnachten gibt es keine Veranstaltungen mehr, niemand wird das Päckchen finden.«

»Kannst du dort sicherheitshalber auch zusperren?«

»Ist es sowieso. Das Becken wird ja nur bei den entsprechenden Anlässen verwendet. Und durch das Wasser hindurch sollten auch die Hunde nichts erschnüffeln können.«

»Mir wäre es aber lieber, wenn wir ganz auf Nummer sicher gehen. Kannst du den Schlüssel verschwinden lassen?«

»Kann ich schon, aber das würde doch auffallen.«

»Ich dachte, es gibt bis Weihnachten keine Veranstaltungen mehr?«

»Eh nicht, aber die Schlüssel für die Kirche hängen gut sortiert auf einem Brett. Da fällt es auf, wenn einer fehlt.«

»Wie viele Schlüssel kann man in einer Kirche schon brauchen?«

»Hast du eine Ahnung! Ist ja kein kleines Gebäude. Und bei den vielen Besuchern, die da jeden Tag ein und aus gehen? Nein, es ist schon besser, wenn die nicht überallhin kommen.«

»Na gut, dann lass den Schlüssel an seinem Platz. Wann hast du vor, das Päckchen zu deponieren?«

»So spät wie möglich. So können wir die Entdeckungsgefahr minimieren.«

»Hast du den Schlüssel bei dir?«

Stille, dann kurzes Nicken. »Ich habe schon befürchtet, dass du es nicht lassen kannst und unbedingt reinschauen willst.«

»Stimmt, ich würde mir das Versteck gerne mal in Ruhe anschauen«, sagte die kleinere der beiden vermummten Gestalten.

»Kannst doch auch mal tagsüber reingehen.«

»Meinst du nicht, dass das auffällig wäre? Ich würde da doch hervorstechen wie ein bunter Hund. Außerdem wäre da nicht dieses Gefühl von Gefahr und Abenteuer.«

Ein lautes Kreischen durchschnitt die Nacht. Die beiden Vermummten zuckten kurz zusammen.

»Nur zwei Katzen«, murmelte die eine schließlich.

Die andere Gestalt nickte. Mit einer Handbewegung forderte sie ihre Begleitung auf, endlich weiterzugehen. Nach einigen Sekunden bewegten sich die beiden in Richtung Kirchentor.

Vorsichtig schritten sie das vom Schnee geräumte Gässchen hinunter, immer darauf bedacht, nur ja nicht in den gefrorenen Schnee zu treten. Sie wollten keine, absolut keine Spuren hinterlassen. Eine einsame Wolke schob sich für einige Momente vor den bleichen Vollmond. Die beiden Gestalten verschwanden im Schatten und tauchten einige Sekunden später vor dem Eingang zur Pfarrkirche wieder auf.

Die Kirche lag am Fuß des Hügels, der sich über die Herzogsburg und den Begrischpark bis hinauf zum Sportplatz und weiter bis zur höchsten Erhebung, der Ortschaft Gießhübl, hinaufzog. Auf dem Platz vor der Kirche und der Herzogsburg standen wie stille, unheimliche Beobachter die Hütten des Weihnachtsmarkts. Um diese Uhrzeit war natürlich auch hier keine Menschenseele zu sehen. Die Jugend des Ortes hatte dort ebenfalls nichts verloren und daher auch nichts zu suchen. Ganz abgesehen davon, dass es Sonntagnacht war und der Großteil der Jugendlichen sicher in ihren Betten lagen und dem nächsten Schultag entgegenschliefen. Am Marktplatz, dem Zentrum des Ortes, war eine Handvoll Autos geparkt, die wenigen Restaurants rund um den Marktplatz hatten um diese späte Stunde schon geschlossen.

Keine Gefahr, dass die beiden Konspiranten entdeckt würden. Und selbst wenn man sie gesehen hätte, niemand hätte sie erkannt. Beide waren in dicke schwarze Mäntel gehüllt. Am Kopf trugen sie Wintermützen, und beide hatten den Schal – nicht nur, aber auch wegen der Kälte – bis über die Nase hochgezogen.

Die größere der beiden vermummten Gestalten kramte kurz in einer Manteltasche herum und zauberte schließlich einen einfachen Ring mit einer Handvoll Schlüssel hervor. Neben einigen kleinen modernen Schlüsseln hingen auch ein paar alte rostige Schlüssel daran. Einen solchen suchte der Vermummte jetzt heraus und steckte ihn in das passende Schlüsselloch der meterhohen Holztür mit den schweren Eisenbeschlägen. Überraschenderweise ließ sich die Tür ohne großes Quietschen öffnen.

»Schnell, schnell! Hinein!«, forderte der Vermummte seinen Komplizen hektisch auf.

Die zwei Gestalten verschwanden im Inneren. Die nächste Tür war nicht versperrt, der Kleinere der beiden drückte die Eisenklinke. Auch diese Tür ging überraschend leise auf. Noch ein paar Schritte und die beiden standen im Mittelschiff der gotischen Pfarrkirche.

Nur schwach drang das Mondlicht durch die kunstvoll bemalten Fenster links und rechts. Vor ihnen führte der mit einem roten Teppich ausgelegte Gang zum Hochaltar. Mehrere imposante Steinbögen stützten das Dach, Dutzende Holzbänke säumten den Gang auf beiden Seiten.

»Wo ist es?«, fragte die kleinere Gestalt.

Die andere warf ihr einen skeptischen Blick zu. »Warst du noch nie hier drin?«

»Ein-, zweimal, und das ist lange her. Ich habe mit dem Verein nichts am Hut. Noch nie gehabt und werde ich auch nie.«

»Na gut, da drüben«, sagte die andere Gestalt schließlich und zeigte auf den Seitengang im rechten Nebenschiff der Kirche.

Leise schlichen die beiden hinüber, bis sie schließlich das Taufbecken erreicht hatten. Es war von einer schweren Eisenkuppel bedeckt. Ein geradezu lächerlich kleines Vorhängeschloss sicherte die Kuppel.

»Der Schlüssel?«

»Ist hier«, antwortete der größere Vermummte. Zum Beweis steckte er den Schlüssel in das Vorhängeschloss. Eine halbe Drehung nach links, und das Schloss sprang auf.

Gemeinsam öffneten sie den schweren Deckel.

»Aha, Taufwasser«, stellte die kleinere Gestalt unbeeindruckt fest. Dann spuckte sie hinein und lachte kurz spitz auf.

»Ja, spinnst du denn?«, fragte die andere Gestalt entsetzt.

»Wovor hast du Angst? Dass uns dein Gott hier und jetzt auf der Stelle bestraft? Pah! Abgesehen davon: Du bist gerade dabei, eine Bombe im Taufbecken zu versenken, also scheiß dich bitte nicht an.«

Es kam sogar noch schlimmer. Die kleinere Gestalt zog sich ihren rechten Handschuh aus, krempelte den Ärmel des Mantels hoch und steckte die Hand bis zum Ellbogen ins eiskalte Taufbecken. Die andere Gestalt zuckte unwillkürlich zusammen und machte einen Schritt zurück.

»Du hast ja einen Vollschaden«, stotterte die Gestalt fassungslos.

Der andere Eindringling ließ sich davon nicht beeindrucken oder gar abhalten. Die Gestalt beugte sich noch etwas vor, um mit der Hand bis zum Boden des Taufbeckens zu gelangen. Sie ließ die Hand ein paarmal am Boden hin und her fahren und nickte schließlich zufrieden.

»Unten am Rand gibt es eine Vertiefung. Sie fühlt sich so an, als ob unser Päckchen dort genau hineinpassen könnte. Gib mal her.«

»Aber, aber …«, stotterte der andere. »Das war doch überhaupt nicht der Plan!«

»Wir haben den Plan eben geändert. Schon morgen soll der Drohbrief online gestellt werden. Also her mit dem Päckchen.«

Die andere Gestalt beschlich das Gefühl, dass dies der eigentliche Plan gewesen war. Man traute ihm nicht, hatte ihn nur als Türöffner gebraucht. Aber jetzt war es schon zu spät. Er steckte mittendrin und konnte nur noch mitspielen und auf das Beste hoffen. Also überreichte er der anderen Gestalt eines der beiden Päckchen. Sie nahm es entgegen, streichelte es fast liebevoll und versenkte es schließlich im Taufbecken. Ja, das Taufwasser und die Plastikverpackung sollten ausreichen, um die feinen Spürnasen der unvermeidlichen Bombenhunde auf die falsche Fährte zu locken. Außerdem war da ja noch das zweite Päckchen.

»So, und wo verstecken wir die andere Bombe?«

Die größere Gestalt ging zum Altar, wo sie auf die Knie sank.

»Noch Zeit für ein Gebet?«, feixte die kleinere Gestalt, wurde aber geflissentlich ignoriert.

Der Größere kroch unter den Altar. Ein paar Momente später hielt er ein breites Holzbrett in der Hand.

»Was ist das?«

»Damit wurden die Spuren vom alten Altar abgedeckt. Vor gut vierzig Jahren wurde dieser Altar aufgestellt und eingeweiht. Weil man sowieso nicht direkt daruntersehen kann, hat man die Reste vom alten Altar einfach mit Holzbrettern verdeckt. Anscheinend war man zu geizig, um einen Steinmetz zu beauftragen, alles wieder schön herzurichten.«

»Was du so alles weißt«, stichelte die kleinere Gestalt.

»Im Gegensatz zu dir habe ich in meiner Kindheit hier viel Zeit verbracht.« Damit kroch die Gestalt wieder unter den Altar.

Die kleinere reichte das zweite Päckchen unter den Altar, ein paar Minuten später waren alle Spuren verwischt.

»Verschwinden wir endlich«, murmelte die größere Gestalt, woraufhin die kleinere Gestalt zustimmend nickte.

Kurz darauf standen sie wieder im Freien. Der Mond war inzwischen weitergewandert, die Kirche warf einen langen Schatten zur Pestsäule und zum Marktplatz hin. Wortlos verabschiedeten sich die beiden mit einem Kopfnicken voneinander, dann entfernten sie sich in entgegengesetzten Richtungen.

Der Kirchenhügel war nun wieder komplett menschenleer. Auch die beiden Katzen von vorhin schienen ihren Kampf beendet zu haben. Der Schauplatz lag in völliger Stille.

7

Montag, 15. Dezember

»Was ist denn jetzt schon wieder unten im Ort los?«, fragte die Flora neugierig, als sie nachmittags mitsamt ihrer ganzen Klasse und der Geschichtsprofessorin Weber am Weingut eintrabte.

»Wieso?«, fragte die Charlotte. Pflichtbewusst hatte sie die Schüler am Eingangstor des Nöhrer-Weinguts empfangen, der Frau Dr. Weber freundlichst die Hand geschüttelt und die Jugendlichen zum Tor hineingescheucht.

»Na, vor der Kirche ist alles abgesperrt, überall Spürhunde, und da sind Polizeiautos, die ich noch nie hier bei uns gesehen habe. Dürften aus Wien sein.« Der fragende Unterton war der Charlotte natürlich nicht entgangen.

Sie wusste ganz genau, was sich unten im Ort abspielte. Nach dem Drohbrief auf Facebook hatte sich nun endgültig die Direktion Staatsschutz und Nachrichtendienst, kurz DSN, eingeschaltet und war mit einem Großaufgebot in dem beschaulichen Weinort eingefallen. Die Spezialisten in Wien hatten natürlich auch nicht lange gebraucht, um den tollpatschigen Code – falls es überhaupt einer sein sollte – zu entschlüsseln und die richtigen Schlüsse zu ziehen.

Dem Leo war das nur recht gewesen. Schon die Geschichte mit dem Nazi-Bunker war ihm in Wirklichkeit eine Nummer zu groß gewesen. Islamistische Terroristen und ein religiöspolitisch motivierter Pfarrersmord waren noch mal ein ganz anderes Kaliber. Also war er pflichtschuldigst ins zweite Glied zurückgetreten, allerdings nicht ohne der Charlotte vorher Bescheid zu geben, was sich im Ort unten gerade abspielte.

Die Charlotte wollte die Schüler nicht unnötig beunruhigen, deshalb log sie: »Ach nix. Ich glaube, sie schauen nur, ob sie noch irgendwelche Spuren vom Mord an unserem Pfarrer finden. Kommt, wir gehen mal runter in den Weinkeller. Ihr wolltet euch ja das alte Goldmann-Versteck ansehen.«

Bevor die Flora widersprechen konnte, war die Charlotte auch schon weg, und den Schülern blieb nichts anderes übrig, als ihr zu folgen.

Die fragende Miene der Flora verriet jedoch, dass sie sich mit so einer Antwort nicht abspeisen lassen würde. Sobald ihre Klasse sich wieder getrollt hatte, würde sie die Wahrheit schon aus ihrer großen Schwester rauskitzeln. Ein Blick zu Noah, der ja ebenfalls in ihre Klasse ging, verriet ihr, dass er genau das Gleiche dachte.

Im Presshaus unter der alten Kastanie knipste die Charlotte das Licht an. Sie ging voran, hinter ihr kletterten die rund zwanzig Schüler und die Frau Professor die grob in die Erde gehauenen Stiegen hinunter. Sehr weit war die Renovierung noch nicht gediehen, die Gruppe musste über morsche Holzbretter den Weg unter die Erde finden. Man sah an allen Ecken und Enden, dass sie sich hier gerade durch eine Baustelle bewegten. Auf halbem Weg zwischen Presshaus und Weinkeller war auf der rechten Seite ein Loch in die Wand gegraben worden. Dahinter konnte man bereits Umrisse des geplanten Verkaufsraums erkennen. Natürlich alles noch sehr roh, aber die Charlotte konnte sich schon vorstellen, wie es hier in einigen Monaten aussehen würde.

Unten im Weinkeller war von selbigem kaum mehr etwas übrig. Die Bauarbeiter hatten es in den letzten Tagen vor dem ganz großen Wintereinbruch noch geschafft, den Keller von oben zu öffnen. Dementsprechend klaffte nun ein großes Loch über ihnen, das nur notdürftig von einer Plastikplane auf Holzpfeilern geschützt wurde. Der Boden war gefroren, die alten Weinfässer waren noch rechtzeitig zum Restaurator abtransportiert worden. Und so standen sie eigentlich in einer rund einhundertfünfzig Quadratmeter großen Grube.

Gegenüber dem Treppenabgang befand sich eine geschlossene Metalltür. Die hatte die Charlotte anbringen lassen, um das Versteck der Familie Goldmann besser vor dem Wetter zu schützen. Da das Fass, das den geheimen Eingang verdeckt hatte, ebenfalls bei der Restaurierung war, wäre die Geheimkammer hinter dem Nöhrer'schen Weinkeller den Elementen sonst völlig ungeschützt ausgesetzt gewesen.

Die Charlotte zog einen schweren Schlüsselbund aus ihrer Jackentasche und öffnete die Metalltür. Mit der rechten Hand tastete sie auf der anderen Seite der Tür die Wand entlang, bis sie den Lichtschalter fand. Mit einem leisen »Klick« ging eine viel zu grelle Glühbirne an. Die Charlotte trat in den Raum und sofort zur Seite, damit die Schüler auch hineinkonnten.

»Den Rest überlasse ich Ihnen, Frau Weber. Sie kennen sich da besser aus. Ich nehme an, Sie haben die Geschichte der Familie Goldmann inzwischen etwas genauer studieren können?«

Die Angesprochene nickte und bat ihre Klasse mit einer Handbewegung, sich in einem Halbkreis aufzustellen. Man hätte es kaum für möglich gehalten, aber der Haufen Fünfzehn- und Sechzehnjähriger war tatsächlich mucksmäuschenstill. Das war eben die Wirkung, die die Mittdreißigerin seit dem ersten Schultag auf ihre Schüler hatte.

Zugegeben, dass der eine oder andere Jugendliche in sie verschossen war, mochte auch mithelfen. Genauso wie die Tatsache, dass sie mit einer der bekanntesten TV-Persönlichkeiten des Landes verheiratet war. Dr. Hubertus Weber war wöchentlich mindestens einmal in einer der Nachrichtensendungen zu sehen, wenn es darum ging, eine Expertise zur aktuellen Lage im Land und im Rest der Welt abzugeben. Er galt als einer der bekanntesten Historiker und Politologen Österreichs und war um einige Jahre älter als seine Frau. All diese Faktoren und ihr unkonventioneller Zugang zum Lehramt hatten in der Vergangenheit dazu geführt, dass sich die neu an die Schule gekommene Frau Professor bei ihren Schülern höchster Beliebtheit erfreute.

»Ja, danke. Ich konnte mich in den letzten zwei Wochen tatsächlich etwas tiefer in die Geschichte der Familie Goldmann einarbeiten. Ihre Großmutter war da sehr hilfreich, und zum Glück konnten die Historiker ein paar der Nazi-Akten aus dem Bunker retten. Ich habe jetzt ein ganz gutes, wenn auch sicher unvollständiges Bild der damaligen Umstände.«

Die Charlotte zog sich ein Stück weit in den Weinkeller zurück, denn das Versteck der Familie Goldmann war nur ein kleiner Raum, und sie wollte den ohnehin schon geringen Platz nicht noch mehr in Beschlag nehmen.

Die Frau Professor Weber sah sich kurz im Raum um und begann, ihren Schülern die tragische Geschichte der Familie Goldmann zu rekapitulieren.

Eine Stunde später servierten die Frau Mama und die Omama den durchgefrorenen Schülern in einer der Gaststuben frischen Apfelstrudel und heißen Tee. Die »armen Kinder« (Zitat der Omama) hätten sich »beinahe den Tod geholt« (ebenfalls die Omama). Die Charlotte stand an der Schank und half beim Einschenken der von den übrigen Heurigengästen bestellten Getränke. Mit einem Ohr hörte sie den Gesprächen der Schulklasse zu.

Nach den ausführlichen und expliziten Schilderungen der Frau Professor wunderte es die Charlotte nicht im Geringsten, dass die Unterhaltungen der Schüler in einem ungewohnt leisen und bedrückten Tonfall abliefen. Lauter wurde es erst, als sich die Omama zwischen die Flora und den Noah zwängte und die Geschichte der Familie Goldmann aus ihrer Sicht noch einmal erzählte. Die Charlotte wunderte sich immer wieder, wie so eine zarte alte Frau ein derart lautes Organ haben konnte. Auf jeden Fall hatte sie damit die Aufmerksamkeit der Schüler, die an ihren Lippen hingen und von der Omama nochmals ganz neue Details zu der traurigen Geschichte erfuhren. Als es draußen bereits dunkel war, machte sich die Klasse schließlich auf den Heimweg. Natürlich ohne die Flora und den Noah, die ja bereits zu Hause waren. Zur Überraschung der beiden blieb auch die Frau Professor Weber sitzen. Da der Arbeitstag nun offiziell zu Ende war, bestellte sie ein Achterl vom Grünen Veltliner, das ihr von der Charlotte serviert wurde.

»Sie schauen so überrascht?«, meinte die Lehrerin zur Charlotte.

»Na ja, ich dachte mir nur, dass Sie nach so einem langen Tag auch froh sind, wenn Sie endlich heimkommen und diese Quälgeister«, dabei funkelte sie ihre kleine Schwester und den Noah an, »endlich los sind.«

»Ach, Quälgeister. Ist doch gut, wenn die jungen Leute neugierig sind und Sachen wissen wollen. Apropos …«, sie probierte vom Wein und ließ ihn ein wenig im Mund kreisen, bevor sie schluckte, »… die Geschichte mit der Polizei im Ort. Das hat doch einen anderen Grund als den Tod vom Pfarrer, oder?«

Die Flora und der Noah rückten näher, sie waren gespannt, wie die Charlotte reagieren würde.

Mist, dachte sie und sah sich verstohlen um. Der Heurige war mittlerweile gut gefüllt, und ein dicker Geräuschmantel aus den Dutzenden Gesprächen an den verschiedenen Tischen lag über der Gaststube. Wenn man etwas nicht richtig hinausbrüllte, war es eigentlich unmöglich, an den Nebentischen mehr als nur Wortfetzen mitzubekommen.

»Also gut«, gab die Charlotte schließlich nach. »Nein, natürlich nicht. Es geht um das Drohschreiben, das heute auf Facebook gepostet wurde. Das haben Sie ja sicher schon gesehen?«

Die Lehrerin nickte, daneben äfften die Flora und der Noah die Kopfbewegung wie zwei Papageien nach.

»Übrigens, ich bin die Anna«, meinte die Lehrerin und streckte der Charlotte unvermittelt die Hand entgegen.

Völlig perplex nahm die Charlotte ob des Themenwechsels die Hand an und sagte: »Und ich die Charlotte. Ohne ›e‹. Also schon mit ›e‹, aber es wird nicht ausgesprochen. Aber geht das überhaupt, wo du doch die Lehrerin von den beiden Affen da bist?«

Die Anna machte eine wegwerfende Handbewegung. »Du

bist doch die Schwester und nicht die Mutter, oder? Also mach dir deswegen keine Sorgen.«

»Und du bist nur deswegen hiergeblieben? Weil du mich über die Polizeiaktion ausfratscheln wolltest?«

»Aber nein. Das hat sich nur gut ergeben. Ich warte eigentlich auf meinen Mann.«

Die Charlotte wurde hektisch. »Ihr, also dein Mann kommt auch noch her? *Der* Dr. Weber?«

Die Lehrerin nickte schmunzelnd.

»Aber, aber … aber da muss man doch was herrichten. Ich kann doch jemanden wie ihn nicht einfach hier irgendwohin setzen. Ich muss …«

»Gar nichts musst du«, beruhigte die Anna die Charlotte und zog sie mit einer Hand wieder zurück auf ihren Platz. Die Charlotte war nämlich schon aufgesprungen, um weiß Gott was zu machen. »Dem Hubertus ist es am liebsten, wenn er ganz normal behandelt wird und einfach nur ein gutes Gläschen Wein bekommt. Du hast doch sicher mitbekommen, dass er Hobby-Önologe ist. Ich habe mir gedacht, dass unsere Exkursion zu euch herauf eine gute Gelegenheit wäre, uns mal euren Heurigen genauer anzuschauen. Wir sind ja erst vor ein paar Monaten hierhergezogen und hatten noch nicht die Gelegenheit, alle Heurigen genauer unter die Lupe zu nehmen.«

In diesem Moment kamen der Leo und die Andrea in die Gaststube. Der Leo noch in voller Montur, die Andrea bereits umgezogen, raus aus dem Businessdress und rein in gemütliche Jeans und einen Pulli. Tadelnd wurde sie von ihrer Freundin empfangen.

»Wie lange bist du denn schon da?«, fragte die Charlotte.

»Noch nicht so lange. Ich habe eh kurz reingeschaut, aber gesehen, dass ihr beschäftigt seid, also bin ich noch schnell hoch und habe mich umgezogen. Passt dir das nicht?«

»Nein! Du weißt doch, dass ich auf deinen Anwalts-Tussen-Look stehe.«

»Charlotte!«, hauchte die Andrea mit gespielter Empörung.

»Doch nicht vor den Kindern und vor …«, sie sah sich die Anna Weber etwas genauer an, »… und ihrer Lehrerin!« Dann setzte sie sich auf den Schoß der Charlotte.

Der Leo schaute genervt drein, aber nicht wegen des Geplänkels seiner Cousine und ihrer Freundin. Er begrüßte die Charlotte und die Flora mit einem Bussi auf die Wange, schüttelte dem Noah ernst die Hand und tat das Gleiche mit der Frau Professor Weber. Dann ließ er sich auf die Heurigenbank sinken, nahm seine Kappe ab und bestellte bei einer vorbeihuschenden Kellnerin ein Viertel Welschriesling.

»Gleich ein Viertel? So schlimm?«, fragte die Charlotte überrascht.

Der Leo antwortete zunächst nicht. Erst nachdem er das servierte Viertel mit einem Zug zur Hälfte geleert hatte, rückte er mit seinem Kummer heraus.

»Ich weiß gar nicht, wo ich anfangen soll«, seufzte er. Hätte es sich beim Leo nicht um ein ausgewachsenes Mannsbild gehandelt, hätte die Charlotte beinahe Mitleid bekommen. »Zuerst der Mord am Pfarrer, dann die Drohung, dass sie …« Er brach abrupt ab, setzte dann aber doch fort: »Ach egal, die Zeitungen werden morgen sicher auch damit spekulieren. Also: Die Drohung, dass man ausgerechnet unsere Kirche in die Luft sprengen will!«

Jetzt blieb der Flora, dem Noah und der Anna tatsächlich der Atem weg. Die Andrea drehte ihren Kopf so rasch, dass sie der Charlotte beinahe die Nase gebrochen und sich selbst den Nacken verrissen hätte.

»Was habe ich denn schon wieder versäumt?«

»Schaust du nicht ins Internet?«, erwiderte die Charlotte.

»Ob du es glaubst oder nicht, Schatzibutzi, aber wenn ich in der Arbeit bin, habe ich dafür wirklich keine Zeit. Also, nicht immer.«

»Dann schau halt jetzt. Ich habe keine Lust, dir das alles ausführlich zu erzählen.«

Beleidigt nahm die Andrea ihr Handy. Lange musste sie nicht

suchen, um nach kurzer Zeit am aktuellen Stand der Dinge zu sein.

»Sind jetzt alle so weit?«, warf der Leo genervt in die Runde. »Ist ja schlimmer als auf einem Kindergeburtstag. Die Aufmerksamkeitsspanne einer Eintagsfliege.« Er hatte sein Viertel inzwischen geleert und sich zum Nachspülen einen Weißen Spritzer bestellt. »Also, zuerst der Pfarrer, dann die Kirche und jetzt werde ich auch noch vom Fußballverein genervt, weil denen die Plakate gestohlen worden sind.«

»Wegen so etwas rennt wer zur Polizei?«, fragte die Charlotte verdutzt.

»Wir reden hier nicht von irgendwelchen Papierplakaten, sondern von den großen Stoffbannern, auf denen das nächste Spiel angekündigt wird. In diesem Fall das Hallenturnier in den Weihnachtsferien. Diese Banner kosten schon ein bisschen mehr, als irgendein doofes Plakat drucken zu lassen. Aber trotzdem – Kinderkram.«

»Andererseits hast du ja jetzt die DSN im Haus, die dir die Arbeit bei den anderen beiden Fällen abnimmt«, gab die Charlotte zu bedenken.

Der Leo nickte. »Stimmt schon, stimmt schon.« Sein leerer Blick hing am noch vollen Glas mit Weißem Spritzer. »Trotzdem ist es mühsam. Und dann haben wir morgen auch noch den Wahlkampfauftakt vom Adefris.«

»Adegfries«, warf die Flora ein und bekam verwunderte Blicke vom Rest der Gesellschaft, inklusive ihrer Lehrerin. »Na ja«, setzte sie kleinlaut fort, »den Namen haben wir ihm heute in der Schule verpasst. Hat sich ja schnell herumgesprochen, was gestern am Weihnachtsmarkt passiert ist. Den kann sowieso keiner ausstehen, und so ein Spitzname ist dann schnell einmal gefunden.«

»Adegfries, Gfries – ja, das passt schon«, lachte die Anna Weber.

»Wie bitte?« Die Charlotte glaubte, ihren Ohren nicht zu trauen.

»Was denn? Nur weil ich Lehrerin bin? Deshalb kann ich ja auch meine eigene politische Meinung haben. Den Adefris muss man sich doch nur mal anschauen. Allein die ganzen Schmisse im Gesicht – da passt ›Gfries‹ schon. Schmiss-Gfries, quasi.«

Daraufhin stießen alle an. Die Kinder am Tisch mit ihrem Tee. Mit der eigenen Lehrerin am Tisch trauten sie sich dann doch nicht, Alkohol zu trinken.

»So fröhlich unterwegs in so dunklen Zeiten?« Prompt drehten sich alle um, die sonore Stimme kannten sie aus dem Fernsehen. Und wirklich, da stand der Dr. Hubertus Weber in all seiner Pracht, im langen beigefarbenen Mantel, mit schwarzweiß gesprenkeltem Vollbart und Hut. Und von einer zentimeterdicken Schneeschicht bedeckt, die im warmen Lokal langsam zu tauen begann. »Ja, es hat wieder zu schneien begonnen. Und wie! Bei so einem Wetter jagt man normalerweise keinen Hund vor die Tür. Gestatten, Hubertus Weber. Und wie ich sehe, ist meine Frau ja auch schon in die fröhliche Runde aufgenommen worden.«

Wie von der Tarantel gestochen sprang daraufhin die Anna auf und umarmte ihren Mann, als hätte sie ihn schon seit Wochen nicht mehr gesehen.

»So einen Enthusiasmus würde ich mir bei dir mal wünschen«, flüsterte die Andrea der Charlotte ins Ohr.

»Ach, leck mich«, flüsterte die zurück.

»Später«, versprach die Andrea. Woraufhin die Charlotte hochrot anlief.

Am Rest der Gruppe war dieser fiktive Austausch von Körperflüssigkeiten spurlos vorübergegangen. Alle hatten nur Augen für den berühmten Fernsehhistoriker. Nachdem sich die Anna wieder eingekriegt hatte, stellte sie ihren Mann den anderen offiziell vor. Eine halbe Stunde und zwei Achterl später war man auch mit ihm per Du. Das Gesprächsthema hatte sich aber nicht geändert, es ging noch immer um den morgigen Wahlkampfauftakt vom »Adegfries«.

»Wir haben für morgen extra Verstärkung aus Mödling anfordern müssen«, erklärte der Leo genervt.

»Wegen der linken Gegendemonstranten?«

»Ach was«, entgegnete der Leo mit einer wegwerfenden Handbewegung. »Dafür sind wir nicht wichtig genug. Noch nicht, zumindest. Das könnte sich jetzt aber ändern. Ihr habt ja gestern selbst gesehen, was für Gesindel sich im Dunstkreis vom Adefris auf einmal heraustraut.«

»Und jetzt befürchtet ihr …«

»… dass sie morgen irgendeinen Blödsinn anstellen. Genau. Diese rechten Wahlkampfveranstaltungen waren ja schon in den letzten Jahren kein Honiglecken. Aber halt nur in Wien. Bei uns hat sich das bisher immer in Grenzen gehalten. Seitdem aber der Adefris das Ruder übernommen hat –«

»Und da glaubt ihr wirklich, dass sich die Linken nicht mobilisieren werden?«, unterbrach ihn die Andrea.

»Das kann ich mir auch nicht vorstellen. Vor allem nicht, nachdem Perchtoldsdorf durch den Mord am Pfarrer ins Rampenlicht gerückt ist«, meinte der Dr. Weber.

Der Leo zuckte mit den Schultern. »Auf den üblichen Wegen haben sie sich jedenfalls nicht organisiert. Aber ihr habt recht, auf Facebook und den anderen Plattformen war es fast schon verdächtig ruhig. Das muss aber nichts heißen. Ich hoffe nur, dass nicht herauskommt, was die DSN heute in der Kirche gefunden hat.«

Der Charlotte lief ein kalter Schauer über den Rücken. »Doch nicht …?«

»Oh ja, genau das«, antwortete der Leo ernst. »Deshalb bin ich eigentlich raufgekommen. Was ich euch jetzt erzähle, muss unter uns bleiben.« Der Leo blickte über die Schulter, aber es war niemand in Hörweite. Er schnaufte tief durch. »Die DSN hat in der Kirche tatsächlich eine Bombe gefunden.«

Die gesamte Runde schnappte nach Luft. Nur die Charlotte nickte verständig. »Wo?«

Der Leo nahm einen Schluck von seinem Spritzer. Obwohl

er schon seit Stunden von dem Bombenfund wusste, saß auch bei ihm der Schreck noch immer tief. Wie knapp waren sie da an einer Katastrophe ungeahnten Ausmaßes vorbeigeschrammt? »Unter dem Altar. Die Terroristen haben wohl geglaubt, dass sie ganz schlau sind. Haben die Bombe in einem kleinen Hohlraum unter dem Altar versteckt.«

»Was für ein Hohlraum?«

»Vor etwa vierzig Jahren wurde in der Kirche ein neuer Altar eingeweiht. Da musste der alte natürlich weg. Man hat das dabei entstandene Loch nur notdürftig mit einem Holzbrett geschlossen und mit einem kleinen Fleckerlteppich abgedeckt. Fiel ja niemandem auf, weil es genau unter dem neuen Altar war und man das nur sehen konnte, wenn man unter den Altar kroch. Wer macht denn so was schon? Na ja, egal. Die Bombenhunde haben sie schnell gefunden. War ein Amateurjob mit Zeitschalter. Die Bombe hätte tatsächlich während der Christmette am Weihnachtsabend in die Luft gehen sollen.«

»Was wurde mit der Bombe gemacht?«

»Ein Bombenentschärfer hat sie weggebracht und auf irgendeinem Militärübungsplatz gesprengt. Ist alles am Nachmittag passiert.«

»Deshalb war unten am Marktplatz alles abgesperrt!«, stellte die Flora fest.

Der Leo nickte. »Ja, und ab sofort steht die Kirche unter Beobachtung. Aus ermittlungstechnischen Gründen sagen wir der Öffentlichkeit natürlich nichts von der Bombe. Die Terroristen lesen ja auch die Zeitung, und wir wollen nicht, dass sie auf die Idee kommen, noch eine Bombe zu platzieren.«

Schweigend wandten sich alle wieder ihren Getränken zu. Doch die ausgelassene Stimmung im Rest des Lokals übertrug sich schließlich auch auf ihre Gruppe. Wie Groupies stürzten sich nun alle auf den Dr. Weber und löcherten ihn mit Fragen. Als der Heurige um Mitternacht schloss, bestellte die Charlotte dem Ehepaar Weber ein Taxi, und der Leo ließ sich von einem Kollegen abholen und in den Ort hinunterfahren. So vernünftig war er schon noch, dass er in seinem alkoholisierten Zustand und bei dem Sauwetter nicht mehr selber fuhr.

Die Flora und der Noah halfen noch beim groben Aufräumen der Gaststuben, während die Charlotte ihre Freundin fragend ansah.

Die Andrea lachte nur, nahm die Charlotte an der Hand und sagte: »Ach, leck mich doch.«

8

Dienstag, 16. Dezember

Die Polizei hatte am Montagabend noch die Hoffnung gehabt, dass das schlechte Wetter die Arbeit bei der Wahlkampfveranstaltung vom Adefris erleichtern würde, aber anscheinend hatte der Wettergott entweder kein Einsehen oder einen grausamen Sinn für Humor. Denn über Nacht hatte es sich ausgeschneit, und bereits in der Früh strahlte die Sonne von einem fetzblauen Himmel. Also keine Rede davon, dass irgendeine Art von Extremen den Vormittag lieber im Bett als am Perchtoldsdorfer Marktplatz verbringen würden. Der Wahlkampfauftakt vom Adefris war für zwölf Uhr mittags angesetzt, genau richtig für ein bisschen Frühschoppen also. Und natürlich, um es auch noch in die Abendnachrichten der TV-Sender zu schaffen. Außerdem rechnete man damit, dass viele Berufstätige ihre Mittagspause nutzen würden, um sich dieses Ereignis nicht entgehen zu lassen.

Eine Bühne im herkömmlichen Sinn gab es nicht, stattdessen verstellte ein riesiger Truck den Parkplatz am Fuß des Kirchenhügels. Eine Seite des Trucks konnte geöffnet werden, im Inneren gab es dann alles, was das Populistenherz höherschlagen ließ: Mikrofone, Boxen, ein Rednerpult, genug Platz für ein paar Musikanten, stapelweise Autogrammkarten und so weiter. Die Mutterpartei vom Adefris hatte die Regionalwahlen in Niederösterreich genau durchgeplant und dafür ein halbes Dutzend der rollenden Monster angemietet. Diese wurden nun kreuz und quer durch das Bundesland geschickt, um den hoffnungsvollsten Parteikandidaten eine angemessene Bühne zu bieten. Gegen Ende des Wahlkampfs würde dann der Parteichef selbst von seinem Wiener Thron herabsteigen und mit den aussichtsreichsten Kandidaten durchs Land touren und für Bierzeltstimmung sorgen.

War der Truck geschlossen, prangte auf den Seitenwänden der pseudojuvenile, dämlich grinsende Parteivorsitzende, umgeben von seinen treuesten Avataren aus Niederösterreich, darunter natürlich auch Hagen Adefris. Neben den überdimensionierten Fratzen prangte das neue Motto der Partei: »MÖWE«.

»Wofür steht das denn?«, fragte die Charlotte den Leo. Sie hatte es sich nicht nehmen lassen, auf einen Sprung am Marktplatz vorbeizuschauen. Sie wollte ohnehin bei ihrem Punschstand nach dem Rechten sehen, und der Wahlkampftruck vom Adefris stand keine fünfzig Meter davon entfernt. Da konnte man auch gleich nach den Rechten sehen.

Der Leo beobachtete das Treiben in aller Ruhe. Bis auf ein paar Schaulustige war es am Marktplatz noch ruhig. Die Handvoll Neugieriger war außerdem mehr am Truck selbst als an dessen Inhalt interessiert. So ein Ungetüm bekam man ja nicht jeden Tag zu sehen.

»›MÖWE‹ steht für ›Macht Österreich wieder erstklassig‹«, klärte er seine Cousine schließlich auf.

»›Macht Österreich wieder erstklassig‹? Im Ernst? Was ist denn das für ein Vollholler?«

»Keine Ahnung, wahrscheinlich soll das eine Anlehnung an den Trump und sein ›MAGA‹ sein. Denke ich halt«, meinte der Leo achselzuckend.

»›MÖWE‹ … im Normalfall scheißen die dir doch nur auf den Kopf.«

»Und wo ist der Unterschied?«, brummte der Leo. Aus dem Augenwinkel beobachtete er, wie sich die ersten Hardcore-Unterstützer vom Adefris in Richtung der rollenden Bühne bewegten. Ganz offensichtlich schon ein wenig angeheitert: laut grölend, Bierdosen in der Hand und dazu »MÖWE«-Flaggen schwingend. Darauf war eine stilisierte Möwe zu sehen, die im Schnabel eine rot-weiß-rot gestreifte Flagge trug. Erinnerte ein wenig an die weiße Friedenstaube mit dem Zweig im Schnabel. Ob beabsichtigt oder nicht, konnten weder die Charlotte noch der Leo sagen.

»Na, da wird sich die Kirche aber freuen, wenn diese Idioten ihr jetzt auch noch die Symbole klauen«, stellte die Charlotte trocken fest.

»Wenn das so weitergeht, wird das noch ihre und unsere geringste Sorge sein«, meinte der Leo vielsagend. »Außerdem zeigt das Friedenszeichen eine Taube mit einem Ölzweig im Schnabel.«

»Eh, aber der Unterschied ist fast vernachlässigbar.«

Der Leo sagte nichts mehr, weil es sowieso sinnlos war, mit seiner Cousine zu diskutieren. Sie musste einfach immer das letzte Wort haben. Stattdessen wandte er seine Aufmerksamkeit wieder den Adefris-Unterstützern zu. Die hatten sich inzwischen in den ersten Reihen vor dem Wahlkampftruck aufgebaut. Die anderen Schaulustigen waren verschwunden, was nicht wirklich verwunderlich war, denn mit dem betrunkenen Pöbel da vorne wollte man dann doch lieber nichts zu tun haben.

Auf dem Weg zu ihrer Punschhütte sah die Charlotte, dass sich ein Polizist unter das Pack gemischt hatte. Na endlich, dachte sie, wurde aber schnell eines Besseren belehrt. Der junge Polizist grüßte die anderen mit Handschlag und breitem Grinsen. Man schien sich zu kennen.

»Was wird das?«, tippte die Charlotte eine Nachricht an ihren Cousin ins Handy. Aber der Leo war schon an der Sache dran. Aus der Entfernung sah sie, wie er ernst auf seinen jungen Kollegen einredete, bis sich dieser schließlich von seinen Bekannten oder Freunden löste. Gehorsam folgte er seinem Chef, aber die Charlotte sah, dass er sich noch mal umdrehte und den Adefris-Unterstützern verschwörerisch zuzwinkerte. Fassungslos schüttelte sie den Kopf.

Im nächsten Moment piepste auch schon ihr Handy. »So, erledigt«, las sich die Nachricht vom Leo. »Das war der Pepi, der ist noch relativ neu.«

»Was soll das für eine Entschuldigung sein?«, tippte die Charlotte zurück.

»Gar keine«, lautete die Antwort vom Leo. »Aber seitdem

die Anforderungen für die Polizistenausbildung nach unten gedrückt wurden ... sagen wir so, jetzt bekommen wir halt auch jede Menge Idioten dazu.«

Die Charlotte nickte stumm. Sie konnte sich noch gut an ihre Zeit als Polizistin in Wien erinnern. Bei den Personalvertretungswahlen waren bei der Polizei die Gruppierungen rechts der Mitte immer schon überproportional stark vertreten gewesen. Seitdem in Österreich auch noch ein Hobbit von Rechtsaußen als Innenminister sein Unwesen treiben und seine Minderwertigkeitskomplexe ausleben durfte, hatte sich die Situation noch verschlimmert.

Sie fragte sich manchmal, ob das nicht sogar die Absicht der Regierung war, als sie die Anforderungen an neue Polizisten derart herunterschraubte. Dumme Menschen ließen sich leichter führen und befolgten Befehle, ohne viel darüber nachzudenken. Das war nun wirklich nichts Neues. Ihr schauderte bei dem Gedanken. Einerseits. Andererseits aber auch, weil sich die Kälte in ihre Knochen zu fressen begann. Mit halb erfrorenen Fingern öffnete sie das Schloss ihrer Punschhütte. Sofort strömte ihr wohlig warme Luft entgegen. Die Anschaffung der kleinen Elektroheizung mit Zeitschalter hatte sich wirklich ausgezahlt. Rasch zog sie die Tür hinter sich zu und begann, das Innere der Hütte für den Verkauf herzurichten. Erst nachdem alles so weit fertig war, ging sie wieder nach draußen und öffnete die große Holzklappe vor der Verkaufstheke. Sie musste sich auf die Zehen stellen, damit sie die Klappe ganz nach oben drücken konnte. Endlich rasteten die Metallscharniere mit einem satten Knacken ein, der Punschstand war bereit. Selbst wenn es wieder zu schneien beginnen sollte, hatten die Gäste nun wenigstens ein wenig Platz, um sich unterzustellen.

Es war mittlerweile elf Uhr, die ersten Besucher würden bald am Punschstand eintreffen. Diese Erwartung sollte sich aber als falsch erweisen. Während sich die Charlotte um ihren Stand gekümmert hatte, war unten am Marktplatz nämlich ein zweiter, wesentlich kleinerer Lkw vorgefahren. Er hatte sich im rechten Winkel zum großen Wahlkampftruck eingeparkt und ebenfalls eine Seitenwand geöffnet. Dort wurde nun Gratisbier ausgeschenkt. Und Minusgrade hin oder her, wenn es kostenloses Bier gab, fragten die meisten nicht lange nach, woher oder von wem es kam.

Die Aktion sprach sich rasch herum, eine halbe Stunde später war der Marktplatz gesteckt voll. Zwischen tausend und tausendfünfhundert Menschen hatten sich versammelt, wovon nur ein Bruchteil auch wirklich bis zum Biertruck vordringen konnte. Der Leo und seine Kollegen hatten alle Hände voll zu tun. Zum Glück war noch nichts von irgendwelchen linken Demonstranten zu sehen, offenbar war ihnen der Adefris tatsächlich nicht wichtig genug. Was die Charlotte irgendwie nachvollziehen konnte. Schließlich konnte man nicht in jedem Dorf in Niederösterreich eine Protestveranstaltung organisieren. War ja auch nicht überall das Fernsehen dabei.

Mit Schaudern (und auch ein bisschen Neid) beobachtete die Charlotte das Treiben am Fuß des Kirchenhügels. Aus den Lautsprecherboxen des Wahlkampftrucks wummerte laute und – natürlich ausschließlich – patriotische Musik, bei der es der Charlotte die Zehennägel aufrollte. Auf der improvisierten Bühne stand jetzt ein Einheizer hinter dem Mikrofon und feuerte das Publikum an. Die Charlotte bekam durch die geringe Entfernung und die Lautstärke so gut wie alles mit, was da unten so an Blödsinnigkeiten von sich gegeben wurde.

Dabei war das erst der Anfang. Vor der Rede vom Adefris graute ihr jetzt schon. Ganz im Gegenteil zu den Massen, die sich da unten versammelt hatten. Natürlich war es schwer, einzelne Gesichter zu erkennen, aber die Charlotte hatte den Eindruck, dass nicht einmal die Hälfte der Leute aus dem Ort stammte. Der Rest war wohl von außerhalb eingeflogen worden, um einen ihrer Helden zu unterstützen. Dem Adefris wurde ja in letzter Zeit nachgesagt, dass er in Zukunft auch Ziele jenseits der Kommunalpolitik verfolgen wollte.

Schlag zwölf wurde die Stimmung nochmals ausgelassener,

der Lärmpegel steigerte sich ins Unermessliche: Hagen Adefris, der Kopf der ÖHP, Sektion Perchtoldsdorf, betrat die Bühne. Stilecht im Trachtenjanker, mit Lederhose, Haferlschuhen und Hut. Der Mann wirkte, als hätte man ihn aus einer anderen Zeit auf die Bühne gebeamt. Das Kinn mit dem dunkelgrauen Vollbart stolz nach vorne gestreckt, überblickte er seine Herde. In den ersten Reihen konnte man durchwegs schmissige Männer sehen, keiner älter als fünfundzwanzig. Die Wangen und Nasen bereits rot vom Alkoholkonsum, einige Schädel kahl geschoren, die meisten jedoch lediglich an den Seiten so kurz geschnitten, dass die Kopfhaut durchschimmerte. In den Reihen dahinter lag der Altersschnitt des Publikums eher im Bereich vom Adefris, und auch hier trug man in erster Linie Tracht. Die Charlotte konnte sich des Eindrucks nicht erwehren, dass man dort das wirklich nahestehende und auch Parteimitgliedschaft zahlende Publikum platziert hatte. Die Rechten überließen bekanntermaßen ja nichts dem Zufall. Solche Veranstaltungen waren immer genau durchchoreografiert.

Dahinter dann der große Rest: Arbeiter, Arbeitslose und – ebenfalls in großer Anzahl – Pensionisten, von denen man eigentlich annehmen sollte, dass sie noch am ehesten wussten, wohin diese Menschenfängerei beim letzten Mal geführt hatte. Die Augen aller hafteten an den Lippen vom Adefris, als er zu seiner Rede anhob.

»Meine lieben Freunde und Unterstützer, liebe Mitstreiter und Sympathisanten. Ich heiße euch heute hier an diesem historischen Ort willkommen.« Tobender Applaus. Der Adefris lächelte zufrieden, die Charlotte hätte sich am liebsten übergeben. »Ich heiße auch all jene willkommen, die mit unserer Bewegung nichts zu tun haben. Euch kriegen wir auch noch!« Dabei grinste der Adefris, und irgendwie sah es so aus, als hätte der alte Recke ein paar Zähnchen zu viel in seinem Mund.

Der Leo, der das Schauspiel pflichtbewusst ganz vorne an der Seite mitverfolgte, bekam einen flauen Magen. Die unterschwellige Botschaft, die in den letzten Worten des Adefris mitgeschwungen war, war nichts anderes als eine unverhohlene Drohung. Bei seinem Publikum in den vorderen Reihen kam sie natürlich gut an. »MÖWE, MÖWE, MÖWE«-Sprechchöre ertönten, und ganz weit hinten verließen die ersten Besucher bereits die Veranstaltung. Sie hatten genug gesehen und gehört.

Der Adefris wartete, bis die Sprechchöre verebbt waren, dann setzte er fort: »Ja, genau – MÖWE! Macht Österreich wieder erstklassig. Das und nichts anderes hat sich unser wunderbares Land verdient. Nach so vielen Jahren der rot-schwarzen Vetternwirtschaft und Ausländerliebe ist es an der Zeit, dass wir uns unser Land wieder zurückholen. Im Bund ist uns das schon gelungen. Jetzt muss unsere Bewegung weitermachen. Bis in das kleinste Dorf hinunter muss unsere Handschrift sichtbar werden. Es kann nicht sein, dass von unserer neuen, wunderbaren Regierung Gesetze erlassen werden, und in den Gemeinden kümmert sich kein Mensch darum. Unser schönes Österreich ist in Gefahr! Die Flüchtlingswelle war erst der Anfang. Und es war ein geplanter Anfang. Jawohl, das sage ich euch! Was auch immer ihr in den Zeitungen lest, da wird euch nur etwas vorgemacht. Die linksliberalen Massenmedien sind doch gar nicht daran interessiert, euch die Wahrheit zu sagen. Das tun nur wir. Was habe ich da erst letzte Woche gelesen? Jaja, ihr fragt euch, wieso ich so was überhaupt lese? Und ich sage euch: Kenne deinen Feind! Aber zurück zu den Schmierfinken und was sie geschrieben haben. Dass die Gefahr vorüber sei. Dass überhaupt nie eine Gefahr bestanden habe. Pah! So ein hanebüchener Blödsinn. Natürlich ist die Gefahr nach wie vor da. Oder glaubt ihr, unser großartiger Innenminister schlägt sich zum Spaß die Nächte um die Ohren, um neue Grenzsicherheitskonzepte zu entwickeln? Und wenn es da jetzt in den Zeitungen heißt: ›Flüchtlingsströme abgerissen‹, dann kann ich nur lachen. Natürlich sind sie abgerissen. Und warum? Weil wir – ja WIR – die Flüchtlingsrouten geschlossen haben. Aber Europa, nein die Welt ist groß, und die nächste Katastrophe kommt bestimmt. Und was wollt ihr dann? Offene Grenzen?«

An dieser Stelle legte der Adefris eine Kunstpause ein, die natürlich mit einem aufbrausenden »Nein!« aus Hunderten Kehlen gefüllt wurde.

Wieder dieses gefährlich blitzende Lächeln vom Adefris. Er hatte sein Publikum fest im Griff.

»Eben, natürlich wollen wir das nicht. Und nicht vergessen: Diese G'fraster sind schlau. Wenn wir eine Route schließen, dann kommen sie eben über die nächste. Wenn wir nicht jetzt etwas unternehmen, dann wird unsere Grenze löchrig bleiben wie ein Schweizer Käse. Und wollen wir das?«

Wieder ein lautes »Nein!« vom Publikum.

»Genau! Schaut euch nur an, was jetzt schon aus unserem schönen Perchtoldsdorf geworden ist. Im KZ unten …«

An dieser Stelle erklang schallendes Gelächter aus den ersten Reihen. Auf der anderen Seite schnappte nicht nur die Charlotte nach Luft. Der Adefris meinte natürlich das moderne und potthässliche Kulturzentrum im Zellpark, direkt unterhalb vom Marktplatz. Unter Schülern wurde es seit Jahrzehnten gerne mal als »KZ« abgekürzt. Fetzendeppert, aber bei minderjährigen Schülern noch eine lässliche Sünde. Bei einem Berufspolitiker dagegen …

»Pardon, ich meine natürlich, im Kulturzentrum«, setzte der Adefris feixend fort, »also dort, wo jetzt das ganze Gesindel aus Syrien und Afghanistan und weiß der Teufel woher untergebracht ist. Arbeitet einer von denen etwas?«

Wieder ein schallendes »Nein!« aus dem Publikum.

Stimmt doch gar nicht, dachte die Charlotte. Sie musste nur einen Blick zur Seite werfen, wo die Inaaya inzwischen eingetroffen war und fleißig Häferl sortierte. Abgesehen davon ließ man die meisten der Asylsuchenden ja gar nicht arbeiten. Auch so eine Großtat der Konservativen und ihrer »Freunde«.

Falls es überhaupt möglich war, dann sah das Grinsen vom Adefris jetzt noch breiter und haiähnlicher aus. »Nein, natürlich arbeiten sie nicht. Hatten sie auch nie vor. Die sind nur da, weil sie es sich hier gut gehen lassen wollen und ein besseres Leben erhoffen!«

»Als wäre das ein Verbrechen«, murmelte die Charlotte.

»Ich habe mir dieses sogenannte Flüchtlingszentrum mal genauer angeschaut, und soll ich euch was sagen? Denen geht es alles andere als schlecht! Die meisten haben sogar Handys! Könnt ihr euch das vorstellen? Flüchten angeblich vor einem sogenannten Bürgerkrieg und kommen mit ihrem iPhone oder was auch immer hierher in unser schönes Land, wo sie euch dann auf der Tasche liegen! Ist das gerecht? Natürlich nicht! Es gibt nur eine einzige Möglichkeit: Europa muss zur Festung werden. Wir brauchen keine Vereinigten Staaten von Europa. Das fehlt noch, dass wir alle unsere Kompetenzen nach Brüssel abgeben. Was wir brauchen, sind starke, selbstständige Staaten. An den Außengrenzen einen unüberwindbaren Wall und zwischen den Staaten ebenfalls Zäune und Mauern. Niemand darf zu uns herein!«

Und niemand hinaus, dachte die Charlotte angewidert. Das war es doch, worum es den Rechtspopulisten in Wirklichkeit ging. Keiner rein, aber irgendwann auch keiner mehr raus. Jeder für sich und am Ende jeder gegen jeden, weil früher oder später angeblich der Platz oder die Ressourcen ausgingen. Alles schon gehabt.

Tobender Applaus im Publikum, das sich inzwischen in Rage gejubelt hatte. Die Charlotte bezweifelte, dass der Großteil auch nur im Entferntesten eine Ahnung davon hatte, was der Adefris da gerade von sich gegeben hatte. Schwarmblödheit statt Schwarmintelligenz halt.

»Wisst ihr, was mir wichtig ist?«, fuhr der Adefris schließlich fort, »Heimatrecht statt Asylrecht!«

Wie aufs Stichwort betrat in diesem Moment die Hela die Bühne. Vereinzelt erklangen Pfiffe und pubertäres Johlen beim Anblick vom Angelface aus dem Publikum.

Der Adefris legte einen Arm um seine Tochter. »Ich will

nicht, dass meine Kinder in zehn oder zwanzig Jahren hier nicht mehr in die Kirche gehen können, sondern ein Muezzin von unserem schönen Wehrturm herunter zum Gebet ruft. Lacht nicht, in anderen europäischen Ländern ist das schon der Normalfall. Schaut euch doch nur Frankreich an. Dort herrscht Krieg in den Vororten und inzwischen auch in Paris selbst. Ich will, dass meine Kinder in unserer Tradition aufwachsen. Ich will, dass niemand mehr seine Haustür abschließen muss, und ich will«, dabei richtete der Adefris seinen Blick wehmütig zum Wehrturm, »dass unsere Geistlichen nicht mehr in Angst und Schrecken leben müssen. Erinnern wir uns in dieser Minute an Pfarrer Richard Kraus, der seinen Glauben bis zum letzten Atemzug verteidigt hat und dafür von den wahnsinnigen Schergen des IS in den Tod gestürzt wurde.«

Jetzt blieb der Charlotte die Luft endgültig weg. Seit wann scherten sich die Rechten denn irgendwas um die Kirche? Aber die Herde folgte ihrem Führer, und es war für einige Momente mucksmäuschenstill am Marktplatz. Fast schon gespenstisch still. Was hatten diese rechten Rattenfänger nur an sich, dass ihnen die Menschen wie die Lemminge in den unweigerlichen Abgrund folgten?

»Danke«, beendete der Adefris demütig die Trauerminute und holte gleich zum nächsten Rundumschlag aus: »Keine Macht den Ausländern! Oder haben wir den Teufel Kara Mustafa vor über dreihundertfünfundzwanzig Jahren umsonst vertrieben? Nein, sage ich euch! Nein, nein, nein! Wenn es nach mir geht, dann sollten sie dorthin zurück, wo sie hergekommen sind. Mit uns, mit der ÖHP, kommt kein Islamist mehr durch die Hintertür zu uns nach Österreich. Und ich sage euch noch etwas: Wenn ich im Frühjahr Bürgermeister bin, dann ist auch Schluss mit diesem sogenannten Flüchtlingszentrum im KZ. Ich werde dieses Gesindel eigenhändig in den nächsten Flieger setzen und zurück in die Heimat schicken. Und dann ist endlich wieder Platz für unsere Kinder. Und unsere Frauen müssen …«

»… sich dann nachts nicht mehr fürchten, wenn sie rausgehen«, fiel die Hela ihrem Vater ins Wort. Der lächelte ihr aufmunternd zu, ganz so, als ob das alles abgesprochen wäre.

Was es wohl auch war.

Die Hela setzte ihr unschuldigstes Angelface auf, und ganz ehrlich – wer sollte diesem Engelsblick auf einem Foto in der Zeitung nicht vertrauen? Sie sah ganz entrückt aus, wie aus einer anderen Welt. Eben wie ein Engel. Oder das Schneewittchen.

Die Hela fuhr fort: »Es ist wirklich nicht mehr zum Aushalten, meine Freunde«, hauchte sie leise und wie verschreckt ins Mikrofon. Sofort wurde es wieder still im Publikum, niemand wollte die Worte der Hela verpassen. »Erst letzte Nacht wurde ich von so einem Kameltreiber auf der Straße ungut angegangen.«

Kameltreiber?, überlegte die Charlotte. Ob diese Bezeichnung nicht schon strafbar war? Die Hela und ihr Vater wandelten jedenfalls ganz knapp an einer Grenze, die man eigentlich besser nicht überschreiten sollte. Aber was war in Zeiten wie diesen schon normal?

»Hat mich um eine Zigarette angeschnorrt«, fuhr die Hela empört fort, »ganz so, als ob ich rauchen würde! Kein ›Bitte‹, kein ›Danke‹, kein gar nix. Und blöd angegangen ist er mich auch noch. Zum Glück war Siegfried, einer meiner Brüder, mit dabei und hat den Typen gleich verscheucht. Und ich weiß aus Erzählungen meiner Freundinnen, dass ich nicht die Einzige bin, die in den letzten Wochen blöd angemacht wurde. Ich traue mich alleine schon gar nicht mehr aus dem Haus. Und das hier. Hier, in unserer Heimat!«

Ja, genau, dachte die Charlotte. Sie war ja selbst ständig unterwegs – auch nachts –, aber noch nie hatte sie einer der Asylsuchenden angegangen. Die waren normalerweise abends sowieso in ihren Unterkünften. Und ja, natürlich gab es überall schwarze Schafe, aber das Bild, das die Hela da zeichnete, war schlicht und einfach nicht wahr. Ganz abgesehen davon: Natürlich rauchte die Hela. Hatte sie ja an ihrem eigenen Stand schon gesehen. Also, was sollte der Scheiß bitte? Natürlich kannte die Charlotte die Antwort auf ihre ohnehin nur rhetorische Frage: Hier ging es nicht um Wahrheiten (noch nicht einmal um Halbwahrheiten), sondern einfach nur darum, die tiefsten Urinstinkte der Menschen im Publikum anzusprechen. Und einer dieser Urinstinkte war natürlich Angst. Selbst wenn die Gründe dafür noch so weit hergeholt waren.

Der Adefris umarmte seine Tochter, gab ihr ein rührseliges Küsschen auf die Stirn und entließ sie dann wieder hinter die Bühne. Gerade als er wieder zum Sprechen anhob, flog auf einmal ein Schneeball zur Bühne und klatschte zwei Meter neben dem Gemeinderat harmlos auf den Boden. Sofort war die Hölle los. Der Adefris kauerte am Boden, mit dem linken Arm über dem Kopf, als hätte man eben eine Handgranate nach ihm geworfen. Der rechte Arm war nach seinem »Missgeschick« vom Sonntag noch in einer Schlinge. Die Treuesten der Treuen in den vorderen Reihen drehten sich um und suchten nach dem »Attentäter«. Der war schnell ausgemacht. Ein Stück weiter hinten hatte es eine kleine linke Demonstrantengruppe doch noch zur Ansprache vom Adefris geschafft. Und genau aus diesem Grüppchen, es handelte sich vielleicht um ein Dutzend Demonstranten, war der Schneeball geworfen worden. Eine junge Frau, wahrscheinlich gerade mal zwanzig, warf noch einen zweiten Schneeball in Richtung Bühne, wo der Adefris inzwischen von einem Schutzkordon aus glatzköpfigen Security-Gorillas umgeben war.

»Feige Schlappschwänze!«, rief die junge Frau, ehe sie noch einen Schneeball warf.

Ihre Kolleginnen – unter den Demonstranten fanden sich nur zwei oder drei Männer – stimmten sofort mit ein: »Faschisten raus!« und: »Keine Macht den Rechten!«, skandierten sie.

Die Charlotte wusste nicht, welche Rufe das rechte Pack vorne mehr erzürnte, war sich später aber ziemlich sicher, dass es die »Schlappschwänze« waren. Auf jeden Fall versuchten einige der Kurzgeschorenen, sich einen Weg nach hinten zu bahnen. Das Einschreiten der Polizei gestaltete sich verschiedenst: Einige Polizisten stellten sich dem wütenden Mob entschlossen in den Weg. Andere, wie der Pepi, der ja mit einigen von ihnen befreundet war, machten nur Pro-forma-Versuche, sie aufzuhalten.

Anders ging es bei den Gegendemonstranten zur Sache. Die wurden von den Polizisten in der Nähe rücksichtslos zur Seite abgedrängt. Zimperlich ging man dabei nicht gerade vor. Man konnte bei einigen der Beamten schon ganz gut erkennen, auf welcher Seite dieser Konfrontation sie standen. Oder wenigstens, zu welcher Seite sie tendierten. Da sich das Getümmel weit hinten abspielte, war die Entfernung für die Charlotte zu groß, um zu erkennen, welche Polizisten ihre Aggressionen in diesem Moment nur mit Mühe zügeln konnten.

An vorderster Front hatten es die Kurzgeschorenen aufgegeben, sich einen Weg zu ihren Gegnern zu bahnen. Die Polizei hatte ja alles im Griff, und so begnügte man sich damit, die Handvoll linker Demonstranten auszulachen und ein paar wenig freundliche Kommentare zu ihnen rüberzubrüllen. Die Linken wehrten sich mit Händen und Füßen, hatten gegen die Übermacht an Polizisten aber keine Chance.

Aus der Ferne verfolgte die Charlotte, wie sie zur Polizeistelle abgeführt wurden. Sie zweifelte nicht daran, dass man sie dort bis zum Ende der Veranstaltung festhalten und ihre Personalien aufnehmen würde.

Laut Leo war die Demonstration, wie er ihr am Vorabend erklärt hatte, nicht angemeldet gewesen. Viel hatten die Linken nicht zu befürchten. Außer den Schneebällen hatten sie ja nichts angestellt, und die Charlotte bezweifelte, ob man einen Angriff mit Schneebällen tatsächlich strafrechtlich verfolgen konnte. Sie hatte allerdings keine Zweifel, dass der Adefris genau das anstreben würde. Hart im Austeilen, aber weich wie Pudding, wenn es ums Einstecken ging.

Auf der Bühne war wieder Ruhe eingekehrt. Der große Held Hagen Adefris stand mit durchgestrecktem Rücken am Rednerpult. Stolz, als ob er gerade eigenhändig einen ganzen Stamm

Indianer besiegt hätte. Seine Augen funkelten, und seinen Mund umspielte wieder ein zynisches Lächeln. Die Charlotte hätte sich nicht gewundert, wenn ihm diese Unterbrechung in Wirklichkeit nur recht war. Oder ob er nicht sogar auf so einen Zwischenfall gehofft hatte? Immerhin war er jetzt der große Märtyrer.

PLATSCH! »Ahhh!« Der Adefris schrie, als wäre er soeben tödlich getroffen worden. Dabei hatte es eine der Demonstrantinnen lediglich geschafft, sich loszureißen und noch einen …

Nein, soweit die Charlotte sehen konnte, waren die Demonstranten inzwischen am Ende des Marktplatzes bei der Polizeistation angekommen. Sie hatten sich beruhigt und ihrem Schicksal ergeben. Der Schrei vom Adefris, der durch das Mikro bis in die hintersten Reihen gut zu hören war, hatte aber dazu geführt, dass sich alle, auch die Polizisten, umdrehten, um zu schauen, was jetzt wieder passiert war.

Was war denn wirklich passiert? Soweit die Charlotte es sehen konnte, hatte den Adefris doch noch ein Schneeball getroffen. Auf seiner Brust waren noch ein paar Schneeflocken zu sehen. Der Adefris hielt sich aber theatralisch das Gesicht. An dem ist ein Fußballer verloren gegangen, dachte die Charlotte, der das Lächeln aber im Gesicht gefror, als sie sah, wer den Schneeball in Wirklichkeit geworfen haben musste. Der Leo hatte nämlich die Flora gepackt. Die strampelte, trat um sich und schrie wie am Spieß. Anscheinend hatte sie die Freistunde zu Mittag genützt, um sich die Rede vom Adefris persönlich zu geben. Vom Gymnasium waren es ja nur fünf Minuten den Hügel hinunter zum Marktplatz. Unbemerkt und dick vermummt hatte sie sich ziemlich weit vorne unters Publikum gemischt und dann die Verwirrung genützt, um dem Adefris einen Schneeball draufzuknallen. Zu Floras Glück hatte der Leo als Erster geschnallt, wer die Übeltäterin war. Bevor einer der Kurzgeschorenen sich an der Flora vergreifen konnte, hatte Leo sie auch schon aus dem unmittelbaren Gefahrenbereich befördert.

»Du passt auf den Stand auf!«, schrie die Charlotte der verdatterten Inaaya zu und sprintete den Kirchenhügel hinunter, wo sie dem Leo ihre Schwester abnahm. Am anderen Ende des Marktplatzes herrschte ebenfalls helle Aufregung: Die Polizisten, die die Demonstranten abführen sollten, waren nämlich im ersten Schrecken sofort in Richtung Bühne gestürmt, um Jagd auf den neuen Schneeballwerfer zu machen. Das hatten wiederum die Demonstranten genützt, um zu flüchten. Nur ein einziger Polizist war zurückgeblieben, und der war heillos überfordert, weil die Linken in alle Himmelsrichtungen davonstoben.

»Da, nimm«, sagte der Leo keuchend zur Charlotte, »deine Schwester.«

In dem Moment beruhigte sich die Kleine wieder. Sie reckte ihren Hals und lächelte zufrieden, als sie sah, dass die anderen Demonstranten verschwunden waren und die Polizei mit leeren Händen dastand.

»Ihr könnt mich jetzt ruhig wieder runterlassen«, meinte sie stoisch, während sie gerade irgendwo zwischen den ausgestreckten Armen vom Leo und von der Charlotte in der Luft hing.

»Was war das bitte?«, fuhr die Charlotte sie an.

»Ein Ablenkungsmanöver«, erklärte die Flora unschuldig. »Wo sind wir denn, dass dieses rechte Arschloch auf der Bühne so einen Bullshit von sich geben kann, ohne dass jemand einschreitet, und wir gleich abgeführt werden, wenn wir unsere Meinung kundtun?«

»Wir?«, meinte die Charlotte spöttisch.

»Ja, wir. Irgendwer muss sich diesen Leuten doch in den Weg stellen.«

»Wie auch immer«, meinte der Leo genervt. »Charlotte, pass auf sie auf, ich bügel das schon irgendwie aus. So wie es ausschaut, sieht eh gerade keiner her.«

Damit hatte der Leo recht. Nachdem der Pepi völlig sinnlos »Haltet sie!« geschrien hatte, hatte sich die Menge wieder in die andere Richtung gedreht. Wo der Adefris auf der Bühne vor Wut kochte. So hatte er sich das jetzt wirklich nicht vorgestellt. In seinem Skript wären die Demonstranten festgesetzt worden, er hätte noch ein wenig über die Ausländer schwadroniert, und dann wären alle hasserfüllt nach Hause gegangen. So aber war das Ganze zur Schmierenkomödie verkommen.

Die Charlotte hatte ihre Schwester derweil in der Punschhütte versteckt. Da die Flora bis zur Nase vermummt gewesen war, durfte man davon ausgehen, dass sie außer ihr selbst und dem Leo niemand erkannt hatte. Womit der Polizei sämtliche Aufrührer durch die Lappen gegangen waren. Wahrlich kein Ruhmesblatt für eine Law-and-Order-Veranstaltung wie die vom Adefris.

Die Flora hatte sich im Punschstand unter die Theke gehockt, wo ihr die Inaaya lächelnd eine Tasse heißen – alkoholfreien – Punsch reichte, den die Flora dankbar annahm. Sie hatte ihr Ziel erreicht: Die Veranstaltung vom Adefris war gelaufen, das Publikum hatte sich zerstreut und machte sich über die Polizei lustig. Die Parolen vom Adefris waren mehr oder weniger vergessen, auch wenn von dem Dreck immer etwas hängen blieb.

Natürlich tat es ihr ein wenig leid für ihren Cousin, der als Polizeichef das Desaster auszubaden hatte. Aber das würde der Leo schon überleben, schließlich hatte er in den letzten Monaten einige spektakuläre Erfolge gefeiert. Wegen ein paar harmloser Demonstranten würde man ihm schon keinen Strick drehen.

2. Teil

9

Dienstag, 16. Dezember

Nachdem sich die Aufregung am Marktplatz wieder gelegt und der ÖHP-Truck sich vom Acker gemacht hatte, verfrachtete die Charlotte ihre kleine Schwester wieder zurück ins Gymnasium – diesmal ohne Vermummung, die auch zu auffällig gewesen wäre. Der Anblick der kleinen Nöhrer beim familieneigenen Punschstand war ja nichts Besonderes. Das Geschäft lief für einen Dienstagnachmittag hervorragend. Viele schienen sich den Nachmittag nach der Adefris-Veranstaltung gleich freigenommen zu haben, und wenn man schon mal in der Nähe der einen oder anderen Punschhütte war …

Das rechte Pack hatte sich zusammen mit dem Wahlkampftruck getrollt, sodass das Publikum am Punschstand ungleich angenehmer war als in den Tagen davor. Wahrscheinlich begoss man den »erfolgreichen« Wahlkampfauftakt vom Adefris irgendwo anders – ohne schädliche linke Zecken. So hatte die Charlotte kein Problem, die Punschhütte am Nachmittag in der Obhut der Inaaya und einer angeheuerten Studentin zu lassen. Sie selbst wollte auf einen Sprung im Kulturzentrum vorbeischauen, um mit der Karin Nachbagaur zu plaudern, der Leiterin des Perchtoldsdorfer Flüchtlingshilfswerks. Mit der Karin verband sie seit der gemeinsamen Schulzeit eine lose Freundschaft. Während es die Charlotte in den Polizeidienst verschlug, hatte sich die Karin nach einiger Zeit bei einem großen Lebensmittelkonzern als Buchhalterin selbstständig gemacht. Keine schlechte Voraussetzung, um ein derart komplexes Projekt wie die Flüchtlingsbetreuung zu leiten.

Langsam schlenderte die Charlotte zum Zellpark, der großzügigen Parkanlage mitten im Herzen von Perchtoldsdorf, wo an einem Ende seit ein paar Jahren ein Kindergarten untergebracht war und am anderen Ende das Kulturzentrum stand. Vor der Renovierung der alten Herzogsburg hatten hier nicht nur Kulturveranstaltungen, sondern auch diverse Maturabälle stattgefunden. Der erste Stock des Gebäudes diente derzeit als Zentrale für das privat organisierte Perchtoldsdorfer Flüchtlingshilfswerk.

Im Gegensatz zu den Ansagen vom Adefris war das Kulturzentrum aber kein Flüchtlingslager. Hier wurde lediglich organisiert und vernetzt und im Notfall eine Schlafstelle angeboten. Die Inaaya und ihre Familie waren eine der wenigen Ausnahmen, in vielerlei Hinsicht. Die Aushilfe der Charlotte lebte nämlich mit ihren Eltern und den drei kleineren Geschwistern tatsächlich im Kulturzentrum – als Hausmeister. Früher war das große Gebäude, das bei Veranstaltungen fast zweitausend Menschen Platz bot, von einer Reinigungsfirma betreut worden. Weil Auslagerungen und Einsparungen olé! Nach der Flüchtlingswelle und dem nicht enden wollenden Engagement des Flüchtlingshilfswerks hatten einige hochrangige Herrschaften im Gemeinderat doch ein schlechtes Gewissen bekommen und den privaten Helfern nicht nur Räumlichkeiten im Kulturzentrum als Koordinationszentrale angeboten, sondern auch eine Familie von Geflüchteten als Hausmeister angestellt. Ebendie Familie der Inaaya. Daneben standen noch zwei kleine Zimmer zur Verfügung, die als Notschlafstellen für Neuankömmlinge dienten.

Treibende Kraft dahinter war die Gina Blauensteiner gewesen. Das schlechte Gewissen der altgedienten Gemeindepolitiker alleine hätte wohl nicht ausgereicht. Als Kultur-Gemeinderätin hatte sie die Aufsicht über das Kulturzentrum und hatte diesen Verwendungszweck mit aller Kraft durchgeboxt. Sie ließ sich dafür auch gerne »Gutmensch« schimpfen.

Mit der kühlen, tief stehenden Wintersonne im Gesicht konnte die Charlotte für ein paar Minuten abschalten. Kein Gedanke an die völlig durchgeknallte kleine Schwester, kein Gedanke an den Adegfries. Sorry, Adefris natürlich. Kein Gedanke an den toten Pfarrer. Und kein Gedanke an islamistische Terroristen, die, aus welchen Gründen auch immer, plötzlich Perchtoldsdorf als neuen Kriegsschauplatz auserkoren hatten.

Der Eingang zum Zellpark lag direkt gegenüber der Turmbar. Eingesäumt vom Kindergarten links und von einem alten Bürgerhaus auf der rechten Seite, in dem auch der lokale Buchladen untergebracht war, ging es leicht bergab in den Park. Ein paar Stufen hinunter, zur rechten Hand ein künstlicher Teich, der vor Jahrzehnten noch als Freibad für die Bevölkerung gedient hatte und momentan komplett zugefroren war. Weiter über einen verträumt mäandernden Schotterweg, an dem im Sommer großzügig angelegte Blumenbeete blühten, links vorbei am Knappenhof, einem Barockschlösschen aus dem 14. Jahrhundert, bis sie endlich an dem weißen Stahl- und Glasbau aus den siebziger Jahren ankam. Durch den vielen Schneefall fügte sich der weiße Monsterbau viel besser in die Landschaft als im Sommer. Spöttisch wurde das Kulturzentrum auch Centre Pompidou für Arme (und mit weniger Glas) genannt. Aber immerhin konnte man der Gemeinde nicht vorwerfen, sich nicht etwas getraut zu haben. Und über was konnte man trefflicher streiten als über Geschmack?

Um die alten Gebäude in der Umgebung nicht zu sehr zu überragen, war das Kulturzentrum etwas vertieft angelegt worden. Die Charlotte schritt also ein paar Stufen hinunter, überquerte einen kleinen, mit Kopfsteinpflaster ausgelegten Parkplatz und betrat durch eine große Glastür das weite Foyer des Kulturzentrums, das fast das gesamte Erdgeschoss einnahm. Hier war auch die örtliche Bibliothek untergebracht.

Im ersten Stock traf sie schließlich die Karin. Bussi links und Bussi rechts und dann ein ebenso überraschtes wie besorgtes »Was machst du denn hier, Charlotte? Gibt's Probleme mit der Inaaya?«.

»Nein, nein.« Die Charlotte winkte beruhigend ab. »Die ist ein echter Schatz. Gibt sich viel Mühe. Aber derzeit ist es mit den Vaterlands-Affen halt nicht so einfach.«

»Ja, sie hat mir von der Geschichte am Sonntag erzählt. Ich fürchte, das wird in den nächsten Wochen noch schlimmer. Die kennen jetzt wirklich keinen Genierer mehr. Aber ist ja nicht nur bei uns so.« In der Stimme der Karin schwang ein wenig Resignation mit.

Die Charlotte verkniff sich jedoch, die Karin in den Arm zu nehmen und zu trösten. So nah stand man sich dann doch nicht.

»Kaffee?«, fragte die Karin schließlich. Die Charlotte nickte. Die beiden machten es sich im provisorischen Büro der Karin gemütlich. Dort stapelten sich Berge von Akten, und irgendwo mittendrin brummte ein Laptop.

Die Karin deutete den fragenden Blick der Charlotte richtig. »Das ist nur die Arbeit von den letzten zwei Wochen«, sagte sie. »Du hast ja keine Ahnung, wie viele Behördenwege unsere Schützlinge zu erledigen haben. Und dann wird ihnen auch noch bei jeder Gelegenheit das Leben schwer gemacht. Manchmal fühle ich mich wie Sisyphos. Kaum ist eine Geschichte erledigt, tut sich schon die nächste auf.«

»Hast du keine Hilfe?«

»Doch, doch. Deshalb heißen wir ja auch ›Flüchtlingshilfswerk‹.« Die Karin lächelte gequält. »Es sind alles Freiwillige, und sie geben ihr Bestes, aber wie gesagt: Die Arbeit hört nie auf. Natürlich ist es besser als zu Beginn, als so viele auf einmal zu uns gekommen sind. Aber wir wollen den Leuten ja nachhaltig helfen. Obwohl uns diese Arbeit von der Regierung wahrlich schwer gemacht wird. Jetzt wurden uns auch noch die Förderungen auf ein Minimum gekürzt, und wir sind noch abhängiger von Spenden. Zum Glück hat sich dieser ganze Fremdenhass bei uns noch nicht so festgesetzt wie in anderen Ländern, und auch die Kirche trägt ihr Scherflein zu unserer Arbeit bei. Genau jetzt«, dabei blickte die Karin auf ihre Uhr, »findet zum Beispiel im Pfarrheim unser Deutschkurs statt. Wir bieten diese Kurse dreimal die Woche an, und sie werden eigentlich ganz gut angenommen. Das mit dem Pfarrer ist eine wirkliche Tragödie. Er hat sich nämlich immer ganz herzlich um unsere Flüchtlingskinder gekümmert und auch manchmal bei den Deutschkursen mitgeholfen. Weiß man schon Genaueres wegen seines Todes?«

Die Charlotte verneinte. »Nur das, was du eh schon sicher in der Zeitung gelesen hast. Glaubst du, dass einer von deinen Leuten da dabei gewesen sein könnte?«

Die Karin schüttelte vehement den Kopf. »Auf keinen Fall!« Sie nahm einen Schluck von ihrem Kaffee und fuhr ruhiger fort: »Andererseits: Für wen traut man sich heutzutage noch, die Hand ins Feuer zu legen? Nein, ich weiß es wirklich nicht. Ich kann ja auch nicht alle ständig kontrollieren. Es ist so schon genug zu tun.«

»Wie bekommst du das mit deiner eigenen Arbeit auf die Reihe?«

Die Karin zeigte auf einen weiteren Stapel, der sich am Fensterbrett neben ihrem Schreibtisch auftürmte. »Das erledige ich mittlerweile alles von hier.«

»Das hat doch keine Zukunft?«

Die Karin machte eine wegwerfende Handbewegung. »Ach, uns geht's doch gut. Soll ich mich etwa über zu viel Arbeit beschweren? Wo es so viele Menschen gibt, die gar keine Arbeit haben? Außerdem wird es schon wieder besser werden. Irgendwann halt.«

»Glaubst du wirklich?«

Die Karin seufzte. »Das muss ich wohl, sonst würde ich durchdrehen. Aber ich brauch mich nur umzuschauen und weiß, dass nicht alle Leute schlecht sind. Was wir schon alles erreicht haben! Wir haben fast allen Flüchtlingen eine Unterkunft verschafft, einige von ihnen haben auch Arbeit gefunden. Nichts Aufregendes, klar, aber besser, als nur hier herumzuhängen. Und die Gemeinde haben wir auch so lange sekkiert, bis sie uns das alte Pfadfinderheim als Flüchtlingsunterkunft zur Verfügung gestellt hat. Wenigstens müssen wir keine Miete zahlen, den Rest schon: Strom, Wasser, Verpflegung und so weiter. Ich kann mich nur wiederholen: Selbst das ist besser als nichts. Da muss ich mich bei der Gina Blauensteiner bedanken. Die hat sich richtig für uns eingesetzt.«

»Ganz ehrlich, ich bewundere dich«, meinte die Charlotte, während sie an ihrem Kaffee schlürfte. Dann sah sie der Karin fest in die Augen und sagte: »Aber ich glaube nicht, dass alle Flüchtlinge so Engel wie die Inaaya sind.«

Die Karin seufzte. »Natürlich nicht. Unter denen gibt es selbstverständlich Krätzn wie überall anders auch. Aber ich glaube zuerst einmal an das Gute im Menschen, sonst würde ich diese Arbeit nicht machen oder wäre schon längst irre geworden. Der Großteil der Flüchtlinge ist in Ordnung. Was ich nicht verstehe: Glauben die Leute wirklich, dass die einfach so aus Spaß ihre Heimat verlassen? Das ist doch völliger Schwachsinn. Und selbst wenn sie nur kommen, weil es bei ihnen daheim wirtschaftlich nichts zu holen gibt. Ist doch völlig verständlich.«

Die Charlotte nickte, gab aber zu bedenken: »Schon, aber was, wenn auf einmal alle zu uns kommen würden?«

Die Augen der Karin funkelten. »Dann sollte sich die Politik vielleicht mal was anderes überlegen, als nur die Flüchtlingsrouten zu schließen. Wer ist denn schuld an dem Elend dort unten? Wer profitiert denn davon? Schau dir doch mal die Nachrichten an! Wenn in Syrien Friedensverhandlungen geführt werden, wer tut das dann? Die Syrer? Nein! Die Russen, die Türken, die Amerikaner und ein paar arabische Staaten. Da geht es doch um ganz andere Sachen. Und die Flüchtlinge kommen unseren sogenannten konservativen Politikern doch nur recht. So haben sie etwas, womit sie den Leuten Angst machen können. Wie wäre es denn mal mit nachhaltiger Hilfe für diese Länder? Nicht nur das Öl kaufen und den Scheichs da unten die Taschen füllen. Oder in Afrika Rohstoffe ausbeuten ohne Ende, und die Menschen dort haben nichts.«

»Ist das nicht ein bisschen schwarz-weiß gemalt?«, fragte die Charlotte, mit voller Absicht den Advocatus Diaboli spielend.

Die Karin sackte in ihrem Sessel zusammen und machte eine wegwerfende Handbewegung. »Ja, natürlich. Aber im

Grunde genommen stimmt es. Und ja, ich weiß, dass sich das alles nicht so leicht ändern lässt. Trotzdem sollten wir uns nicht dafür schämen, wenn uns die Rechten ›Gutmenschen‹ nennen. Lieber ein Gutmensch als ein Arschloch. Außerdem, wenn wir uns Kärnten und die Hypo leisten konnten, können wir uns auch die Flüchtlinge leisten. Aber die Regierung kann nicht ständig über fehlende Integration schwadronieren und im selben Atemzug alle Programme streichen und die Fördermittel kürzen. Natürlich ist da in den letzten Jahrzehnten viel Schindluder getrieben worden, und man hat das Problem nicht ernst genommen, aber das heißt doch nicht, dass man es nicht weiter probieren kann. Man sieht doch bei uns, dass es auch funktionieren kann.«

»Tut es das?«

»Ja, wir veranstalten nicht nur die Deutschkurse, sondern bringen die Flüchtlinge auch mit den Leuten im Ort zusammen. Das Letzte, was wir wollen, ist eine Ghettobildung. Das war und ist ja in Wien das Problem. Da wurde in den letzten Jahrzehnten viel zu wenig gemacht. Klar, dass die Leute unter sich bleiben, wenn man sich nicht um sie kümmert. Wir verschaffen den Kindern Lernhilfen, damit sie so schnell wie möglich auf ein akzeptables Niveau kommen. Wir suchen den Asylwerbern Unterkünfte. Da wird von unseren Freiwilligen fast schon Unmenschliches geleistet, ohne dass sie dafür einen Cent sehen. Mir ist schon klar, dass sich das alles im kleinen Rahmen leichter umsetzen lässt als in einer Millionenstadt, aber ganz ohne Engagement geht es halt auch nicht. Und es ist ja nicht so, dass die Leute auf der Straße stehen und betteln. Dafür sind die meisten auch viel zu stolz. Sie würden ja gerne arbeiten – wenn man sie ließe. Zum Glück sind etliche meiner Schäfchen hier in der Umgebung untergekommen. Viele machen zwar nur Hilfsarbeiten, aber das ist schon mal besser als nichts.«

Die Charlotte sah sich die Karin genauer an. Die letzten Jahre hatten an ihr gezehrt. Die mausbraunen Haare hingen ihr in einem dünnen Ponyschwanz auf den Rücken. Die Brille schien sie seit der gemeinsamen Schulzeit nicht gewechselt zu haben, so sehr sah sie noch nach neunziger Jahren aus. Außer zwei dünnen großen Ohrringen trug sie keinen Schmuck, auch Make-up suchte man vergeblich. Dafür hatte sie einen schwarzen Nadelstreifenblazer mit dazu passender Hose und flachen schwarzen Schuhen an. Alles in allem ein perfektes Beispiel für eine graue Maus. Aber da täuschte das Äußere, denn schon in der Schule hatte sich die Karin nichts gefallen lassen, und Reden schwingen hatte sie auch schon immer gekonnt. Weswegen sie damals auch zur Schulsprecherin gewählt worden war.

Die Karin atmete tief durch und trank von ihrem inzwischen kalten Kaffee. »Macht schön«, sagte sie trotzig lächelnd, nachdem sie ihre ganze Wut runtergeschluckt und sich wieder beruhigt hatte.

»Gibt es eigentlich Schäfchen, mit denen du Probleme hast?«

Die Karin schloss die Augen und dachte nach. »Mei, wie gesagt, es sind nicht alles Engel, aber im Großen und Ganzen ist es okay. Es kommt immer wieder mal zu Streitereien zwischen den Asylwerbern, wenn wir einen Informationsabend oder etwas Ähnliches haben. Und für einige Männer ist es nicht so leicht zu akzeptieren, dass bei uns Frauen gleichberechtigt sind. Sie treffen sich natürlich auch außerhalb und kleben dann stundenlang aufeinander. Das lässt sich nicht verhindern und ist auch gut so. Jeder braucht einen Anker. Für sie ist hier alles neu, und viele haben sich das Leben im ›gelobten Land‹ wohl auch anders vorgestellt. Wenn es Probleme gibt, dann meistens, wenn sie von den Unsrigen angestänkert werden. Du kannst dir nicht vorstellen, was hier manchmal abgeht. Sind zwar nur ein paar Idioten, aber die können es richtig.«

»Erzähl mal«, forderte die Charlotte sie auf.

»Wo soll ich anfangen?« Die Karin fuhr sich durch die Haare. »Weißt du, was am schlimmsten ist? Dass sie sogar bestohlen werden. Und die Polizei tut nichts!«

»Wie, ›tut nichts‹?«, fragte die Charlotte verdutzt.

»Na, ich habe eine Liste mit gestohlenen Gegenständen angelegt. Diese Liste habe ich der Polizei gegeben, und bis heute ist nichts passiert.«

»Darf ich die Liste mal sehen?«

Die Karin tippte auf ihrem Laptop herum, und kurz darauf begann der Drucker zu summen. Er spuckte eine Excel-Liste aus, die die Karin der Charlotte überreichte. Tatsächlich war die Liste fast schon beängstigend lang. Den Asylwerbern waren unter anderem zwei Handys, Schlafsäcke und andere Sachen gestohlen worden.

»Mit wem hast du denn bei der Polizei wegen dieser Liste gesprochen?«, wollte die Charlotte schließlich wissen.

»Lass mich kurz nachschauen, ich hab's nicht so mit Namen.« Wieder tippte die Karin auf ihrem Laptop herum.

Ganz die Buchhalterin, dachte die Charlotte ein wenig amüsiert, alles wird abgelegt und notiert.

»So, da haben wir ihn«, sagte die Karin schließlich erleichtert. »Ich habe mit einem Josef Habermas geredet. Ist ein ganz Junger gewesen. Das war schon vor zwei Wochen. Da bin ich extra zur Polizei rübermarschiert, um die Anzeige zu machen.«

»Stört es dich, wenn ich die Liste mitnehme?«, fragte die Charlotte.

Beim Namen des betroffenen Polizisten hatten bei ihr alle Alarmglocken zu läuten begonnen. Josef Habermas, das konnte ja wohl nur der Pepi sein, der sich heute schon so nachsichtig gegenüber dem rechten Pack gezeigt hatte. Sie hatte durchaus einen Verdacht, was der mit der Liste und Anzeige der Karin gemacht hatte. Nämlich genau gar nichts. Sie verpetzte zwar niemanden gerne, aber was sich der Pepi anmaßte, war schon ein starkes Stück – falls sie mit ihrer Annahme richtiglag. Davon musste der Leo erfahren.

Die Karin nickte, ihr Gesichtsausdruck verriet der Charlotte jedoch, dass sie keine allzu großen Hoffnungen in die Charlotte setzte. Sie beschloss, das Thema zu wechseln. »Die Inaaya macht sich bei mir so gut, dass ich dich fragen wollte, ob du vielleicht noch ein oder zwei Mädels hast, die uns oben am

Weingut aushelfen könnten? Wäre natürlich gut, wenn sie ein bisschen Gastro-Erfahrung hätten.« Das war jetzt eine völlig spontane Eingebung der Charlotte. Sie konnte einfach nicht mitansehen, wie unglücklich die Karin ihr da gegenübersaß.

»Das würdest du tun?«, fragte die Karin erfreut. »Lass mich kurz nachschauen.« Wieder tippte sie auf ihrem Laptop herum. Hätte die Charlotte auch gewundert, wenn die Karin nicht alle möglichen Informationen zu ihren Schäfchen irgendwo abgespeichert hätte.

Während sich die Karin in den Informationswust vertiefte, vertrat sich die Charlotte ein wenig die Beine. Nach ein paar Minuten rief die Karin: »Bingo!«, und wieder begann der Drucker zu summen. Die Charlotte nahm sich den Ausdruck aus dem Druckerschacht und überflog die Informationen: Alia und Bahira hießen die jungen Frauen, beide knapp über zwanzig Jahre alt und ausgebildete Kellnerinnen. Tatsächlich »Bingo!«

»Sehr gut!« Die Charlotte nickte. »Können die beiden heute Abend bei uns oben vorbeikommen? Dann schaue ich sie mir genauer an. Vielleicht können sie ja schon morgen bei uns beginnen.«

Danach plauderten die beiden noch über dieses und jenes, ehe sich die Charlotte verabschiedete und nachdenklich zu ihrer Punschhütte zurücktrottete. Die Sonne war im Untergehen, und das Geschäft am Weihnachtsmarkt würde jetzt langsam so richtig einsetzen. Am Punschstand hatte inzwischen die Flora das Kommando übernommen.

»Was machst du denn hier?«, fragte die Charlotte erstaunt.

»Na, wonach schaut es aus? Ich passe auf, dass niemand die Inaaya blöd ansteigt. Außerdem schadet mir ein bisschen Frischluft eh nicht, bin ja den ganzen Tag in der Klasse gesessen.«

»Den ganzen Tag? Und was war zu Mittag?«

»Blöde Kuh!«, zischte die Flora, drehte sich weg und schenkte sich einen Beerenpunsch ein.

»Schon gut, schon gut«, prustete die Charlotte, die genau wusste, dass ihre Belustigung nur dazu führte, dass die Flora noch grantiger würde. Wieso konnte man das kleine Schwesterherz nur auch so leicht triggern? »Wo ist denn der Noah?«

Mit eisiger Stimme antwortete die Flora: »Weihnachtsgeschenke einkaufen. Das solltest du vielleicht auch tun. So wie ich dich kenne, hast du sicher noch nichts besorgt.«

Womit die Flora natürlich ins Schwarze getroffen hatte. Die Charlotte hasste es, Weihnachtseinkäufe zu erledigen. Am liebsten hätte sie – natürlich! – allen irgendwelche wohlüberlegten Gutscheine geschenkt. Aber das war in den letzten Jahren bei der Familie nicht sonderlich gut angekommen. Bei den Nöhrers war man noch der Meinung, dass man sich wenigstens zu Weihnachten ein wenig anstrengen und sich was Ordentliches überlegen sollte. Nicht, dass sich die Charlotte irgendwie drum scherte.

»Hab ich's mir doch gedacht«, sagte die Flora oberlehrerhaft und mit einem hämischen Grinsen, als sie sah, wie das Gesicht der Charlotte knallrot anlief.

Daraufhin verabschiedete sich die Charlotte demonstrativ herzlich von der Inaaya, die Flora wurde aber mit Nichtachtung bestraft. Sollte noch mal wer sagen, dass es mit Geschwistern immer leicht war.

Die Charlotte trottete die paar Meter hinauf zum Parkplatz im Burghof. Bevor sie in ihren Wagen stieg, sah sie sich um: Vor einem halben Jahr hatten sich hier während der Sommerfestspiele wahre Tragödien abgespielt. Jetzt herrschte totale Stille, alles war vom Schnee der letzten Tage bedeckt. Obwohl es gerade erst fünf Uhr am Nachmittag war, war es bereits stockfinster. Der Parkplatz war in sanftes orangefarbenes Licht der Straßenlaternen getaucht, das im Schnee geradezu romantisch glitzerte. Eigentlich war es fast schon kitschig schön.

Ein paar Minuten später rauschte sie daheim ein und stellte den Wagen ab. Sie ging extra einmal ums Weingut herum, um noch ein wenig durch den hohen Schnee zu stapfen. Sie konnte sich nicht erinnern, wann es zuletzt so viel geschneit hatte, und fühlte sich angenehm in ihre Kindheit zurückversetzt. In der großen Heurigenküche wurde sie von ihrer Omama mit einem festen Wangenknutscher empfangen.

»Setz dich hin, Kind«, meinte die Omama und schob der Charlotte gleich ein goldbraunes, knuspriges Surschnitzel hin. So war sie halt. Immer in Sorge, dass die Enkelkinder kurz vor dem Hungertod standen.

»Äh, ist das nicht für eine Kundschaft?«, fragte die Charlotte zaghaft.

»Papperlapapp! Das nächste ist eh gleich fertig, und du schaust aus, als hättest du es notwendiger.«

Tatsächlich hatte die Charlotte über den Aufregungen des Tages komplett aufs Essen vergessen. Dementsprechend hungrig machte sie sich über das Schnitzerl her.

Die Frau Mama stellte ihr eine Portion Erdäpfelsalat auf den Tisch und verschwand mit einem kurzen »Hat sich die junge Dame erbarmt, auch wieder mal hier aufzutauchen?« an der Büfetttheke, wo die Kundschaft Schlange stand.

Hinter der Charlotte werkten zwei Küchenhelferinnen im Akkord an frischen Schnitzeln, gebackenem Fisch und Gemüse und was sonst noch alles bestellt wurde. Der Seitenhieb der Frau Mama schmerzte die Charlotte. Die Stimmung zwischen den beiden war in letzter Zeit wieder deutlich abgekühlt. Jetzt, da die Beziehung von der Flora und dem Luca in die Brüche zu gehen drohte, war es noch schlimmer geworden. Und alles nur, weil sich die Frau Mama so sehr ein Enkelkind wünschte.

Die Omama strich ihrer Enkelin sanft durchs Haar. »Die kriegt sich schon wieder ein«, flüsterte sie ihr ins Ohr.

Aber die Charlotte war sich da nicht so sicher. Mittlerweile ging dieses Theater schon seit dem Sommer. Ganz so, als würde die biologische Uhr der Frau Mama ticken und nicht jene der Charlotte. Mal schlimmer, mal weniger schlimm, aber ein steter schwelender und stummer Konflikt zwischen Mutter und Tochter.

Früher oder später würde sie ihre Frau Mama zur Rede stellen müssen. Aber nicht heute. Und sicher nicht so kurz vor Weihnachten. Wenn es schon zum großen Knall kommen sollte, dann wenigstens nicht zu dieser Jahreszeit.

Im Eck neben der Charlotte war knapp unter der Decke ein Fernseher angebracht. Eben begann die Nachrichtensendung, und schon bei der Meldungsübersicht verschluckte sich die Charlotte an einem Bissen ihres Schnitzerls.

»Eklat beim Wahlkampfauftakt der ÖHP im niederösterreichischen Perchtoldsdorf«, intonierte die Nachrichtensprecherin monoton. »Hagen Adefris, Spitzenkandidat der ÖHP, dem auch auf Bundesebene politische Ambitionen nachgesagt werden, wurde bei seiner Rede von mehreren linken Demonstranten mit Schneebällen beworfen. Die Wahlkampfveranstaltung musste daraufhin abgebrochen werden. Perchtoldsdorf kommt damit in den letzten Tagen nicht aus den Schlagzeilen. Erst in der Nacht auf Sonntag wurde in dem Weinort der Pfarrer von islamistischen Terroristen vom Wehrturm in den Tod gestürzt, und gestern verkündete dieselbe Terrorgruppe, dass man einen Bombenanschlag plane. Gerhard?«

»Danke, Michaela«, übernahm der zweite Nachrichtensprecher. »Ja, es scheint fast so, als gerate Perchtoldsdorf mehr als dreihundert Jahre nach einem türkischen Massaker an der Bevölkerung wieder in den Blickpunkt von Islamisten. Die wahren Hintergründe sind derzeit noch völlig schleierhaft. Experten vermuten jedoch, dass man Perchtoldsdorf aus viel trivialeren Gründen ausgesucht hat. Einerseits war der Ort bislang politisch nicht wichtig genug, um dort auf unüberwindbare Sicherheitsmaßnahmen zu treffen, andererseits liegt Perchtoldsdorf auch nahe genug an Wien, um symbolisch dem ganzen Land zuzusetzen. Zudem ist da eben noch die Geschichte mit der zweiten Türkenbelagerung im Jahr 1683, als der Vorstoß der Osmanen dazu geführt hatte, dass fast der komplette Ort vernichtet und die Bevölkerung ermordet wurde. In diesem Zusammenhang wurden erst vor wenigen Wochen unterirdische

Gänge in den Weinbergen von Perchtoldsdorf entdeckt, die noch aus dieser Zeit stammen dürften. Dazu wird unser Experte, Dr. Hubertus Weber, in wenigen Momenten neue Erkenntnisse präsentieren.«

Die Charlotte hatte genug gehört. Sie schaltete den Fernseher auf stumm, stocherte lustlos in ihrem Essen herum und surfte gedankenabwesend auf ihrem Handy im Internet. Als sie ihre Facebook-App öffnete, sah sie, dass sie vier neue Benachrichtigungen hatte. Drei davon waren der übliche Unsinn, die vierte stach ihr aber ins Auge. Es war eine Einladung, der Gruppe »Für ein freies Perchtoldsdorf« beizutreten. Sie konnte sich schon vorstellen, was sich hinter diesem Titel verbarg, klickte aber dennoch auf die Gruppe, um sie sich genauer anzusehen. Es war wie bei einem schweren Verkehrsunfall, bei dem man auch nicht wegschauen konnte. Oder wie beim Shopping-TV, das so dämlich, aber auch so hypnotisierend war, dass man gar nicht bemerkte, wie schnell die Zeit verging.

Ein Blick auf die Gruppeninfo zeigte ihr, dass die Gruppe erst einen Tag alt war, aber schon knapp fünfhundert Mitglieder hatte. Die meisten Postings waren Re-Posts von Beiträgen der ÖHP. Die Einladung zum Beitritt hatte sie von einem anderen Jungwinzer erhalten, bei dem sie bislang eigentlich nicht den Eindruck gehabt hatte, dass er sich zu Adefris und Konsorten hingezogen fühlte.

Bisher war nur eine Handvoll originaler Postings online gegangen, die hatten es aber in sich: »Ausländer raus! Wir wollen unser KZ zurück!«, lautete eines davon. Ein anderes: »Asylanten im KZ – ja, gerne. Aber nicht in unserem.« Als Gruppenbild hatte man ein Foto vom Adefris am Wahlkampftruck gewählt.

Der Charlotte lief ein kalter Schauer über den Rücken. Offiziell hatte diese Seite natürlich nichts mit der ÖHP zu tun, aber würde man tiefer graben … Sie machte einen Screenshot und schickte das Bild direkt an den Leo weiter. So etwas musste gemeldet werden, und dafür war der Leo der richtige Mann. Die Charlotte trat der Gruppe – no na – nicht bei, scrollte sich aber noch durch die Mitgliederliste, bevor sie die App schloss. Von den rund fünfhundert Mitgliedern kannte sie vielleicht zwei Dutzend, der Rest war ihr völlig unbekannt. Sie bezweifelte, dass es sich dabei um Einheimische handelte. Die Familie Adefris war auch prominent vertreten, nämlich durch gleich vier Kinder: Hela, Siegfried, Thorsten und Wulfibald. Der alte Adefris selbst war clever genug, nicht in dieser Gruppe aufzuscheinen.

»Charlotte?« Das war der Noah. Er sah fragend zur Küche herein.

»Ja?«

»Da sind zwei Frauen. Sie meinen, sie sollen sich bei dir melden.«

Erst nach ein paar Momenten fiel der Charlotte ein, um wen es sich handeln musste. Natürlich, sie hatte ja heute noch zwei Vorstellungsgespräche. »Bring sie hier herein, bitte.«

Kurz darauf standen zwei junge syrische Frauen in der großen Küche. Schüchtern stellten sie sich als Alia und Bahira vor und legten der Charlotte zwei formvollendete Lebensläufe auf den Tisch. Der Herr Papa, der gerade am Kücheneingang vorbeihuschte, erfasste die Situation mit einem Blick. Er schüttelte kurz den Kopf, zwinkerte seiner Tochter zu und verschwand hinter der Getränkeschank.

Die Charlotte überflog die Lebensläufe die, wie sie annahm, unter Mithilfe der Karin erstellt worden waren. Die beiden stammten aus Aleppo. Nachdem sie ein bisschen aufgetaut waren, erzählten sie, dass sie mit ihren Familien im letzten Moment vor den Kämpfern des IS hatten flüchten können. Nach Zwischenstopps in türkischen Flüchtlingslagern hatten sie sich schließlich auf den Weg nach Europa gemacht und waren nun seit einem Jahr in Perchtoldsdorf. Mit Ausnahme von ein paar Putzjobs hatten sie bislang keine Arbeit gefunden. Laut ihren Lebensläufen waren sie vor ihrer Flucht aus der Heimat Studentinnen gewesen und hatten nebenbei in Restaurants gejobbt. Gut, so viel zu den »ausgebildeten Kellnerinnen«. Aber sie schienen doch etwas Erfahrung zu haben. Ihr Deutsch war für ein Jahr in Österreich nicht schlecht, wenn auch noch nicht so gut wie das der Inaaya.

In der derzeit aufgeheizten Stimmung wollte die Charlotte die beiden nicht sofort als Kellnerinnen auf ihre Gäste loslassen. Zunächst sollten sie einmal den Betrieb kennenlernen, Tische abräumen und sich an die lokalen Gepflogenheiten gewöhnen. Nebenbei konnten sie auch im Hotelbetrieb aushelfen, da hatten sie nicht so viel Kundenkontakt. Sobald sie die wichtigsten Begriffe intus hatten, würde man sie auch als Kellnerinnen einsetzen können. Das war zumindest der Plan.

Alia und Bahira war das völlig egal. Sie waren einfach nur glücklich, endlich irgendwo unterzukommen. Sie wollten sofort loslegen, was die Charlotte lachend unterband.

»Immer langsam. Ich werde euch zuerst einmal alles zeigen, und morgen Vormittag könnt ihr anfangen.«

Das stimmte so nicht ganz, denn in diesem Moment kam die Andrea heim, und die Charlotte beschloss, dass sie für diesen Tag genug getan hatte. Sie überantwortete die beiden jungen Frauen dem Noah, der ihnen vom Heurigen bis zum Hotel eine halbstündige Führung durch das Weingut angedeihen ließ.

»Noch mehr Streuner für dein Weingut?«, grinste die Andrea. Sie hatte sich an den Tisch gesetzt und über das restliche Schnitzerl von der Charlotte hergemacht.

»He, das ist meines!«, protestierte die Charlotte.

»Dann hol's dir«, erwiderte die Andrea und öffnete ihren Mund einladend.

»Bäh, du bist ja grauslich.«

Entspannt kaute die Andrea an ihrem geklauten Schnitzel weiter. »Also, noch mehr Streuner?«

»So wie du und der Noah?«

»Und der Balu. Bitte nicht auf den Hund vergessen!«, konterte die Andrea trocken.

»Nein, nicht so. Das waren die Alia und Bahira. Zwei Syrerinnen, die mir vom Flüchtlingshilfswerk vermittelt worden sind.«

»So plötzlich?«, fragte die Andrea zweifelnd. Sie unterbrach ihr Kauen für einen Moment und sah ihrer Freundin tief in die Augen. »Wieso werde ich das Gefühl nicht los, dass du dich da gerade wieder in etwas einmischst, was dich überhaupt nichts angeht?«

»Wieso sollte mich das nichts angehen? Die Flüchtlingsgeschichte geht uns doch alle etwas an.«

»Ja, eh. Aber ich kenne dich, und du hast bei solchen Sachen deinen ganz eigenen Zugang. Aber egal, ist ja deine Sache.«

»Genau. Sag mir lieber, was du dir zu Weihnachten wünschst.«

Überrascht blickte die Andrea auf. »Sag bloß, du hast dir noch keine Gedanken gemacht?«

»Jetzt fang nicht du auch damit an!«, stöhnte die Charlotte.

»Lass mich raten. Die Flora hat dich mit der gleichen Frage genervt?«

Die Charlotte nickte.

»Komm her«, sagte die Andrea und zog die Charlotte zu sich auf den Schoß. Sie vergrub ihr Gesicht in den kastanienroten Locken ihrer Freundin und flüsterte in ihr Ohr. Die Charlotte lief knallrot an – diesmal jedoch nicht wegen der Kälte.

10

Mittwoch, 17. Dezember

Beim Aufwachen merkte die Charlotte sofort, dass etwas nicht stimmte. Sie hatte sich ganz eng an die Andrea angelöffelt, aber die fühlte sich heute so anders an. Viel zu weich und flauschig. Mühevoll versuchte sie, ihre Augen aufzumachen. Aber das Sandmännchen hatte in der Nacht ganze Arbeit geleistet, sie musste sich mehrmals die Augen reiben, um die klebrigen Schlafkörnchen wegzubekommen. Schließlich merkte sie, dass sie gar nicht an die Andrea angelöffelt war, sondern deren Kopfpolster umschlang. Kein Wunder, dass es sich so weich anfühlte! Verwirrt griff sie nach ihrem Handy.

»Scheiße!«, fluchte sie, als sie sah, dass es bereits nach neun Uhr war. Da würde sie sich von der Frau Mama wieder was anhören können. Aber wieso hatte die Andrea sie nicht geweckt?

Wenige Minuten später schenkte die Charlotte sich in der Familienküche einen heißen Kaffee ein. Außer der Omama waren alle ausgeflogen. Gut, damit ersparte sie sich wenigstens die mütterliche Standpauke.

»Wo sind denn alle hin?«, fragte sie die Omama, nachdem der Kaffee ihre Lebensgeister ein bisschen geweckt hatte.

Sie konnte sich einfach nicht erklären, wieso sie heute gar so erledigt war. Am Vorabend hatte sie nichts getrunken und war sogar einigermaßen zeitig ins Bett gekommen. Vielleicht hatte ihr Körper einfach mal zwölf Stunden Schlaf benötigt?

»Die Kinder sind in der Schule, die Andrea in der Arbeit, dein Vater macht seinen Rundgang durch die Weingärten, und deine Mutter ist heute mit den anderen Weinbäuerinnen weggefahren.«

»Wohin denn?« Die Charlotte war ehrlich erstaunt. Ihre Mutter war ja keine große Wegfahrerin. Mehr noch alte Schule.

»Ach Kind, nimmst du neben dir denn wirklich gar nichts wahr?«, seufzte die Omama. »Deine Mutter und ihre Freundinnen machen ihre alljährliche Tour durch ein paar Weihnachtsmärkte. Am Samstag kommen sie wieder retour.«

Zugegeben, das hatte die Charlotte tatsächlich nicht mitbekommen. Heuer war das erste Weihnachten seit einer gefühlten Ewigkeit, das sie wieder im familiären Schoß verbrachte. Während ihrer Zeit als Polizistin und des wenig ruhmreichen Folgejobs als Shoppingmall-Security hatte sie den Kontakt zur Familie auf ein Minimum reduziert gehabt. Zu sehr waren ihr die ständigen unterschwelligen Vorwürfe ihrer Mutter wegen ihrer Homosexualität auf die Nerven gegangen. Nur mit der Flora hatte sie normal Kontakt gehalten. Die Kleine konnte ja schließlich nichts für ihre Familie. Mit dem Leo hatte sie natürlich auch immer wieder telefoniert. Von Polizistin zu Polizist, quasi. Und natürlich war sie am 24. Dezember auch immer daheim gewesen. Wenigstens für ein paar Stunden, bevor sie sich in irgendeinem Wiener Lokal die Kante gab und sich selbst bemitleidete, weil ihr Leben so aus den Fugen geraten war. Gott sei Dank hatte das endlich ein Ende.

Nachdem sie den Kaffee ausgetrunken und ein Honigbrot verschlungen hatte, spazierte sie mit der Omama vom Wohntrakt gemütlich hinüber in den Heurigenbereich. Wegen des vielen Schnees nahmen sie den Umweg durch das Gebäude, statt einfach quer über den verschneiten Innenhof zu marschieren. Das Personal hatte das Lokal bereits so weit hergerichtet, dass in Kürze das Tagesgeschäft beginnen konnte. Da der Herr Papa auf seinem Rundgang war und die Frau Mama sich ein paar schöne Tage in Salzburg, Tirol oder weiß der Teufel wo machte, würde sich die Charlotte selbst um den Betrieb kümmern … müssen. Die Omama hatte sich schon eine Schürze umgebunden und schlapfte in ihr Reich – die Heurigenküche. Dort würde sie sich an die Zubereitung diverser Mehlspeisen machen. Von gestern war zwar noch einiges übrig, aber natürlich bei Weitem nicht genug, um den ganzen Tag damit durchzukommen. Vor allem:

Wenn der Nöhrer ausgesteckt hatte, hatten die Konditoreien in der Umgebung Pause. Speziell die verschiedenen Strudel von der Omama verkauften sich wie blöd. Und nicht nur an Heurigengäste. Nein, die Leute kamen extra rauf aufs Weingut, um sich mit Apfel- oder Topfenstrudel einzudecken. Und erst der Kaiserschmarrn … Aber der war hier heroben schwer für »to go« anzubieten. Andererseits – jetzt hatte sie ja auch die Punschhütte unten am Marktplatz. Dort könnte man doch den Kaiserschmarrn von der Omama auch verkaufen? Vielleicht in so kleinen Kartonboxen wie sonst die Nudeln beim Asiatenstand?

»Du, Omama?«, flötete die Charlotte. Ein paar Momente später grinste die Omama wie ein lackiertes Hutschpferd und machte sich daran, Dutzende Eier in einer großen Schüssel zu zerschlagen. Eine der Kellnerinnen wurde beauftragt, auf die Schnelle die kleinen Kartonboxen zu besorgen, damit die Charlotte später beginnen konnte, den Kaiserschmarrn von der Omama auch im Ort unten zu verkaufen. Kleine Plastik- oder Holzgabeln sollten sich eigentlich noch in der Lagerhalle zur Genüge finden.

Zufrieden band sich auch die Charlotte eine Schürze um und postierte sich hinter der Schank, als die Tür aufging und die Alia und die Bahira im wahrsten Sinne des Wortes hereinschneiten. Über Nacht hatte nämlich wieder Schneefall eingesetzt, wenngleich nicht so stark wie in den letzten Tagen.

Die beiden Frauen waren dick eingemummt. Als sie sich ihrer Mäntel entledigt hatten, stellte die Charlotte erstaunt fest, dass beide Dirndl trugen. Die jungen Frauen deuteten den Blick der Charlotte richtig.

Die Bahira sagte: »Von Karin. Sagt, das passt gut zu dieser Arbeit.« Dabei lächelte sie, dass die Charlotte meinte, die Sonne würde gerade noch einmal aufgehen.

Auch wenn sie es nicht waren, so hätten die Alia und die Bahira doch Schwestern sein können. Beide lange dunkle Haare, große braune Augen, dichte Augenbrauen und fein geschwungene, zarte Münder. Weiße Zähne blitzten zwischen den vollen Lippen, dazu ein dunkler Teint – kurz: fast schon atemberaubend hübsch. Aber zugleich war es ganz offensichtlich, dass sie nicht von hier stammten, in Kombination mit den Dirndln sogar noch auffälliger. Die Charlotte war schon gespannt, welcher Eindruck bei den Gästen überwiegen würde.

Mit einem Anflug von schlechtem Gewissen, denn sie selbst trug so gut wie nie ein Dirndl und hatte auch jetzt nur Jeans und ein festes Arbeitshemd an, bat sie die beiden in die Küche und übergab sie dort einer der Küchenhilfen. Nach einer kurzen Einschulung wollte sie sich gerade wieder an die Schank begeben, als ihr Handy klingelte. Am Display erkannte sie, dass die Anruferin die Karin Nachbagaur war.

Die Leiterin des Flüchtlingshilfswerks klang gehetzt. »Kannst du runterkommen? Schnell? Hier ist die Hölle los!«, keuchte sie ins Telefon.

Bevor die Charlotte antworten konnte, hatte die Karin auch schon wieder aufgelegt. Die Charlotte starrte einige Momente verwirrt auf ihr Handy, entledigte sich wieder ihrer Schürze und stürzte zur Tür hinaus. Dabei stieß sie fast mit dem Herrn Papa zusammen.

»Ich muss dringend weg«, sagte sie im Vorbeilaufen, drückte ihm einen hastigen Kuss auf die Wange und lag im nächsten Moment im Schnee.

»Shit!«, fluchte sie, rappelte sich vorsichtig auf und klopfte sich den Pulverschnee vom Gewand. Bevor sie wieder Richtung Parkplatz startete, machte sie doch noch einmal kehrt, um sich eine Jacke mitzunehmen. In der ersten Hektik hatte sie das vergessen.

»Kannst du mir erklären, was los ist?«, fragte der Herr Papa perplex. Er stand noch immer zwischen Tür und Angel, als die Charlotte mit der übergeworfenen Jacke wieder ins Freie stürmte.

»Notfall im Kulturzentrum. Was Genaues weiß ich auch nicht«, keuchte sie und stürmte – diesmal etwas vorsichtiger –

durch den tief verschneiten Innenhof zum großen Tor. Vor dem Weingut schaute sie sich um, sah von ihrem Auto aber nur mehr den obersten Teil aus einer dicken Schneewechte herausschauen. »Shit!«, fluchte sie wieder und machte am Absatz kehrt.

»Papa, kannst du mir bitte dein Auto leihen?«, fragte sie in der warmen Stube. Der Herr Papa hatte inzwischen seinen Dienst hinter der Schank aufgenommen. Er grinste, kramte in seiner Hosentasche herum und warf der Charlotte seinen Autoschlüssel zu.

»Das kostet dich aber etwas, Charlottchen. Immerhin habe ich heute in der Früh fast eine halbe Stunde gebraucht, um den Wagen vom Schnee zu befreien.«

»Reicht ein Küsschen auch?« Sie beugte sich über die Schank und drückte ihm einen feuchten, schmatzenden Kuss auf die bartstoppelige Wange.

»Ach, schau, dass du weiterkommst«, gab der Herr Papa schmunzelnd zurück. Was sich die Charlotte nicht zweimal sagen ließ.

Ein paar Minuten später stellte sie den Wagen am Parkplatz des Perchtoldsdorfer Schwimmbads ab. Näher kam sie ans Kulturzentrum nicht ran, weil die Zufahrtsstraße von der Polizei abgesperrt war. Das ließ schon mal Übles erahnen. Hier herunten im Ort waren inzwischen wenigstens schon die Gehsteige geräumt. Ein eisiger Wind wehte, der die Charlotte zwang, sich ihren Schal hoch ins Gesicht zu ziehen. Als sie in die schmale Gasse zum Kulturzentrum einbog, stellte sich ihr einer der Kollegen vom Leo in den Weg. Erst als sie den Schal aus dem Gesicht zog, ließ er sie passieren. Die Kollegen vom Leo hatten gelernt, dass es sinnlos war, sich mit der Charlotte anzulegen. Die Gute konnte nämlich schon mal ziemlich rabiat werden, wenn man versuchte, ihr etwas zu verbieten. Ein Blick auf den noch dreißig Meter entfernten Parkplatz vor dem Stahl- und Glasmonster zeigte der Charlotte schließlich, warum die Polizei die Gegend abgesperrt hatte: Vor dem Kulturzentrum hatten sich gut hundert Demonstranten eingefunden. Ihnen schien die

Kälte egal zu sein. Vielleicht war aber auch nur ihr Blut so in Wallung, dass sie die Minusgrade gar nicht spürten. Als sich die Charlotte dem Kulturzentrum näherte, konnte sie einige der Schilder lesen, die von den Demonstranten in die Höhe gehalten wurden. Auf fast jedem war in der einen oder anderen Art das Wort »MÖWE« zu lesen, auf manchen waren durchgestrichene Mohrenköpfe zu sehen – wieso eigentlich?, fragte sich die Charlotte, denn Schwarze waren unter den Asylwerbern keine zu finden – andere wiederum hielten rot-weiß-rote Fahnen in die Höhe. Auf wiederum anderen waren die Worte »Festung Europa«, »Wir müssen uns wehren« oder »Unsere Kultur, unser Kulturzentrum« zu lesen. Dazu skandierten sie lautstark: »Wir sind wir, und wer seid ihr?«, was sich für die Charlotte mehr nach einem sinnentleerten Fußballer-Schlachtruf anhörte, aber geschenkt – die Rechten waren nun wahrlich nicht für ihre messerscharfe Logik bekannt. Die Charlotte erreichte endlich die Einfahrt zum Kulturzentrum, wo der Leo die ganze Sache beobachtete.

Ihr Cousin empfing sie mit einem ernsten Nicken.

»Was ist denn hier los?«

»Angemeldete Demo«, erwiderte der Leo kurz angebunden.

»Und das sagst du mir erst jetzt?«, fragte die Charlotte empört.

Der Leo schaute sie ernst an. »Also, Cousinchen: Erstens bist du nicht meine Chefin, und zweitens erfolgte die Anmeldung erst heute früh.«

»Aber, aber … das ist doch viel zu spät.«

»Nicht, wenn es von ganz oben kommt.«

Die Charlotte sah sich die Demonstranten genauer an, und, klar, ganz vorne in der ersten Reihe entdeckte sie das Angelface. Womit auch geklärt war, was der Leo mit »ganz oben« gemeint hatte. Der alte Adefris hatte wohl ein »gutes Wort« für seine Mitstreiter eingelegt.

»Und ihr schreitet nicht ein?«

»Weswegen denn?«, fragte der Leo. »Es ist eine angemeldete

Demo. Ist ja noch alles verhältnismäßig harmlos. Überleg doch mal, was die Konsidären in Wien alles aufgeführt haben. Dagegen ist das hier ein Kindergeburtstag.«

»Und wieso seid ihr dann überhaupt da?«

Der Leo seufzte. »Weil wir bei jeder Demo aufpassen müssen. Du hast ja gesehen, dass es normalerweise nicht lange dauert, bis sich eine Gegendemo formiert, und dann müssen wir die Gruppen auseinanderhalten. Außerdem hat uns die Karin Nachbagaur angerufen. Sie hat eine Scheißangst, dass das Kulturzentrum gestürmt wird.«

An einigen der zahlreichen Glasfenster im obersten Stockwerk des Kulturzentrums sah die Charlotte verängstigte Gesichter. »Ich muss da rein«, sagte sie entschlossen.

»Wie du meinst. Ich kann dich nicht aufhalten«, entgegnete der Leo staubtrocken.

Die Charlotte überquerte die schmale Gasse und schritt ein paar Meter entfernt von den Demonstranten und hinter der Handvoll Polizisten, die vor dem Eingang postiert waren, die Parkplatzeinfahrt hinunter. Als die Demonstranten sie sahen, wurden die Rufe lauter und intensiver. Die Charlotte war sich sicher, dass sie unter dem Gejohle und Gebrüll auch das eine oder andere »Asylanten-Schlampe« und »Muschi-Schleckerin« hörte. Sie drehte sich um und sah dem Angelface direkt in die Augen. Die Hela stand ruhig wie ein Fels in der Brandung. Rund um sie herum wogte das Demonstranten-Heer, nur die Hela bewegte sich keinen Millimeter. Einzig ihre Lippen verzogen sich zu einem spöttischen Lächeln, als sie dem Blick der Charlotte mit eiskalten Augen begegnete. Bevor sich die Charlotte aufgewühlt wegdrehte, schickte ihr die Hela mit ihren rot bemalten Lippen einen Kuss und formte nochmals das Wort »Muschi-Schleckerin« mit ihren Lippen. Dann brach sie in helles Gelächter aus, hakte sich links und rechts bei ihren Mitdemonstranten ein, und weiter ging es mit den nächsten Akklamationen. Diesmal: »Wir – wehren – uns! Wir – wehren – uns!«

Das Stakkato wurde immer lauter, wie ein Mantra wurden

die Worte wiederholt, bis der Charlotte schwindlig wurde. Es fühlte sich an, als würde die Menschenmauer vor ihr immer näher kommen, direkt auf sie zu. Von den Uniformierten zwischen ihr und dem Demo-Mob war keine Hilfe zu erwarten.

Die Charlotte stolperte rückwärts, fing sich an der Eingangstür, drückte sie auf und zog sie hinter sich rasch wieder zu. Mit dem Rücken an die Glastür gelehnt schnaufte sie tief durch und schloss die Augen. Was war hier nur los?

Im Foyer wurde sie bereits von der völlig aufgelösten Karin Nachbagaur erwartet. Sie knetete die Hände nervös in ihrem Rock und biss sich mit den Zähnen auf die Unterlippe. Weiter hinten konnte die Charlotte ein paar neugierige Asylwerber um die Ecke des offenen Stiegenhauses lugen sehen.

»Es ist furchtbar!« Damit fiel die Karin der Charlotte in die Arme, um sich an ihrer Schulter auszuheulen.

»Schon gut, schon gut.« Die Charlotte klopfte der schluchzenden Karin aufmunternd auf den Rücken. Zugleich spürte sie, wie sich ihre eigene Schulter feucht anfühlte. Die Karin heulte wahre Sturzbäche, die allesamt von der Jacke der Charlotte aufgesaugt wurden.

Schließlich drückte sie die Karin sanft von sich und lotste sie zu dem Stiegenhaus, das zum Büro hinaufführte. Von draußen waren noch immer Schmähchöre zu hören. Sie hoffte inständig, dass es dabei bleiben und sich die aufgestaute Wut nicht anderweitig Luft verschaffen würde.

Die Schutzbefohlenen der Karin liefen ihnen die Stiegen hinauf voraus, die Kinder und Jugendlichen unter ihnen kichernd und lachend. Sie verstanden noch nicht, wie viel Feindseligkeit ihnen von den Wahnsinnigen vor dem Kulturzentrum entgegengebracht wurde. Für sie war das Ganze aufregend, spannend – einfach ein kleines Abenteuer. Die älteren unter den Asylwerbern begegneten der Karin mit traurigem Blick. Sie hatten Gewalt und Verfolgung schon in der Heimat erlebt und waren genau deshalb hergekommen, um solchen Umständen zu entfliehen.

»Zum Glück ist nur eine Handvoll Asylwerbern hier«, sagte die Karin, nachdem sie von der Charlotte in ihren Drehsessel gesetzt und mit einer Tasse Kaffee versorgt worden war.

»Wo ist der Rest?«

»Einige beim Deutschkurs, andere haben Behördenwege. Das Übliche eben.«

»Was, wenn die genau jetzt …«

»… zurückkommen? Nein, das wird nicht passieren, da haben wir schon vorgesorgt. Wir haben alle über unsere Whatsapp-Gruppe gewarnt. Die kommen erst, wenn wieder Ruhe herrscht. Die Leute haben sich hier inzwischen auch ihr eigenes Netzwerk aufgebaut und versorgen sich gegenseitig mit wichtigen Informationen.«

»Wieso hast du mich eigentlich angerufen?«, wollte die Charlotte wissen. »Ich kann gegen die Horde da draußen auch nichts unternehmen.«

»Ich weiß«, schniefte die Karin. »Aber ich wusste nicht mehr, an wen ich mich noch wenden sollte. Natürlich habe ich zuerst bei der Polizei angerufen. Ich hatte aber nicht den Eindruck, dass man mich dort ernst nimmt.«

»Was aber doch der Fall war, schließlich ist der Leo mit seinen Leuten ja schon da gewesen, als ich eingetroffen bin. Nur wegen einer schlechten Erfahrung darfst du jetzt nicht beginnen, bei jedem Vorfall am Leo und seinen Leuten zu zweifeln.«

»Ja, du hast schon recht. Aber wie ich dir gestern gesagt habe: Ich habe einfach zu viele schlechte Erfahrungen mit ihnen gemacht. Dann bist mir nur mehr du eingefallen. Vielleicht, weil wir gerade erst gestern geredet haben. Apropos: Hast du dem Leo schon die Liste mit den gestohlenen Gegenständen gegeben?«

»Nein, dazu bin ich noch nicht gekommen. Aber ich habe sie eingesteckt und werde sie ihm nachher geben.«

Plötzlich ein Knall, ein Klirren, und mit einem Schlag herrschte blankes Chaos im Büro der Karin.

»Runter!«, brüllte die Charlotte, während sie selbst mit gutem Beispiel voranging beziehungsweise -hechtete.

Ein paar Momente später war wieder Ruhe eingekehrt. Nur von draußen klangen schallendes Gelächter der Demonstranten und kurz darauf die Stimme vom Leo, durch ein Megafon verstärkt. Die Charlotte rappelte sich vorsichtig auf und sah sich um. Eisiger Wind wehte ins Büro. Die Demonstranten hatten einen Stein durch das Bürofenster der Karin geworfen. Mit viel Glück hatte der Stein sowohl die Karin als auch die Charlotte verfehlt. Die Karin hatte allerdings jede Menge Glassplitter in ihren dünnen Haaren hängen. Wieder wehte eine Windböe ins Büro und wirbelte die Papierstapel wild durcheinander.

Die Charlotte half der Karin auf und zupfte ihr vorsichtig die Glassplitter aus den Haaren. Zum Glück waren die Fenster aus Sicherheitsglas, weshalb die Splitter der Karin keine Verletzungen zugefügt hatten. Ein paar kleine Kratzer auf der Wange, aber nichts Weltbewegendes. Was ihren seelischen Zustand anging … nun, das war eine ganz andere Geschichte. Ihre Augen schwammen, die Lippen waren nach unten gezogen, und schon schluchzte sie wieder hemmungslos drauflos. Um weiteren Wurfattentaten zu entgehen, führte die Charlotte sie aus dem Büro in die große Halle, um die herum die verschiedenen Büros und andere Räumlichkeiten untergebracht waren. Hier war man vorerst vor weiteren Steinwürfen sicher.

»Was?«, fragte die Charlotte forsch, weil jemand leicht an ihrer Jacke zog. Etwas zu forsch, denn als sie sich umblickte, sah sie direkt in das Gesicht eines kleinen Jungen. Erschrocken hielt er ihr den Stein hin, der vor wenigen Momenten durchs Fenster geflogen war.

»Oh, sorry«, entschuldigte sie sich sofort für ihren Ton und nahm den Stein entgegen. Mit roter Farbe waren auf dem etwa faustgroßen Trumm die Worte »Asylanten-Schweine« geschrieben. Gedankenlos strich sie mit dem Daumen über die Farbe, die sich sofort verwischte. Sie ließ den Stein in ihre Jackentasche gleiten, dann zog sie ihn nochmals heraus und betrachtete ihn genauer. Die Wörter waren in auffallend dicker Schrift geschrieben. Sie wunderte sich außerdem, dass die Farbe gar so leicht verwischte. Der Junge, der ihr den Stein gebracht hatte, bekam einen Lachanfall, als sie an dem Stein schnupperte.

»Stein riecht doch nach nix«, sagte er fröhlich. An ihm schien die Aufregung spurlos vorbeigegangen zu sein.

Die Charlotte lächelte ihm zu. »Stimmt, der Stein nicht. Aber die Farbe, die riecht schon.« Und zwar nach Lippenstift, da war sie sich sicher. Was sowohl die breiten Striche als auch das leichte Verwischen der Schrift erklärte. Die Spezialisten der Polizei würden das sicher genauer feststellen können. Ebenso, um welche Marke es sich handelte. Ohne der Polizei vorgreifen zu wollen, hatte sie allerdings schon eine ziemlich genaue Vorstellung, wer den Stein beschriftet hatte. Auch wenn diejenige sicherlich nicht die war, die ihn schließlich auch geworfen hatte.

Es war an der Zeit, der Hela mal ein bisschen auf den Zahn zu fühlen. Von selbst würde die Adefris-Tochter garantiert nichts preisgeben, aber zum Glück war da jemand, der ganz gute Kontakte zum Juridicum hatte, wo die Hela studierte.

Also rief die Charlotte die Andrea an und bat sie, ein paar Nachforschungen anzustellen. Bei welcher Mädelschaft die Hela angedockt hatte, mit wem sie sich am Juridicum so herumtrieb. Solche Sachen halt. Nichts Verfängliches. Einfach nur ein paar Informationen.

11

Mittwoch, 17. Dezember

Eine halbe Stunde später war der Spuk vorbei, die Demonstration hatte sich aufgelöst. Nach dem Steinwurf war die Polizei auf Befehl vom Leo eingeschritten. Es war aber nur bei einer Handvoll Demonstranten gelungen, die Personalien aufzunehmen, wie er der Charlotte erklärte. Der Rest war in alle Himmelsrichtungen geflüchtet. Übrig geblieben waren in erster Linie die Hela und ein paar Freunde. Die waren natürlich alle in der ersten Reihe gestanden und hatten nichts gesehen, gehört oder mitbekommen, was hinter ihnen passiert war. Abgesehen davon verließ sich die Hela wohl auch darauf, dass ihr Vater etwaige Unannehmlichkeiten schon irgendwie ausbügeln würde.

»Das haben sie aber geschickt eingefädelt. Stehen ganz vorne, wo sie von allen Polizisten genau im Auge behalten werden können, und rühren sich nicht. Derweil feuert irgendein anonymer Idiot von ganz hinten den Stein durchs Fenster, und keiner hat was gesehen und bemerkt«, stöhnte die Charlotte. Sie stand gemeinsam mit ihrem Cousin im eisigen Wind am leer gefegten Parkplatz des Kulturzentrums.

De Leo konnte nur mit den Schultern zucken. »Was soll ich tun? Ich kann die Hela nicht für etwas festnehmen, was sie nicht getan hat. Glaub mir, sie brennt mir schön langsam genauso unter den Nägeln, aber solange sie nichts tut …«

»Apropos Nichtstun«, flötete die Charlotte betont fröhlich, »schau dir mal diese Liste an.«

»Was ist das?«, fragte der Leo.

»Eine Liste mit gestohlenen Sachen. Sachen, die man den Asylwerbern gestohlen hat.«

»Wieso hat die Nachbagaur dir diese Liste gegeben und nicht uns?«

»Tja, mein Lieber, das hat sie ursprünglich eh getan, aber da ist anscheinend nichts passiert. Sie hat sie dem Pepi Habermas gegeben.«

Dem Leo fror das Gesicht ein. »Dieser Ar…«, fluchte er.

»Genau. Kannst du ihn nicht irgendwie disziplinieren? Oder rauswerfen? Ist ja offenbar nicht das erste Mal, dass er Mist gebaut hat. Inzwischen wissen wir ja auch, wessen Geistes Kind er ist.«

»Das wissen wir schon länger«, holte der Leo aus, »aber bei ihm sind mir die Hände gebunden. Er ist ein Protegé vom Adefris, und der hat gute Verbindungen zu gewissen hohen Leuten im Innenministerium. Rechte Reichshälfte und so. Du weißt schon.«

Ja, das tat sie tatsächlich. Teile der Exekutive waren in den letzten Jahren verdächtig weit nach rechts gerückt, was sich auch immer wieder in den Personalvertretungswahlen niederschlug, bei denen es mittlerweile eine merkbare Schlagseite nach rechts gab.

»Und noch was«, meinte die Charlotte schließlich, zog dabei vorsichtig den Stein mit der Lippenstift-Aufschrift aus ihrer Tasche und überreichte ihn dem Leo. »Das hier war der Auslöser. Ist direkt durch das Bürofenster von der Karin geflogen. Wir hatten Glück, dass nichts Schlimmeres passiert ist.«

Der Leo nahm den Stein ebenso vorsichtig entgegen, drehte und wendete ihn ein paarmal und ließ ihn dann in einem durchsichtigen Plastiksäckchen verschwinden.

»Ich vermute, dass die Aufschrift mit Lippenstift gemacht wurde«, ergänzte die Charlotte ihre Ausführungen von zuvor. »Du kannst dir wahrscheinlich denken, von wem. Ist wenigstens meine Annahme. Die Hela hat mir beim Vorbeigehen auch ein paar Freundlichkeiten gesagt, aber das stört mich nicht weiter. Bin ich von gewissen Leuten ja gewohnt. Trotzdem müssen wir etwas unternehmen. Die Kleine führt sich auf, als könnte sie hier tun und lassen, was sie will.«

»Ich werde den Stein an die Spurensicherung weitergeben.

Die werden das schon herausfinden.« Er nahm den Stein nochmals aus dem Säckchen und schnupperte an der Farbe.

»Kommt dir der Geruch bekannt vor?«, fragte die Charlotte spöttisch.

»Wenn du darauf anspielst, ob die Elena den gleichen verwendet, dann kann ich dir sagen, dass sie eine andere Farbe verwendet. Die hier ist viel zu hell.«

»Und ich dachte schon, zu nuttig«, feixte die Charlotte.

»Hast du ein Problem mit der Elena?«, gab der Leo angepisst zurück. »Ich weiß nur, wie Lippenstift schmeckt, beim Riechen tu ich mir ein bisschen schwer.«

»Schon gut, schon gut«, beschwichtigte die Charlotte. Sie hatte den Leo eigentlich nur ein bisschen aufziehen wollen, aber dafür war die Stimmung derzeit wohl zu angespannt.

Sie bot ihrem Cousin zur Versöhnung eine Zigarette an. Schweigend rauchten sie, bis die Charlotte die Stille wieder unterbrach.

»Was geht eigentlich bei den Untersuchungen wegen der Terrordrohung weiter?«

Der Leo verdrehte die Augen. »Nicht viel. Die Bombe war amateurhaft gebastelt, entspricht aber in etwa jenen, die immer wieder für Anschläge verwendet werden. Hätte sicher jede Menge Schaden angerichtet, aber bei Weitem nicht so viel, wie die Terroristen in ihrem Schreiben angedroht haben. Wir haben auf jeden Fall nichts rausgegeben. Die sollen ruhig glauben, dass wir nichts gefunden haben. Wenn wir sie in Sicherheit wiegen, machen sie vielleicht einen Fehler. Offiziell heißt es, dass alles genau durchsucht, aber keine Bombe gefunden wurde. Die Mette kann also wie geplant stattfinden.«

»Sind die Wiener wieder abgezogen?«

»Mhm. Die Ermittlungen in Sachen Mord am Pfarrer können sie auch von Wien aus machen. Dafür muss keiner vor Ort sein. Außerdem haben sie ja auch noch uns. Unbewacht ist die Kirche aber trotzdem nicht. Nur für den Fall, dass sie es doch irgendwie rausbekommen und noch einen zweiten Sprengsatz verstecken wollen. Es stehen rund um die Uhr zwei Polizisten vor dem Haupteingang, alle Seiteneingänge sind versperrt und plombiert – wenn da wer reingeht, merken wir das also sofort. Außerdem sind bis auf Weiteres alle Gottesdienste abgesagt, sonst müssten wir jeden einzelnen Besucher kontrollieren. Diesen Aufwand können wir uns nicht leisten.«

»Fällt das nicht auf?«

»Nein, offiziell heißt es, dass die Kirche gesperrt ist, weil das Fernsehen die Zeit braucht, um die Liveübertragung vorzubereiten. Außerdem haben wir ja die Spitalskirche gleich ums Eck, im unteren Ortsteil gibt's auch noch die Marienkirche. Wer also unbedingt in den Gottesdienst will, hat genug Möglichkeiten. Die anderen Kirchen stehen natürlich auch unter Beobachtung. Nur für den Fall, dass die Terroristen vielleicht dort zuschlagen wollen.«

»Ist schon seltsam, oder? Wie kommen die auf einmal auf Perchtoldsdorf? Ich meine, die Türkenbelagerung ist doch schon über dreihundert Jahre her. Und diese ganze Kara-Mustafa-Geschichte … das ist doch krank! Abgesehen davon waren wir nur eine geschichtliche Randnotiz. Natürlich, für die Gemeinde ist das eine große Sache, aber weltpolitisch gesehen …«

»… sind wir nur ein Fliegenschiss, ich weiß. Aber: Kannst du in den Kopf von solchen Irren reinschauen?«

Nein, konnte sie nicht. Sie hatte schon Schwierigkeiten, sich in ihre jüngere Schwester hineinzuversetzen. Wie sollte sie sich da vorstellen, welche krausen Gedanken im Kopf eines fanatischen Islamisten vorgingen?

»Die Terrorexperten in Wien sind auf jeden Fall dran, aber frag mich bitte nicht, was die genau tun. Da fehlt mir auch der Einblick. Tatsache ist, dass es bisher keine Hinweise auf Terrorzellen hier im Ort gegeben hat. Wäre ja auch völlig lächerlich. Ja, die eine Geschichte in Wien – das war schon schlimm, im Endeffekt aber Gott sei Dank nur ein Einzelfall. Und den hätte man verhindern können, wenn man ein bisschen besser auf die Hinweise aus dem Ausland aufgepasst hätte. Aber das hier …

Ach, ich weiß doch auch nicht. Der Mord am Pfarrer – der zeugt schon von einer gewissen Brutalität und Professionalität. Ist ja auch nicht so, dass der Kraus unangenehm aufgefallen wäre. Er hat sich ja sogar besonders für die Flüchtlinge eingesetzt. Wieso sollte man also gerade ihn umbringen?«

»Vielleicht genau deswegen? Vielleicht sehen die Terroristen die Flüchtlinge ja als Verräter? Das ist ja einer der Gründe, warum sie zu uns gekommen sind: weil sie daheim dem Krieg entfliehen wollten. Der IS schlachtet doch wahllos Muslime und Christen ab. Alles, was nicht in ihr Weltbild passt, muss sterben.«

»Ja, vielleicht hast du recht, Charlotte. Aber ich bin da ganz bei dir. Irgendwas stimmt da nicht. Ich weiß nur nicht, was.« Er dämpfte seine Zigarette am Boden aus. »Komm, lass uns gehen. Hier ist alles unter Kontrolle. Ein Glaser ist auch schon verständigt, der das Fenster bei der Nachbagaur heute noch ersetzen wird.«

Nachdenklich hakte sich die Charlotte bei ihrem Cousin ein und begleitete ihn zu seinem Wagen. Dort verabschiedeten sie sich. Der Leo fuhr zurück zur Polizeistelle, die Charlotte steuerte ihren Wagen wieder hinauf aufs Weingut.

Es war mittlerweile Nachmittag, der große Mittagsansturm vorbei, und es war einigermaßen Ruhe beim Heurigen eingekehrt. Ihr Vater erklärte, dass sich die Alia und die Bahira auch im heute nur mäßigen Mittagsstress tapfer geschlagen hätten und dass man sie am Abend mit ruhigem Gewissen auf die Gäste loslassen könne. Gegen achtzehn Uhr füllte sich der Heurige langsam wieder. Einige Wiener Gäste kamen mit dem Heurigen-Taxi vom Liesinger Bahnhof herauf in die Weinberge, einige Einheimische legten bei ihrem Spaziergang einen Zwischenstopp beim Nöhrer-Heurigen ein, andere Gäste waren sowieso nahezu jeden Tag da, wenn aufgesperrt war.

Die Andrea kam ungewohnt früh von der Arbeit heim, schmiss sich geschwind in ein Dirndl und half dann ebenfalls im Betrieb aus. Sie hatte während ihres Studiums jahrelang in verschiedenen Szenelokalen kellneriert und freute sich, wenn sie ab und zu dieser einfachen, aber anstrengenden Arbeit nachgehen konnte.

»Ein bisschen einen Pecker hast du schon«, hatte die Charlotte schon öfters zu ihr gesagt.

Was die Andrea mit dem Argument konterte, dass sie im Büro sowieso den ganzen Tag sitze und es ihr ganz guttue, wenn sie sich abends ein wenig die Beine vertreten könne. »Außerdem schadet das Trinkgeld auch nicht. Glaubst du, die ganzen sexy Dessous, die ich extra für dich anschaffe, fallen einfach so vom Himmel?« Mit einem dreckigen Grinser ließ sie dann die Charlotte stehen und wandte sich einem der ihr zugeteilten Tische zu.

Die Gaststuben waren gut gefüllt, als um kurz vor zwanzig Uhr ein gänzlich unerwarteter – und, wie die Charlotte fand, auch gänzlich überflüssiger – Gast eintraf: Hagen Adefris, mit beinahe seiner ganzen Familie im Schlepptau. Ehefrau Helgrid, gefolgt von den Töchtern Hela und Freia sowie den Söhnen Thorsten, Gernot, Gunther und den Zwillingen Wulfibald und Siegfried. Lediglich die kleine Kriemhild, die dreijährige Nachzüglerin, war nicht dabei. Von einer halbwegs geordneten Familienplanung hielt man im Hause Adefris nichts. Gott gab es, Gott nahm es. War nur die Frage, welcher Gott?

Der Adefris senior ging von Tisch zu Tisch, begrüßte sein potenzielles Wahlvolk, betrieb Small Talk, klopfte Schultern, zwinkerte verschwörerisch. Es hätte nur noch gefehlt, dass er ein Baby küsste – so eines zugegen gewesen wäre. Die Charlotte beutelte es vor Ekel. Aber Gast war Gast, und offenbar hatte der Adefris einen Tisch im Kaminstüberl reserviert, denn zielstrebig wanderte der Rest der Adefris-Mischpoche auf einen großen Tisch mit Sitzecke zu, die sich an einen alten grünen Kaminofen schmiegte. Die Charlotte warf ihrem Herrn Papa einen fragenden Blick zu, der mit einem kurzen Nicken beantwortet wurde.

Bevor sie es verhindern konnte, hatte sich aber die Alia bereits pflichtbewusst auf den Weg gemacht, um die Bestellung der Adefris-Familie aufzunehmen. Von der Schank aus konnte die Charlotte nicht verstehen, was gesprochen wurde. Sie sah aber, dass der Adefris die Alia vorerst einmal ignorierte. Gut, das konnte man durchgehen lassen, denn er studierte noch die Weinkarte. Sie konnte aber auch sehen, dass die Hela es sich am Rand der Eckbank gemütlich gemacht hatte, eine Zigarette anzündete und spöttisch lächelte. Die Hela legte ein Bein über das andere und streifte dabei mit einer matschigen Sohle am Dirndl der Alia an. Was der Alia nicht auffiel, sehr wohl aber der Charlotte. Kurz darauf war klar, dass das alles andere als unabsichtlich gewesen war, denn die Hela wiederholte das Gleiche mit dem anderen Bein. Wieder wurden die Beine übereinandergeschlagen und ihre schmutzigen Sohlen extra gut sichtbar am Dirndl der Alia abgeputzt. Diesmal fiel es der jungen Syrerin auf. Die Alia blieb aber erstaunlich ruhig. Sie warf der Hela lediglich einen vernichtenden Blick zu, der mit Eiseskälte beantwortet wurde. Die Geschwister der Hela warfen sich daneben vor Lachen fast weg. In der Charlotte kochte die Wut über. Sie wollte zum Tisch stürzen, wurde aber von ihrem Vater zurückgehalten.

»Lass mich los!«, zischte sie wütend. Der Herr Papa schüttelte den Kopf und nickte in Richtung der Andrea. Die stöckelte extra aufreizend zum Adefris-Tisch und flüsterte der Alia etwas zu, woraufhin die sich zurück zur Ausschank begab.

»Ah, endlich ein einheimisches Mädl!«, wurde die Andrea vom Adefris begrüßt.

»Wieso? Weil ich blond und vollbusig bin?«, antwortete die Andrea kokett. Sie blickte auf die Ehefrau vom Adefris, die den unausgesprochenen deutschen Werten ihres Göttergatten eher nicht so entsprach: klein, rundlich, schmale Lippen. Ja, sie hatte blonde Haare, allerdings schlecht gefärbt und in einem Pensionisten-Violettblond. Ein Blick auf die Kinder des Paars zeigte, dass auch dort keines blond oder blauäugig war. »Oder war das ›endlich‹ darauf bezogen, dass Sie es in Ihrer Familie auch vermissen? Also, das Deutsche meine ich«, fuhr die Andrea zuckersüß fort. Dem Adefris blieb die Sprache weg.

»Nein, nein, ich … äh … weil … also …«

An den benachbarten Tischen wurden die Gespräche eingestellt. Diese Show wollte sich niemand entgehen lassen. Aus den Gesichtern der Leute war allerdings nicht zu erkennen, ob sie mit dem Adefris sympathisierten oder ihm die Zurechtweisung gönnten.

Die Andrea legte ihr kleines Tablet (auch hier hatte sich die Charlotte durchgesetzt und die Bestellaufnahme auf elektronisch umgestellt) auf den Tisch und beugte sich dann tief hinunter. Ihr pralles Dekolleté war nun auf Augenhöhe vom Adefris, der sich immer weiter in die Enge getrieben sah. Schließlich beugte sich die Andrea noch näher zum Gemeinderat und flüsterte ihm etwas ins Ohr. Der Adefris lief hochrot an – die Charlotte wusste nicht, ob vor Wut oder Scham. Die Andrea richtete sich wieder auf, lächelte weiterhin ihr süßestes Lächeln und fragte schließlich: »Was darf ich Ihnen denn bringen?«

Als sie zur Schank zurückkam, wurde sie von der Charlotte gleich mit einem Schwall an Fragen überfallen.

»Immer mit der Ruhe«, beschwichtigte die Andrea. »Wie geht's der Alia? Das ist wichtiger.«

»Geht eh, ich habe ihr einen anderen Raum zugeteilt. Möglichst weit weg vom Adefris. Also: Was hast du ihm da ins Ohr geflüstert?«

»Ach, nur meinen Nachnamen. Ich habe zwar keine großen Hoffnungen, aber vielleicht wird ihm ja klar, dass man andere nicht nur nach dem Äußeren bewerten sollte.«

Die Charlotte musste grinsen, denn der Adefris hatte beim Anblick der Andrea sicher mit einem klassischen deutschen Namen gerechnet. Berger, Müller oder weiß der Teufel was. Aber sicher nicht mit … Nein, die Andrea hat dem Adefris ihren Nachnamen ja auch nur zugeflüstert. Musste ja nicht jeder wissen.

Sie blickte über die Schulter der Andrea zum Adefris-Tisch, wo die Familie die Köpfe zusammengesteckt hatte und weiß Gott was diskutierte. »Was wollen sie denn trinken?«

»Na, was wohl – weiße Spritzer«, antwortete die Andrea süffisant.

Die Charlotte richtete die bestellten Getränke her, als es am Adefris-Tisch wieder lauter wurde. Der alte Adefris ließ ein lautes Lachen hören, das klang, als würde ein Bär husten. Sein Arm hing nach wie vor in einer Schlinge, um die lädierte Schulter zu schonen. Inzwischen hatte sich auch der Noah zur Charlotte und zur Andrea gesellt. Er sah richtig angepisst aus.

»Was ist denn mit dir los?«, fragte die Charlotte.

»Ach, nix. Aber jetzt stänkern sie die Alia und die Bahira auch im anderen Raum an. An einem Tisch hat man sich geweigert, sich von ihnen bedienen zu lassen.«

»Wie bitte?«, entfuhr es der Charlotte. »Wer war das denn?«

»Keine Ahnung«, antwortete der Noah, »ich habe diese Typen hier noch nie gesehen. Schau einfach unauffällig an mir vorbei. Tisch 27.«

Die Charlotte schaute zu Tisch 27. Alles andere als unauffällig. Warum auch? Das hier war ihr Lokal!

Tisch 27 war ein Tisch für zwölf Personen im nächsten Raum. Von der Schank aus konnte man nur drei, vier Leute erkennen, der Rest wurde von einer Wand verdeckt, welche die Räume trennte. Aber auch sie kannte diese Leute nicht, hatte sie noch nie zuvor in ihrem Heurigen gesehen. Rein optisch passten sie zum Freundeskreis der Hela beziehungsweise überhaupt zum Dunstkreis der Familie Adefris. Es waren hauptsächlich junge Männer, die Haare an den Seiten bis auf ein, zwei Millimeter kurz rasiert. Schwarze Hosen und Hemden, dazu passende, fast kniehohe Stiefel. Einer der Typen blickte an der Charlotte vorbei geradewegs hinüber zur Familie Adefris. Der alte Adefris hob die Hand und grüßte. Daher wehte also der Wind. Deshalb hatte die Familie zuvor so laut gelacht. Das war hier alles durchgeplant, und der Adefris hatte sich für seine Provokation – und nichts anderes war dieser Besuch – Verstärkung organisiert.

»Noah«, sagte die Charlotte leise, »schau bitte in die anderen Räume, ob noch andere Typen vom Adefris da sind, und dann schick mir die beiden Mädels vorbei.«

Der Noah tat wie ihm geheißen. Nach kurzer Zeit kehrte er zurück.

»In der hintersten Stube ist noch ein Tisch mit sechs jungen Frauen. Die schauen so aus, als könnten sie zur Hela gehören. Hundertprozentig kann ich es aber nicht sagen.«

Die Charlotte bedankte sich. »Wo ist denn eigentlich die Flora?«, rief sie dem Noah noch nach, als der schon einen Fuß in der Küche hatte.

»Die ist unten beim Punschstand. Sie wollte der Inaaya Beistand leisten, sollte das nötig sein.«

Gutes Kind, dachte die Charlotte mit einem Anflug von Schwesternstolz. Dann standen auch schon die Alia und die Bahira vor ihr.

»Wie geht es euch?«, wollte sie von den beiden wissen.

»Alles gut«, logen sie unisono. An ihren roten Augen konnte man erkennen, dass die Angriffe ihnen härter zugesetzt hatten, als sie es sich ansehen lassen wollten.

»Okay.« Die Charlotte überging die offensichtliche Lüge. Dann erklärte sie den beiden die Lage der Dinge. Nämlich dass der Chef der lokalen ÖHP wohl aus Rache für den Schneeballwurf der Flora und die Einmischung der Charlotte in die Anti-Flüchtlings-Demo hier ein kleines Treffen seiner rechten Recken organisiert hatte. Sie sollten sich davon nicht einschüchtern lassen. Es gehe schließlich nur um Provokation und ein paar blöde Sprüche. Einfach ignorieren, nicht darauf eingehen und die Tische 10, 27 und 42 meiden. Damit sollte die Sache eigentlich gegessen sein.

Nun, ganz so verlief der Abend doch nicht. Der Alia wurde von einem der Typen an Tisch 27 das Bein gestellt, sodass sie mit einem Tablett Getränke hinfiel. Was von Tisch 10 mit spöttischem Gelächter quittiert wurde. Die Charlotte hätte die Bagage am liebsten rausgeschmissen, aber natürlich hatte niemand gesehen, dass man der Alia das Bein gestellt hatte.

»Ist das Araberweib wohl unfähig, einen Fuß vor den anderen zu setzen«, grölte einer der Typen an Tisch 27.

»Passt schon«, fiel ihm ein anderer ins Wort. »Ist es ja eh gewohnt, dass sie im Staub kriecht.«

Ein anderer lachte. »Alles gut, sie liegt ja in Richtung Mekka.«

Der Bahira erging es nicht besser. Sie wurde bei jedem Passieren von Tisch 42 von den Freundinnen der Hela blöd angeredet, aber immerhin verging man sich nicht körperlich an ihr. Irgendwann reichte es der Charlotte schließlich doch. Aber wieder wurde sie von ihrem Vater zurückgehalten.

»Zieh sie ab«, riet er ihr leise. »Hol die beiden hierher nach hinten, hinter die Schank. Es hat keinen Sinn, da jetzt ein großes Theater zu machen. Der Adefris ist immerhin ein Gemeinderat und, wenn wir Pech haben, in ein paar Wochen auch noch der neue Bürgermeister. Wir sollten es uns mit ihm nicht komplett verscherzen, der kann uns sonst richtig wehtun.«

Die Charlotte schluckte. Natürlich wusste sie, dass der Herr Papa recht hatte, aber sie wollte und konnte diesen »Gästen« ihr Verhalten nicht durchgehen lassen. Das hier war ihr Lokal, und sie konnte beschäftigen, wen sie wollte. So weit würde es noch kommen, dass sie sich von so einem Gesindel etwas vorschreiben ließ. Sie kam ihrem Vater aber so weit entgegen, dass sie die beiden Syrerinnen tatsächlich zum Dienst hinter der Schank abkommandierte. Den Rest wollte sie selbst erledigen.

Der Noah nahm die Alia und die Bahira in Empfang und bemühte sich, sie zu trösten. Er war ebenfalls den Tränen nahe. Lange genug war er selbst Außenseiter gewesen und konnte sich nur zu gut in die beiden jungen Frauen hineinversetzen. Die Charlotte tippte eine kurze Nachricht in ihr Handy, schickte sie ab und machte sich dann daran, ein Tablett mit Getränken – vorzugsweise Rotweinen – zu bestücken. Bevor sie damit fertig war, klingelte auch schon ihr Handy. Sie wischte mit dem Daumen über das Display und überflog die Nachricht, die ihr von ihrer Schwester am Punschstand geschickt worden war. Dabei verengten sich ihre Augen zu schmalen Schlitzen.

»Was ist los?«, fragte die Andrea, die diesen Blick nur zu gut kannte.

»Nachricht von der Flora. Ich habe sie gefragt, ob es unten am Punschstand zu Zwischenfällen gekommen ist.«

»Und?«

»Gott sei Dank nicht. Aber wohl auch nur, weil der Leo bei ihnen ist. Am Weihnachtsmarkt hat sich auch eine Gruppe von rechten Idioten versammelt, die Stimmung gegen die Asylwerber machen. Alles Leute, die keiner jemals zuvor hier gesehen hat.«

»Idiotentourismus. Der Adefris will es offenbar wissen.«

»Ja, aber nicht mit mir. Pass auf …« Die Charlotte flüsterte der Andrea ein paar Sätze ins Ohr, und die Augen der Andrea begannen zu leuchten.

»Du Schuft!«, hauchte sie fast schon ekstatisch.

»Für dich immer noch Schuftin«, lächelte die Charlotte zurück. »Können wir?«

Die Andrea nickte, nahm sich ein paar Getränke und brachte diese zu Tisch 33. Als sie die Getränke abgestellt hatte, machte sich die Charlotte mit ihrem Tablett voller Rotweine auf den Weg. Die beiden trafen sich genau neben Tisch 27. Nachdem die Alia und die Bahira hinter der Theke verschwunden waren, hatte die Partie dort ihren Auftrag als erfüllt gesehen und nicht weiter auf die Bedienung geachtet. Stattdessen hatte man sich im Übermaß dem Alkohol hingegeben. Einige Augen waren bereits rot unterlaufen, die Lautstärke am Tisch hatte einen Pegel erreicht, der für die anderen Gäste im Raum langsam, aber sicher unerträglich wurde.

Ein kleiner, unauffälliger Schubser der Andrea reichte, dass die Charlotte das Gleichgewicht »verlor« und ihr Tablett in hohem Bogen genau auf Tisch 27 stürzte. Der Rotwein (die Charlotte hatte natürlich den billigsten genommen, weil sie für solche Typen nicht mehr Geld als notwendig verbrennen wollte) ergoss sich über den Tisch und die Gefolgsleute vom Adefris. Das Hallo war unvorstellbar. Die Männer sprangen wie von der Tarantel gebissen auf, aber da war es schon zu spät. Alle waren vom Bauch abwärts in Rotwein getränkt.

»Och, das tut mir wirklich leid«, flötete die Charlotte unschuldig, ihre Augen so groß und rund wie die einer Kuh. Mit einem Wischlappen versuchte sie, den Erstbesten ein wenig abzutrocknen. Aber natürlich hatte sie dafür gesorgt, dass das Wettex ordentlich nass war. Der Typ, den sie abtupfte, war völlig verdutzt und ließ die Prozedur stocksteif über sich ergehen. Die Charlotte tupfte wie vom Affen gebissen. Im Schritt des Typen natürlich extra fest, was dazu führte, dass er vor Schmerz nach Luft schnappte. »Na, noch nie von einer Frau da unten angefasst worden?«, flüsterte sie ihm schadenfroh ins Ohr.

»He!«, rief sein Sitznachbar und fasste sie grob am Oberarm. »Scheißflittchen!«, fluchte er. »Das hast du Lesbenschlampe doch absichtlich gemacht!« Er holte mit seiner freien Hand aus.

Aber bevor er zuschlagen konnte, wurde er von einer Pranke in einen festen Griff wie in einem Schraubstock genommen.

»Jetzt reicht's dann, meine Herren«, sagte der Herr Papa ruhig.

Von weiter drüben konnte der Adefris nur stumm zuschauen, wie es einem seiner Leute jetzt haargenau so ging wie ihm selbst vor ein paar Tagen.

Mit funkelnden Augen fuhr der Herr Papa fort: »Ihr habts für heute genug gesoffen. Das mit dem Rotwein tut mir wirklich leid. Aber man kann sich sein Personal – und seine Familie …«, dabei blitzte er die Charlotte mit den Augen an, »… nicht immer aussuchen. Sie war schon immer etwas tollpatschig. Eure Rechnung geht natürlich aufs Haus. Und jetzt schleichts euch.«

Zum Ende hin war der Herr Papa immer lauter geworden. Selbst die Charlotte bekam ein ungutes Gefühl. War sie vielleicht zu weit gegangen? Nein, auf keinen Fall, da war sie sich sicher. Man konnte diesen Typen nicht einfach alles ungestraft durchgehen lassen. Ein Blick zum Adefris-Tisch zeigte der Charlotte, dass auch dort niemand mehr lachte. Der Adefris knallte einen Geldschein auf den Tisch und machte sich mit seiner Familie wütend vom Acker. Die Typen an Tisch 27 folgten, ebenso wie die Frauenrunde an Tisch 42. Mit klatschnassen Hosen jetzt hinaus ins Freie, wo es zweistellige Minusgrade hatte … Das Mitleid der Charlotte hielt sich in Grenzen.

Nachdem der Adefris und sein Gefolge den Heurigen verlassen hatten, eilten der Noah, die Bahira und die Alia mit Putzfetzen zu Tisch 27 und wischten die Sauerei auf.

»Danke«, flüsterten die beiden Syrerinnen der Charlotte zu, und die Andrea gab ihrer Freundin einen zärtlichen Kuss auf die Wange. Von den Nachbarstischen kam zuerst spärlicher, dann immer lauterer Applaus. Vielleicht, dachte die Charlotte, war ja doch noch nicht aller Anstand verloren.

Selbst der Herr Papa konnte sich ein stolzes Lächeln nicht mehr verbeißen. Die Omama schlurfte aus der Küche und umarmte ihre Enkelin. Sie hatte von alldem nichts mitbekommen und war erst vom Noah über die Vorgänge aufgeklärt worden.

»Gut so«, sagte sie, während sie die weit größere Charlotte zu sich herunterzog und ihr einen dicken Schmatzer auf die Stirn gab. »Dem rechten Gesindel muss man die Stirn bieten. Nie wieder!« Und dann rief sie: »Schnaps aufs Haus für alle!«

Der Herr Papa wurde blass, bei der Charlotte löste sich der Knoten im Magen.

Sie umarmte ihre kleine und so fragil wirkende Omama und rief den Gästen lachend zu: »Aber holen müsst ihr euch den Schnaps von der Budel schon selber!«

12

Donnerstag, 18. Dezember

»Fuck, fuck, fuck!«, schimpfte die Flora am Frühstückstisch. Sie hatte es ohnehin schon eilig, um noch rechtzeitig in die Schule zu kommen, und ausgerechnet jetzt musste der Luca anrufen.

»Heb doch ab«, schlug die Charlotte vor. In der rechten Hand hielt sie ein Kaffeehäferl, in der linken die aktuelle Tageszeitung.

Die Andrea neben ihr leerte mit einem großen Schluck ihr Häferl, verabschiedete sich mit einem flüchtigen Kuss von der Charlotte und hastete dann zur Tür hinaus. Auch sie hatte es eilig, in die Arbeit zu kommen.

»He!«, schrie ihr die Flora nach. »Kannst du mich noch mit runter in den Ort nehmen?«

Die Andrea blieb stehen, drehte sich um und sagte: »Dann schwing mal die Hufe, Kleine. Ich bin auch schon überfällig. Du hast drei Minuten. Ich warte draußen im Auto auf dich.«

»Maria!«, stöhnte die Flora. »Immer so ein Stress.« Schließlich folgte sie der Aufforderung ihrer Beinahe-Schwägerin doch. Den Anruf vom Luca hatte sie weggedrückt. Sie hatte einfach keine Lust (und vor allem nicht die Nerven), jetzt mit ihm über seinen Weihnachtsbesuch zu diskutieren. Eigentlich hatte sie überhaupt keine Lust auf den Luca. Sie war nur froh, dass der Noah heute nicht auf sie gewartet hatte, sondern bereits in die Schule losgestartet war. Er hatte sich eine halbe Stunde zuvor vom Herrn Papa mit in den Ort nehmen lassen. Bei diesen Schneemengen und der, gelinde gesagt, verbesserungswürdigen Schneeräumung hier oben in den Weinbergen war nicht daran zu denken, mit dem Rad in die Schule zu fahren.

Während sich die Flora die letzten Bissen ihres Butterbrots in den Mund schob und zugleich versuchte, sich einen Schal umzuwerfen, die Mütze aufzusetzen und in ihre Jacke zu schlüpfen, meinte die Charlotte gelassen: »Vielleicht solltest du dich jetzt mal für einen der beiden entscheiden? Kannst ja nicht ewig so weitermachen.«

»Ja, vielen Dank auch, Frau Obergescheit«, keifte die Kleine und stürmte zur Tür hinaus. Einige Momente später konnte die Charlotte ganz leise hören, wie sich die Andrea mit ihrem kleinen City-Flitzer, der für solche Bedingungen ganz und gar ungeeignet war, über den zugeschneiten Schotter des Heurigen-Parkplatzes quälte.

Die Charlotte genoss die Ruhe, die im Haus eingekehrt war. Bis auf die Omama und den Balu war sie allein. Der Heurige öffnete erst in ein paar Stunden. Diese Zeit wollte die Charlotte mit einem Spaziergang durch die verschneiten Weinberge überbrücken. Also packelte sie sich ein wie ein Michelin-Männchen, schnappte sich den Balu und verließ das Weingut durch das große hintere Tor, das direkt auf eine kleine, abschüssige Wiese und zu den ersten Weinreben führte.

Der Balu war völlig aus dem Häuschen. Wieder einmal. Er war ja gerade erst ein paar Monate alt, und der erste Schnee war noch immer aufregend für ihn. Anleinen musste die Charlotte den Hund hier heroben in der Einsamkeit nicht. Der Labrador sprang und raste durch den hohen Schnee. Dabei versank er immer wieder bis über beide Ohren in den weißen Massen. Hätte sich sein schwarzes Fell nicht so stark vom blütenweißen Schnee abgehoben, hätte ihn die Charlotte wahrscheinlich sogar verloren.

Unwillkürlich lenkte sie ihre Schritte in Richtung Sonnbergviertel. Dorthin, wo sich erst vor wenigen Wochen solche Tragödien unter der Erde abgespielt hatten.

Inzwischen stand die Sonne bereits hoch am Himmel (so hoch es im Winter eben geht). Zwei, drei kleine Wölkchen waren wie von einem tapsigen Maler weit verstreut aufs strahlend blaue Firmament hingemalt. Die Charlotte reckte ihren Kopf zur Sonne und sog jeden noch so kühlen Strahl gierig auf. Sie schloss die Augen und dachte einfach mal an … nichts. Als sie die Augen wieder öffnete, sah sie, dass sie bereits in unmittelbarer Nähe der Zaitler'schen Hiatahütte war. Oder dessen, was davon noch übrig war. Von der einst schneeweiß gekalkten Steinhütte standen nur mehr ein paar vom Ruß schwarz gefärbte Mauerreste. Ein paar Meter daneben erhob sich, wie durch ein Wunder nahezu unversehrt, ein alter Birnbaum.

Die Charlotte wanderte hinüber zum Baum und sah nachdenklich daran hoch. Es lief ihr noch kälter über den Rücken, als sie sich erinnerte, dass an diesem Baum erst kürzlich eine Leiche gebaumelt hatte. Dabei fiel ihr ein, dass das Begräbnis der Marianne ja schon für den nächsten Tag angesetzt war. Und da wollte die Charlotte unbedingt dabei sein. Die Zaitler-Männer waren schon vor einigen Tagen begraben worden. Wie ihr Onkel erzählt hatte, waren außer einer Handvoll Gäste aus dem Ort in erster Linie Burschenschafter und Konsidäre anwesend gewesen. Ihr Herr Papa hatte sich das Begräbnis ebenfalls angeschaut, aber danach nicht viel rausgelassen. Als Mitglied des Weinbauvereins war die Anwesenheit für ihn quasi Pflicht gewesen. Die Geschichte mit dem Robert, dem Sohn vom Zaitler, war eine andere, letztendlich hatte man die beiden aufgrund der Vorgeschichte in separaten Gräbern beerdigt. Zugleich mit der Marianne sollten auch die wiedergefundenen Gebeine der Hertha Zaitler, der vor Jahren verschwundenen Matriarchin der Familie, zu Grabe getragen werden. Die Marianne, die Hertha und der Robert würden sich ein Grab teilen, während der Herbert Zaitler ganz am Rand des Friedhofs zur ewigen Unruhe in ein eigenes Grab gelegt worden war. Immerhin würde die Marianne die Ewigkeit nicht mit dem Herbert Zaitler in derselben Grube verbringen müssen.

Mit einem Pfiff beorderte die Charlotte den Balu wieder zu sich, er hatte äußerst verdächtig am Stamm des Birnbaums geschnuppert. Sie wollte nicht, dass er ausgerechnet diesen Baum markierte. Folgsam sprang der Hund zurück zu seinem Frauchen und blieb mit hechelnder Zunge und flehendem Blick vor der Charlotte sitzen. Sie kramte in einer ihrer Jackentaschen herum, wo sie ein paar Hundekekse fand. Zwei Stück ließ sie fallen, die vom Balu gekonnt noch in der Luft geschnappt und verknuspert wurden. Dann machten sie kehrt und trotteten in den von ihnen zuvor gezogenen Spuren und Fußstapfen nebeneinander zurück zum Nöhrer'schen Weingut. Im Vorbeigehen ließ die Charlotte gedankenversunken ihre Fingerspitzen über einige gefrorene Weintrauben gleiten. Bald, sehr bald würde man sie ernten können, um daraus Eiswein zu machen.

Dabei hielten sich Vorfreude und Schaudern bei ihr die Waage. Einerseits war es natürlich etwas ganz Besonderes, endlich wieder mal einen Eiswein produzieren zu können. Andererseits graute ihr bereits davor, mitten in der Nacht und bei zweistelligen Minusgraden im Weingarten zu stehen und mit gefrorenen Fingern die kostbaren Trauben zu lesen. Letztlich war es aber wie immer im Leben: *No pain, no gain.*

Ach, komm schon, schalt sie sich selbst. Jetzt fängst du auch schon ständig mit diesen Anglizismen an. Bist doch nicht deine Schwester. Dabei musste sie schmunzeln.

Apropos Schwester: Die Flora hatte es dank der Andrea gerade noch rechtzeitig in die Schule geschafft. Am Vormittag standen zuerst eine Doppelstunde Französisch, dann Mathematik und Geografie auf dem Stundenplan. Mit ihren Gedanken waren die Flora, der Noah und die restliche Klasse aber schon beim Nachmittagsprogramm. Da hatte die Frau Professor Weber nämlich wieder eine Exkursion angesetzt, diesmal ins Kulturzentrum. Die Flüchtlinge ein bisschen besser kennenlernen, ein wenig das Kulturzentrum putzen und gemeinsam mit den Asylsuchenden kochen. Die Lehrer der Vormittagsstunden gaben dementsprechend auch bald auf, den Bälgern etwas ins Hirn zu pauken. Trotzdem verrann der Vormittag wie in Zeitlupe.

Nach der vierten Stunde war es endlich so weit: Statt der üblichen Freistunde wurde die Klasse von Frau Professor Weber abgeholt. Gemeinsam spazierte man den Leonhardiberg, der ja eigentlich nur ein etwas höherer Hügel war, vom Gymnasium hinunter zum Kulturzentrum. Nach zehn Minuten war das Ziel erreicht. Von der Demonstration waren keine Spuren mehr übrig, auch das eingeworfene Fenster von der Karin Nachbagaur war, wie vom Leo versprochen, repariert worden.

Die Klasse blieb vor dem Gebäude stehen, wo die Frau Professor den Jugendlichen nochmals kurz ihre Aufgaben zusammenfasste. Dabei ging sie natürlich auch auf die Demonstration der Rechten ein. »Umso wichtiger ist es, dass wir den armen Leuten hier zeigen, dass nicht alle Menschen bei uns so sind. Die sind ja nicht zum Spaß geflüchtet.«

In der großen Halle im Erdgeschoss des Kulturzentrums wurde die Klasse bereits von der Karin Nachbagaur und ihren Schützlingen erwartet. Zunächst herrschte unbehagliches Schweigen zwischen den zwanzig Schülern und den in etwa gleich vielen Asylsuchenden. Nachdem man gemeinsam Wischmopp, Besen und Staubsauger zur Hand genommen hatte, vermischten sich die Gruppen jedoch rasch, und innerhalb einer Stunde war das erste Stockwerk, das dem Flüchtlingshilfswerk zugeteilt war, blitzblank geputzt. Jetzt konnte man sich endlich an den Höhepunkt des Nachmittags machen – das gemeinsame Kochen. Einige der syrischen Frauen hatten der Karin eine Einkaufsliste mit Zutaten für eine Auswahl syrischer Spezialitäten geschrieben, die Perchtoldsdorfer Schüler wollten sich mit selbst gemachten Weihnachtskeksen revanchieren. Drei Schüler und drei Asylwerber wurden mit der Einkaufsliste in den nächsten Supermarkt geschickt, während sich der Rest in einem Kreis zusammensetzte, um sich besser kennenzulernen. Die Asylwerber erzählten Geschichten aus ihrer Heimat und berichteten von ihren Erfahrungen in Österreich. Wie schon am Abend zuvor gingen dem Noah die Geschichten besonders nahe. Eigentlich war er nicht so nah am Wasser gebaut, schließlich war er durch eine persönliche Vorgeschichte für sein Alter ziemlich abgebrüht. Aber es war eben auch genau diese Vorgeschichte, die ihn nun mit den Flüchtlingen besonders mitfühlen ließ.

Nach einer Stunde kamen die sechs »Einkäufer« zurück, voll bepackt mit Papiertragtaschen. Das Geld für die Einkäufe hatte der Elternverein der Schule gespendet. Die drei Asylwerber sahen fast geschockt aus, als sie von ihrem Einkaufserlebnis erzählten. Normalerweise war Geld ja knapp, diesmal aber hatten sie nach Belieben einkaufen können, wenngleich nicht alle Zutaten für ihre Spezialitäten erhältlich waren. Für die exotischeren Ingredienzen hätte man in einen dieser speziellen Supermärkte in Wien fahren müssen. Dafür war aber keine Zeit, und außerdem waren die Schüler noch zu jung, keiner besaß einen Führerschein. Für fast jeden Teil des Rezepts gab es aber sowieso ein europäisches Pendant, mit dem man vorliebnehmen konnte, zudem waren die etwas größeren Supermärkte heutzutage auch schon ganz gut mit »exotischeren« Zutaten bestückt.

Die Karin und die Frau Professor Weber teilten ihre Schützlinge nun wieder in mehrere gemischte Gruppen auf. So durften einige der Schüler bei der Zubereitung von Fladenbroten, Batrish, Kabab Hindi, Lahme bi Karaz und anderen Gerichten helfen, während ein paar der syrischen Flüchtlinge in die Geheimnisse der Weihnachtsbäckerei eingeweiht wurden.

Es wunderte nun wirklich niemanden, dass sich die Flora hier besonders in den Vordergrund spielte, hatte sie der Omama am Vorabend doch noch das Geheimrezept für ihre Vanillekipferl rausgekitzelt. Die Flora musste jedoch desillusioniert feststellen, dass das Rezept alleine noch lange nicht reichte, um die Kipferl auch so hinzubekommen, wie es der Omama immer gelang. Am Ende waren ihre Vanillekipferl zwar genießbar (nein, sie waren sogar richtig gut), aber irgendwie doch kein Vergleich zu den flaumig-lockeren, aber niemals zerbröselnden Kunstwerken, welche die Omama aus dem Handgelenk zu schütteln pflegte.

In der Küche des Kulturzentrums herrschte zwei Stunden lang Hochbetrieb. Niemals hektisch, niemals laut, aber immer gesellig und mit viel Gelächter. Zufrieden betrachtete die Frau Professor Weber ihr Werk. Für ein paar Stunden konnten die

Flüchtlinge ihr Leid vergessen und sich ein bisschen wie daheim fühlen.

Die syrischen Frauen waren mit Feuereifer bei der Sache. Sie wiesen die Schüler an, wie das Fleisch und das Gemüse zu schneiden waren, wie viel man von den Gewürzen verwenden durfte, bevor die Speisen ungenießbar wurden, und begannen schließlich leise, Lieder aus ihrer Heimat zu singen. Die Schüler wiederum versuchten sich an den Keksrezepten ihrer Eltern und Großeltern und mussten – wie schon die Flora – feststellen, dass es trotz eines Rezepts gar nicht so einfach war, die kleinen Köstlichkeiten so hinzubekommen, wie sie es von daheim gewohnt waren.

Am Ende gab es einen reichlich gedeckten Vorweihnachtsabendtisch, der in der großen Halle im ersten Stock aufgebaut wurde. Da es keine Sitzmöglichkeiten für so viele Personen gab, bedienten sich alle wie bei einer Party mit Fingerfood. Das Essen wurde auf weiße Pappteller geschaufelt und dann mit Plastikgabeln und -löffeln verspeist. Nach anfänglicher Skepsis stürzten sich die Schüler schließlich mit einem Heißhunger auf die exotischen Spezialitäten. Umgekehrt hatten die Syrer weniger Berührungsangst, was die Weihnachtskekse und Vanillekipferl anging.

Aus dem Augenwinkel sah die Flora, dass die Inaaya einige der Leckereien auf Pappteller legte und mit Alufolie abdeckte. Sie schien den fragenden Blick der Flora zu spüren.

»Für Charlotte«, erklärte sie entschuldigend. »Ich muss in einer halben Stunde beim Punschstand sein und dachte, dass sie sich über ein paar Kekse freuen wird.«

»Gute Idee, ich werde dich dann begleiten.«

»Ich komme auch mit«, sagte der Noah schmatzend.

Die Inaaya war mit ihrer Einschätzung richtiggelegen. Als sie gemeinsam mit der Flora und dem Noah beim Punschstand eintraf, herrschte dort bereits Hochbetrieb. Als hätte sie seit Tagen nichts mehr gegessen, verschlang die Charlotte die Kekse und hatte sogar für die Vanillekipferl ein Extralob übrig. Der

Noah wurde vom Balu, den die Charlotte an diesem Abend mit an den Stand genommen hatte, überschwänglich begrüßt. Der Hund brauchte ein bisschen Auslauf und hätte theoretisch auch als Abschreckung dienen können, sollten wieder ein paar Rechte zu stänkern beginnen, wäre er nicht noch so klein und unfassbar putzig. Da stellte sich tatsächlich die Frage, wer sich in dieser Situation mehr fürchten würde.

»Ich gehe mal eine Runde Gassi mit ihm«, erklärte der Noah. Er legte dem Balu eine Leine an und verschwand im Menschengewühl.

»Wie war's im Zentrum?«, fragte die Charlotte ihre Schwester kauend. Bis auf ein paar kleine Reste hatte sie die Weihnachtsbäckerei komplett verputzt.

»Eh cool«, antwortete die Flora. »War ganz interessant, und das Essen, das die syrischen Frauen auf den Tisch gezaubert haben, war … anders. Aber hat hervorragend geschmeckt. Halt ganz was anderes als bei uns daheim.«

Rund um den Punschstand wuselten die Menschenmengen. Der Mord am Pfarrer war nach wie vor das Hauptthema der Unterhaltungen, was aber so knapp neben der Kirche kaum verwunderte. Den angekündigten Terroranschlag sahen die meisten hier inzwischen nur mehr als übertriebenen Lausbubenstreich. Auf die Polizei konnte man sich verlassen, die hatten das schon alles im Griff, gell? Die Charlotte musterte das anwesende Publikum und stellte erleichtert fest, dass sich die rechte Partie diesmal woanders betrank. Einem ruhigen und friedlichen Adventabend stand nichts im Wege.

Und tatsächlich hätte man sich die Situation kaum kitschiger vorstellen können. Neben und zwischen den Punschständen lag der Schnee mittlerweile meterhoch, die Laternen spendeten ein warmes orangefarbenes Licht, Kindergelächter vom Ringelspiel, das nur wenige Meter neben den Punschständen aufgestellt war, hallte durch die eisige Abendluft. Dutzende Menschen wärmten sich an picksüßem Punsch, heißen Maroni oder vor Fett triefenden Kartoffelscheiben. Aus gut versteckten Lautsprechern erklang ein Best-of der kitschigsten Weihnachtssongs ever (natürlich inklusive »Last Christmas«). Eigentlich war alles Friede, Freude, Eierkuchen. Eigentlich. Denn die Charlotte traute der Sache nicht. Für sie war die ganze Geschichte noch lange nicht gegessen. Sie glaubte auch nicht an einen Lausbubenstreich und noch viel weniger daran, dass sich tatsächlich Islamisten ausgerechnet Perchtoldsdorf als Terrorziel ausgesucht hatten. Den Stephansdom in Wien – ja, das hätte sie noch irgendwie verstanden. Aber hier im beschaulichen Weinort? Nein, das passte überhaupt nicht. Sosehr sie aber darauf wartete, dass etwas passierte, es blieb ruhig. Der »Graf« gesellte sich überraschend auf ein Getränk zu ihr an den Punschstand, trank sein Glas schweigend aus und verschwand dann wieder in der Menschenmenge. Eigenartiger Typ, dachte sich die Charlotte einmal mehr.

Etwas später schaute auch der Leo bei ihr vorbei. Er war von den letzten Tagen gezeichnet. Irgendwie sah er mit jedem Tag müder aus. Mit einem Punschhäferl in der Hand schwieg man sich ein paar Minuten an, ehe die Charlotte die Stille durchbrach.

»Habt ihr an dem Stein Spuren finden können?«

»Hm?«, machte der Leo, der gerade seinen eigenen Gedanken nachhing.

»Na, an dem Stein, mit dem bei der Demo das Fenster von der Karin eingeworfen wurde.«

»Du meinst den Stein, der mit Lippenstift beschmiert war?«

»Ja, genau den. Hab ich dir sonst noch andere Steine gegeben?«, maulte die Charlotte.

»Ja, jede Menge Spuren. Du wirst es nicht glauben.« Er legte eine dramatische Kunstpause ein. »Nämlich Spuren von dir und einem syrischen Kind. Du hast den Stein einfach so mit den bloßen Fingern angegriffen, Charlotte. Dem Kind ist das ja zu verzeihen, woher soll es das wissen, aber du?«

»Und sonst nix?«

»Mit dem Lippenstift hattest du schon recht. Ist eine bekannte Marke, die sich täglich Tausende Male verkauft. Das ist alles, nur kein Beweis.«

»Also wieder Sackgasse?«

»Mhm.«

»Weißt du, Leo, ich glaube schön langsam nicht mehr an diese ganze IS-Geschichte. Das stinkt doch zum Himmel. Da versucht jemand, den Asylwerbern was anzuhängen. Meiner Meinung nach soll impliziert werden, dass einige von ihnen an der ganzen Sache schuld sind. Dazu passen ja auch die gestohlenen Sachen gut und dass die Anzeige nicht aufgenommen wurde. Das ist ja sowieso das Nächste. Der Pepi und seine rechten Kumpane –«

»Pass auf, Charlotte. Du begibst dich da auf gefährliches Terrain«, warnte der Leo und nahm einen großen Schluck von seinem Orangenpunsch. »Verschwörungstheorien sind ja eigentlich eher eine Spezialität der Leute, die du gerade indirekt beschuldigst.«

»Stimmt schon, aber in diesem Fall … Ist es nicht auffällig, dass wir hier auf einmal so einen Haufen rechtes Gesindel haben? Was ist, wenn die den toten Pfarrer und die Bomben den Flüchtlingen in die Schuhe schieben wollen? Oder halt einen auf Trittbrettfahrer machen? Immerhin stehen bald Wahlen an, und je schlechter die Stimmung, je mehr Angst die Leute haben, umso größer sind ihre Chancen.«

»Ich weiß nicht. Ist das jetzt nicht ein bisschen weit hergeholt? Glaubst du im Ernst, dass sich der Adefris auf so dünnes Eis begeben würde? Ich meine, wir reden hier von Mord und Terrordrohungen.«

Die Charlotte zuckte mit den Schultern. »Was weiß ich schon? Aber es ist doch klar, dass hier etwas ganz gewaltig stinkt. Wie sollen die Flüchtlinge denn zum Beispiel auf den Turm hinaufgekommen sein? Keiner der Schlüssel wurde als gestohlen gemeldet, das Tor war auch nicht aufgebrochen. Also – wie sind sie reingekommen? Und hat schon mal wer daran gedacht, wie die Mörder überhaupt ins Pfarrheim eingedrungen sind? Da waren ja auch keine Spuren von Gewaltanwendung.«

»Charlotte, pass mal auf: Niemand, aber wirklich niemand hat ›unsere‹ Asylwerber beschuldigt, dass sie mit der Sache etwas zu tun hätten. Das reimst du dir nur zusammen. Der Adefris nützt lediglich die aufgeladene Stimmung, um die Asylwerber zu mobben. Aber wir reden hier von echter Terrorgefahr, okay? Da geht es nicht um ein paar Flüchtlinge, denen langweilig ist, sondern um Profis. Die haben mit unseren Flüchtlingen überhaupt nichts zu tun. Und abgesehen davon haben sie uns die Ermittlungen ja weggenommen. Ich weiß also auch nichts über den aktuellen Stand der Dinge.«

Der Rest der Standbesatzung hatte den Wortwechsel der beiden gespannt mitverfolgt, ohne sich einzumischen.

Jetzt meinte die Andrea aber: »Ich finde, so absurd klingt das nicht, was die Charly sich da zusammenreimt. Seitdem in den USA der Typ mit den orangefarbenen Haaren alle gängigen Maßstäbe von Anstand und Umgangston in die Tonne getreten hat, gibt es ja tatsächlich einen Anstieg an Anfeindungen und Gewalt.«

»Wehret den Anfängen!«, mischte sich die Flora altklug ein, wurde aber von den anderen geflissentlich ignoriert.

»Mag schon sein«, gab der Leo zu. »Aber einen Mord kann man nicht so leicht jemand anderem in die Schuhe schieben. Und vertuschen schon gar nicht.«

»Bist du dir sicher? Denk doch mal an die Wahlveranstaltung vom Adefris und was da abgegangen ist. Hat nur noch gefehlt, dass einige mit dem Hitlergruß salutiert hätten.«

»Haben eh einige«, murmelte der Leo verschämt.

»Wie bitte?«

»Haben eh einige«, wiederholte der Leo lauter. »Wir haben ihre Namen, aber das liegt jetzt nicht mehr bei uns. Die werden sich irgendwie da rauswurschteln, befürchte ich.«

»Ich glaub's ja nicht!«, stammelte die Charlotte entsetzt. »Hatten wir nicht gerade eine Nazi-Geschichte? Und jetzt kriechen die tatsächlich alle aus ihren Löchern. Gibt dir das nicht zu denken?«

»Doch«, antwortete der Leo scharf, »aber ich bin nicht der Innenminister. Ich bin Polizist und nicht allmächtig. Ich kann die Leute anzeigen, ich kann sie verwarnen, aber der Rest liegt nicht in meiner Hand. Du tust ja immer so, als hätte ich weiß Gott welche Rechte und … ach was, vergiss es.« Damit knallte der Leo sein Häferl auf das Holzbrett vor dem Schankfenster, machte am Absatz kehrt und ließ den Rest seiner Familie angefressen in der Kälte stehen.

»He!«, schrie ihm die Charlotte nach. »Du hast deinen Punsch nicht bezahlt!« Der Leo drehte sich nicht einmal um, er reckte lediglich seinen rechten Arm in die Höhe und zeigte seiner Cousine den Mittelfinger.

»Also, also …«, hechelte und japste die Charlotte empört. Bevor sie ihrem Cousin nachlaufen konnte, hatten die Andrea und die Flora sie schon gepackt und auf einen Hocker niedergezwungen.

»Er hat ja recht!«, versuchte die Andrea, ihre Freundin zu beruhigen. »Wer würde schon an so etwas glauben? Die öffentliche Meinung ist derzeit ganz klar, alles deutet darauf hin, dass es Islamisten waren. Irgendwelche, aber nicht unsere Asylwerber. Wenn du jetzt den Chef der lokalen ÖHP beschuldigst, machst du dir nur selber Probleme. Im besten Fall wirst du ausgelacht. Im schlechtesten hast du eine Klage am Hals. Also immer langsam mit den jungen Pferden.«

»Du auch?«, zischte die Charlotte die Andrea giftig an.

»Nein, meine Liebe, nicht ich auch. Ich kann mir durchaus vorstellen, dass an deinem Verdacht was dran ist. Aber ohne Beweise kann man da gar nichts machen.«

»Lassts mich gefälligst los, ich bin ja keine Irre«, schnaubte die Charlotte.

Nach ein paar Minuten hatte sich die Situation endlich beruhigt. Die Inaaya hatte sich an der Budel alle Mühe gegeben, dass die Kundschaft vom Streit im Hintergrund nicht allzu viel mitbekam. Das Geschäft am Stand brummte. Entweder hatten sich die Leute an die syrische Bedienung gewöhnt, oder sie waren einfach schon zu betrunken, um daran noch herumzumäkeln. Oder es war in den vergangenen Tagen einfach immer die Anwesenheit der Familie Adefris gewesen, die ganz von selbst für Miesepeterstimmung gesorgt hatte. Wie auch immer, der Abend verlief ruhig, und um zehn Uhr machten die Marktstände mit einem satten Plus ihre Läden dicht.

Die Charlotte wollte sichergehen, dass die Inaaya ohne Zwischenfall nach Hause kam, daher begleiteten sie die Syrerin durch den Zellpark ins Kulturzentrum. Lange würde die Inaaya hier nicht mehr schlafen müssen, sie hatte bereits eine kleine Wohnung in Aussicht. Ihre Familie würde weiterhin den Hausmeisterjob im Kulturzentrum verrichten und auch dort wohnen.

Danach ging es mit der kleinen City-Schleuder der Andrea heim aufs Weingut. Die Andrea verschwand im Badezimmer. Als sie in einem neckischen Negligé zur Charlotte ins Bett stieg, war die Enttäuschung groß. Die Charlotte hatte es nämlich gerade noch geschafft, sich auszuziehen, und war dann praktisch im selben Moment, als ihr Kopf auf den Polster traf, eingeschlafen. Unverrichteter Dinge gab die Andrea ihr dennoch einen sanften Kuss auf die Stirn, wickelte sich dann in ihre eigene Decke und lag ein paar Sekunden später auch schon in Morpheus' Armen.

13

Freitag, 19. Dezember

Zitternd und bibbernd schlurften die Charlotte, die Omama und der Herr Papa in aller Herrgottsfrüh durch den Friedhofseingang zur Kapelle und zur Aufbahrungshalle. Die Omama hatte sich links und rechts bei der Charlotte und dem Herrn Papa eingehängt, trotz der arschkalten Temperaturen wollte sie es sich nicht nehmen lassen, beim Begräbnis der Marianne dabei zu sein. So ernst wie an diesem Morgen hatte die Charlotte ihre Omama erst ein Mal gesehen. Nämlich als die ganze Goldmann-Tragödie vor wenigen Wochen so unerwartet und plötzlich hochgekommen war. Für die Lucia Nöhrer war das hier eine sehr persönliche Sache. Schließlich war sie bei den entsetzlichen Ereignissen vor über siebzig Jahren, die schließlich vor wenigen Wochen in einem furchtbaren Familiendrama geendet hatten, selbst dabei gewesen. Es war auch die Omama gewesen, die auf einen besonders frühen Aufbruch gedrängt hatte. Für das Begräbnis der Marianne und ihrer Schwiegermutter hatte sich der halbe Ort angesagt, und die Omama wollte sich auf jeden Fall einen Sitzplatz in der kleinen Kapelle sichern. So waren die drei sogar noch in den Genuss eines der wenigen Parkplätze vor dem Friedhof gekommen. Gut, andererseits hatten sie noch eine Stunde totzuschlagen, bis es offiziell losging.

Die Stimmung in der noch spärlich besetzten Aufbahrungshalle war gespenstisch. Weder die Marianne noch ihre Schwiegerfamilie hinterließen irgendwelche Verwandten. Einzig die Sargträger und ein paar andere Mitarbeiter des Friedhofs huschten geschäftig herum. Die Zahl an Trauerkränzen war kaum zu überschauen, teilweise mussten sie sogar übereinandergestapelt werden, weil sonst einfach nicht genug Platz für die Trauergäste gewesen wäre. Die Marianne mochte keine trauernden

Verwandten hinterlassen haben, dafür hatte sich der halbe Ort zum Begräbnis angekündigt. Der Schock über die Auslöschung der Familie saß tief.

Die Omama löste sich von ihrem Sohn und ihrer Enkeltochter und schlurfte ungeniert nach vorn zur ersten Sitzreihe.

»Was?«, fragte sie die beiden resolut. »Gibt ja eh keine Verwandten mehr, da werde ich mich doch wohl da vorne hinsetzen dürfen?«

Die Charlotte zuckte mit den Achseln und nahm neben ihrer Omama Platz.

Der Herr Papa versuchte halbherzig, seine Mutter dazu zu bewegen, sich woandershin zu setzen: »Ach, Mama, du weißt doch: Die Plätze hier vorne sind reserviert. Steht doch sogar da.«

Die Omama fuhr auf ihrem Sitz herum, nahm den Zettel mit dem Namen des Bürgermeisters und reichte ihn an ihren Sohn. »Da, Rudi. Pick den Zettel auf einen anderen Sessel.«

Der Rudi wusste natürlich, dass es sinnlos war, mit seiner Mama weiterzudiskutieren. Diese Sturheit hatte sich ja auch eins zu eins auf die Charlotte übertragen. Ein kluger Krieger wusste eben, wann es sich lohnte zu kämpfen. Und vor allem, wann nicht.

»Außerdem bist du ja auch ein Weinbauer, oder?«, gackerte die Omama, jetzt wieder besser aufgelegt, als sich der Rudi hingesetzt hatte.

»Schon, Mama, aber die Plätze waren für den Bürgermeister und den Vorsitzenden des Weinbauvereins reserviert.«

»Papperlapapp! Der Ferdinand Hintermoser ist doch nur so lange Vorsitzender, bis der richtige Neue gewählt wird. Und der, das haben mir meine Freundinnen geflüstert, könntest durchaus du sein.« Dabei zwinkerte sie dem gestandenen Mannsbild so stolz zu, wie es nur eine Mutter konnte.

Der Rudi Nöhrer wurde rot, musste aber seiner Mama recht geben. »Ja, habe ich auch schon gehört. Ich reiße mich zwar nicht um den Job, aber ich bin auch nicht so blöd, dass ich ihn ablehnen würde, wenn man ihn mir aufdrängt.« Ursprünglich war ja der Herbert Zaitler der Vorsitzende des Weinbauvereins gewesen, nach den Vorfällen im letzten Sommer hatte man ihn aber dieser Funktion enthoben. Ja, und dann war er sowieso gestorben. Ein Nachfolger war in der Zwischenzeit noch nicht gewählt worden, also hatte man den Ferdinand Hintermoser bis zur Wahl im nächsten Februar zum Interimschef gemacht. Er war die perfekte Wahl: von allen Seiten geschätzt, aber völlig ambitionslos. Daher bestand keine Gefahr, dass er seinen Interimsposten nützen würde, um einen monatelangen Wahlkampf zu führen. Der Ferdinand Hintermoser würde heilfroh sein, wenn er den Posten wieder los war.

Die Minuten bis zum Beginn des Begräbnisses vergingen quälend langsam. Nach und nach tröpfelten endlich weitere Gäste ein und füllten die Kapelle schließlich bis auf den letzten Platz. Angeführt vom Bürgermeister war praktisch der gesamte Gemeinderat anwesend. Auffällig, aber irgendwie nicht überraschend war es, dass der Adefris nicht gekommen war. Was sollte er auch bei diesem Begräbnis?, dachte sich die Charlotte.

Der Bürgermeister war nach seinem Eintreffen zielstrebig auf den für ihn reservierten Platz zugesteuert und wollte die dort sitzende Person schon ankeifen, dass sie seinen Platz gefälligst räumen sollte. Aber schon nach dem ersten Wort verschluckte er sich, denn da hatte er erkannt, wer seinen Platz besetzte. Und selbst der Bürgermeister wusste, dass man sich mit der Lucia Nöhrer besser nicht anlegte. Ein stechender Blick der Omama reichte da schon.

»Aber natürlich, liebe Lucia«, flötete der Bürgermeister. »Ich überlasse dir meinen Platz natürlich sehr gerne. Überhaupt kein Problem!« Peinlich berührt sah er sich um und fand schließlich den anderen Platz, den ihm der Rudi Nöhrer frei gehalten hatte beziehungsweise hatte reservieren müssen. Der Ferdinand Hintermoser hatte überhaupt kein Problem damit, dass sein Platz ebenfalls schon besetzt war. Er war ein alter Freund der Lucia und ähnlich alt. Mit Mühe beugte er sich zu ihr hinunter, um ihr einen Kuss auf die Wange zu geben. Worte mussten zwischen den beiden nicht gewechselt werden, dafür kannten sie sich schon zu lange. Er nahm die kalte Hand der Omama – in der Aufbahrungshalle konnte es nicht mehr als zwölf, dreizehn Grad haben, wenn überhaupt so viel – zwischen seine beiden, schüttelte sie sanft und suchte sich dann einen anderen freien Platz.

Kurz vor zehn Uhr begannen die Glocken der Kapelle zu läuten. Der Pfarrer trat ein, neben ihm überraschenderweise ein jüdischer Rabbi. Verstohlen drehte sich die Charlotte um und sah, dass die Masse der Trauergäste bis weit hinaus in den Friedhof reichte. Unter all den Menschen stach einer heraus, der im wahrsten Sinne des Wortes zwischen Tür und Angel stand: Arie Eck, der Präsident der jüdischen Kultusgemeinde. Die Charlotte hatte ihn während der Ermittlungen zu ihrem letzten Fall kennengelernt. Er sah, dass die Charlotte in seine Richtung blickte, und begegnete ihrem Blick mit einem kurzen, ernsten Kopfnicken.

Es überraschte die Charlotte nicht, dass zum Begräbnis der Marianne und der Beisetzung der Hertha Zaitler so viele Menschen gekommen waren. Dafür waren viele der Trauergäste überrascht, dass neben ihrem neuen katholischen Pfarrer auch ein jüdischer Rabbi der Trauerzeremonie beiwohnte. Sie würden weiterraten müssen, denn über die wahren Hintergründe des Todes der Marianne war die Öffentlichkeit nach wie vor nicht informiert worden.

Eck hatte mit einigen hohen Vertretern der Diözese Wien gesprochen, den Fall dargelegt und erreicht, dass die Trauerzeremonie sowohl katholisch als auch jüdisch ablaufen durfte. Klar, dass das in den nächsten Tagen für einigen Gesprächsstoff an den Stammtischen sorgen würde. Aber das war jetzt nicht mehr Sache der Charlotte. Außerdem, die Leute würden immer ein Thema finden, über das sie sich das Maul zerreißen konnten.

Das Läuten der Glocke verstummte. Schwere klassische Musik ertönte aus den quer durch den Raum verteilten Lautsprechern. Bedächtig schritten der neue Pfarrer Mwene und der Rabbi zum Sarg. Er war schlicht, aus hellem Holz und mit den Trauerkränzen der Gemeinde und des Weinbauvereins behängt. Auf dem Sarg stand ein Bild der Verstorbenen. Etwas daneben und im Hintergrund wartete ein weiterer, ebenso schlichter Sarg – jener der Hertha Zaitler.

Die Trauerfeier dauerte lange. Zuerst rekapitulierten die beiden Geistlichen das Leben der Marianne (und in kürzeren Zügen auch das der Hertha). Dabei gab es ein gut hörbares Nach-Luft-Schnappen aus Hunderten von Kehlen, als der Rabbi sich nicht scheute, diverse bisher geheim gehaltene Details aus dem Leben der Marianne zu erwähnen. Jetzt wusste immerhin jeder, warum der Rabbi anwesend war. Und danach hielt praktisch jeder, der im Ort etwas zu sagen hatte, eine Rede. Manche länger, manche kürzer. Im Anschluss daran wurden die Särge von acht jungen Winzern geschultert und mit würdevollen Schritten durch ein Spalier aus Weinbauern aus der Aufbahrungshalle getragen. Dazu spielte die lokale Blasmusik einen Trauermarsch, der selbst der Charlotte ein Tränchen aus dem Auge drückte.

Sie und der Herr Papa schritten mit der Omama zwischen sich als Erste hinter dem Sarg her. Die Omama war der Überzeugung, dass das voll in Ordnung war, schließlich hatte niemand der Anwesenden eine ähnlich enge Beziehung zur Familie der Toten wie die Lucia Nöhrer. Die schmalen Schotterwege an den Hunderten Gräbern vorbei waren nur leidlich vom Schnee geräumt, da war es schon gut, dass die Omama von den beiden gestützt wurde. Schnell ging es trotzdem nicht. Die Omama schlurfte mit kleinen Trippelschritten hinter dem Sarg her, und zweimal mussten die ohnehin schon in langsamer Würde schreitenden Sargträger angewiesen werden, noch langsamer zu gehen, damit der Abstand zwischen den Särgen und den Trauergästen nicht zu groß wurde.

»Was gibt's da zu meckern?«, gackerte die Omama einmal über die Schulter zurück, als der Unmut über den langsamen Trauerzug gar zu laut wurde. Prompt hörte das Meckern auf.

Die Charlotte lief vor Scham im Gesicht hochrot an, der Herr Papa lächelte lediglich leise vor sich hin. Die Sargträger blickten sich konsterniert um, warteten artig einige Momente und schritten dann weiter.

Der Trauerzug endete im »Waldfriedhof«-Teil im südöstlichen Eck des Friedhofs. Sobald man den wenige hundert Quadratmeter großen, hauptsächlich aus Nadelbäumen bestehenden Hain betrat, war es, als ob man in einen ganz eigenen Mikrokosmos des Friedhofs eintauchte. Das leise Rauschen der Autos auf der in der Nähe vorbeiführenden Autobahn wurde von den Bäumen geschluckt, lediglich der Schnee knirschte unter den Füßen des Trauerzugs. Statt exakt angelegter Gräberreihen schlängelten sich hier mehrere Trampelpfade kreuz und quer durch das Areal. Die Grabanlagen selbst unterschieden sich ebenfalls vom Rest des Friedhofs. Natürlich wurden auch hier die Särge direkt in die Erde hinabgelassen, und es gab auch kleine Grabsteine, aber keine Grabdeckel. Manche Gräber waren nur mit Gras bewachsen, andere mit einem kleinen Blumenbeet. Der Winter machte aber sowieso alle Toten gleich, denn jedes Grab war mit Schnee bedeckt. Ziemlich genau im Herzen des kleinen Waldfriedhofs endete der Trauerzug. Hier war bereits ein Grab für die Marianne und die Hertha ausgehoben worden. Der kleine Grabstein bestand aus massivem Marmor, darauf waren in goldener Schrift die Namen, Geburts- und Sterbedaten der Marianne und Hertha eingraviert. Zur Überraschung der Charlotte fehlte der Name vom Robert. Entgegen ihren Informationen schien er doch in einem eigenen Grab beerdigt worden zu sein.

Die Särge wurden links und rechts des Erdlochs abgestellt. Als die lange Schlange der Trauergäste endlich zum Stillstand gekommen war, traten wieder die beiden Geistlichen in Aktion, dann erst wurden die Särge in die Erde gesenkt. Zu den Blasmusikklängen eines weiteren Trauermarsches wurde zuerst der Sarg von der Hertha Zaitler hinuntergelassen, danach jener der Marianne. Im Anschluss daran schritt der Zug der Trauernden am Grab vorbei. Einige warfen den beiden toten Frauen Rosen ins Grab nach, andere bekreuzigten sich schlicht und nuschelten ein kurzes Gebet. Aber alle, wirklich jeder Einzelne, warfen mit der von den Bestattungsdienstmitarbeitern angebotenen Schaufel ein Häufchen Erde hinab.

Die Omama hatte den Anfang gemacht und war auch am längsten vor dem offenen Grab verweilt. »Grüß mir die Elfie«, glaubte die Charlotte sie murmeln zu hören, bevor sie sich bei ihrem Sohn einhakte und in Richtung Ausgang schlurfte.

Die Charlotte warf hastig ein Schäufelchen Erde ins Grab und eilte den beiden nach. Der Leichenschmaus sollte beim Maroltinger-Heurigen stattfinden. Die Gemeinde kam für die Kosten auf, eingeladen war, wer kommen wollte. Die Nöhrers wollten nicht. Zudem hatten sie sich um ihren eigenen Betrieb zu kümmern. Also, theoretisch halt. Weil beim Auto angekommen, verabschiedete sich die Charlotte vom Herrn Papa und der Omama. Sie wollte noch auf einen Sprung beim Punschstand vorbeischauen.

Den Weg hätte sie sich sparen können. Dort lief nämlich alles wie am Schnürchen.

Der Nachmittag verging genauso, wie es sich die Charlotte erhofft und vorgestellt hatte. Nämlich ruhig und ohne Aufregungen. Etwas, was nicht allzu häufig vorkam. Die Alia und die Bahira arbeiteten sich immer besser ein, und von dem rechten Gesindel ließ sich auch niemand mehr sehen. Nachdem es am Nachmittag wieder ein paar Zentimeter Schnee vom Himmel geschmissen hatte, riss die Wolkendecke am Abend auf, und gegen acht Uhr war das Thermometer auf minus zehn Grad runtergerasselt.

»Kannst du mir den Wetterbericht für die nächsten Tage geben?«, wurde sie vom Herrn Papa gefragt.

Die Charlotte wusch noch ein Weinglas ab, trocknete es und stellte es ins Regal. Dann fischte sie ihr Handy aus der Hosentasche. »Wieso?«, fragte sie.

»Ich will nur wissen, ob es so kalt bleibt.«

Ganz die brave Tochter rief die Charlotte die Seite der ZAMG (kurz für Zentralanstalt für Meteorologie und Geodynamik) auf. Sie hatte schon längst festgestellt, dass man sich auf die auf den Handys vorinstallierten Wetter-Apps nur sehr, sehr selten verlassen konnte.

»Ja, bleibt es«, sagte sie schließlich. »Es soll in den nächsten Tagen sogar noch kälter werden. Schneefall eher selten, aber jederzeit möglich.«

»Perfekt!« Der Herr Papa rieb sich die Hände.

»Wegen der Eisweinernte?« Jetzt begriff die Charlotte.

»Genau. Pack schon mal deine Skisachen aus. Das wird eine kalte Nacht werden.«

»Wann willst du es denn angehen?«

»Heute ist Freitag. Hm, geben wir den Trauben noch einen Tag. Wir werden sie in der Nacht von Samstag auf Sonntag lesen.«

»Wann soll es losgehen?« Der Charlotte lief ein kalter Schauer über den Rücken. Der Gedanke, bei zweistelligen Minusgraden mitten in der Nacht in den Weingärten zu arbeiten, war alles andere als sexy.

»Zwei Uhr Aufbruch von hier, dann sind wir bis Sonnenaufgang fertig.«

»Haben wir genug Helfer für die Lese?«

»Die üblichen Verdächtigen. Ich habe sie schon im Herbst vorgewarnt, dass wir sie heuer vor Weihnachten noch einmal brauchen werden.«

»Kann ich vielleicht auch ein paar Leute beisteuern?«

Der Herr Papa sah sie grübelnd an. »An wen denkst du denn?«

Die Charlotte deutete mit dem Kopf in Richtung ihrer syrischen Kellnerinnen, die emsig durch die Gasträume liefen und kellnerierten, dass es eine Freude war.

»Die beiden will ich am Sonntagvormittag ehrlich gestanden hier im Lokal haben. Sie sind wirklich gut«, warf der Herr Papa ein. »Nach einer Nacht Weinlesen können sie das nicht machen.«

»Ach, ich meine doch nicht die beiden. Aber bei der Karin –«
»Welche Karin?«, fragte der Herr Papa.
»Die Karin Nachbagaur, die Leiterin des Flüchtlingshilfswerks. Du weißt schon, ehemalige Schulkollegin von mir. War sogar Schulsprecherin. Also, bei der Karin gibt es ja noch mehr Flüchtlinge, die sich über eine Nacht mit bezahlter Arbeit sicher freuen würden.«
Der Herr Papa machte ein nachdenkliches Gesicht. Schließlich hellte sich seine Miene auf. »Warum nicht? Die Eisweinlese ist ja keine Zauberei. Kein Vergleich mit der normalen Weinlese. Und mir ist es egal, wen ich dafür bezahle.«
»Perfekt«, freute sich die Charlotte. »Dann werde ich mal bei der Karin nachfragen, ob sie mir ein paar ihrer Schützlinge zur Verfügung stellen kann.«
»Und ich melde die Lese beim Kellereiinspektor an.«
Die Charlotte war froh, dass sich der Herr Papa um den bürokratischen Schnickschnack kümmerte. Man musste die Eisweinlese nämlich bei einer offiziellen Stelle anmelden. Der Kellereiinspektor würde dann direkt nach der Lese vorbeischauen, um die geernteten und noch gefrorenen Trauben auf ihre Qualität zu untersuchen und zu bestimmen, ob der daraus gewonnene Wein tatsächlich als »Eiswein« verkauft werden konnte. Enthielten die Trauben weniger als fünfundzwanzig Grad KMW, also zu wenig Zucker, durfte der Wein nur als »Auslese« angeboten werden.
Gemeinsam mit der Andrea machte sich die Charlotte auf den Weg hinunter in den Ort. Diesmal nahmen sie den Wagen der Charlotte, der mit seinem Allradantrieb für die herrschende Witterung deutlich besser geeignet war. Bei der Karin hatten sie ihren Besuch kurzfristig per SMS angekündigt, aber wenig überraschend war die Karin auch am Freitagabend noch mit ihrer Nebenbeschäftigung zugange.
Die Charlotte stellte ihr Auto am Marktplatz ab, wo der Weihnachtsmarkt schon geschlossen war. Die Flora hatte sich um die Spätschicht gekümmert und war jetzt weiß Gott wo,

um den Abend gemeinsam mit dem Noah ausklingen zu lassen. Hand in Hand spazierten die Charlotte und die Andrea durch den verschneiten Zellpark hinunter zum fast finsteren Kulturzentrum.

Nur in wenigen der vielen Fenster leuchtete noch Licht, selbstverständlich war das der Karin eines davon. Sie freute sich wie ein lackiertes Hutschpferd, dass die Charlotte für fünf ihrer Schützlinge wieder Arbeit hatte, auch wenn es nur für eine Nacht war. Sie schlug der Charlotte fünf Namen vor, die ihr genau gar nix sagten. Sie verließ sich aber darauf, dass die Karin schon wusste, wen sie ihr da vermittelte. Diese fünf sollten sich in der Nacht auf Sonntag um etwa halb zwei am Weingut melden.

Am Weg zurück zum Auto blieben die Charlotte und die Andrea – fast schon selbstredend – in der Turmbar hängen. Gut, kein Wunder, die lag ja schließlich auch gleich gegenüber dem Zellpark, getrennt lediglich durch die schmale, einspurige Hochstraße. Als sie eintraten, schlug ihnen eine dichte Wolke Zigarettenrauch, Alkoholdampf und Schweiß entgegen. Es war zum Bersten voll. Aber es half ja nichts: Augen zu und durch – im wahrsten Sinne des Wortes.

Sie kämpften sich bis zu der kleinen Theke vor, wo schon der Leo seine Elena in Arbeit hatte. Allerdings musste sie sich schweren Herzens von ihm trennen, als der Lautstärkepegel im Lokal lauter wurde, weil an mehreren Tischen der Alkohol ausgegangen war und nachbestellt werden wollte. Hinter der Bar bot sich der Charlotte und der Andrea ein ähnliches Bild, denn auch der Mario war nicht alleine. Ihn hatte die Renate in Beschlag. Die Obermayer-Witwe stieß einen spitzen Freudenschrei aus, als sie ihre beiden Freundinnen sah, die ihr im Sommer bei der Aufklärung des Mordes an ihrem Mann behilflich gewesen waren. Sie ließ den Mario, gierig nach mehr, hinter der Bar stehen und drängte sich an den Menschenmassen vorbei zur Charlotte und zur Andrea.

Wie hält sie das nur aus? Ich würde in so einem Kleid erfrieren!, fragte sich die Charlotte, als sie sah, was die Renate trug. Oder eben auch nicht trug. Zugegeben, für ihre knapp fünfzig Jahre sah sie noch immer rattenscharf aus, aber das »kleine Schwarze«, das sie heute trug, war selbst für eine extrovertierte Kulturmanagerin wie die Renate eine starke Ansage. Jedenfalls überließ es weniger der Phantasie, als es den Augen jetzt schon offenbarte.

Zwei Cocktails später war die Renate auf den neuesten Stand gebracht, der Leo hatte seine Elena wieder im Arm, und sein latenter Grant auf die Charlotte war mehr oder weniger wie weggeblasen.

Gegen zwei Uhr morgens begann sich die Bar langsam zu leeren. Erst da bemerkte die Charlotte, dass sich auch ein syrischer Flüchtling in die Bar verirrt hatte. Sie schätzte den Mann auf knapp dreißig Jahre, also in etwa so alt wie sie selbst. Auf Nachfrage erklärte der Mario, dass er schon ein paar Tage lang jeden Abend bei ihm vorbeischaute. Er nippte den ganzen Abend lang ein, zwei Cola und schaute den Partygästen bei ihrem Treiben zu. Dabei saß er immer am selben Tisch in einer Ecke des Lokals.

»Eigentlich nimmt er mir Geschäft weg«, erklärte der Mario. »Aber ich lasse ihn da sitzen und sein Cola schlürfen. Ich will mir nicht nachsagen lassen, dass ich was gegen die Flüchtlinge bei uns im Ort hätte.«

»Das ist Jalil«, erklärte die Elena in einer der kurzen Pausen, die sie nicht an den Lippen von ihrem Leo hing. »Redet nicht viel, wenn man ihm was zu trinken bringt, aber seinen Namen habe ich rausbekommen.«

»Schaut nicht besonders glücklich drein«, stellte der Leo trocken fest.

Eine halbe Stunde später war der syrische Mann noch immer da. Der Mario hatte gemeinsam mit der Elena die Bartheke geputzt, die Gläser und Flaschen verstaut, die Musik abgedreht und den Kassaabschluss gemacht.

»Ich gehe noch auf die Toilette, dann können wir«, hauchte

die Elena dem Leo ins Ohr. Sie stöckelte auf ihren Killer-High-Heels ums Eck, ein paar Sekunden später konnte man die Tür zur Toilette zufallen hören.

»Ist das jetzt was Ernstes zwischen euch?«, wollte die Charlotte vom Leo wissen. Jedes ihrer Worte troff nur so vor Zweifeln.

Der Leo ließ sich mit seiner Antwort Zeit.

»Weil sie eine Nutte ist?«, sagte er schließlich, den Blick tief in sein leeres Cocktailglas gerichtet. »Hältst du mich wirklich für so blöd, dass ich nicht weiß, was das bedeutet?«

»Wenn du so direkt fragst …«, konterte die Charlotte. Die Augen vom Leo verengten sich wieder grantig. Deshalb schoss die Charlotte schnell nach: »Nein, natürlich nicht. War nur ein Spaß. Seit wann bist du denn so leicht eingeschnappt? Aber ja, klar, der Polizeichef und eine Nutte? Wie soll das denn funktionieren?«

»Das lass einfach mal meine Sache sein«, entgegnete der Leo.

Während dieses Wortwechsels hatte niemand auf den Syrer geachtet. Der inzwischen nicht mehr an seinem Platz saß. Was dem Mario genau in dem Moment auffiel.

»Na geh!«, jammerte er. »Ist er jetzt abgehauen, ohne zu zahlen? Das hat er doch noch nie gemacht.«

»Ach, lass ihn«, beruhigte ihn die Charlotte. »Schreib's zu meiner Rechnung dazu. Ich hole mir das Geld schon zurück. Ich weiß ja, wo ich ihn finde, und kann das mit der Karin klären.«

Eingeschnappt addierte der Mario zwei Cola zu Charlottes Rechnung, die sie mit der Kreditkarte beglich.

»Wo bleibt sie denn?«, stöhnte der Leo. Ihm war die Müdigkeit anzusehen, die letzten Wochen hatten richtig viel Kraft gekostet.

»Kannst es nicht erwarten, deine Elena flachzulegen?«

»Charlotte, jetzt reicht's aber wirklich!«, fuhr er sie an und stand auf. Wütend stampfte er in Richtung der Toiletten. Er klopfte an die Tür und brummte gut hörbar: »Alles in Ordnung?«

Die Charlotte und die Andrea sahen sich an, und selbst die Renate konnte sich einen Grinser nicht verkneifen. So kannten sie den Leo gar nicht. Normalerweise war er stoisch, die Ruhe in Person. Offenbar lag ihm tatsächlich etwas an der tschechischen Prostituierten. So besitzergreifend ging der Leo sonst mit seinen Liebschaften nicht um.

»Elena?«, rief der Leo wieder, diesmal lauter. Er klopfte wieder, diesmal eindringlicher.

Ihren Cocktail in der Hand war die Charlotte aufgestanden und zu ihrem Cousin gegangen. Eigentlich eher gestolpert, denn sie hatte schon gehörig einen sitzen.

»Komm schon, lass sie doch in Ruhe aufs Klo gehen. Wir Mädchen sind halt auch gerne ungestört, wenn wir unser Geschäft verrichten.« Autofahren ging bei ihr heute nicht mehr. Beim besten Willen nicht. Der letzte Cuba Libre war leider extrem eingefahren. Da hatte es der Mario mit dem Havana Club etwas zu gut gemeint. Sie musste sich am Leo festhalten, um nicht umzukippen. Ihre Hand fuhr aber ins Leere. Oder besser gesagt: Die Hand fuhr am Leo vorbei und genau auf die Türklinke. Die Tür ging nach innen auf … »Wupsi«, kicherte die Charlotte angedüdelt und krachte mit der sprichwörtlichen Tür ins Haus.

»Elena!« Diesmal war es ein richtiger Brüller, den der Leo losließ, als er sah, was sich gerade auf der Damentoilette abspielte.

Der Jalil hielt der Elena nämlich mit einer Hand den Mund zu, die andere Hand hatte er unter ihrem Rock.

Die Augen der Elena waren vor Schreck weit aufgerissen, außer einem gedämpften »Mmpf, hmpf« brachte sie aber nichts heraus.

Die Charlotte hatte davon noch nichts mitbekommen. Sie kämpfte noch immer damit, ihr Gleichgewicht zu halten. Es war ein Kampf über nur eine Runde, an dessen Ende die Charlotte durch technischen K. o. der Länge nach hinzufallen drohte, wäre sie nicht genau auf den Jalil gestolpert. Ihr halb voller

Cocktail ergoss sich in den Nacken des Syrers, die noch kaum geschmolzenen Eiswürfel rutschten unter den Kragen seines Hemds, und dort liefen sie ihm eisig über den Rücken, bis sie vom Gürtel aufgefangen wurden, wo sie sich in Eiswasser verwandelten.

Der Schock war groß genug, dass er von der Elena abließ. Die ließ sich nicht zweimal bitten und rammte ihm ihr Knie genau in die Kronjuwelen. Wo sich nur Momente zuvor ein großes Rufzeichen unter den Jeans abgezeichnet hatte, war jetzt nur mehr ein verwelktes Fragezeichen. Der Jalil ging in die Knie, die Luft blieb ihm weg, und es breitete sich ein Schmerzgefühl aus, das der Jalil in dieser Intensität wohl noch nicht kennengelernt hatte. Lange konnte er sich aber nicht in seinen Schmerzen winden, denn der Leo hatte ihn bereits am Kragen gepackt und hochgezogen. Mit funkelnden Augen blickte er dem Jalil ins Gesicht. Seine Lippen bebten und hatten sich zu zwei schmalen Strichen zusammengezogen. Offensichtlich hatte er eine Entscheidung getroffen – scheiß auf Rücksicht. Er holte mit der rechten Hand aus, wurde im letzten Moment aber von hinten gepackt. Der Tumult hatte die anderen alarmiert, und es war der Mario, der den Leo daran hinderte, ordentlich zuzulangen.

»Nicht, Leo«, sagte er beruhigend.

Der Leo warf ihm einen bitterbösen Blick zu, ließ dann aber tatsächlich vom Jalil ab und ihn los. Der sank zu Boden, wo er sich wimmernd vor Schmerzen am Boden krümmte.

Die nächste Attacke kam aus einer ganz anderen Richtung. Die Elena sprang nämlich den Leo an und küsste ihn links, rechts, auf der Stirn, auf der Nasenspitze, am Kinn und am Ohrläppchen. »Mein Held!«, gurrte sie.

»Alles in Ordnung?«, fragte der Leo besorgt.

»Ja, er ist ja nicht weit gekommen«, hauchte sie mit ihrem Akzent, der irgendwo zwischen herzig und sexy einzuordnen war. Das »R« rollte sie fast schon klischeehaft schön. Der dazu passende Augenaufschlag, der – kein Schmäh – Eisberge zum Schmelzen bringen konnte, hätte die Titanic gerettet.

Kurz darauf flimmerte Blaulicht durch die Milchglasscheiben der Bar, und Verstärkung rückte an. Die Renate hatte den Überblick und die Nerven bewahrt und sofort die Polizei angerufen. Zwei Kollegen vom Leo schnappten sich den Jalil und führten ihn ab.

Der Mario gab daraufhin noch eine Runde aufs Haus aus. Wegen der Nerven, sagte er.

14

Samstag, 20. Dezember

Selbstverfreilich wachte die Charlotte am Samstagmorgen mit einem riesigen Brummschädel auf. Aus dem einen Cocktail aufs Haus war ein zweiter geworden, dann noch ein dritter und so weiter. Das Erlebnis hatte die Gruppe immerhin näher zusammenrücken lassen. Plötzlich war es für die Charlotte gar nicht mehr wichtig gewesen, dass die Elena eine Nutte war. Sie sah sie jetzt mit ganz anderen Augen. Auch Nutten wollten nicht mit jedem dahergelaufenen Typen mal schnell in der Gegend herumvögeln. Schon gar nicht gratis. Außerdem war sie ganz gerührt davon, wie die Elena nach ihrer Rettung dem Leo um den Hals gefallen war. Wo sie doch das meiste in Wirklichkeit eh selbst gemacht hatte. Da musste es sich tatsächlich um so etwas wie Liebe handeln. Und wer war sie schon, dass sie jemanden danach beurteilte, wie schnell er oder sie sich verliebte? Und vor allem in wen?

Wie war das denn zwischen ihr und der Andrea gewesen? Liebe auf den ersten Blick. Beziehungsweise auf den ersten Tschick. Sie musste noch immer verträumt lächeln, wenn sie an den Tag dachte, an dem sie die Andrea das erste Mal gesehen und sich Hals über Kopf in die Blondine verschaut hatte. Das war noch nicht einmal ein Jahr her, aber die beiden waren so schnell zusammengewachsen, dass es fast schon kitschig schön war. So etwas durften nicht viele Menschen erleben, dessen war sich die Charlotte bewusst. Nach all den Rückschlägen, die sie in den Jahren davor erlebt hatte, war sie allerdings der Meinung, dass sie sich das auch redlich verdient hatte. Also sollte die Elena auch eine Chance bekommen. Und sie würde sich dieses Pretty-Woman-Märchen erste Reihe fußfrei geben. Wenn sich daraus ein Trauerspiel entwickelte … nun, der Leo war ein erwachsener Mann und würde auch das verkraften. Irgendwie und irgendwann halt. Aber so weit war es noch nicht, und in der Zwischenzeit sollte man das Glück einfach genießen.

Das verträumte Lächeln wich sofort wieder aus ihrem Gesicht, als der Wecker einfach nicht zu läuten aufhören wollte.

»Verdammte Sch…«, fluchte sie. »Wer hat denn hier den Wecker gestellt?« Sie rappelte sich hoch, fiel aber sofort wieder zurück auf den Polster, weil der Kopf meinte, dass er so eine Höhenlage nicht vertrug. Der Wecker klingelte derweil gnadenlos weiter. Sie schloss die Augen und tastete mit ihrer Hand nach dem Folterwerkzeug. Endlich bekam sie es zu fassen und hielt es sich vor Augen. Verdammt, es war ihr eigenes Handy. Sie schaltete den Alarm ab und öffnete mit herkulischer Willenskraft ein Auge. Am Display sah sie eine Erinnerung, die sie sich selbst geschrieben hatte: »Weihnachtseinkäufe erledigen!«, stand da. Damit war auch klar, wieso sie sich an einem Samstag den Wecker auf sieben Uhr morgens gestellt hatte. Sie drehte sich zur Andrea, die noch immer wie eine Tote schlief.

Es war schon bewundernswert, wie die Blondine ihren Schlaf steuern konnte. Egal, wie spät sie unter der Woche auch schlafen gingen, am nächsten Morgen sprang die Andrea pünktlich aus dem Bett. Am Wochenende konnte sie dafür automatisch auf Winterschlaf umstellen. Sie hatte nicht einmal mit der Wimper gezuckt, als der Handywecker wie verrückt gebimmelt hatte.

Die Charlotte seufzte, rollte sich aus dem Bett und stolperte über die erst vor zwei Stunden ausgezogenen Sachen am Boden ins Badezimmer. Dort stürzte sie zwei Aspirin mit einem großen Glas Wasser hinunter und stieg in die Dusche. Danach ging es besser. Nicht viel, aber immerhin so weit, dass sie sich ohne Kollateralschäden in die Küche bewegen konnte. Dort saßen bereits der Herr Papa und die Omama und diskutierten über die bevorstehende Eisweinlese. Der Rudi Nöhrer strahlte dabei über das ganze Gesicht. Als er seine Tochter bei der Tür hereinwanken sah, verschluckte er sich an seinem Kaffee.

»Lange Nacht gehabt? Du siehst ja aus wie der Tod«, meinte

er prustend. Mitleid durfte man sich von ihm nicht erwarten, wenn man zu viel getrunken hatte.

Die Charlotte legte als Antwort nur ihren Zeigefinger auf den Mund. Mit halb geschlossenen Augen tastete sie sich zum Herd, wo die Omama eine Kanne Espresso in einer dieser alten, silbern glänzenden Metallkaffeemaschinen zubereitet hatte. Der war schön stark und brachte Tote ins Leben zurück. Mit leicht zittriger Hand goss sie den rabenschwarzen Saft in ein Häferl und stellte die Kanne wieder zurück auf den Herd. Während sie sich mit einer Hand an der Küchenplatte abstützte, hob sie die andere Hand mit dem Häferl und führte dieses Zentimeter um Zentimeter zum Mund. Sie konnte sich nicht erinnern, wann ein Kaffeehäferl das letzte Mal so viel gewogen hatte. Endlich hatte sie es geschafft. In drei, vier Zügen war das Häferl leer. Das Koffein schoss ihr in die Blutbahn, die Augen öffneten sich leichter, der Pulsschlag begann zu rasen. Shit, ich werde echt alt, dachte sie. Jetzt half nur mehr frische Luft. Sie pfiff – oder besser versuchte zu pfeifen, was aber gründlich danebenging. Der Herr Papa hatte schließlich ein Einsehen und erledigte das Pfeifen für sie. Und schon kam der Balu angetrabt. Erwartungsvoll blickte er an der Charlotte hoch. Als die nicht reagierte, sprang er an ihr auf und ab, was lediglich dazu führte, dass sich die Charlotte noch fester an der Küchenplatte festklammern musste. Tiere und Empathie. Jaja …

»Brauchst du einen Blindenhund?«, fragte der Herr Papa, der das offenbar wahnsinnig lustig fand.

»Ach, geh …«, schnauzte die Charlotte verschnupft zurück und schlurfte zur Tür. Irgendwie schaffte sie es, in ihre Daunenjacke zu schlüpfen. Kaum hatte sie die Tür geöffnet, jagte der Balu auch schon an ihr vorbei und hinaus ins Freie. Mit winzig kleinen Schritten folgte die Charlotte. Die Eingangstür ließ sie absichtlich offen – sollte der Herr Papa sich doch auch ein wenig bewegen, wenn er das alles schon so lustig fand. Ha, jetzt hatte sie es ihm aber gezeigt!

»Charlotte!«, klang es da auch schon aus dem Haus heraus.

Hab ich's doch gesagt, dachte sie hämisch. Dabei stieg ihr die Kälte durch die Zehen in die Beine. Aber das ignorierte sie einfach, man konnte sich ja seinen Triumph nicht wegen so etwas zerstören lassen.

»Charlotte!« Diesmal war die Stimme vom Herrn Papa schon eindringlicher.

Oder hörte sie da etwa gar ein leises Lachen heraus? Sie wusste nun wirklich nicht, was an ihrer Situation so lustig sein sollte. Daher beschloss sie, das Rufen zu ignorieren, und folgte dem Balu zum hinteren Tor. Der Hund wusste ganz genau, wo er Gassi gehen wollte. Wie alle anderen »Streuner« hatte er sich gut an sein neues Leben am Weingut gewöhnt. Sogar mit den Haus- und Hofkatzen Frambi und Puschkin hatte er sich mittlerweile arrangiert. Das sah so aus, dass er überall herumlaufen durfte – solange die Katzen nicht da waren. Sobald die beiden Fellviecher im Hof auftauchten, musste sich der Labradorwelpe in ein Eck verziehen, um den beiden alteingesessenen Damen des Hofes nicht im Weg zu sein. Mittlerweile hatten sich die Katzenattacken auf den neuen Hund auch auf einmal täglich reduziert. Das konnte man durchaus als Fortschritt durchgehen lassen.

»Charlotte!«, erschallte es zum dritten Mal, und diesmal war sie sich ganz sicher, dass die Stimme vom Herrn Papa nicht ärgerlich, sondern belustigt klang.

Mit aller Kraft drehte sie sich um und brüllte: »Was?«

Da sah sie ihren Vater im Türrahmen stehen. Er hatte ein Paar Stiefel in der Hand. Ihre Stiefel.

»Hast du nicht was vergessen?«, fragte er sarkastisch.

Sie blickte an sich selbst hinunter, und jetzt wurde ihr auch klar, warum ihr gar so arschkalt in den Füßen war: Sie trug noch immer ihre Hausschlapfen. Eine bedingt gute Idee, wenn man damit durch den hohen Schnee latschte. Sie musste sich wohl oder übel geschlagen geben – diese Runde ging an den Herrn Papa.

Mürrisch schlapfte sie zurück zum Haus, ging am grinsenden

Herrn Papa vorbei in ihre Wohnung, holte sich neue Strümpfe und zog die Stiefel an. Dann flüchtete sie aus dem Haus, aus dem Hof, raus in die Weinberge.

Eine Stunde später war sie zwar völlig durchgefroren, aber der Blutgehalt in ihrem Alkohol hatte sich wieder halbwegs normalisiert, der Balu war fix und fertig vom Herumspringen im meterhohen Schnee, und der Herr Papa hatte sich dankenswerterweise aus der Küche geschlichen. Auch die Omama war nirgends zu sehen. Sie schenkte sich noch eine Tasse vom mittlerweile eiskalten Kaffee ein, den sie nach zwei Schlucken in der Abwasch entsorgte.

Der Balu hatte es sich inzwischen vor einem der beiden Kamine in den Heurigen-Gaststuben gemütlich gemacht. Der war bereits vom Herrn Papa angeheizt worden und verströmte angenehme Wärme. Die Charlotte beneidete den Hund. Am liebsten hätte sie sich zu ihm gelegt. Aber in ein paar Tagen war Weihnachten, und sie hatte NOCH KEIN EINZIGES WEIHNACHTSGESCHENK! Und viel schlimmer: Sie hatte auch keinen blassen Schimmer, was sie schenken sollte. Okay, für die Flora und den Noah war es nicht so schwierig – da würde sich schon ein Gutschein oder etwas ähnlich Kreatives finden lassen. Aber für den Herrn Papa? Und die Mama? Und die Omama? Und überhaupt: Was sollte sie der Andrea schenken?

Sie klebte einen Post-it-Zettel an die Küchentür: »Bin am Nachmittag wieder da. Bussi, Charlotte«. Am Schlüsselbrett überkam sie kurz das schlechte Gewissen. War sie echt schon wieder so weit hergestellt, dass sie mit dem Auto fahren konnte? Es gab nur eine Möglichkeit, das herauszufinden. Also schnappte sie sich den Schlüssel für ihren Wagen.

Draußen war es noch immer klirrend kalt. Die Sonne stand tief und würde es auch nicht mehr viel höher schaffen. Der Atem der Charlotte gefror. Der Herr Papa war schon in der Früh so freundlich gewesen, einen zwei Schaufeln breiten Weg vom Eingang des Heurigenlokals zum Einfahrtstor freizuschaufeln und mit Schotter zu streuen. Salz kam nicht in Frage, da ja sowohl der Balu als auch die beiden Katzen hier lebten und sich nicht so wahnsinnig über Salz an den Pfoten freuten. Als sie ihr Auto vom Schnee und Eis befreit hatte, war der Charlotte wenigstens nicht mehr kalt. Der Wagen sprang gleich beim ersten Mal an, das erste echte Erfolgserlebnis an diesem Tag. Das zweite folgte, als sie vom Parkplatz auf die Straße bog: Die Schneeräumung hatte es tatsächlich schon bis herauf zum Weingut geschafft und die Straße geräumt. Im Auto war es trotzdem arschkalt. Ihr Hintern fror fast am Sitz fest. Sie ärgerte sich furchtbar, dass sie beim Kauf des Wagens zu geizig gewesen war, eine Sitzheizung zu bestellen. Im Geist notierte sie, dass sie sich erkundigen musste, ob es dafür vielleicht einen nachträglichen Einbausatz gab.

Es war kurz vor zehn Uhr, als sie im Stau stand, Luftlinie weniger als einen Kilometer entfernt von der großen Shoppingmall im Süden Wiens, wo sie bis vor einem Jahr noch als Security gearbeitet hatte. Genauer gesagt, an der großen Kreuzung, an der sich Autobahnzubringer, Industriegebietsstraße und die Straße von Brunn am Gebirge kommend trafen. Frustriert schlug sie mit der Stirn auf das Lenkrad, nachdem die dritte Grünphase vergangen war, ohne dass sie sich auch nur einen Zentimeter näher an ihr Ziel bewegt hätte. Im Radio erzählte der Verkehrsfunk von einem Stau bei der Mall-Abfahrt auf der Südautobahn, der mittlerweile bis zur Wiener Stadtgrenze zurückreichte. Von dem Stau im »Hinterland« wurde nichts erwähnt. Fünfzehn Minuten später war sie ganze zehn Meter vorangekommen. Es reichte ihr. Sie machte einen U-Turn und stellte sich beinhart auf den Parkplatz eines Fast-Food-Restaurants am Straßenrand. Sie würde den Rest des Wegs zu Fuß gehen. Wäre doch gelacht. Zum Glück kannte sie einige Schleichwege auf das Areal der riesigen Shoppingmall. Eine halbe Stunde nachdem sie ihr Auto wutschnaubend abgestellt hatte, trat sie durch eine der großen Drehtüren in den Shoppingtempel. Es war der letzte Adventsamstag, und damit war heute quasi Hochamt im Tempel des schnöden Mammons.

Umgehend blieb ihr der Atem weg. Aus großen Gebläsen links, rechts und von oben wurde sie mit Heißluft angeblasen. Schnell lockerte sie ihren Schal und riss sich die Jacke vom Leib. Von minus zehn Grad auf gefühlte plus vierzig – das konnte ja auch für den Kreislauf nicht gut sein, sagte sie sich. Und das Schlimmste war: Sie hatte noch immer keine Ahnung, was sie überhaupt kaufen sollte.

Insgeheim hatte sie auf eine Eingebung am Weg in die Mall gehofft. Aber die war nicht gekommen. Also tat sie das einzig Vernünftige: Sie setzte sich in ein Café und bestellte einen Cappuccino. Danach hatte sie sich endlich an die klimatischen Bedingungen in der Mall gewöhnt. An die Menschenmassen, die sich am letzten Einkaufssamstag vor Weihnachten durch die Mall drängten, würde sie sich aber wohl nie gewöhnen. Eigentlich unglaublich, dass sie vor zwölf Monaten hier noch tagtäglich, manchmal auch nächtlich, ihren Dienst versehen hatte. So viel hatte sich seitdem verändert. Nur eines nicht: ihre absolute Ideenlosigkeit, was Geschenke für ihre Liebsten betraf.

Also ließ sie sich zuerst einmal entgegen all ihren Instinkten von der Menschenmasse mittreiben. Irgendwas würde ihr schon einfallen. Das erste Geschenk fand sie für den Noah. Der Bursche war in den letzten Monaten richtig aufgeblüht und schien vor allem ein Faible für Mode entwickelt zu haben. Vorbei waren die Tage, an denen er sich nur ganz in Schwarz und Lack und Leder kleidete. Die Charlotte fand für ihn ein Paar kunstvoll zerrissener Jeans und ein Shirt. Ein paar Stores weiter blieb ihr Blick an einem anderen Shirt hängen: »Sei einmal leiwand«. Sie konnte nicht anders – das musste sie für die Flora nehmen. Dazu besorgte sie ihr noch einen Gutschein für das Wellnesscenter in der Mall. Diesen beschriftete sie mit »Chillax doch mal, Superzicke«. Sie setzte darauf, dass es die Flora am Weihnachtsabend nicht wagen würde, deswegen einen Aufstand zu machen. Den Wellnessgutschein ließ sie gleich doppelt ausstellen, denn auch die Frau Mama würde damit beglückt werden. Natürlich mit einer weniger herausfordernden Widmung. Für den Herrn Papa wurde sie in einem Spielzeuggeschäft fündig. Für ihn war der Modellbausatz eines ferngesteuerten Autos vorgesehen. Damit würde er eine Zeit lang beschäftigt sein. Und die Omama? Die durfte sich über ein paar neue Bücher freuen. Zugegeben, nicht die kreativste aller Ideen, aber die Omama war eine begeisterte Leserin, mit Büchern lag man bei ihr nie falsch. Der Leo durfte sich über eine Einladung in die Turmbar freuen. Das würde bei seiner Trinkfestigkeit teuer genug kommen.

Blieb nur noch die Andrea. Ein schmutziges Lächeln, das so ganz und gar nicht zur besinnlichen Weihnachtszeit passen wollte, formte sich auf den Lippen der Charlotte, als ihr endlich die rettende Eingebung kam. Zielsicher marschierte sie auf einen ganz bestimmten Store zu. Irene, die Store-Leiterin, begrüßte sie überrascht.

»Charlotte! Schon lange nicht mehr gesehen. Hat sich diese Mördergeschichte im Sommer aufgelöst?«

»Jaja, ist alles gut ausgegangen.« Nach einer kurzen Pause: »Na ja, mehr oder weniger. Die Susi Midlener, die, die sich mit der Renate bei dir hier im Geschäft in die Haare gekriegt hat –«

»Die Junge? Das war doch das Gspusi von dem Mann von der Älteren, mit der sie hier gestritten hat?«, unterbrach sie die Irene.

»Ja, genau die«, bestätigte die Charlotte. »Also die Susi, die hat es halt nicht überlebt. Aber sonst alles paletti!«

»Äh, ja, okay …«, sagte die Irene etwas verstört. »Also, wie kann ich dir helfen?«, wechselte sie schnell das Thema.

Die Charlotte erklärte ihr, was sie gerne haben wollte. Eine halbe Stunde später verließ sie mit einem zufriedenen, nein mit einem sehr, sehr dreckigen Grinsen das Dessousgeschäft.

Mittlerweile war es früher Nachmittag, und die Charlotte spürte, wie ihr Magen knurrte. Bei einem Fast-Food-Laden holte sie sich einen dieser unsäglichen Spezialburger mit Pommes und einem großen Cola. Als sie endlich einen freien Platz gefunden und den Burger aus seinem fettigen Papier befreit hatte, blickte sie das Weckerl skeptisch an. Irgendwie wurde sie das Gefühl nicht los, dass der Burger genauso skeptisch zurückschaute. Und irgendwie sah er überhaupt nicht so aus wie in der Werbung. Die Charlotte blickte hinüber auf die Werbedisplays und fand auch nach mehrmaligem Vergleich kaum eine Übereinstimmung zwischen ihrem Burger und dem, der da auf dem Bild zu sehen war. Ja, das Salatblatt, die Tomatenscheibe, der Käse, der Speck und das Rindfleischlaberl waren schon da. Sogar die karamellisierten Zwiebeln fand sie in ihrem Burger, aber weder die Farbe noch die angedeutete Konsistenz stimmten. Zweifelnd biss sie in den Burger. Er war nicht zäh. Nicht direkt. Er war halt irgendwie so Dings halt. Dem Bild nach zu schließen, hätte es auch nicht möglich sein dürfen, das gute Teil überhaupt in den Mund zu bekommen, so hoch türmten sich da die insgesamt drei Weckerlscheiben inklusive Füllung. In der Realität war das aber überhaupt kein Problem. Ein Wachauer Laberl mit Leberkäse war da schon komplizierter in den Mund zu bringen. Am Ende war der Hunger aber größer, und sie würgte den Burger in sich hinein. Wenigstens die Pommes waren erstklassig wie immer, und beim Cola konnte man ohnehin nicht viel falsch machen. Die Charlotte war gerade halb durch ihren Burger, als laute Parolen ihren zweifelhaften Genuss störten. Das kann ja wohl nicht wahr sein!, dachte sie, als sie über den Geräuschteppich der anderen Essenden hinweg den Inhalt der Parolen erkannte. Aber es war wahr: Die Konsidären schreckten selbst am letzten Adventsamstag nicht vor einer völlig idiotischen Protestkundgebung in der Shoppingmall zurück. Sie bezweifelte, dass es sich dabei um eine angemeldete Veranstaltung handelte.

Die Rufe wurden jedenfalls immer lauter und erreichten schließlich den Foodcourt, in dem sich neben Charlottes Fast-Food-Laden noch ein Dutzend anderer Restaurants und restaurantähnlicher Betriebe befand. Es waren rund dreißig Konsidäre, die sich rücksichtslos durch die Menschenmassen drängten. Sie trugen ein drei Meter breites Protestbanner vor sich her, auf dem »Unser Essen für unsere Leute« stand. Dümmer ging's ja wohl nicht, dachte die Charlotte.

Und natürlich war an vorderster Front wieder einmal die Hela zu sehen. Sie hatte sich links und rechts bei ihren Kumpanen eingehängt und machte lautstark bei der Brüllerei mit: »Kein Döner, kein Kebab, kein Couscous, das ist alles nur Schmus«, riefen die Demonstranten. Vor einem der »exotischen« Imbisslokale machte der Protestzug halt. Die Gruppe baute sich vor der Verkaufstheke auf. Die Hela löste sich aus der Gruppe. Plötzlich war es mucksmäuschenstill in der noch kurz zuvor vibrierenden Shoppingmall. Die Hela trat an die Take-away-Theke des türkischen Lokals. Die Charlotte schaute sich um, sah aber nur zwei Security-Mitarbeiter, die sich bescheiden im Hintergrund aufhielten. Sie kannte keinen der beiden. Ihnen war die Panik im Gesicht anzusehen. Was sollten sie auch gegen eine Horde Rechtsradikaler machen? Die Hela wurde von zwei Typen flankiert, die breiter als hoch waren und voller Stolz ihre polierten Glatzen in die Luft reckten. Ähnliche Gestalten sicherten die Truppe der Konsidären nach hinten ab. Es gab eben nicht nur das hübsche Gesicht der Hela in dieser radikalen Gruppe. Der Großteil waren hässliche Fratzen, die sich hinter dem Angelface und ihren Freundinnen versteckten und auf den richtigen Moment warteten, um endlich ungeniert in Erscheinung treten zu können.

Die Charlotte hatte bereits ihr Handy in der Hand, steckte es dann aber doch wieder weg. Es hatte keinen Sinn, den Leo jetzt noch anzurufen. Abgesehen davon fiel die Mall auch gar nicht in seinen Aufgabenbereich. Sie konnte nur hoffen, dass die beiden verschreckten Mall-Securitys inzwischen Verstärkung angefordert hatten.

Dem Restaurantmitarbeiter an der Theke lief mittlerweile der Schweiß von der Stirn. Sein Chef, ein stiernackiger Türke mit imposantem Schnauzbart, stand hinter ihm, um ihm im Notfall zu Hilfe eilen zu können. Der Chef sah nicht so aus, als würde er sich von den Konsidären etwas gefallen lassen. Eine explosive Mischung, die sich da gegenüberstand.

Die Charlotte war froh, dass die Hela sie in der Menschenmenge nicht entdeckt hatte. Nicht, dass sie Angst vor ihr gehabt hätte, aber sie konnte gut auf eine weitere Konfrontation mit der Adefris-Tochter verzichten. Vor allem hier, wo sie völlig auf sich alleine gestellt war.

Die Hela musterte inzwischen weiter seelenruhig das Angebot des türkischen Lokals. Schließlich bestellte sie einen Kebab »mit alles, aber nix scharf«, wie sie süffisant anmerkte.

Ihr Anhang lachte sich schief ob der – absichtlichen – grammatikalischen Fehler. Mit zitternder Hand stellte der Verkäufer den gewünschten Snack zusammen. Ohne ein »Danke« riss die Hela ihm schließlich den Kebab aus der Hand und drehte sich um.

Da reichte es dem Restaurantbesitzer. »Fräulein«, erhob er seine Stimme mit einem Räuspern.

Die Hela drehte sich süffisant lächelnd um. Natürlich hatte sie es genau darauf angelegt. »Ja?«, fragte sie zuckersüß. »Was willst du noch?«

Der Schnauzbart des Restaurantbesitzers zitterte vor Wut, aber er hielt sich unter Kontrolle. Noch … »Sie haben vergessen, Ihr Essen zu bezahlen«, sagte er, wobei er das »Sie« besonders betonte.

»Essen? Welches Essen?«, antwortete die Hela. »Meinst du das da?« Dabei hielt sie das Kebab-Weckerl provokant in die Höhe. Lautes Lachen von ihren Begleitern. Sie machte einen Schritt näher an die Verkaufstheke. »Willst du mir wirklich erklären, dass das Essen sein soll?« Mit ihren zierlichen Händen zerquetschte sie das Kebab. Salatstreifen fielen auf die Theke, Dressing tropfte runter, dann kullerte auch das klein gescherte Lammfleisch auf die Theke. Schließlich ließ sie den Rest des Kebabs angewidert fallen. Das zerquetschte Laberl fiel genau auf die kleinen Töpfchen mit den Zutaten für das Kebab.

Der Restaurantbesitzer lief hochrot an und schnappte nach Luft. Bevor er aber so richtig loslegen konnte, waren die beiden »Bodyguards« der Hela vor ihre Anführerin getreten und bauten sich mit verschränkten Armen vor dem armen Mann auf.

Die Ärmel ihrer T-Shirts platzten beinahe, als sie ihre Oberarmmuskeln anspannten.

Was dann passierte, schockierte die Charlotte zutiefst. Statt Protesten gab es von einigen der Augenzeugen Applaus und Beifallsrufe. Sogar von solchen, die selber gerade einen Kebab aßen. Die, denen das Theater unangenehm oder gar peinlich war, verhielten sich still. Keine Rede von Aufstehen und Protestieren oder davon, dem Imbissbesitzer zu Hilfe zu kommen. Die Charlotte konnte es den Leuten aber nicht verübeln. Auch sie verhielt sich still und zog den Kopf ein. Die Sache war ihr schlichtweg zu gefährlich. Eine Watsche war schnell eingefangen. Sie musste sich zwar auf die Zunge beißen, um nicht laut zu schimpfen, aber in diesem Fall setzte sich ihr Hausverstand ausnahmsweise einmal durch. Natürlich war das feig, aber auch nur zu menschlich. Sie hatte sich schon so oft in Sachen eingemischt, die sie eigentlich nichts angingen. Sie hoffte nur, dass wenigstens die Security-Leute aktiv wurden. Aber da wurde sie bitter enttäuscht. Die beiden Securitys standen noch immer an entgegengesetzten Enden des Auflaufs und taten nichts. Es wäre zwar übertrieben zu behaupten, sie hätten nur Däumchen gedreht, aber sie machten keine Anstalten einzuschreiten. Einer der beiden lächelte sogar, womit geklärt war, wem seine Sympathien gehörten. Bei der anderen Security-Mitarbeiterin handelte es sich um eine zarte Mittdreißigerin, die in ihrem schwarzen Security-Outfit fast verschwand. Sie sprach aber wenigstens hektisch in ein Funkgerät.

An der Theke hatte sich nichts getan. Die Hela und ihre Gorillas warteten nur darauf, dass der Restaurantbesitzer sich zur Wehr setzte. Als er das nicht tat, begannen die Konsidären wieder mit ihren Parolen und Gesängen. Nach fünf Minuten wurde es der Meute schließlich zu langweilig. Der Zug setzte sich wieder in Bewegung. Respektvoll machten die Leute Platz, der eine oder andere klopfte ihnen im Vorbeigehen sogar anerkennend auf die Schulter. Als sie endlich weg waren und auch von ihren Parolen nichts mehr zu hören war, sah die Charlotte, dass die Auslage des türkischen Restaurants im Vorbeigehen noch beschmiert worden war. Ein paar Minuten später kam schließlich auch die Polizei. Von Hektik war da keine Rede. Gemächlich schlenderten zwei Polizisten zum türkischen Restaurant, wo sie gelangweilt die Anzeige des Besitzers aufnahmen.

Der Charlotte war die Lust auf weiteres Shopping vergangen. Sie hatte auch keine Lust, durch die beißende Kälte zurück zu ihrem weit weg abgestellten Auto zu gehen, noch dazu mit den ganzen Weihnachtseinkäufen bepackelt. Sie rief ein Taxi und ließ sich damit zu ihrem Auto chauffieren. Aber statt nach Hause zu fahren, machte die Charlotte noch einen kurzen Abstecher zum Kulturzentrum. Sie wollte nachschauen, wie es der Karin ging. Sie ging davon aus, dass der Leo sie inzwischen über den Vorfall mit dem Jalil informiert hatte.

Als sie das Kulturzentrum betrat, herrschte dort Totenstille. Sie stieg die Stufen in den ersten Stock hinauf und fand die Karin in ihrem kleinen Büro. Sie hatte den Kopf auf die Tischplatte gelegt und schluchzte leise vor sich hin. Die Charlotte strich ihr durch die Haare und redete leise auf sie ein. Es dauerte, bis die Karin ihren Kopf hob und die Charlotte mit verheulten Augen anschaute.

»Ich versteh's nicht. Echt!«, schluchzte sie.

Die Charlotte reichte ihr ein Taschentuch. Die Karin schnäuzte sich lautstark, dann landete es auf einem großen Haufen weiterer zerknüllter Taschentücher. Es dauerte, bis sich die Karin endlich wieder eingekriegt hatte. Schließlich stand sie auf und goss sich ein Häferl Kaffee aus der Kapselmaschine ein. Die Charlotte nahm den ihr angebotenen Kaffee gerne an.

»Dein Cousin hat es mir heute früh mitgeteilt«, erzählte die Karin, jetzt etwas gefasster. »Er ist sogar persönlich herübergekommen. Hätte ja auch einfach anrufen können.«

»Wie haben die anderen reagiert?«

»Unterschiedlich«, antwortete die Karin. »Einige waren gar nicht überrascht. Das waren die, die den Jalil am besten kennen.«

»War er eine der ›Krätzn‹, von denen du erzählt hast?«

Die Karin nickte stumm. Dann sagte sie: »Ja, das war er. Ich meine, er hat nie wirklich große Probleme gemacht. Aber so richtig ins Zeug gelegt hat er sich auch nicht. Hat immer darauf gewartet, dass ihm alles nachgetragen wird. Der Jalil ist halt noch von der alten Schule, wenn du weißt, was ich meine.«

»Auch dir gegenüber?«

»Ja, aber damit muss man rechnen. Es können nicht alle hierherkommen und sich sofort so benehmen, als wären sie im Westen aufgewachsen. Außerdem: Überleg doch mal, wie viele österreichische Männer echte Arschlöcher gegenüber Frauen sind. Nein, schau mich nicht so an, ich versuche jetzt nicht, den Jalil zu verteidigen. Was er gemacht hat, ist unverzeihlich. Aber ich sehe jetzt schon die Schlagzeilen vor mir, wo wieder alle Flüchtlinge als Vergewaltiger über einen Kamm geschoren werden. Dabei gibt es selbst bei uns hier im Haus genügend Gegenbeispiele. Ich habe einfach nicht damit gerechnet, dass er so blöd ist. Der Leo hat mir erzählt, dass ein Alkoholtest negativ ausgefallen ist. Er hat also genau gewusst, was er macht, und kann sich nicht mal auf das rausreden. Es muss ihm doch klar gewesen sein, was so ein Vorfall für ihn bedeutet.«

»Im schlimmsten Fall Abschiebung«, meinte die Charlotte.

»Ja. Und, ganz ehrlich, kann man es den Behörden in diesem Fall verübeln? Ach, Scheiße, wirklich. Das habe ich in der ganzen Situation echt noch gebraucht. Fehlt nur noch, dass die Konsidären jetzt wieder antanzen und für Stunk sorgen.«

»Immer ruhig, nichts überhasten«, versuchte die Charlotte, die Karin zu beruhigen. »Die Sache ist ja noch nicht an die Öffentlichkeit gegangen. Und vielleicht kennen die Rechten ja auch so was wie Weihnachtsfrieden.«

»Glaubst du das wirklich?« Die Karin sah sie zweifelnd an.

Nein, glaubte sie natürlich nicht wirklich. Sie musste nur an den Auflauf in der Shoppingmall vor zwei Stunden denken. Den Konsidären war nichts heilig. Auch wenn sie das christliche Abendland bei jeder Gelegenheit wie ein Kreuz vor sich hertrugen, so hatten sie doch mit Religion und Nächstenliebe in Wirklichkeit gar nichts am Hut. Ihnen ging es nur um Angst, Einschüchterung und, als großes Endziel, Macht.

Zurück am Weingut wurde die Charlotte von einer hysterischen Flora empfangen. Was derzeit irgendwie der emotionale Normalzustand zu sein schien.

»Endlich bist du wieder da! Schaust du eigentlich nie auf dein Handy?«, pfauchte die kleine Schwester sie an. Die Charlotte schaute kurz auf ihr Handy, und tatsächlich waren da zehn verpasste Anrufe von ihrem Schwesterherz.

»Sorry«, sagte die Charlotte gelangweilt und überhaupt nicht sorry. »Was kann denn heute so wichtig sein, dass du mich zehn Mal anrufst?«

»Ich hab den Fall gelöst«, jubilierte die Flora.

»Hä? Welchen Fall?« Die Charlotte hatte ehrlich keine Ahnung, wovon die Flora da sprach. Wieder einmal. Es gab in dem Sinn ja auch keinen Fall. Und sie konnte sich beileibe nicht vorstellen, dass die Flora auf eigene Faust die Terroristenzelle ausgehoben hatte.

»Na, den Fall mit den verschwundenen Werbebannern vom Fußballclub!«

Die Charlotte sah ihre Schwester mit einem verständnislosen Blick an.

Deshalb fuhr diese fort: »Eh klar, typisch. Kannst dich nicht mal erinnern. Der Leo hat doch davon erzählt.«

Der Gesichtsausdruck der Charlotte änderte sich nicht.

Also erklärte die Flora: »Na, die Werbeplakate vom Fußballverein für das Hallenturnier in den Weihnachtsferien. Kaum waren die aufgehängt, waren sie auch wieder verschwunden.«

»Und? Das bissl Papier?«, meinte die Charlotte desinteressiert.

»Papier? *Papier?*«, echauffierte sich die Flora. »Das waren sauteure Stoffbanner!«

»Okay, gut, Stoffbanner. Aber was interessiert mich das?

Und wie hast du diesen sogenannten Fall gelöst?« Das »Fall« tunkte die Charlotte in eine Extraportion Süffisanz.

»Kuh! Aber egal, dann erklär ich es dir halt. Es sind ein paar meiner Schulfreunde zu mir gekommen und haben gestanden, dass sie die Stoffbanner abmontiert und versteckt haben.«

»Ah, so hast du den Fall also … gelöst.«

»Jetzt warte doch mal, Frau Obergescheit. Also: Sie haben die Stoffbanner im alten Geisterhaus versteckt. Oder besser sie wollten sie dort verstecken.«

»Geisterhaus?« Die Charlotte konnte ihrer Schwester überhaupt nicht mehr folgen. Die Nachwirkungen der letzten Nacht konnten daran inzwischen aber nicht mehr schuld sein.

»Alter Schwede, hast du überhaupt keine Ahnung? Die alte Bahnstation der Kaltenleutgebner Bahn.«

»Die nennt ihr Geisterhaus?«

»Ja, hast du dir die Hütte schon mal genauer angeschaut?«

Die Flora, das musste man schon eingestehen, hatte mit ihrer Beschreibung durchaus recht, denn die alte »Bahnstation Perchtoldsdorf« war seit Jahren stillgelegt. Das lang gezogene Holzgebäude stand zwar unter Denkmalschutz, verfiel aber zusehends immer mehr. Unter den Kindern galt es als Mutprobe, in das Gebäude einzusteigen und ein paar Minuten drinnen zu verbringen. Die dazugehörige Bahnstrecke, ein rund sieben Kilometer langer Seitenarm der Südbahn, war seit Jahren ebenfalls außer Betrieb und hatte davor auch nur für Gütertransporte zum Kaltenleutgebner Zementwerk gedient. Seitdem auch das Zementwerk geschlossen worden war, hatte man sich nicht mehr viel um die Strecke und die dazugehörige Infrastruktur gekümmert. Ab und zu wurden auf den Gleisen historische Zugfahrten veranstaltet, aber das blieb alles »outdoor«. Die Station war abgesperrt, und keiner durfte rein. Theoretisch halt.

»Okay, und weiter?«, trieb die Charlotte die Flora gelangweilt an.

»Die Burschen sind also dort eingestiegen und haben dann kalte Füße bekommen.«

»Ach, komm schon. Es gibt doch keine Gespenster. Verschon mich bitte mit so einem Schmus.«

»Geister nicht«, antwortete die Flora trocken, »aber Sprengstoffreste können dir schon einen ordentlichen Schreck einjagen ...«

15

Samstag, 20. Dezember

Als die Charlotte mit der Andrea, der Flora und dem Noah sowie dem Balu im Schlepptau beim alten Bahnhof eintraf, wartete dort bereits der Leo auf sie. Sie hatten ihre Autos auf der parallel zu dem einspurigen Bahngleis verlaufenden Bahnzeile abgestellt. Zwanzig Meter entfernt lag das ebenerdige historische Bahnhofsgebäude da wie ein arthritischer Hund, eingehüllt in eine dicke weiße Schneedecke. Aus dem dunklen Spätnachmittagshimmel fielen große Schneeflocken. Der Wetterbericht war wieder mal total danebengelegen. Von wegen kaum Chance auf Schneefall.

»Kein Großaufgebot?«, stellte die Charlotte erstaunt fest. Sie hatte eigentlich damit gerechnet, dass die Gegend weitläufig abgesperrt wäre.

»Noch nicht«, antwortete der Leo und erklärte: »So, wie es die Flora mir am Telefon beschrieben hat, bin ich mir sicher, dass wir hier keinen scharfen Sprengsatz finden werden.«

»Sondern?«

»Die Zutaten, um eine Bombe zu bauen«, meinte der Leo ernst. »Ich will mir das persönlich anschauen, bevor ich meine Leute hole. Ich habe mir inzwischen auch ein paar Gedanken gemacht, und vielleicht haben wir ja wirklich einen Maulwurf.«

»Das heißt …«

»… dass ich alles, was wir hier finden, zunächst mal für mich behalten will. Du weißt schon, aus ermittlungstechnischen Gründen und so.«

»Hast du schon einen Verdacht, wer der Maulwurf sein könnte?«

Der Leo wiegte seinen Kopf hin und her, schließlich kam er

zu einem Entschluss: »Ja, habe ich. Du kannst dir schon denken, wen ich meine.«

»Den Pepi Habermas? Der den Rechten, hm, sagen wir mal, nicht gerade ablehnend gegenübersteht?«

»Genau den. Er war es ja auch, der die Anzeige der Karin nicht aufgenommen hat. Hat natürlich alles abgestritten, wie ich ihn darauf angesprochen habe.«

»Er hat sie also einfach verschwinden lassen?«

»Wahrscheinlich. Aber das lässt sich leider nicht mehr herausfinden. Ich habe ihn gefragt, und er hat gemeint, dass niemand da gewesen sei. Ich habe auch noch mal bei der Nachbagaur nachgefragt und sie nach einer unterschriebenen Kopie der Anzeige gefragt. Aber sie hatte keine. Sie hat gemeint, dass sie in der ganzen Aufregung vergessen hat, danach zu fragen.«

»Aber die Karin hat doch ihre eigenen Aufzeichnungen«, protestierte die Charlotte.

»Schon, aber die sind von keinem meiner Leute gegengezeichnet. Theoretisch könnte sie die einfach angefertigt und dann behauptet haben, dass ihr keiner hilft. Da steht Aussage gegen Aussage, und ich muss dir nicht sagen, wem da in der derzeitigen Situation eher geglaubt wird.«

»Natürlich dem Polizisten«, sagte die Charlotte missmutig.

»Genau.«

»Wie schaut es mit dem Rest deiner Leute aus?«

Der Leo dachte ein paar Sekunden nach, bevor er antwortete. »Ich kann für keinen meine Hand ins Feuer legen, aber im Großen und Ganzen sollten die alle okay sein. Oder wenigstens nicht so rechts wie der Pepi. Der ist ein ganz spezieller Fall. Hat sich bislang aber nichts Schlimmeres zuschulden kommen lassen. Ich kann da also ohne Beweise wirklich nichts machen. Allerdings …« Der Leo nahm sein Handy aus der Tasche, tippte darauf herum und steckte es kurz später zufrieden wieder ein.

»Allerdings?«, fragte die Charlotte gespannt.

»Allerdings ist er seit heute auf Weihnachtsurlaub. Er sollte also von dem, was wir machen, nichts mitbekommen. Wenigstens dann nicht, wenn wir das wirklich im engsten Kreis behalten – auch unter meinen Leuten. Je nachdem, was wir drinnen finden, werde ich ein paar Kollegen von der Spurensicherung herbestellen. Aber jetzt schauen wir mal, dass wir reinkommen.«

Sie hatten das Stationsgebäude erreicht. Die Charlotte hatte der arg in Mitleidenschaft gezogenen Bahnstation, die vor über hundertdreißig Jahren in Fachwerkbauweise errichtet worden war, in ihrem ganzen Leben noch nie wirklich Aufmerksamkeit geschenkt. Für sie war es einfach ein altes Holzgebäude neben der Straße hinunter nach Liesing. Als sie nun direkt davorstand, sah sie, dass es nur zum Teil aus Holz war, der Rest bestand aus blanken Backsteinziegeln, an denen der Zahn der Zeit ebenfalls schon ordentlich genagt hatte. Unglaublicherweise funktionierte über dem Schild mit der Aufschrift »Perchtoldsdorf« noch die Beleuchtung. Obwohl aus der Gegend um den Bahnhof im Lauf der Jahre durch die steigende Einwohner- und Häuserzahl von der Peripherie des Ortes inzwischen ein dicht verbautes Wohngebiet geworden war, fühlte sich die Charlotte, als ob sie sich kilometerweit entfernt von der Zivilisation befand. Der meterhohe Schnee schluckte jedes Geräusch.

Hinter dem Bahnhofsgebäude war von der stark befahrenen Straße in Richtung Wien nichts zu hören, hinter ihnen verlief die stillgelegte Bahnstrecke nach Kaltenleutgeben, wiederum dahinter war die einspurige Bahnzeile, die durch das »Sossen« genannte Grätzel führte, in dem sich Hunderte Einfamilienhäuser rund um einen steil ansteigenden Weinberg hinauf in die Landschaft schmiegten und ein Cottageviertel mit ganz eigenem Flair bildeten. Für die Perchtoldsdorfer war das hier schlicht der »Kaisersteig«, jenes Grätzel, das direkt an den Wiener Stadtteil Rodaun angrenzte. Wanderte man den Weinberg hinauf und auf der anderen Seite wieder hinunter, fand man sich nicht nur direkt bei der Endstation der 60er Bim, sondern auch schon im Wiener Stadtgebiet wieder.

Die Charlotte sah sich das Bahnhofsgebäude genauer an. Der Eingang zur Station war mittig angelegt, die vier Holztreppen, die früher in das Innere geführt hatten, inzwischen jedoch weggefault. Die zerkratzten Holztüren hingen schwer und schief in den Scharnieren, vom Dach kamen verdächtige Knirschgeräusche. Wenn es nicht bald aufhörte zu schneien, wurden die Schneemassen für das alte Gebäude zu schwer. Der Leo zog an den beiden Holztüren. Eine alte Eisenkette rasselte zu Boden und schreckte im Inneren eine Ratte auf.

»Die Kette muss von jemandem zerschnitten worden sein«, stellte der Leo fest, nachdem er sich über die fehlenden Stiegen hinweg direkt in den Eingang der Station hinaufgehievt hatte. Er hielt die rostige Eisenkette in der Hand. Schon nach kurzem Suchen fand er das Kettenglied, das einer Metallschere zum Opfer gefallen war.

Der Zugang zur Station war aber nach wie vor versperrt. Hinter den beiden Holztüren befand sich eine weitere Doppeltür aus Holz mit Fenstereinlässen. Eines der Fenster war eingeschlagen, an der Außenseite der Tür fehlte der Griff. Vorsichtig griff der Leo mit dem Arm durch das zerschlagene Fenster, an der Innenseite fand er nach kurzem Suchen eine Türklinke. Er drückte sie nach unten, und die Tür schwang nach innen auf.

Nacheinander kletterten nun die anderen in die Station. Der Balu musste vom Noah hochgehoben werden. Dem Labradorwelpen war die Sache nicht ganz geheuer. Er blieb ganz nahe am Bein vom Noah, den Schwanz zwischen den Hinterläufen eingeklemmt.

»Schisser«, flüsterte der Noah dem kleinen schwarzen Tier liebevoll zu.

Der Leo hakte eine Taschenlampe von seinem Gürtel, der Lichtkegel glitt durch das Innere der Station. Sie standen in einer kleinen Halle, gegenüber einem Fenster, das zur Hauptstraße ging. Zu sehen war allerdings nichts, denn das Fenster war, so wie alle anderen, mit schwarzer Pappe abgeklebt. Kein Licht drang von draußen herein, und natürlich fiel auch keines ins Freie.

»Scheint so, als hätte hier jemand seine Ruhe haben wollen«, meinte die Andrea. Ihre Hand tastete nach der von der Charlotte.

Vom ehemaligen Innenleben der Station war nicht mehr viel übrig. Die Holzverkleidungen waren über die Jahre abenteuerlustigen Kindern zum Opfer gefallen, den Rest hatten die Zeit und die Vernachlässigung durch die Inhaber erledigt. Den Boden bedeckte zentimeterdicker Staub, zertrümmerte Sessel lagen in den Ecken, eine alte Neonröhre hing an nur mehr einem Seil senkrecht von der Decke. Links und rechts führten Türen in weitere Räume.

»Welche nehmen wir?«, fragte die Charlotte.

»Die linke«, sagte der Leo mit voller Überzeugung.

»Wieso gerade die?«

»Schau mal auf den Boden.« Er richtete den Strahl der Taschenlampe auf den Boden. Dort waren im Staub Fußabdrücke zu sehen.

»Wie viele deiner Freunde waren hier?«, wandte sich die Charlotte an die Flora.

»Drei«, antwortete die Flora wie aus der Pistole geschossen.

»Dann waren hier in letzter Zeit eindeutig weitere Leute unterwegs. Das da sind auf jeden Fall mehr Fußspuren als von drei Menschen. Dafür muss man kein Fährtenleser sein«, mutmaßte die Charlotte.

Der Leo führte die Gruppe in einem großen Bogen um die Spuren am Boden herum bis zur nächsten Tür, sie trug ein altes Schild mit der Aufschrift »Wartesaal«. Vorsichtig stieß er die Tür auf und leuchtete mit seiner Taschenlampe hinein. Im nächsten Moment ließ er die Tür zufallen, nahm sein Handy und wählte eine Nummer. »Freddy? Geh, schick mir bitte ein kleines Spurensicherungsteam rüber zum alten Bahnhof an der Kaltenleutgebner Bahn. Ohne großes Aufsehen, auch kein Blaulicht, verstanden? Nein, ich kann jetzt noch nix sagen. Aber pass auf: Kein Wort zu jemand anderem. Gib das bitte an die Kollegen von der Spurensicherung weiter. Wieso? Das ist jetzt egal. Ich will es einfach so, okay? Gut, danke!«

Er legte auf und wandte sich an die Charlotte und den Rest. »So, und jetzt raus hier.«

»Was ist denn los?«, empörte sich die Charlotte. Sie hatte noch nicht mal einen kurzen Blick in den Wartesaal werfen können.

»Da drinnen ist genug Zeug, um noch ein paar Bomben zu bauen. Nein, keine Angst, nix, was hier und jetzt losgehen könnte, aber ich möchte keine Spuren zerstören. Nachher kannst du gerne reinschauen.« Zur Flora sagte er: »Du kannst deinen Freunden sagen, dass sie ohne Strafe davonkommen, wenn sie mir die gestohlenen Banner zurückbringen. Sie sind da durch Zufall auf was wirklich Großes gestoßen. Deshalb kann ich mal ein Auge zudrücken.«

»Du kannst die Banner auch selbst holen lassen. Die Burschen haben mir erzählt, dass sie sie unter der Autobahnbrücke versteckt haben, nachdem es ihnen hier zu heiß geworden war.«

»Sie sollen sie mir trotzdem selbst bringen. Ich habe keine Lust, bei dem Wetter unter irgendwelchen Brücken herumzusteigen, außerdem würde ich gerne mit ihnen reden. Von der Bombengeschichte erzähle ihnen aber nichts. Sag einfach nur, dass sie überreagiert haben, aber weil ich in Weihnachtsstimmung bin, sehe ich ihnen die Strafe nach, wenn sie mit den Bannern auf der Dienststelle vorbeikommen.«

»Yes, Sir! Leo, Sir!« Die Flora salutierte, ging mit zackigen Schritten zum Ausgang und sprang hinaus ins Freie.

Der Noah war mit dem Balu bereits draußen, wie üblich war von dem kleinen Hund nichts zu sehen. Er grub sich gerade irgendwo einen Tunnel durch den hohen Schnee.

Ein paar Minuten später traf die vom Leo angeforderte Verstärkung ein. Zwar im offiziellen Polizei-Van, aber doch ganz dezent. Ohne zu rasen, kein Blaulicht, keine Sirene. Der Leo empfing seine Kollegen, als diese ihren Wagen ebenfalls in der Bahnzeile parkten. Sie steckten alle die Köpfe zusammen, sodass es für die Charlotte unmöglich war zu hören, was sie tuschelten. Eifriges Nicken der Spurensicherer ließ erkennen, dass man die Vorgaben vom Leo verstanden hatte. Dann wanderten die Kollegen zum Stationsgebäude. Die Charlotte kam nicht umhin, sich ein wenig an Star Wars erinnert zu fühlen, wo weiß gewandete Stormtrooper durch die Schnee- und Eishölle von Hoth stapften, um den Rebellen den Garaus zu machen. Der Gegner der Spurensicherer war hier ein ganz anderer: Wind, Staub und jede Menge Dünger – ein beliebter Hauptbestandteil von Amateurbomben. Genau das war es nämlich, was der Leo gesehen hatte, als er die Tür zum Wartesaal aufgestoßen hatte. Jede Menge Säcke mit Kunstdünger. Und Computerausdrucke mit arabischen Schriftzeichen und Schemata einer Bombe. Das erzählte er jetzt der Charlotte, während er sie zugleich um eine Zigarette anschnorrte.

»Fällt ja in Perchtoldsdorf auch nicht auf, wenn man Dünger bestellt und hortet, so viele Weinbauern, wie es hier gibt«, meinte die Charlotte.

»Na ja«, meinte der Leo, während er einen tiefen Zug von seiner Zigarette machte. »Ich habe nicht viel gesehen, aber die Säcke sind wohl schon älter. Das war sicher keine neue Bestellung. Seit der Breivik-Geschichte in Norwegen ist man da doch ein wenig sensibilisierter. Der Irre hat damals fast eine Tonne Sprengstoff aus Kunstdünger hergestellt«, erinnerte sich der Leo mit einem frostigen Schaudern an die traurigen Geschehnisse in Oslo.

»Ich kann mir aber nicht vorstellen, dass einer der Weinbauern da mit drinsteckt«, sagte die Charlotte zweifelnd. »Sind Diebstähle gemeldet worden?«

»Nicht dass ich wüsste. Aber es gibt ja einen Weinbaubetrieb, wo es derzeit nicht auffallen würde, wenn ein paar Säcke Dünger wegkämen.«

»Beim Zaitler?«, sagte die Andrea.

»Genau.«

»Dann sollten wir dort vielleicht einmal vorbeischauen. Hast du einen Schlüssel, Leo?«

»Nein, woher denn? Das Zeug ist alles in der Verlassenschaft, die noch abgewickelt wird. Aber wer sagt, dass wir einen Schlüssel brauchen?«, meinte er mit einem Augenzwinkern.

»Aber hallo!«

Das Innere der alten Bahnstation war inzwischen hell ausgeleuchtet. Wegen der schwarzen Fensterabdeckungen drang trotzdem kaum Licht ins Freie. Und das war gut so. Das Letzte, was der Leo jetzt wollte, war ein Menschenauflauf. Einer der Spurensicherer kam zum Stationseingang und winkte den Leo zu sich. Die Charlotte und die Andrea folgten ihm.

»So weit alles klar, Chef. Du kannst jetzt reinkommen. Aber bitte sei vorsichtig und halte dich eher am Rand.«

»Bin ich doch immer.«

»Wir auch«, sagten die Charlotte und die Andrea im Chor.

Der Spurensicherer verdrehte die Augen, unterließ es jedoch, eine Bemerkung zu machen. Die Charlotte hatte sich in den letzten Monaten einen zu guten Namen gemacht. Da konnte man sie nicht einfach ausschließen. Also, konnte man natürlich schon. Aber das hätte wenn, dann der Leo machen müssen. Und der war in Wirklichkeit heilfroh über die Hilfe seiner Cousine.

Beim Anblick des Spurensicherungsfeldes fühlte sich die Charlotte an ihre eigene Vergangenheit als Polizistin erinnert. Überall waren kleine Fähnchen, Bodenmarkierungen und andere Marker verteilt. Die Spurensicherer hatten ganze Arbeit geleistet. Vorsichtig traten sie in den Wartesaal, wo der Leo die Säcke mit Dünger gesehen hatte. Es waren drei volle Säcke zu je fünfundzwanzig Kilo. Ein leerer Sack lag am Boden, die Düngerkörner daneben ausgestreut.

»Wie viel fehlt?«, fragte der Leo.

»Schwer zu sagen, weil wir die verstreuten Reste noch nicht gewogen haben. Aber auf jeden Fall mehr, als in der einen Bombe war, die in der Kirche gefunden wurde.«

»Wie viel mehr? In etwa? Mir reicht eine Schätzung.«

Der Beamte überlegte, dann sagte er: »Wenn du meine ehrliche Meinung haben willst, wer auch immer das war, der hat eine zweite Bombe gebaut. Mindestens. Wer weiß, ob das hier alles ist? Vielleicht haben sie die anderen leeren Säcke weggeschmissen.«

»Und diesen einen dann hiergelassen? Nein, das glaube ich nicht.«

Der Leo sah sich die Staubspuren am Boden genauer an. Er hob einen der vollen Säcke hoch. Darunter war die Staubschicht viel dünner, teilweise fast ganz weg. »Schaut euch um. Überall liegt der Staub noch zentimeterhoch dick am Boden. Ich sehe auch keine verwischten Spuren, die darauf schließen lassen würden, dass andere Säcke hier gestanden oder über den Boden gezogen worden wären. Nein, das hier ist alles, drei volle Säcke und ein leerer.« Er wandte sich wieder an den Spurensicherer. »Können wir nachvollziehen, wo die Säcke gekauft worden sind?«

Der Spurensicherer strahlte über das ganze Gesicht. »Das ist gar nicht nötig, der Besitzer hat sie nämlich beschriftet. Schau mal.« Er zeigte auf eine winzig kleine Namensplakette, die auf der Unterseite eines Sacks aufgeklebt war. »Weingut Zaitler« war da zu lesen. Auf den anderen Säcken fand sich der gleiche Aufkleber. Wenn man nicht genau schaute, konnte man das Etikett leicht übersehen, so klein war es.

»Hat unsere Vermutung also gestimmt«, sagte die Charlotte triumphierend.

»Welche Vermutung?«, fragte der Spurensicherer erstaunt.

»Na, dass unsere potenziellen Attentäter sich das Zeug beim Zaitler besorgt haben. Oder sind euch in letzter Zeit Düngerdiebstähle gemeldet worden? Nein, eben. Die waren schon so geschickt und haben sich dort bedient, wo es derzeit niemandem auffällt. Wer soll auf dem verwaisten Hof vom Zaitler einen Diebstahl bemerken?«, erklärte der Leo.

»Dann solltet ihr schleunigst einmal dort nachsehen.«

»Machen wir dann gleich, aber jetzt erzähl mal, was ihr noch gefunden habt.«

»Wenn du mich mal ausreden lassen würdest, Leo …«, seufzte der Spurensicherer. »Wir haben ein Handy gefunden. Hier.« Er ließ vor dem verdutzten Gesicht vom Leo ein durchsichtiges Säckchen baumeln. Darin befand sich ein Handy.

»Da sind ja Aufkleber mit arabischen Schriftzeichen drauf«, stellte die Charlotte fest. Sie hatte sich an die Seite ihres Cousins gedrängt.

»Wo habt ihr das Handy gefunden?«, fragte der Leo aufgeregt.

»Gleich da, unter dem leeren Düngersack. Scheint so, als ob es einem der Bombenbastler aus der Tasche gefallen ist. Der Sack hat es komplett verdeckt.«

Ja, scheint so, dachte die Charlotte zweifelnd.

»Fingerabdrücke?«, fragte der Leo.

»Reichlich«, grinste der Spurensicherer.

»Bis wann haben wir da Ergebnisse?«

»Wenn die Abdrücke in unserer Datenbank sind, noch heute Nacht.«

»Sehr gut. Was habt ihr sonst noch gefunden?«

»Alles, was man zum Bombenbasteln braucht. Oder halt die Überreste, die nicht entfernt worden sind. Eine ausführliche Anleitung zum Bau auf Arabisch. Allerdings sprechen die Bilder für sich. Drahtstücke, Düngerkörner, in denen Ammoniumnitrat enthalten sein dürfte, Heizölflecken, Spuren von Aluminiumpulver und so weiter. Alles zusammen ergibt das ein selbst gebasteltes ANC-Sprengpaket.« Der Spurensicherer zauberte ein weiteres Plastiksäckchen hervor. Darin waren ein paar dünne Kartonfetzen. Er hielt sie ans Licht. Viel war nicht zu erkennen, aber die Charlotte konnte ein paar Buchstaben ausmachen: »…na Bö…«.

»Was soll das sein?«, fragte sie.

Der Spurensicherer nickte. »Das war mal ein Karton mit Chinaböllern. Mit so einem Ding kann man die Bombe zur Explosion bringen.«

»Habt ihr eine Ahnung, wie die Bombe gezündet werden soll?«, hakte der Leo nach.

Das Lächeln verschwand aus dem Gesicht des Beamten. »Nein, keine Ahnung. Normalerweise werden solche Bomben durch eine Fernzündung zur Explosion gebracht. Das Päckchen in der Kirche war aber mit einem Zeitzünder versehen. Könnte eines von beidem sein.«

»Und wenn es ein Selbstmordattentäter ist?«, gab die Andrea zu bedenken. »Ich meine, die Kirche ist ja schon abgesucht worden, und man hat nur die eine Bombe gefunden.«

In diesem Moment huschte ein schwarzer Schatten an ihnen vorbei. Der Schatten kläffte und bellte und knurrte. Der Balu hatte die Ratte von vorhin in den abgesperrten Bereich gejagt.

An der Tür erschien keuchend der Noah. »Sorry, der Balu ist völlig außer sich. Er lässt die Ratte einfach nicht in Ruhe.«

Die hatte sich inzwischen in einem Loch in der Stationswand in Sicherheit gebracht. Der Hund lag davor und knurrte weiter. Mit einem Mal verstummte das Knurren, die Ratte schien wie vergessen. Stattdessen begann der Balu, mit dem Schwanz zu wedeln und freudig zu winseln. Mit tapsigen Pfoten fing er an, mit einem Stück Plastik am Boden zu spielen. Aufmerksamkeitsspanne einer Eintagsfliege, sozusagen.

»Lass das«, befahl der Noah.

Der Erfolg hielt sich in Grenzen. Ein Besuch in der Hundeschule würde sich für die nächsten Wochen anbieten, notierte die Charlotte im Kopf. Die Spurensicherer waren derweil kreidebleich geworden. Der Labrador war drauf und dran, ihre gesamte Arbeit zu zerstören. Endlich setzte der Noah dem Ganzen ein Ende. Er schnappte dem Balu das Spielzeug weg und hielt es in die Höhe, um zu schauen, was den Hund da so aufgeregt hatte. Es war ein weiß glänzendes Stück Plastik mit einem rechteckigen Loch in der Mitte.

»Gib das mal her«, forderte ihn der Spurensicherer auf.

Bereitwillig händigte der Noah das nur wenige Zentimeter große Stück Plastik aus.

»Da war eine SIM-Karte drin!«

»Lass mal sehen«, befahl nun der Leo. Er drehte das Stück Plastik zwischen Daumen und Zeigefinger herum. »Und noch dazu eine recht neue, würde ich mal sagen. Ewig lange kann das Teil hier noch nicht herumliegen.«

»Das würde auf eine Fernzündung schließen lassen«, meinte der Spurensicherer. »Sie könnten ein Wegwerfhandy zur Bombe gepackt haben, das dann die Bombe zündet.«

»Möglich«, gestand der Leo, »aber das Plastikteil alleine hilft uns nichts. Da ist keine Telefonnummer oder PIN oder sonst was drauf. Kommt, schauen wir noch mal nach, vielleicht finden wir ja noch was.«

Aber auch nach einer halben Stunde war man nicht schlauer geworden. Der oder die Täter hatten sich keine weiteren Fehler geleistet. Die SIM-Halterung dürfte wohl irgendwie aus einer Tasche gefallen sein. Als sie den Schauplatz verlassen wollten, rastete der Balu wieder aus. Die Ratte hatte den Fehler gemacht, sich aus ihrem Loch herauszutrauen. Zähnefletschend lag der Hund vor dem kleinen Loch, eine Tatze hineingesteckt. Der Noah hatte genug. Er schnappte ihn am Halsband und zog ihn von dem Loch weg. Mit der Tatze kam noch etwas aus dem Loch in der Wand: nicht die Ratte, sondern ein schmutzig weißer Zettel.

Die Charlotte hob das zerknüllte Papier auf. »Da haben die Ratten schon ordentlich dran geknabbert«, stellte sie fest. Sie legte den Zettel auf den Tisch und strich ihn glatt.

»Ich werd nicht mehr …«, staunte der Leo. Verständlich, denn der zerknüllte Zettel war eine Rechnung. Von einem Handyshop. Für ein Wegwerfhandy. »Shit«, fluchte der Leo. »Kein Name drauf.«

Der Spurensicherer beugte sich über seine Schulter. »Macht nichts, aber die Transaktionsnummer der Bankomatzahlung und die Geschäftsadresse sind noch leserlich. Damit können wir schon was anfangen.«

Die Stimmung im Geisterhaus besserte sich schlagartig. Statt eines weiteren Tadels wurde der Balu nun sogar ordentlich gelobt. Er lag in den Armen vom Noah und wusste nicht, wie ihm geschah. Aber egal, Hauptsache, gestreichelt und gelobt werden.

Bevor sich die Charlotte und der Leo endlich auf den Weg zum geschlossenen Zaitler-Heurigen machten, ließ sich die Charlotte nochmals das sichergestellte Handy zeigen. Es war ein iPhone, aber eines der ersten Generation. Sie wunderte sich, dass das Teil überhaupt noch funktionierte. Sie zog sich Plastikhandschuhe an, nahm das Handy aus dem Beutel und fotografierte es von allen Seiten ab. Dann steckte sie es zurück und übergab es wieder der Spurensicherung.

»Wofür die Fotos?«, wollte der Leo wissen.

»Ich will sie der Inaaya zeigen. Vielleicht kann sie damit was anfangen.« Damit war die Diskussion beendet.

Sie stieg mit der Andrea in ihr Auto und folgte dem Leo. Die Flora und der Noah machten sich zu Fuß auf den Weg zum Marktplatz, wo sie sich noch mit Freunden treffen wollten.

Der Leo parkte seinen Wagen an der Rückseite des Zaitler'schen Weinguts. Die Gleise der stillgelegten Bahn führten auch hier vorbei. Das Grundstück des Weinbetriebs war schmal und lang gezogen und erstreckte sich gut achtzig Meter zwischen zwei Parallelstraßen. Der offizielle Haupteingang befand sich am oberen Ende in der Hochstraße, einer der beiden »Heurigengassen«, in denen die Dichte an Heurigenbetrieben im Ort besonders hoch war. Am unteren Ende, wo der Leo sich eingeparkt hatte, gab es für die Gäste des Heurigen einen großen Parkplatz, der gut ein Viertel des Grundstücks einnahm. Auch hier gab es einen Eingang, der in den Gastgarten des Betriebs führte. Ebendiesen hatte der Leo im Visier. Beim Haupteingang hatte er wenig Hoffnung, sich ohne Gewaltanwendung Zutritt verschaffen zu können. Das massive Holz- und Eisentor stellte für so eine kurzfristige und halb legale Aktion ein zu großes Hindernis dar. An der unteren Seite des Grundstücks war das eine ganz andere Sache. Hier schützten in erster Linie hohe

Hecken das Grundstück. Darin eingebettet war ein schmiedeeisernes Gartentor. Auch das war zu hoch, um einfach drüberzuklettern. Das Schloss war allerdings nicht so sicher, wie sich der verstorbene Besitzer erhofft hatte. Der Leo zog ein Säckchen mit kleinen Schraubenziehern und anderem Werkzeug aus seinem Gürtel.

»Seit wann arbeitet die Polizei mit Verbrecherwerkzeug?«, fragte die Charlotte süffisant.

Der Leo zuckte lediglich mit den Schultern und pfiff fröhlich vor sich hin. Nach wenigen Sekunden hörte man ein »Klick«, das Gartentor sprang auf, und rasch schlüpften sie auf das Zaitler'sche Grundstück. Die Charlotte schaute sich um: Hier herunten war sie noch nie gewesen. Zu ihrer Rechten sah sie einige große Mistkübel, auf der linken Seite waren im hohen Schnee die Umrisse einiger Spielgeräte zu sehen: eine kleine Rutsche, eine Wippe und eine Schaukel. Mühsam stapften sie durch den unberührten Tiefschnee den sanften Anstieg hinauf in Richtung Haupthaus. Nach etwa fünfundzwanzig Metern begannen die Gebäude. Das schlauchartige Grundstück war links und rechts davon eingesäumt. Auf der linken Seite erkannte die Charlotte die Gaststuben des Heurigen, auf der rechten Seite waren der Wohntrakt und die Wirtschaftsgebäude. Zielsicher ging der Leo auf eine der Türen rechts zu.

»Wollen wir nicht zuerst im Haus schauen, ob wir Schlüssel finden?«, zweifelte die Charlotte die Sinnhaftigkeit von Leos Vorhaben an.

Der schüttelte den Kopf: »Nein, bringt nichts. Liegt alles beim Notar.«

Er leuchtete mit der Taschenlampe auf die Tür. Keine Spur von Gewaltanwendung. Nach diesem Schema kontrollierten sie auch alle anderen Türen. Nirgendwo war eine Spur von einem Einbruch zu erkennen. Auch die Fenster waren alle intakt.

»Wie sind die Einbrecher dann reingekommen?«, fragte die Andrea ratlos. »Jetzt, wo ich darüber nachdenke: Das Tor, bei dem wir eingestiegen sind, war doch auch intakt, oder?«

Der Leo nickte.

»Ja, das ist wirklich eine gute Frage, nicht?«, antwortete die Charlotte mit einem gewissen Zynismus in der Stimme. »Vielleicht sind sie ja auf einem fliegenden Teppich reingeflogen?«

»Haha, sehr lustig. Dann müssen sie sich ja trotzdem irgendwo Zutritt verschafft haben.«

Die Charlotte hob ratlos die Schultern. »Vielleicht genauso wie du? Schauen wir mal, ob wir das Lager vom alten Zaitler finden.«

Der Leo zückte wieder sein Türöffnungswerkzeug, und so gingen sie Tür für Tür ab.

»Schon gut, dass der alte Zaitler zu geizig war, moderne Sicherheitsschlösser einzubauen«, meinte der Leo zwischendurch trocken.

Ohne Probleme öffnete er die mittlerweile fünfte Tür. Dahinter versteckte sich eine Gerätekammer. Er ließ die Tür wieder ins Schloss fallen. Bei der nächsten Tür hatten sie endlich Glück, dahinter lag ein Vorratsraum. Der Leo ließ den Strahl seiner Taschenlampe über die metallenen Lagergestelle gleiten. Ihre Augen hatten sich inzwischen gut an das schummrige Licht gewöhnt.

»Ja, spinnst du?«, fluchte er plötzlich. Gleißendes Licht brannte in seinen Augen.

»Sorry«, flüsterte die Andrea verlegen hinter seinem Rücken. Sie hatte den Lichtschalter der Vorratskammer betätigt.

Überraschenderweise lief der Strom noch, und so standen sie jetzt in einem hell ausgeleuchteten Raum. Man hatte dem alten Zaitler ja viel nachsagen können, aber nicht, dass er ein unordentlicher Mensch gewesen war. Die Vorratskammer war ein weiterer Beweis dafür. Hier war alles sauber gelagert und geordnet. Alles hatte seinen Platz, es gab kein Durcheinander, kein Chaos. Kurz vor seinem Tod musste der alte Zaitler nochmals alle Vorräte aufgestockt haben, denn die Regale waren knallvoll. Es gab nur ein größeres Loch – dort, wo die Düngervorräte gestapelt waren. Vier Säcke lagen noch dort. Die Reihe daneben war leer. Der Leo kontrollierte die Säcke. Überall die gleichen Namensaufkleber wie auf jenen, die sie vorhin in der alten Bahnstation gefunden hatten.

»So, und jetzt frage ich mich: Wie sind die Säcke von hier nach dort gekommen?«, stellte die Charlotte laut jene Frage, die sich alle drei insgeheim gestellt hatten.

3. Teil

16

Sonntag, 21. Dezember

»Fuck, fuck, fuck«, fluchte die Charlotte. Trotz der dicken Handschuhe und des Skianzugs fror sie am ganzen Körper. Wenigstens schneite es nicht. Sie sah auf die Uhr. Es war vier Uhr in der Früh, und sie stand zusammen mit ihrer Familie und dem Trupp heimischer und syrischer Helfer bis zu den Knien im Schnee. Auf allen Seiten erstreckten sich die Weinreben, die für die Ernte des Eisweins aufgespart worden waren.

»Sprache, junge Dame«, wurde sie vom Herrn Papa freundlich gemaßregelt.

»Stimmt doch«, brummte die Charlotte, während sie ihre halb gefüllte Scheibtruhe mühsam weiter durch den Schnee schob. Sie musste sich mit ihrem vollen Gewicht dagegenstemmen, um das Ding zu bewegen, denn natürlich war der Schnee in den Weingärten nicht geräumt worden. Wie denn auch?

Trotz der Minusgrade war sie längst ins Schwitzen gekommen. Außerdem war sie todmüde, denn idiotischerweise hatte sie sich von der Andrea überreden lassen, sich nach der mehr oder eigentlich eher weniger legalen Hausdurchsuchung beim alten Zaitler gar nicht mehr hinzulegen. »In drei Stunden müssen wir sowieso wieder auf«, hatte die Andrea gemeint und sie stattdessen zum Rudi in die Motte umgeleitet. Dort hatte der Bär gesteppt und nach zwei, drei Krügerln auch die Charlotte und die Andrea. Zu Guns N' Roses und Metallica hatten sie sich die Schädel weggebangt, dass es eine Freude war. In erster Linie für den Osteopathen, der sich demnächst um die Halswirbel der Charlotte kümmern durfte. Sie war das einfach nicht mehr gewohnt. Aber Spaß gemacht hatte es trotzdem. Wenigstens so lange, bis die Andrea – pflichtbewusst wie immer – zum Aufbruch geblasen hatte. Zurück am Weingut hatte die Charlotte ihre Skisachen aus dem, eh klar, obersten Regal ihres Kleiderschranks geholt und sich so dick wie möglich eingemummt.

Wenigstens ein Positives hatte die Eisweinernte: Im Gegensatz zur normalen Weinlese musste man auf nichts großartig achtgeben. Es mussten keine angeschlagenen Trauben aussortiert, keine Blätter vorsichtig abgetrennt werden. Fäule war kein Thema, weil es schon so lange eisig kalt gewesen war. Es reichte, wenn man die gefrorenen Trauben, so wie sie waren, von der Rebe schnitt (oder einfach abbrach) und in die Scheibtruhe oder einen großen Korb warf. Dafür bedurfte es keiner Expertise und keines Vorwissens. Auch ein Grund, warum man die in dieser Hinsicht völlig unbedarften syrischen Flüchtlinge für diese Arbeit einsetzen konnte. Im Vergleich zur Charlotte waren die auch richtig gut drauf. Sie waren froh, zur Abwechslung mal etwas Sinnvolles machen zu können. Dabei sangen sie syrische Volkslieder, die sanft durch die eisige Nacht hallten. So etwas hatten diese altehrwürdigen Weinberge in ihrer Geschichte noch nicht erlebt.

Von der Nöhrer-Familie waren lediglich die Frau Mama und die Omama daheimgeblieben. Die Omama natürlich wegen ihres Alters, auch wenn es den Herrn Papa und die Charlotte eine Menge Überredungskunst abverlangt hatte, um sie davon zu überzeugen. Sie wollte unbedingt bei der Eisweinlese dabei sein. Um Punkt zwei war sie sogar dick eingepackt vor der Tür gestanden, weil sie unbedingt mitwollte. Der Herr Papa hatte resignierend den Kopf geschüttelt. Aber selbst die Omama sah nach ein paar Schritten durch den hohen Schnee ein, dass das nicht möglich war. Trotzig war sie zurück ins Haus gestapft und hatte sich wieder hingelegt. Die Mama war gar nicht erst aufgestanden. Sie war erst spät am Vorabend von ihrem mehrtägigen Ausflug mit den anderen Weinbäuerinnen heimgekommen und musste sich am Vormittag wieder um den Heurigenbetrieb kümmern. Da brauchte sie jede Stunde Schlaf wie einen Bissen Brot. So kurz vor Weihnachten hatten nicht viele Heurige offen, dementsprechend viele Gäste konnte man für den letzten Adventssonntag erwarten. Für den Nachmittag hatte die Charlotte ein »Törggelen« geplant, was noch mal ein paar Besucher mehr bringen sollte. Wer konnte dem widerstehen? Liveröstung von Maroni, dazu frischer Traubenmost und eine Kostprobe des ersten Jungweins? Der Plan war entstanden, bevor sie wusste, dass ausgerechnet in dieser Nacht die Eisweinernte am Programm stehen würde. Und weil die Charlotte nun mal die Charlotte war, hatte sie das Törggelen nicht nur für den Heurigen, sondern auch für ihren Punschstand angekündigt. Allein bei dem Gedanken an die noch bevorstehende Arbeit an diesem Tag wurde ihr schwindlig.

Aber es half ja alles nichts, die Eisweinlese musste erledigt werden. Irgendwann ließ sich die Charlotte dann trotz Müdigkeit und erster Erfrierungen doch noch von der guten Laune ihrer syrischen Hilfskräfte anstecken. Sie verstand zwar die Worte nicht, die da gesungen wurden, aber die Melodie war einfach und irgendwie hypnotisch. Schließlich verfiel sie in einen passenden Ernterhythmus, und ehe sie es sich versah, war die Weinlese erledigt. Ein Blick auf die Uhr zeigte, dass es sechs Uhr morgens war. Natürlich noch immer stockfinster, was an diesem klaren Morgen auch wichtig war. Sobald die Sonne aufging und auf die Trauben schien, startete in diesen der Tauprozess – reines Gift für einen richtigen Eiswein. Dafür mussten die Trauben nämlich komplett durchgefroren sein.

Rundherum kam langsam Leben in die Landschaft. Die ersten Krähen und Raben machten sich auf Futtersuche. Die Viecher wurden richtig lästig, als die gefrorenen Trauben auf den Anhänger verladen wurden. Der Herr Papa setzte sich hinter das Steuer des Traktors und drückte einmal lange auf die Hupe. Die Vögel beschwerten sich laut über diesen unerwarteten Schock. Außerdem war damit natürlich auch die restliche Fauna der Weinberge geweckt. Die Charlotte und alle anderen stiegen auf den Anhänger, und der Herr Papa steuerte den Traktor langsam Richtung Weingut. Die Charlotte schloss die Augen und lehnte sich an die Andrea. Die legte den Arm um ihre Freundin und schloss die Augen ebenfalls. Nach einer Viertelstunde war die Fahrt zu Ende, der Herr Papa stellte den Traktor im Hof des Weinguts ab.

Dann ging es auch schon weiter mit der Arbeit. Die Trauben wurden mit Scheibtruhen vor das moderne Presshaus geführt und im Freien gelagert. Bis Sonnenaufgang war noch etwas Zeit, und mit etwas Glück würde der Kellereiinspektor in den nächsten Minuten auftauchen, um die geernteten Trauben zu überprüfen. Die Frau Mama und die Omama waren natürlich auch schon munter und empfingen die Erntehelfer in der großen Betriebsküche mit einem warmen Frühstück. Die Charlotte musste vor Rührung einmal schlucken, als sie sah, wie sich die Syrer über das angebotene Frühstück freuten.

Wie sehr man sich doch an solche Sachen gewöhnt hat und sie nicht mehr wirklich zu schätzen weiß, dachte sie, bevor sie sich ebenfalls am aufgedeckten Büfett bediente.

Der Herr Papa hing derweil am Handy. Zufrieden lächelte er die Charlotte an. »Der Kellereiinspektor ist in ein paar Minuten da. Willst du dabei sein?«

Sie konnte als Antwort nur nicken, denn ihr Mund war voll mit einem großen Bissen Honigbrot. Um die Zeit bis zum Eintreffen des Kellereiinspektors zu überbrücken, nahm sich der Herr Papa ebenfalls ein Honigbrot, in das er genussvoll hineinbiss.

Die Syrer stürzten sich auf das Dargebotene, als hätten sie seit Tagen nichts mehr zu essen bekommen. Was natürlich nicht den Tatsachen entsprach, wie die Charlotte wusste. Die Karin Nachbagaur kümmerte sich schon um das leibliche Wohl ihrer Schützlinge. Dabei plauderten sie und begannen dann, wieder ihre Lieder zu singen. Diesmal etwas leiser, denn man wollte die Hotelgäste nicht wecken. So kalt es bei der Ernte auch gewesen sein mochte, für sie war es wenigstens ein paar Stunden lang etwas anderes gewesen als die Gedanken an das eigene Leid und das Zittern um die Zukunft. Und ein paar Euro hatten sie sich auch noch verdient. Ganz abgesehen davon hatten sie auf ihrer Flucht aus der Heimat bis nach Österreich viel schlimmere Sachen erlebt – und vor allem überlebt –, als ein paar Stunden in der Kälte in einem Weingarten zu stehen.

Noch bevor der Herr Papa sein Brot verspeist hatte, betrat der Kellereiinspektor die Küche. Ohne anzuklopfen, ging er direkt zum Herrn Papa, umarmte ihn und begrüßte ihn mit einem breiten Lachen: »Rudi, alter Räuber! Schon lange nicht mehr gesehen!«

»Manfred! Ich habe nicht damit gerechnet, dass man dich zu uns schickt. Das ist aber eine Überraschung!«

»Eine angenehme, wie ich hoffe.«

»Aber natürlich. Wir haben uns ja schon viel zu lange nicht mehr getroffen.« Damit schlang der Herr Papa seinen Arm über die Schulter des Kellereiinspektors und ging mit ihm ins Freie.

Die Charlotte schaute ihnen verdutzt nach.

»Der Manfred Ableitinger ist ein alter Freund deines Vaters«, sprang die Mama erklärend ein. »Sie sind gemeinsam auf die Weinbauschule in Klosterneuburg gegangen. In den letzten Jahren haben sie sich etwas aus den Augen verloren. Nur hin und wieder ein paar Telefonate. Aber so eine alte Freundschaft hält offenbar auch so was aus.«

Die Charlotte eilte den beiden nach. »Papa?«, rief sie ihnen nach.

Der Herr Papa drehte sich um und schlug sich mit der Hand an die Stirn. »Entschuldigung, Charlotte. Manfred? Das ist meine ältere Tochter, die Charlotte. Sie ist heuer in den Betrieb eingestiegen und hat hier einiges verändert. Auch wenn man das jetzt im Winter nicht so gut sieht.«

Der Manfred bot der Charlotte die Hand an. »Charlotte …«

»Ja, aber ohne ›e‹, bitte.« Faszinierend, dass man das immer wieder dazusagen musste.

»Ohne ›e‹, gerne. Du wirst dich wahrscheinlich nicht mehr an mich erinnern können. Ich habe dich das letzte Mal als ganz kleines Mädchen gesehen. Da warst du nicht älter als vier oder fünf Jahre.« Die Augen des Kellereiinspektors blitzten freundlich. Er war eine imposante Erscheinung und mindestens ebenso groß wie ihr Papa. Sein tiefschwarzer Bart reichte ihm bis auf die Brust.

»Wollen wir?«, fragte der Herr Papa schließlich.

»Jaja, natürlich. Deshalb bin ich ja hier. Ich nehme an, deine Tochter will zuschauen?«

»Klar«, antwortete die Charlotte für ihren Herrn Papa. »Die letzte Eisweinernte, bei der ich dabei war, war in meiner Kindheit. Da war ich froh, als ich wieder ins warme Bett gekommen bin. Der Rest hat mich damals nicht interessiert.«

»Aber heute schon?«

Die Charlotte nickte und sah dem Kellereiinspektor zu, wie er sich an die Arbeit machte. Er entnahm mehrere Trauben, um sie stichprobenartig zu untersuchen. Den Rest schoben sie nach und nach ins Innere des Presshauses. Während der Manfred die Trauben untersuchte, begann der Herr Papa schon mit dem Pressen der gefrorenen Trauben. Ob es nun echter Eiswein oder »nur« eine Auslese wurde, konnte er jetzt nicht mehr beeinflussen. Klar war nur, dass er die Trauben auf jeden Fall pressen würde.

Für den Eiswein kam eine besondere Presse zum Einsatz. Die Trauben wurden in einen circa eineinhalb Meter langen, zylinderförmigen Behälter gefüllt. Dann wurden sie, bevor der Deckel geschlossen wurde, mit einer Plastikplane abgedeckt, und die Pressung erfolgte vollautomatisch mittels Druckluft. Durch dieses Verfahren wurden die gefrorenen Trauben schonender gepresst, als es mit einer normalen Presse möglich war. Bis nun alle geernteten Trauben auf diese Weise verarbeitet waren, würden einige Stunden vergehen. Der Rest, der sich in der Presse sammelte, wurde nicht weggeworfen, sondern später als Dünger in den Weinbergen verwendet.

Währenddessen ging der Manfred Ableitinger seiner Aufgabe nach. Er kontrollierte, ob alle Trauben gefroren waren, ob es keine angefaulten Beeren gab – die Gefahr war gering, nachdem es seit Wochen Minusgrade gehabt hatte –, und nahm schließlich den wichtigsten Test vor: die Klosterneuburger Waage, kurz KMW genannt. Damit wurde der Zuckergehalt gemessen. Lag er unter fünfundzwanzig Grad, wurde aus dem Eiswein lediglich eine »Auslese«. Aber da hätten sich die Nöhrers keine Sorgen machen müssen. Ihre gefrorenen Trauben wiesen einen Zuckergehalt von einunddreißig Grad auf – beste Voraussetzungen für einen perfekten Eiswein.

Eine Stunde später verabschiedete sich die Charlotte zufrieden und todmüde von den beiden Männern. Bevor sie sich noch eine Runde aufs Ohr haute, wollte sie das Zubehör für das Törggelen kontrollieren. Die beiden Kastanien-Röstöfen waren erst vor ein paar Tagen geliefert worden und standen noch verpackt in der Lagerhalle des Weinguts. Mit einem Stanleymesser schnitt sie einen der beiden Kartons auf und hob das Teil aus der Verpackung. Noch glänzte es in edlem Schwarz, was sich nach einigen Einsätzen wohl ändern würde. Befeuert wurde der Maroniofen mit Holz oder Kohle. Heroben am Weingut würde der Herr Papa es mit Holz machen, unten beim Punschstand war es einfacher, dafür Grillbriketts zu verwenden. Drei Säcke der Briketts standen gleich neben dem Einfahrtstor der Lagerhalle. Die Charlotte schleppte die Säcke zum noch verpackten Ofen, damit sie später beim Transport nichts vergaßen.

Inzwischen waren ihre Augen immer schwerer geworden. Schräg gegenüber, gleich neben einem Regal mit verschiedenen Konservendosen, befand sich eine mobile Hängematte, die die Charlotte bereits im vergangenen Frühjahr angeschafft, aber in der ganzen Hektik rund um ihren Einstieg ins Familiengeschäft völlig vergessen hatte. Die Hängematte sah schon sehr einladend aus. Wie sie ganz ruhig dastand. Die Matte aus bunt gestreifter Baumwolle, eingespannt in ein schweres Vollholz-Gestell. Wie ferngesteuert schlurfte die Charlotte hinüber. Nur kurz schauen, ob eh noch alles okay ist, redete sie sich ein. Mit einer Hand kontrollierte sie die Spannung der Matte. Und, oh, wie schön, das war ihr noch gar nicht aufgefallen: An einem Ende der Matte war sogar ein kleines Kopfpölsterchen angenäht. Wie praktisch!

Zwei Minuten später lag sie auch schon schnarchend in der Hängematte. Rundherum war alles vergessen, ihr Schlaf traumlos. Der Schock, als sie zwei Stunden später von der Andrea geweckt wurde, war dafür umso größer.

»Da bist du!«, rief die Andrea lachend. In ihren Augen war jedoch auch Sorge zu erkennen. »Ich suche dich schon die ganze Zeit. Komm, es gibt Mittagessen, und danach müssen wir runter zum Punschstand.«

»Hm? Was? Wo bin ich?« Die Charlotte brauchte ein paar Sekunden, um sich wieder zu orientieren. In der Lagerhalle war sie noch nie aufgewacht.

Die Andrea half ihr aus der Hängematte.

»Nicht schlecht, das Teil«, meinte die Charlotte, als sie Arm in Arm mit der Andrea durch den verschneiten Innenhof Richtung Familienküche ging. »So entspannt habe ich schon lange nicht mehr geschlafen.«

»Könnte auch damit zu tun haben, dass du heute Nacht gar nicht geschlafen hast. Da hätte es eine Luftmatratze wahrscheinlich auch getan«, konterte die Andrea schmunzelnd.

»Nein, nein. Das Ding ist wirklich super. Musst du einmal ausprobieren.«

»Ich glaube, damit lass ich mir Zeit, bis man sie draußen aufstellen kann. Ich möchte mir hier drin nicht den Arsch abfrieren.«

»Nein, auf keinen Fall. Wäre ja auch wirklich schade drum.«

In der Küche war bereits die ganze Familie versammelt. Aus den Gaststuben ein paar Meter weiter, aber baulich abgetrennt, drangen Gesprächsfetzen der Heurigengäste. Wie aufgrund der Reservierungen zu erwarten gewesen war, war die Bude gesteckt voll. Traditionell gab es am letzten Adventsonntag bei Nöhrers immer Schnitzel. Für Karpfen, Gans & Co. war dann der Weihnachtstag reserviert. Die Omama hatte es sich nicht nehmen lassen, die Schnitzel für die Familie selbst zuzubereiten. Die

Mama hatte lediglich die Salate und Beilagen beisteuern dürfen. Für das gemeinsame Mittagessen war eine Stunde veranschlagt. In dieser Stunde musste sich das Personal alleine um den Betrieb kümmern, denn dieses Mittagessen war vor allem der Omama heilig.

Nach dem Mittagessen halfen die Charlotte und die Andrea dem Herrn Papa beim Aufstellen und Anfeuern des bereits ausgepackten Maroniofens, der Noah holte einen großen Sack Maroni aus dem Lagerhaus. Während der Herr Papa den Ofen mit Holz anheizte, wurden die Maroni in der Küche in Wasser eingelegt. Nach einer halben Stunde war es so weit. Alle verfügbaren Hände machten sich daran, die eingeweichten Maroni mit einem kreuzförmigen Schnitt auf der Bauchseite zu versehen. Dann wurden sie in eine spezielle, gelochte Maronipfanne gelegt und auf dem Ofen platziert.

»Hast du das eigentlich schon mal gemacht?«, fragte die Charlotte ihren Papa.

Der schüttelte den Kopf. »Kann ja nicht so schwer sein, oder?« War es auch nicht.

Die erste Proberunde wurde mit Begeisterung verspeist, dann machte sich die Charlotte auf den Weg zu ihrem Punschstand am Weihnachtsmarkt. Die Andrea, die Flora und der Noah kamen mit, und auch für den Balu war noch Platz im Auto.

Bei der Punschhütte wiederholte sich die Geschichte: Maroniofen auspacken, anfeuern, Maroni einwässern und so weiter. Schon nach der ersten Proberunde stellte sich heraus, dass die Inaaya das größte Talent zum Maronibraten besaß. Also durfte sie die Arbeit am wärmenden Ofen neben der Punschhütte übernehmen.

Als sich die Dämmerung über den Ort legte, kam der Leo zur Punschhütte geschlendert. Er ließ sich von der Inaaya ein Säckchen Maroni geben und von der Andrea ein Häferl Punsch einschenken.

»Wieso bist du so verdächtig gut aufgelegt?«, fragte die Charlotte misstrauisch.

»Weil wir jetzt wissen, wer in eurem ›Geisterhaus‹ an den Bömbchen gebastelt hat«, antwortete der Leo schmatzend.

Die Charlotte schenkte sich ebenfalls einen Punsch ein. Sicherheitshalber goss sie sich noch ein Stamperl Schnaps hinein. Über die ganze Aufregung mit der Eisweinernte und den herrlichen Schlaf in der Hängematte hatte sie die andere Geschichte komplett vergessen. Dann gesellte sie sich zum Leo vor die Punschhütte. Die Andrea – eine musste schließlich in der Hütte bleiben, um die Kundschaft zu bedienen, denn die Flora und der Noah waren inzwischen ausgeflogen und nirgends zu sehen – lehnte sich weit über die Theke, um dem Gespräch ebenfalls lauschen zu können.

»Also, rück schon raus«, stieß die Charlotte ihren Cousin an.

»Wir haben die Fingerabdrücke am Handy einer Person zuordnen können.«

»Ah, Herr Nöhrer!«, brummte es in diesem Moment aus ein paar Metern Entfernung.

Der Leo und die Charlotte drehten sich um. Auch das noch: Der Adefris war mitsamt der Hela und einem der Söhne (Wulfibald? Thorsten? Siegfried?) wie aus dem Nichts aufgetaucht.

Der Adefris klopfte dem Leo mit einer Bärenpranke auf die Schultern. »Gut gemacht«, sagte er. »Ich nehme an, dass das Syrerpack jetzt umgehend in die Heimat abgeschoben wird?«

Die Charlotte sah den Leo verständnislos an. Was war denn jetzt kaputt? Der Bombenfund sollte doch geheim gehalten werden?

Der Adefris bemerkte den fragenden Blick der Charlotte. »Ach, dachten Sie, dass so etwas vor mir geheim bleiben kann? Natürlich wurde ich aus dem Innenministerium informiert, dass in der Kirche eine Bombe gefunden wurde.«

»Charlotte –«, meldete sich der Leo zu Wort, wurde aber vom Adefris sofort übertönt.

»Unsere Polizei, auf die ich übrigens sehr stolz bin, hat es tatsächlich geschafft, einen der Bombenbauer zu fassen. Der Jamal oder Jalal –«

»Jalil«, besserte ihn der Leo aus.

»Jalil, egal«, nahm der Adefris den Gesprächsfaden wieder auf. »Der Jalil war es.«

»Das war es, was ich dir gerade erzählen wollte, Charlotte. Die Fingerabdrücke auf dem Handy sind die vom Jalil. Praktischerweise ist er ja bei uns schon wegen der anderen Geschichte eingesessen. Schaut jetzt gar nicht gut aus für ihn«, erklärte der Leo mit ernstem Blick.

Die Inaaya war danebengestanden und hatte jedes Wort mitbekommen. Sie wurde kreidebleich im Gesicht.

»Ja, so sind sie, eure Männer«, husste der Adefris. Als der Inaaya eine Träne ins Auge stieg, fuhr er fort: »Aber keine Angst, meine Liebe. Du darfst ruhig bleiben. Vielleicht als Putzfrau? Oder die Freundin vom Herrn Chefinspektor lernt dich in dem neuen Etablissement an? Vielleicht solltet ihr entspannter mit euren Männern umgehen, dann vergreifen sie sich nicht ständig an unseren Frauen.«

Der Sohn vom Adefris lachte lautstark los, und auch die Hela grinste höhnisch. Der alte Adefris legte die Arme um seine beiden Kinder und ging zu einem anderen Punschstand.

Die Charlotte nahm die völlig aufgelöste Inaaya in den Arm: »Seit wann sind tschechische Nutten ›unsere‹ Frauen, Herr Adefris?«, rief sie dem Gemeinderat nach.

Dem Leo wären dabei fast die Augen aus dem Kopf gefallen.

Wie vom Blitz getroffen blieb der Adefris stehen. Langsam drehte er sich um. Die Wut stand ihm ins Gesicht geschrieben. Als der Leo sich schützend vor seine Cousine stellte und die rechte Hand gut sichtbar auf seine Dienstwaffe legte, schnaubte der Adefris nochmals, drehte sich wieder um und verschwand mit seiner Brut in der Menschenmenge.

»Tschechische Nutte?«, fragte der Leo nun seine Cousine, gut hörbar *not amused*.

Die Charlotte zuckte mit den Schultern. »Stimmt ja, oder? Außerdem habe ich das jetzt nicht abfällig gemeint.«

»Vergessen wir es einfach.«

Die Andrea schenkte dem Leo Punsch nach, dann erzählte er seine Version der Geschichte.

»Der Adefris hat schon recht. Es spricht jetzt alles gegen den Jalil.«

»Hat er schon gestanden?«

»Nein, natürlich nicht. Er schwört Stock und Stein, dass man ihm das Handy bereits vor einiger Zeit gestohlen hat.«

»Das hat uns ja auch die Karin erzählt, und ihre Liste bestätigt das.«

»Schon, aber wir haben doch darüber gesprochen. Das könnte natürlich auch nur ein Trick gewesen sein, um sich ein Alibi zu verschaffen. Selbst wenn die Anzeige aufgenommen worden wäre ... Noch dazu mit der versuchten Vergewaltigung der Elena. Es schaut nicht gut für ihn aus.«

»Welches Handy?«, mischte sich die Inaaya ein.

»Darf ich?«, fragte die Charlotte den Leo, der nickend zustimmte. Daraufhin zeigte sie der Inaaya die Fotos von dem Handy, das sie am Vortag in der alten Bahnstation gefunden hatten.

Die Inaaya nahm der Charlotte ihr Handy aus der Hand. Mit zwei Fingern vergrößerte sie die Bilder und meinte schließlich: »Auf den Aufklebern ist der Name eines bekannten syrischen Sängers, und hier ...«, dabei zeigte sie auf einen weiteren Kleber, der auf der Rückseite des Handys zu sehen war, »... ist das Logo seiner Band. Kennt bei uns jeder. Das ist ganz sicher das Handy vom Jalil. Ich habe es oft genug gesehen.« Die Bitterkeit in ihrer Stimme – und auch die Enttäuschung – waren nicht zu überhören.

»Wenn wir nur wüssten, was auf dem Handy drauf ist. Ist ja nicht so leicht, so ein Ding auszuwerten, wenn es gesperrt ist«, meinte die Charlotte schließlich, um die peinliche Stille zu brechen.

»Haben wir aber bereits«, gestand der Leo.

»So schnell?« Die Charlotte war ehrlich erstaunt. »Was ist drauf?«

»Beginnen wir von vorne: Das Handy war nicht gesperrt. Das machte die Sache natürlich schon mal einfacher. Sag mir mal, wer sperrt sein Handy heutzutage nicht? Egal, die Anrufliste der letzten Wochen zeigt zu einem Großteil Anrufe nach Syrien und in den arabischen Raum. Ist irgendwie nachzuvollziehen. Wen soll er in Österreich schon groß anrufen? Wir haben die Nummern überprüft, soweit das möglich ist. Einige gehören anderen Flüchtlingen im Kulturzentrum, bei anderen sind die Besitzer in Syrien. Eine Kollegin hat alle Nummern durchtelefoniert, aber natürlich kaum brauchbare Antworten bekommen. Kann ja kaum wer Englisch dort.«

»Weil das bei uns so viel besser ist.«

»Das war jetzt nicht als Vorwurf oder abwertend gemeint«, verteidigte sich der Leo, »es war lediglich eine Feststellung.«

»Okay, und weiter?«

»Ein paar SMS und Whatsapp-Nachrichten waren auch dabei. Auf Arabisch. Zum Glück studiert der Bruder eines meiner Mitarbeiter Arabisch. Er hat uns die Nachrichten übersetzen können.«

»Na komm, erzähl schon. Was stand drin?«

»Der Grundtenor der Nachrichten war, dass hier alles scheiße ist und er die – ich zitiere – ungläubigen Hunde am liebsten abschlachten würde.«

»Interessant. Wann wurden die Nachrichten geschickt?«

Der Leo zog einen Notizblock heraus und blätterte darin, bevor er antwortete: »Die letzte Nachricht ging vor etwas mehr als zwei Wochen raus. Danach bekam er aber noch einige Nachrichten. Die wurden allerdings nicht von ihm beantwortet.«

»Wann hat der Jalil sein Handy als gestohlen gemeldet?«

»Meinst du, ursprünglich oder als ich die Liste von dir bekommen habe?«

»Egal, auf der Liste steht das Datum, an dem der Diebstahl gemeldet wurde.«

»Das ist gut zwei Wochen her.«

»Gab es in den letzten zwei Wochen noch Anrufe?«, wollte die Charlotte wissen.

Wieder blätterte der Leo in seinem Notizblock. »Nein, eingehende Anrufe zwar schon, aber keine ausgehenden.«

»Dann sieht es ja tatsächlich so aus, als ob man ihm das Handy geklaut hat, oder? Ab dem Zeitpunkt gab es von ihm keine aktive Kommunikation mehr. Was sagt der Jalil zu der ganzen Sache?«

»Nicht viel. Er meint nur, dass er von einer Bombe nichts weiß und mit Leuten wie uns sowieso nicht redet. Außerdem wollte er sein Handy zurück. Das kann er sich natürlich abschminken. Das Handy geht jetzt an die DSN. Und er selbst wird auch nach Wien überstellt.«

»Also, ist der Jalil jetzt ein Terrorist oder nicht?«, mischte sich die Andrea ein.

»Wenn wir das nur wüssten«, seufzte der Leo. »Ich bin kein Terrorspezialist, aber ich kann mir schon vorstellen, dass der Jalil eine Art Schläfer ist. Dazu haben wir auch schon eine Anfrage an die DSN geschickt. Mal schauen, was dabei rauskommt.«

»Dann ist doch alles paletti, oder? Ihr habt euren Verdächtigen, fehlt nur mehr die zweite Bombe«, sagte die Charlotte.

Der Leo kniff die Lippen zusammen. »Ich weiß nicht. Mir kommt das alles zu einfach vor. Fast so, als hätte jemand gewollt, dass das Handy gefunden und ausgewertet wird.«

»Wieso?«

»Es gibt da etwas, das du noch nicht weißt«, sagte der Leo bedeutungsschwanger. »Heute waren die Burschen bei mir, die die Fußballbanner gestohlen haben.«

»Und?«

»Einer von denen, der Michi, ist der kleine Stiefbruder vom Pepi Habermas.«

»Was für sich selbst genommen noch kein Verbrechen ist«, meinte die Charlotte lächelnd. »Familie kann man sich eben nicht aussuchen.«

»Nein, das nicht. Aber für meinen Geschmack werden das

langsam zu viele Zufälle. Außerdem weißt du noch gar nicht, was mir der Bursche erzählt hat.«

»Na, dann rück schon raus damit!«, forderte ihn die Charlotte genervt auf. Musste man ihm wirklich jedes Wort aus der Nase ziehen?

»Also: Die Burschen sind gar nicht von alleine auf die Idee gekommen, die Banner in der alten Bahnstation zu verstecken. Die Idee hatte der Pepi.«

»War der bei den Diebstählen dabei?«

»Laut den Burschen nicht, aber das glaube ich ihnen nicht. Die wollten den großen Stiefbruder nur schützen. Er hat auf jeden Fall darauf gedrängt, dass die Banner in der alten Bahnstation versteckt werden sollen. Dort werde es niemandem auffallen. Auch ein eingeschlagenes Fenster oder eine kaputte Tür nicht.«

»Für einen Polizisten legt der Pepi aber allerhand kriminelle Energie an den Tag«, stellte die Charlotte nüchtern fest.

»Ja, er hat die Burschen sogar hingefahren.«

»Wo sie dann ihre Entdeckung gemacht haben … Wieso hat er das nicht gleich an dich weitergegeben?«

»Gute Frage, gell? Laut den Burschen hat er gemeint, dass er das nicht machen könne, weil er ja dann selbst unter Verdacht stehe, mit der Banner-Sache etwas zu tun zu haben. Nachdem die Burschen Schiss bekommen hatten, hat er ihnen geraten, die Banner woanders zu verstecken. Die Sache mit der Bahnstation sollten sie einfach der Flora erzählen – halt unter irgendeinem Vorwand. Die werde es sicher an dich weitergeben.«

»Und ich dann dich verständigen.«

»Exakt!«

»Wieso haben die Burschen überhaupt die Banner gestohlen?«

»Den Floh hat ihnen auch der Pepi ins Ohr gesetzt. Sie wollten bei dem Turnier mitspielen, der Trainer wollte sie aber nicht aufstellen, weil sie einfach nicht gut genug waren. Also hat ihnen der Pepi zu dieser Racheaktion geraten.«

»Und das haben sie dir einfach so erzählt? Hast du ihnen am Ende doch noch mit einer Strafe gedroht?«

»Nein, nein!«, wiegelte der Leo sofort ab. »Ich habe ihnen noch mal den Ernst der Situation erklärt und ihnen ins Gewissen geredet. Dann sind sie von ganz alleine damit rausgerückt. Da war es dann auch vorbei mit jeglichem Schutz für den großen Stiefbruder. Sie haben kalte Füße bekommen. Und ganz deppert sind sie ja auch nicht, also haben sie gemerkt, dass da etwas überhaupt nicht in Ordnung war. Es ist sicher auch kein Nachteil, dass der Michi den Pepi nicht besonders leiden kann. Am Ende wollte der Michi einfach nicht seinen Kopf hinhalten müssen, falls der Pepi einen Blödsinn gemacht hat. Er hat mir erzählt, dass es nicht das erste Mal war, dass er was ausbaden müsse, was der große Bruder angestellt hat.«

»Eine wirklich nette Familie.«

»Aber das Beste kommt noch. Ihr werdet nie erraten, mit wem der Pepi seit ein paar Wochen zusammen ist.«

»Muss mich das interessieren?«, fragte die Charlotte gelangweilt.

»Oh, ich denke schon«, sagte der Leo mit einem vielsagenden Augenzwinkern. »Der Michi hat mir nämlich gesteckt, dass sein großer Stiefbruder neuerdings mit der Hela zusammen ist.«

17

Montag, 22. Dezember

Am nächsten Morgen war die Geschichte mit dem Jalil die große Schlagzeile in allen Nachrichten. Die üblichen Verdächtigen vom Boulevard waren von ihren Kontakten bei der Polizei, im Innenministerium und in der DSN noch rechtzeitig informiert worden, sodass es die Schlagzeile »Islamistische Terrorzelle in beschaulichem Weinort ausgehoben« pünktlich auf die Titelblätter der klein- und großformatigen Revolverblätter geschafft hatte. Wobei diese Headline noch eine der harmloseren war. Man hatte nämlich sogar ein Foto vom Jalil aufgestellt und dieses plakativ auf die Titelseite gehoben. Die Headline dazu: »Das Gesicht des Schreckens«. Eine andere Zeitung ging ähnlich vor, titelte aber: »Jetzt hat der Terror ein Gesicht«. Vorverurteilung? Aber geh! Stand doch eh überall in Minischrift drunter, dass die Unschuldsvermutung gelte. Immer schön gesetzestreu bleiben, gell?

Vonseiten der Gemeinde drängte sich natürlich der Hagen Adefris ins Rampenlicht. Er gab Fernseh- und Radiointerviews und betonte einmal mehr, wie wichtig es sei, solchen Abschaum gar nicht erst ins Land zu lassen. Und wenn er schon da war, dann präventiv wegsperren und so schnell wie möglich wieder in die Heimat abschieben. Dass nur wenige Meter daneben mit der Inaaya ein leuchtendes Gegenbeispiel stand, kratzte den ÖHP-Politiker nicht im Geringsten. Und die Medien ließen ihn völlig unreflektiert hetzen. War ja für die Auflagen und Zugriffszahlen viel besser. Negative Schlagzeilen verkauften sich eben besser als eine positive Meldung. Natürlich ausgenommen Jubelbotschaften aus dem Ski-Weltcup. Und selbst die mussten so reißerisch sein, dass man glaubte, einen Kriegsbericht zu lesen.

Der Adefris lobte die Polizei in höchsten Tönen und versprach für den Fall, dass er bei der anstehenden Wahl genug Stimmen bekommen sollte, eine finanzielle Aufstockung für die Exekutive. Ganz egal, dass er da auch als Bürgermeister überhaupt nichts zu bestimmen hätte. Natürlich vergaß er nicht darauf, seine eigene Rolle bei den Ermittlungen in den Vordergrund zu stellen. Ohne sein Drängen wäre nämlich gar nichts weitergegangen. Die Asylsuchenden würden außerdem sowieso viel zu sehr verhätschelt und verwöhnt. Zudem sei keinem von ihnen zu trauen. Am besten sollte man ein Ausgehverbot über das Kulturzentrum und die anderen Flüchtlingsunterkünfte verhängen. Nur so könne in Zukunft verhindert werden, dass sich die Syrer an »unseren« Frauen vergingen und heimlich Bomben bastelten. Mit sarkastischem Unterton fügte er hinzu, dass Chefinspektor Nöhrer ihm da ganz sicher recht geben werde. Immerhin habe er ja erst vor wenigen Tagen schlechte Erfahrungen in Bezug auf seine Freundin gemacht. Fast schon nebenbei wurde vom Adefris erwähnt, dass der Jalil nun natürlich auch der Hauptverdächtige beim Mord am Pfarrer sei. Aber auch in diesem Zusammenhang wolle der Syrer partout nicht rausrücken, wer seine Komplizen waren. Die Suche gehe also weiter.

Die Charlotte bekam das hautnah mit, weil das Fernsehinterview mit dem Adefris ganz in der Nähe ihres Punschstandes aufgezeichnet wurde. Die verschneite mittelalterliche Kirche und der Wehrturm bildeten den pittoresken Hintergrund. Das selbstgefällige Interview brachte sie innerlich zum Kochen. Da wurden unwidersprochen Halbwahrheiten, Mutmaßungen und dreiste Lügen rausgeblasen. Am liebsten wäre sie ganz kindisch im Hintergrund durch das Bild gelaufen und hätte die Zunge oder den Mittelfinger in die Kamera gereckt. Eine Whatsapp-Nachricht von der Andrea hielt sie im letzten Moment noch zurück. Ihre Freundin hatte endlich ein paar Informationen über die Hela herausbekommen und wollte ihr am Nachmittag daheim alles erzählen. Bis dahin musste sich die Charlotte mit der Information begnügen, dass die Hela tatsächlich in einer Mädelschaft engagiert war.

Ein paar Minuten später war das Fernsehinterview endlich beendet. Die TV-Crew packte ihre Sachen weg, der Adefris grinste weiter selbstzufrieden vor sich hin. Schließlich ging er direkt auf den Punschstand der Charlotte zu. Als er die Inaaya sah, spuckte er aufreizend auf den Boden, machte eine wegwerfende Handbewegung und holte sich von einem anderen Stand seinen Punsch.

Die Charlotte schüttelte den Kopf, beließ es aber dabei. Hatte ja doch keinen Sinn, jetzt wieder Streit anzufangen. Die Inaaya hatte kurz geschluckt, sich aber sonst nichts weiter anmerken lassen.

Gegen Mittag durfte sich die Charlotte über einen gänzlich unerwarteten Besuch freuen: Die Magda, ehemalige Putzfrau der Familie Zaitler, kam auf einen Punsch vorbei. Auf einen Punsch und um ihr Herz auszuschütten. Die Charlotte hatte es ihr schon angesehen, als sie sich müde an die Theke der Hütte gelehnt und einen Punsch mit doppeltem Schuss bestellt hatte. Seit der Geschichte mit dem alten Zaitler hatte sie die Magda nicht oft zu Gesicht bekommen, aber sie wusste, dass die einstige Prostituierte versuchte, in Perchtoldsdorf ihr eigenes Etablissement aufzusperren. Ihr war klar, dass so etwas nicht ohne Probleme ablaufen würde. Die Magda hatte sich das offenbar ein wenig leichter vorgestellt.

Sie schob der Magda neben dem Punsch auch noch ein großzügig belegtes Speckbrot mit Essiggurkerl über die Theke. »Geschenk des Hauses«, meinte sie.

Die ohnehin schon zierliche Tschechin hatte in den letzten Wochen Gewicht verloren und war nur mehr ein Schatten ihrer selbst.

»Probleme mit dem Geschäft?«, fragte die Charlotte einfühlsam.

Die Magda nickte niedergeschlagen. »Die Bewilligungen habe ich bis auf eine schon alle, das Lokal ist auch schon angekauft, und in den nächsten Wochen kommen die Arbeiter, um das Haus nach meinen Vorstellungen umzubauen.«

»Klingt doch super!« Etwas misstrauisch fügte die Charlotte hinzu: »Wie hast du das so schnell hinbekommen? Sonst dauert es ja schon bei einem normalen Haus Monate, bis man alle Genehmigungen zusammenhat.«

Ein schmutziges Grinsen umspielte die schmalen Lippen der Magda. »Kannst du dir das nicht vorstellen?«

Die Charlotte lief rot an. »Aber bist du nicht mit dem Berti zusammen?«

Während der Geschichte mit dem alten Nazi-Bunker hatte sich ein junger Historiker aus Wien in die ehemalige und bald wieder aktive Nutte verliebt (nein, nicht nachfragen – ist eine komplizierte Geschichte), und die beiden waren schnell ein Paar geworden. Passten zusammen wie Tag und Nacht, Feuer und Eis, Pinguin und Eisbär.

Die Magda lächelte verträumt. »Ja, das läuft alles super. Er hat ja gewusst, worauf er sich einlässt. Schauen wir einfach mal, wie lange das Ganze hält. Bis jetzt hat er sich noch nicht beschwert. Andererseits: Ich erzähle ihm auch nicht alles, was hier so abgeht. Er muss ja nicht jedes Detail wissen.«

»Du hast also …?«

»Einmal quer durch den Gemeinderat und wieder zurück«, gluckste die Magda. »Nein, war nur ein Witz! Wie soll ich sagen? Es gibt halt zwei, drei Leute, von denen ich Bewilligungen brauchte. Und die wollten eine … Probefahrt machen. Mein Gott, ich habe schon grauslichere Sachen erlebt.«

»Und außerdem hast du jetzt wohl was in der Hand gegen diese Leute?«, hakte die Charlotte nach. Als Ex-Polizistin wusste sie schon ganz gut, wie es in der Branche lief.

»Ich?«, fragte die Magda unschuldig. »Also bitte!«

Die beiden sahen sich kurz in die Augen und lachten dann lauthals los.

»Aber dann ist doch eh alles paletti, oder?«, meinte die Charlotte schließlich.

Die Magda wurde wieder ernst. »Nein, leider nicht. Eigentlich wollte ich die Sache ja so lange wie möglich geheim halten, aber irgendwo dürfte was durchgesickert sein, weil seit ein paar Tagen habe ich ständig Demonstranten vor dem Haus.«

»Echt? Davon habe ich noch gar nichts gehört.«

»Ja, echt. Nicht viele, vielleicht zwei Dutzend Leute, aber die machen mir halt ständig Stress.«

»Das kann ich mir gut vorstellen«, schmunzelte die Charlotte. »Ein Puff in einem Ort wie unserem? Da werden die Ehefrauen ihre Männer wohl nicht mehr so einfach alleine außer Haus lassen.«

»Welche Ehefrauen?«, fragte die Magda trocken. »Das sind lauter junge Leute, die da protestieren. Wild durchgemischt. Ein paar von den Konsidären, die auch beim Kulturzentrum protestiert haben, dazu ein paar junge Katholiken und auch ein paar Grüne, die gegen Ausnutzung der Frauen sind. Wie gesagt, eine heftige Mischung. Da demonstrieren Leute gemeinsam, die sich sonst auf der Straße gegenseitig anspucken. Aber in meinem Fall sind sie alle friedlich vereint.«

»Na ja, mit der Ausnutzung der Frauen haben sie ja nicht ganz unrecht.«

Die Magda schnaubte: »Ach was, meine Mädchen machen das alle freiwillig. Frag doch die Elena. Ich weiß doch selbst, wie grauslich das Geschäft sein kann. Ich hole sie aus meiner alten Heimat, und hier können sie sich etwas aufbauen. So wie ich. Männer kommen mir außer als Kunden keine ins Haus, und die Mädchen dürfen sich den Großteil ihres verdienten Geldes behalten. Das Ganze wird ja kein herkömmliches Bordell, sondern ein Laufhaus«, schloss sie mit unüberhörbarem Stolz in der Stimme.

»Okay, wenn du es so erzählst …«, lenkte die Charlotte ein. Sie hatte keinen Bock, mit der Magda über das Dasein als Nutte zu diskutieren. Dazu fehlte ihr ja nicht zuletzt auch die eigene Erfahrung.

»Weißt du«, fuhr die Magda fort, nachdem sie ihren Punsch geleert und das Speckbrot verputzt hatte, »wirklich am Arsch geht mir diese kleine, selbstgefällige Tochter vom Adefris.

Die steht immer und überall in der ersten Reihe und macht schlechte Stimmung. Egal, um was es geht. Was schert es die kleine Schlampe eigentlich, was ich hier mache?«

»Meinst du die Hela?«, fragte die Charlotte verblüfft.

»Keine Ahnung, wie die heißt. Ich habe sie letztens im Fernsehen gesehen, mir aber ihren Namen nicht gemerkt. Ich habe nur mitbekommen, dass sie die Tochter vom Adefris ist.«

»Ja, mit der habe ich auch schon schlechte Erfahrungen gemacht. Ich schätze mal, die kommt zu dir nur demonstrieren, weil du keine Österreicherin bist. Wahrscheinlich verlangt sie auch österreichische Nutten für österreichische Männer.«

»Wohl eher deutsche Nutten für deutsche Männer.«

»Oder so.« Sie stießen mit einem frischen Häferl Punsch an.

Als die Flora mit dem Noah nach Schulschluss zum Punschstand kam, überließ die Charlotte den beiden den Stand. In der aufgeheizten Stimmung wollte sie die Inaaya nicht alleine lassen. Die beiden hatten kein Problem damit, die Charlotte für eine Stunde zu vertreten. Mittaggegessen hatten sie schon in der Schule, bis zum Abendessen waren es noch ein paar Stunden, und am vorletzten Schultag vor Weihnachten war auch nichts mehr an Hausaufgaben zu erledigen.

Schön langsam verstärkte sich der Zustrom zum Weihnachtsmarkt. Von der Hela und ihren Konsidären war zum Glück weit und breit nichts zu sehen.

»Die sind wahrscheinlich in irgendeiner Bude und feiern, dass es endlich einen Asylwerber erwischt hat«, meinte die Flora sarkastisch. »Wohin musst du überhaupt?«

»Ich schau auf einen Sprung beim Leo vorbei. Vielleicht gibt's ja Neuigkeiten wegen der zweiten Bombe.«

»Hm, kann ich mir nicht vorstellen. Heute früh waren anscheinend noch mal die Wiener da und haben die Kirche durchsucht. Hat zumindest so ausgeschaut, als wir aus dem Schulbus ausgestiegen sind. Besonders aufgeregt haben die aber nicht ausgesehen.«

Die Charlotte sah hinüber zum Kircheneingang, zwei Polizisten waren dort postiert. Sie kannte keinen der beiden, es musste sich also um Polizisten aus Wien handeln. Besonders aufgeregt sahen die beiden tatsächlich nicht aus. Eher halb erfroren, was aber kein Wunder war, schließlich lagen die Temperaturen auch jetzt am Nachmittag noch weit unter dem Gefrierpunkt. Die beiden zappelten von einem Fuß auf den anderen, an ihren Mündern konnte man erkennen, dass sie immer wieder kurze Flüche ausstießen. Kein Vergleich zu den Grenadier Guards mit ihren Bärenfellmützen in London, die nicht eine Miene verzogen, egal, was gerade los war. Andererseits, hätte die Charlotte nicht einen kleinen Elektroheizer unter der Budel stehen gehabt, wäre sie in ihrem eigenen Punschstand wahrscheinlich erfroren. Sie konnte mit den beiden Polizisten also gut mitfühlen. Sie warf sich einen Schal um und stapfte über den Marktplatz zur Polizeistation.

»Klopf, klopf«, meldete sich die Charlotte betont fröhlich, als sie durch die offene Bürotür vom Leo eintrat.

Der sah gar nicht erfreut aus. Schließlich schaffte er es aber doch, ihr ein rotziges »Hallo« hinzuwerfen.

Gut, man konnte nicht immer wie ein klarer Sommertag strahlen. Die Charlotte ließ sich davon auch gar nicht erst ihre gespielt gute Laune verderben. Sie zündete sich eine Zigarette an und nahm gegenüber vom Leo auf einem ungemütlichen Plastiksessel Platz.

»Kannst du nicht lesen?«, schnauzte der Leo sie an. Seine Laune stieg durch das Gehabe der Charlotte nicht gerade. Er zeigte auf ein Schild mit einer durchgestrichenen Zigarette. »Das hier ist ein öffentliches Gebäude. Rauchen verboten!«

»Ja, genau«, lachte die Charlotte seinen Einwand einfach weg und bot ihm eine Zigarette aus ihrem Päckchen an. »Und was ist das da?« Dabei zeigte sie auf einen halb vollen Aschenbecher, dessen Rand unter einem Berg von Akten herauslugte.

»Ach, lass mich doch im Kraut«, fauchte der Leo, nahm aber die angebotene Zigarette an.

Die Charlotte beobachtete, wie der Leo sich die Zigarette

mit fahrigen Bewegungen im dritten Versuch endlich anzündete. »Was ist denn mit dir los?«, fragte sie, nun doch etwas besorgt.

»Was soll schon sein? Da, schau mal!« Damit schob er ihr einen Computerausdruck über den Tisch. Es war ein ausgedrucktes E-Mail.

Die Charlotte überflog den Zettel. Sie wurde blass.

»Das ist uns heute per Mail ins Haus geflattert. Was sagst dazu?«

Die Charlotte sagte zunächst gar nichts. Stattdessen las sie sich den Zettel noch einmal durch. Es war ein weiteres Drohschreiben. Darin machten sich die Terroristen über die Polizei und ihre erfolglose Bombensuche lustig. Wiederholt wurde darauf hingewiesen, dass es sich um eine Racheaktion für 1683 handelte.

»Wieso eigentlich?«, fragte die Charlotte laut, aber in Wirklichkeit an sich selbst gerichtet. »Damals wurde unser Ort von den Türken fast komplett zerstört, die Bevölkerung dahingemetzelt. Wofür wollen sie da Rache nehmen? Gerade hier, wo sie gewonnen haben? Weißt du, ich könnte es noch irgendwie nachvollziehen, wenn sie es beim Kahlenberg machen würden. Dort, wo sie damals endgültig besiegt wurden. Aber hier? Wir sind ja genau auf der anderen Seite von Wien.«

Sie las sich das E-Mail nochmals durch. Da waren die üblichen blumigen Umschreibungen, fast so wie aus einem Karl-May-Roman. Dem Jalil wurden als ausführendem Organ die üblichen zweiundsiebzig Jungfrauen im Paradies versprochen. Er habe sich märtyrerhaft für die Sache geopfert und dürfe sich die höchste aller Belohnungen erwarten. Die Terroristen schienen sich ihrer Sache ziemlich sicher zu sein. An einer Stelle gratulierten sie der Polizei sogar spöttisch, dass man die erste Bombe gefunden hatte. Die sei ja nur als Ablenkung gedacht gewesen, nach der anderen könnten sie noch wochenlang suchen und würden sie nicht finden.

»Was ja eigentlich dafürspricht, dass es gar keine zweite

Bombe gibt«, meinte die Charlotte schließlich nachdenklich. Irgendwas störte sie an diesem Mail.

»Nicht unbedingt«, widersprach der Leo. »Seit unserem Fund in der Bahnhofsstation wissen wir ja, dass mindestens zwei Bomben gebaut wurden. Nachdem wir eine schon gefunden haben, müssen wir davon ausgehen, dass es tatsächlich noch eine zweite gibt.«

»Weiß man schon, von wo das E-Mail abgesendet wurde?«

»Noch nicht. Die Spezialisten aus dem Innenministerium sind aber schon dran. Mit etwas Glück erfahren wir es heute noch.«

»Und die Mette absagen ist keine Option?«

»Natürlich steht das im Raum. Aber nachdem wir nichts gefunden haben und der potenzielle Bombenbauer in Haft ist … Es gehen alle davon aus, dass das nur eine leere Drohung ist, um der Bevölkerung weiter Angst einzujagen. Was weiß ich, was sich so ein Islamist dabei denkt. Derzeit sieht es jedenfalls so aus, dass die Mette und die Fernsehübertragung stattfinden werden. Ist ein bisschen so wie mit Erpressern – es wird nicht verhandelt. Offiziell zumindest nicht. Was dann am Heiligabend wirklich geschieht … wir werden es sehen. Die Mette kann ja auch noch kurzfristig abgesagt werden.«

Die Charlotte studierte das Mail nochmals. Diesmal fing sie ganz oben an, beim Empfänger. Und endlich fiel der Groschen. »Sag, woher haben die eigentlich deine E-Mail-Adresse?«

»Na, woher schon? Aus dem Internet wahrscheinlich«, grantelte der Leo.

»Nö, glaub ich nicht. Schau doch mal auf eure sogenannte Homepage.«

Rätselnd schaute sie der Leo an, aber tat, wie ihm geheißen. Er rief seine Startseite im Browser auf, und tatsächlich – dort war nur eine allgemeine E-Mail-Adresse der Dienststelle angegeben. Leben kam in seine Augen, und er googelte nach seinem eigenen Namen, aber nirgends tauchte seine dienstliche E-Mail-Adresse auf.

»Hast du noch das erste Mail der Terroristen? Das, das am Tag nach dem Mord am Pfarrer gekommen ist?«

Der Leo nickte, ein paar Sekunden später prangte das erste E-Mail am Bildschirm. Auch dieses war direkt an den Leo gerichtet gewesen.

»Was sagt uns das?«, fragte die Charlotte süffisant.

Der Leo ließ ihr sogar durchgehen, dass sie ihre schmutzigen Stiefel auf seinen Schreibtisch legte.

»Dass unsere Terroristen einen entscheidenden Fehler begangen haben.«

Die Charlotte nickte.

Im nächsten Moment sackte der Leo wieder zusammen. »Scheiße, aber wir haben keinen Beweis. Die E-Mail-Adresse alleine ist zu wenig, wenn du das Gleiche denkst wie ich.«

Die Charlotte nahm ihre Beine vom Tisch. Verschwörerisch lehnte sie sich zu ihrem Cousin hinüber. »Ich glaube, das tue ich. Und ich habe auch schon einen Plan.«

18

Montag, 22. Dezember

Zurück beim Punschstand musste sich die Charlotte wieder mal mit den Launen ihrer kleinen Schwester herumschlagen. Der Noah bediente gerade Kundschaft, als die Flora mit zornrotem Gesicht aus der Punschhütte stampfte, ihr Handy am Ohr. Als Antwort auf den fragenden Blick der Charlotte schüttelte er nur den Kopf.

Die Charlotte spitzte die Ohren, um mitzubekommen, mit wem die Flora hinter der Punschhütte sprach. Viel verstand sie nicht, weil die Kleine versuchte, möglichst leise zu reden. Aber sie bekam mit, dass sie Deutsch und Italienisch wild durcheinandermischte. Eine Melange, die wohl nur ein bis über beide Ohren verknallter Italiener verstehen konnte. Nach fünf Minuten gesellte sich die Flora wieder zu den anderen im Inneren der Hütte, wo es zu viert – die Inaaya war ja auch noch da – schon recht kuschelig wurde, um es freundlich zu umschreiben.

»Mah!«, stöhnte die Flora theatralisch. »Der Luca geht mir echt auf die Nerven.«

»Was ist denn los? Will er immer noch raufkommen?«

»Ja, natürlich«, pfauchte die Flora in ihrer ganz unnachahmlichen charmanten Art. Gut, als charmant empfand das nur sie selbst, aber wenigstens konnte sie sich darauf verlassen, dass sie wie eine Eins hinter sich selbst stand. Das war noch immer die beste Rückendeckung. »Er will einfach nicht verstehen, dass es bei uns mit dieser ganzen Situation einfach viel zu gefährlich ist und ich mir Sorgen um ihn mache.«

»Ah … ja …«, sagte die Charlotte lang gezogen. »Sorgen machst du dir um ihn also. Ist ja echt rührend.«

»Finde ich auch«, meinte der Noah aus dem Hintergrund.

»Ach, gehts doch beide …« Damit stürmte sie aus der

Punschhütte, den Kirchenhügel hinauf an der Herzogsburg vorbei und in den Begrischpark.

Die Charlotte verzichtete darauf, ihr nachzulaufen. Die Kleine würde sich schon wieder einkriegen.

Die Inaaya hatte dem Theater mit großen Augen zugeschaut. So lange und gut kannte sie die beiden Nöhrer-Schwestern noch nicht, um zu wissen, dass das gerade ein ganz normaler geschwisterlicher Austausch von Nettigkeiten zwischen den beiden gewesen war. Aber die Essenz der »Diskussion« hatte sie mitbekommen.

»Probleme mit dem Freund?«, fragte sie unschuldig.

»Pah, Freund …«, antwortete der Noah verächtlich.

Erstaunt blickte ihn die Inaaya an.

»Ach, vergiss es einfach. Ist zu kompliziert«, sagte er und verließ ebenfalls die Hütte.

»Habe ich etwas Falsches gesagt?«, fragte sie die Charlotte entsetzt.

Die lachte laut auf und beruhigte sie. »Nein, nein. Da kochen nur gerade die Hormone über. Ein Mädchen, zwei Burschen – das kann auf Dauer nicht gut gehen. Vor allem, weil ihr Freund nicht hier, sondern in Italien lebt.«

»In Italien? Ich dachte, Noah lebt bei euch?«, stellte die Inaaya verwundert fest.

Verdammt, ist das wirklich jedem außer mir aufgefallen?, ärgerte sich die Charlotte. Laut sagte sie: »Nein, der Noah ist nicht ihr Freund. Eigentlich ist die Flora mit dem Luca zusammen, und der lebt in Italien. Aber du hast schon recht. Seitdem der Noah bei uns lebt, ist es für sie zunehmend schwieriger geworden, sich zwischen den beiden zu entscheiden. Hat man mir wenigstens gesagt, weil aufgefallen wäre es mir nicht.«

Die Inaaya lächelte. »Vielleicht bist du einfach schon zu alt für so eine junge Liebe?«, sagte sie zuckersüß.

Bumm, das hatte gesessen. Die Charlotte sah ihre Kellnerin scharf an. Wollte die sie nur verarschen, oder meinte sie es tatsächlich ernst?

»Warst du schon mal in so einer Situation?«, fragte sie deshalb zurück.

Die Inaaya senkte verschämt ihren Blick. »Nein, nicht wirklich. Das war bei uns daheim nicht so einfach«, musste sie gestehen.

»Und hier?«

»Na ja«, wich sie aus und schaute ins Narrenkastl.

Nein, nicht ins Narrenkastl, stellte die Charlotte fest, sie schaute verträumt dem Noah nach, der an einem anderen Stand mit der Kellnerin schäkerte. Nicht schlecht für einen Siebzehnjährigen, der vor einem halben Jahr noch am Bubenstrich anschaffen gehen musste. Sie hoffte inständig, dass die Flora nichts von der geheimen Liebe der Inaaya mitbekam.

Ihre eigene Liebe zur Andrea war alles andere als geheim. Und das bekamen auch alle zu sehen, als die Andrea ein paar Stunden später von der Arbeit kam und *direttissima* bei der Punschhütte aufschlug. Statt eines kurzen Bussis bekam die Andrea von der Charlotte die Zunge bis zum Rachenzäpfchen reingesteckt.

»Was ist denn mit dir los?«, fragte sie erstaunt, aber nicht abweisend.

»Ich bin nur froh, dass ich dich hab und es keine Beziehungsdramen gibt.«

Im Hintergrund warfen sich die Flora und der Noah vielsagende Blicke zu. Die Inaaya verschlang mit ihren Augen wiederum den Noah, was aber niemandem auffiel.

Die Andrea drückte ihre Freundin fester an sich, knabberte zärtlich an ihrem Ohr und hauchte: »Noch nicht …«

»Schlampe«, hauchte die Charlotte gut hörbar zurück, woraufhin die Inaaya rot anlief.

Die Flora, die sich inzwischen wieder beruhigt hatte, verdrehte genervt die Augen. Das picksüße Hickhack zwischen den beiden ging ihr manchmal richtig auf die Nerven.

Irgendwann hatten sich alle wieder eingekriegt, und die Andrea konnte endlich ihre Rechercheergebnisse in Bezug auf die

Hela von sich geben. Sie hatten ein riesiges Glück gehabt, dass sie um diese Zeit noch jemanden am Juridicum erreicht hatte, der ihr gegenüber aus dem Nähkästchen plauderte.

»Ich habe mich heute Vormittag mit der Ulli Birkner auf einen Kaffee zusammengesetzt. Das ist eine ehemalige Professorin von mir. Sie war ganz erpicht darauf, sich mit mir zu treffen«, begann die Andrea, nur um sofort von der Charlotte unterbrochen zu werden.

»Aha, wieso denn?«, fragte sie eifersüchtig.

»Ach, Charly. Wie oft soll ich dir noch sagen, dass ich mal ein Leben vor dir hatte? Die Ulli ist, hm, sagen wir mal, so gepolt wie wir. Ich war ein paarmal mit ihr weg, weil es konnte ja nicht schaden, wenn man einen guten Draht zu seinen Professoren hatte.«

»Wie lange ist das denn gelaufen?«

Neben der Charlotte verschluckte sich die Flora vor Lachen. Der Noah musste ihr mehr oder weniger heftig auf den Rücken klopfen.

»Blöde Kuh!«, zischte die Charlotte sie angefressen an.

»Nicht lange, keine Sorge. Die Ulli war mir ein bisschen zu rechts. Sie ist bei einer Mädelschaft.«

»Und das hat sie dir gar nicht nachgetragen? Also, dass du sie fallen lassen hast?«

»Am Anfang schon, aber ich war dann mit einem Typen zusammen, und damit war die Sache erledigt. Alle paar Monate schreibt sie mir ein SMS, ob wir uns nicht treffen können. Bis jetzt habe ich immer abgesagt.«

In der Charlotte stieg die Eifersucht immer weiter auf, inzwischen schon giftgrün. Soso, alle paar Monate ein SMS, dachte sie. »Davon hast du mir aber nichts erzählt«, meinte sie eingeschnappt.

»Warum auch?«, gab die Andrea unschuldig zurück. »Sie interessiert mich ja nicht, und jetzt war es doch ganz gut, dass ich ihr noch nicht gesagt habe, dass sie scheißen gehen soll.«

»Kommt drauf an, was sie dir über die Hela erzählt hat.«

»Ja, das … Dafür musste ich …«

»Musstest du was?«, schrie die Charlotte entsetzt auf.

Die Andrea grinste. Sie genoss es, die Charlotte ein bisschen auf die Palme zu bringen. »Jetzt komm mal wieder runter, gar nichts ist passiert. Ich musste einfach nur so tun, als wäre ich interessiert, ihrer Mädelschaft beizutreten. Rein theoretisch bin ich ja noch immer eine Studentin. Sie wollte mich früher schon immer dafür rekrutieren, aber wie gesagt, das war nie so meines. Kann ich jetzt endlich weitererzählen?«

Allgemeines Nicken von der Charlotte, der Flora und dem Noah. Die Inaaya hörte nur mit einem Ohr zu, weil sich ja inzwischen die Welt weiterdrehte und die Leute ihren Punsch haben wollten. Auch wenn es die Charlotte manchmal nicht glauben wollte: Es gab tatsächlich noch eine Welt außerhalb ihres Mikrokosmos.

»Gut, also: Die Ulli – schau nicht so! (weil böser Blick von der Charlotte) – ist bei der Mädelschaft Frigg. Natürlich schon seit ihrer Studienzeit.«

»Wie alt ist deine Ulli eigentlich?«, wurde sie von der Charlotte unterbrochen. Man konnte das Gefühl bekommen, dass sie sich weniger für die Rechercheergebnisse als für ihre imaginäre Nebenbuhlerin interessierte.

»Meine Ulli«, dabei betonte die Andrea das »meine« besonders, »ist fünfundvierzig.«

»Eine echte MILF also«, prustete die Flora los, wofür sie sowohl von der Andrea als auch von der Charlotte mit einem bitterbösen Blick bestraft wurde.

»Mutter ist schwierig, wenn sie lesbisch ist«, entgegnete die Andrea kühl.

»Aber nicht unmöglich«, sagte die Charlotte.

Die Andrea sah sie verwundert an, machte dann aber weiter. »Also, die Ulli ist nach wie vor bei der Frigg engagiert, und – so ein Zufall – dort ist auch die Hela dabei. Die Frigg-Mädelschaft hat ihre Bude gleich ums Eck vom Juridicum. Laut der Ulli (wieder eine besondere Betonung auf dem Namen) hat es die Hela gar nicht erwarten können, dort beizutreten. Kaum war sie immatrikuliert, ist sie bei ihnen auch schon in der Tür gestanden und wollte mitmachen.«

»Geht das denn so einfach?«

Die Andrea zuckte mit den Schultern. »Keine Ahnung, aber die Hela hat ja einen guten Namen. Adefris öffnet dir in diesen Kreisen schnell mal eine Tür.«

»Okay, wir wissen jetzt also, dass die Hela bei einer Mädelschaft ist. Ist zwar irgendwie idiotisch, aber leider nicht verboten. Was haben wir von dieser Information?«

»Jetzt warte doch mal, Charly, ich bin ja noch nicht fertig. Wundert es dich nicht, dass die Ulli mir so frei von der Leber was über eine ihrer Mädelschaft-Kolleginnen erzählt?«

Die Charlotte sah sie prüfend an. »Nein, ich geh einfach mal davon aus, dass sie noch immer einen Stand auf dich hat und hofft, dass du dann mit ihr ins Bett springst.«

»Mag schon sein, aber es gibt noch einen anderen Grund. Selbst der Ulli ist die Hela zu radikal. Seit sie vor einem Jahr bei ihnen eingestiegen ist, ist die Hela in der Hierarchie schnell hochgekommen. Wohl, weil sie eine Adefris ist. Und sie hat die ganze Mädelschaft radikalisiert. Wo früher ›nur‹ politisiert, über Ausländer geschimpft und auf braves Hausfrauchen beziehungsweise angehende Gebärmaschine gemacht wurde, werden jetzt ganz andere Geschütze aufgefahren.«

»Welche denn?«

»Laut der Ulli wurde der Kontakt zu Rechtsradikalen in Deutschland verstärkt. Außerdem gibt es jetzt richtige Hetz- und Hassreden. Und stell dir vor: Die Hela steht dabei nie im Vordergrund. Das ist der Ulli aufgefallen. Die Hela hält sich immer nobel zurück, aber es ist klar, dass sie die Anstifterin für die ganze Sache ist. Außerdem engagieren sich die Frigg-Mädels gemeinsam mit zwei schlagenden Burschenschaften für den ÖHP-Wahlkampf. Die rennen alle nach der Pfeife von der Hela.«

»Wahrscheinlich, weil sie alle etwas von ihrem Herrn Papa wollen.«

»Denke ich auch. Egal warum, die Hela hat die Bude innerhalb kürzester Zeit übernommen und zieht dort sämtliche Fäden. Und dann hat mir die Ulli noch etwas Interessantes erzählt.«

»Was denn? Komm, rück schon raus!«

»Unsere Hela scheint eine Polygamistin zu sein. Laut der Ulli ist sie nämlich mit einem gewissen Lothar, einem schlagenden Burschenschafter, zusammen.«

»Aber der Leo hat doch erzählt, dass sie mit dem Pepi Habermas zusammen ist«, protestierte die Charlotte.

»Gell, das ist schon interessant. Ich tippe ja mal darauf, dass ihr echter Freund dieser Lothar ist. Passt einfach besser in ihr Weltbild. Womit noch die Frage bleibt, was sie mit dem Pepi will?«

»Oder was sie von ihm braucht«, flüsterte die Flora nachdenklich.

Am frühen Abend tanzte die Angesprochene am Weihnachtsmarkt an, vermied es allerdings tunlichst, beim Stand der Nöhrers vorbeizuschauen. Im Schlepptau schien sie eine Handvoll ihrer Mädelschaft-Kolleginnen zu haben, denn alle trugen so ein dämliches Käppi und eine bunte Schärpe. Auch darunter waren sie recht uniform gekleidet: schwarze Mäntel, schwarze Röcke und kniehohe Reiterstiefel. So zogen sie wie eine Junggesellinnengesellschaft von Stand zu Stand. Im Lauf des Abends stießen noch einige Konsidäre zur Gruppe der Hela. Burschenschafter machte die Charlotte unter ihnen keine aus, allerdings war es zu finster, um zu erkennen, ob nicht doch einer oder mehrere von ihnen einen Schmiss im Gesicht hatten. Burschenschafter-Uniformen trugen sie jedenfalls keine. Wenig überraschend fehlte der Pepi Habermas. Die Charlotte hatte ihn bislang noch nie in Gesellschaft der Hela gesehen. Es dürfte sich bei den beiden wohl eher um eine geheime Liebe handeln. Oder was auch immer wirklich zwischen ihnen lief.

Auf jeden Fall benahm sich das rechte Pack recht zivilisiert.

Natürlich gab es zwischendurch immer wieder ein paar betrunkene rechte Parolen. Aber alles nichts im Vergleich zu den Aufläufen, die in den vergangenen Wochen veranstaltet worden waren.

Zur Sperrstunde um zehn Uhr hatten sie sich auch bereits wieder getrollt. Die Charlotte sperrte ihre Hütte zu und begleitete mit der Andrea die Inaaya heim ins Kulturzentrum. Nur, um auf Nummer sicher zu gehen. Der Rückweg führte blöderweise genau an der Turmbar vorbei. Irgendwie verständlich, dass die beiden da noch auf einen kurzen Absacker hineinschauten. Und diesmal wollten sie wirklich – WIRKLICH – nur auf einen schnellen Cocktail bleiben. Wer konnte denn auch wissen, dass nicht nur der Leo mit seiner Elena, sondern auch noch die Renate da waren? Ja, im Ernst! Wäre doch unhöflich gewesen, sich da nach einem einzigen Getränk wieder zu verabschieden. Ganz abgesehen davon war das, was der Leo zu erzählen hatte, auch wirklich viel zu interessant.

Da es Montagabend war, war das Lokal zur Abwechslung mal nicht gesteckt voll. Die Charlotte und die Andrea konnten ihre Stammplätze an der Bar einnehmen, ohne dass der Mario andere Gäste verscheuchen musste. Gleich neben ihnen war der Leo mit der Renate in ein Gespräch vertieft, das die beiden sofort unterbrachen, als die Charlotte und die Andrea sich setzten. Die Renate begrüßte die beiden überschwänglich wie immer, und selbst der Missmut vom Leo war mittlerweile verflogen. Mit einem kurzen Augenzwinkern gab er der Charlotte zu verstehen, dass er unter Umständen – sprich: gegen eine Einladung auf ein Getränk – Informationen für sie hätte. Zuerst musste aber natürlich die Renate auf den letzten Stand der Dinge gebracht werden. Wie üblich war das dem Leo gar nicht recht, und wie üblich war das der Charlotte völlig egal. Aber irgendwie war die Renate diesmal nicht so richtig bei der Sache.

»Was ist denn?«, fragte die Charlotte deshalb.

Die Renate schaute verschämt in ihr Cocktailglas. »Ich habe noch kein Weihnachtsgeschenk für den Noah.« Sie war ja quasi die (finanzielle) Ziehmutter des Neuzugangs am Nöhrer'schen Weingut und fühlte sich bis zu einem gewissen Grad verantwortlich für den Burschen.

Die Charlotte überlegte. »Von welcher Preisklasse reden wir denn?«

»Völlig egal. Also, kein Auto oder so, aber ansonsten? Ich will ihm nicht immer nur Bargeld zustecken. Das ist irgendwie so unpersönlich.«

»Unpersönlich? Wenn einer es dringend braucht, ist das besser, als ihm irgendeinen fancy Schaas zu schenken. Aber ich hätte da eine andere Idee: Wie wäre es, wenn du mit ihm auf Urlaub fährst?«

»Ich will aber nicht Ski fahren gehen, das ist mir zu kalt.«

»Wer redet von Skifahren? Flieg mit ihm nach Ägypten. Oder Südspanien. Irgendwohin in die Sonne. Wird euch beiden guttun. Auf der Restplatzbörse findest du sicher noch was für zwei Personen.«

Die Renate schloss die Augen und dachte kurz nach. »Ja, wieso eigentlich nicht?«, meinte sie schließlich. »Ich war seit der Geschichte mit dem Norbert eh noch nicht auf Urlaub. Eine Woche in den Süden könnte vielleicht nicht schaden.«

Und der Mario freut sich vielleicht auch, einmal eine Woche seine Ruhe zu haben, dachte die Charlotte. Ein Blick auf den Barbesitzer ließ sie an dieser Überlegung jedoch zweifeln. Er hing mit gierigem Blick an seiner Freundin und schien noch lange nicht genug von ihr zu haben.

Der Leo hatte die Anwesenheit der Charlotte und die damit verbundene Ablenkung der Renate dazu genützt, um ein bisschen mit seiner Elena herumzuschmusen. Gegen Mitternacht ging die Tür zur Bar auf, und eine Horde neuer Gäste kam hereingestürmt. Allen voran die Hela, dazu ein paar kurz geschorene Konsidäre und eine Handvoll Mädels von Helas Mädelschaft.

Als die Hela die Charlotte und die Andrea sah, erschien ein breites Grinsen in ihrem Gesicht. »Ah, sind die Muschi-Schlecker auch da«, lallte sie. »Da müssen wir den Chef bitten, dass er die Gläser extra spült.«

Es war das erste Mal, dass die Charlotte die Hela betrunken sah, und das erste Mal, dass die kleine Schwarzhaarige ihre perfekte Maske fallen ließ und sich nicht völlig unter Kontrolle hatte. Unter dem Gejohle ihrer Freunde schwankte die Hela auf ihren hochhackigen Stiefeln zur Bar. Sie holte gerade zur nächsten Beleidigung aus, als sich der Leo von seiner Elena löste und zu ihr umdrehte. Da er in Zivil unterwegs war und mit dem Rücken zum Eingang gesessen war, hatten ihn die Neuankömmlinge bisher nicht registriert. Nun richtete er sich zu seiner vollen Größe auf und baute sich schützend vor seiner Cousine auf.

»Fräulein Adefris«, setzte er sehr, sehr freundlich an, »ich darf Sie bitten, keinen Streit mit den anderen Gästen anzufangen, da ich mich sonst gezwungen sehe, Sie des Lokals zu verweisen. Was sicher auch im Sinne des Besitzers ist.« Dabei warf er dem Mario einen vielsagenden Blick zu, den dieser mit einem hektischen Nicken beantwortete. Mit einem Blick auf den Rest der Gesellschaft sagte der Leo: »Und bevor irgendwer auf blöde Ideen kommt … setzts euch doch einfach hinten ums Eck hin. Dann haben alle ihre Ruhe, okay?«

Zwei der Kurzgeschorenen hatten sich nämlich dazu aufgerafft, ihre Anführerin zu verteidigen. Unter ihren Jacken quollen die Oberarmmuskeln hervor, aber sie waren beide mindestens einen halben Kopf kleiner als der Leo.

»Kusch!«, sagte die Hela, ohne sich zu den beiden umzudrehen.

Wie gut abgerichtete Hunde folgten die beiden dem Befehl und traten wieder zurück ins Glied. Bei der Hela war auf einmal alles wieder normal. Sie hatte sich unter Kontrolle, der Alkohol schien wie weggeblasen. Oder es war alles nur eine Show gewesen, um die Charlotte zu provozieren. Schließlich hatte sie nicht damit rechnen können, dass ausgerechnet der Chefinspektor auch in der Bar war.

»Herr Nöhrer«, flötete sie kühl, »vielen Dank für Ihren Rat, den wir natürlich befolgen werden. Auch wenn ich es nicht in Ordnung finde, dass rechtschaffene Bürger ins hinterste Eck dieser Spelunke verwiesen werden. Wir haben genauso ein Recht, uns hier vorne aufzuhalten, wie jeder andere Gast.«

»Solange ihr euch benehmt, kein Problem. Aber irgendwie habe ich das Gefühl, dass du und deine Kollegen auf Stunk aus seid. Und das kann ich heute Abend wirklich nicht gebrauchen.«

»Seit wann sind wir per Du?«, wich die Hela aus.

Der Leo musste sich hinunterbeugen, um ihr direkt in die Augen schauen zu können. »Hör mal gut zu. Ich weiß, dass du glaubst, allen anderen überlegen zu sein. Du bist Jus-Studentin, ich bin nur ein dämlicher Dorfpolizist. Stimmt doch, oder? Aber ich möchte dich trotzdem darauf hinweisen, dass auch für Töchter von Gemeinderäten gewisse Regeln gelten. Du und deine Freunde – ihr habt in den letzten Wochen schon für genug Radau gesorgt. Wie wäre es, wenn ihr wenigstens zu Weihnachten ein wenig kürzertretet?«

Die Hela wich nicht einen Millimeter zurück. Sie lächelte dem Leo weiter gelassen ins Gesicht. »Aber gerne doch. Wer weiß schon, wie lange du noch Polizeichef sein wirst. Du und dein ganzes linkes Pack. In ein paar Wochen wird hier alles ganz anders aussehen.« Damit ließ sie ihn stehen und führte ihre Gruppe ins hinterste Eck des Lokals.

Der Leo ließ sich wieder auf seinen Barhocker fallen. Die Elena massierte ihm den Nacken, die Charlotte bestellte ihm ein neues Getränk.

Der Mario übernahm die Bedienung der Gruppe rund um das Angelface. Bei der aufgeheizten Stimmung wollte er die Elena nicht nach hinten schicken. Mit einem faden Auge kam er an die Bar zurück. »Das brauch ich echt noch«, jammerte er. »Eine Horde von dem Pack, und alle bestellen s' nur Bier.«

»Keine Sorge«, beruhigte ihn die Charlotte. »Das machen wir mit unseren Bestellungen schon wieder wett.«

»Was ist nur mit der Kleinen los?«, fragte der Leo, an niemand Bestimmten gerichtet. Weshalb die Frage auch geflissentlich ignoriert wurde.

»Was anderes«, meinte die Charlotte, während sie dem Leo den neuen Cocktail rüberschob. »Du hast doch gemeint, du hättest neue Informationen für mich. Habt ihr etwa schon rausgefunden, von wo das Drohmail heute abgeschickt wurde?«

»Ja, genau das haben wir. Das Mail wurde von einem neu angelegten Gratis-E-Mail-Account aus einem kleinen Secondhand-Handyshop im ersten Bezirk abgeschickt.«

»Hast du die genaue Adresse?«

Hatte der Leo natürlich. Und bei der Andrea begannen augenblicklich die Alarmglocken zu schrillen. Sicherheitshalber öffnete sie auf ihrem Handy die Google-Maps-App. Ein paar Sekunden später war ihre Annahme bestätigt – der Handyshop befand sich in unmittelbarer Nähe des Juridicums. Und der Bude der Mädelschaft Frigg.

»Ich glaube, wir sollten uns das morgen vielleicht mal vor Ort anschauen«, sagte sie schließlich zur Charlotte. Die nickte zustimmend.

19

Dienstag, 23. Dezember

Toter Pfarrer hin, Bombendrohungen her – den Ausflug in Wiens Innere Stadt nutzten die Charlotte und die Andrea trotzdem zum Last-minute-Weihnachtsshopping. Ja, gut, bei den Preisen im ersten Bezirk war es mehr Windowshopping, aber egal. Sie fuhren mit dem Auto zur nächsten Park-and-ride-Anlage im Wiener Grenzgebiet und von dort mit der U-Bahn bis zur Oper. Über die Kärntner Straße bummelten sie bis zum Stephansplatz, wo sie in einer Konditorei ein ebenso feudales wie überteuertes Frühstück genossen, bevor sie schließlich via Graben und Freyung zum Juridicum mäanderten. Und schön langsam kam die Charlotte doch noch in so etwas wie Weihnachtsstimmung. Überall lagen hohe Schneehaufen, zur Abwechslung strahlte mal die Sonne von einem klaren Himmel, und dennoch waren die Temperaturen deutlich unter null. Horden von Touristen und vereinzelt auch ein paar Eingeborene wuselten durch die Innere Stadt, einige davon sogar noch mit Weihnachtsbaum unter dem Arm oder auf der Schulter. So lange mit dem Christbaumkauf zu warten widerstrebte der Charlotte. Sie hatte schon als Kind Angst gehabt, dass so kurz vor Weihnachten kein schöner Baum mehr dabei sein würde.

Für die Weihnachtsbäume am Weingut war der Herr Papa zuständig. Er hatte eine mittelgroße Tanne für den »Privatgebrauch«, eine etwas größere für das Heurigenlokal und den Hoteltrakt und eine richtig große für den Innenhof gekauft. Kleine Kinder, die noch an das Christkind glaubten, waren keine mehr (beziehungsweise noch nicht) da, und so war es ebenfalls die Aufgabe des Herrn Papa, die Bäume alle aufzustellen und dann gemeinsam mit der Frau Mama aufzuputzen. Wobei die

Mama sich nur um die Indoor-Bäume kümmerte. Die große Tanne im Hof blieb ganz dem Herrn Papa überlassen.

Es war gegen Mittag, als sie vor dem dunklen Glas- und Stahlgebäude des Juridicums standen. Natürlich war es einen Tag vor Weihnachten so gut wie verwaist. Vorlesungen und Seminare gab es erst wieder im neuen Jahr.

»Und jetzt?«, fragte die Andrea.

»Jetzt zeigst du mir mal, wo die Mädelschaft daheim ist, und dann schauen wir uns diesen Handyshop an.«

Die Andrea nahm ihre Freundin an der Hand und zog sie in eine kleine Seitengasse. Bereits die zweite Haustür war ihr erster Stopp. Neben Türschildern aus Messing und Gold, die allesamt Ärzten und Anwälten gehörten, war ein silbernes Türschild angebracht. Darauf stand in Frakturschrift: »Mädelschaft Frigg, Untergeschoss«. Die Charlotte rüttelte an dem hohen Eingangstor des Gründerzeithauses, aber wie erwartet war es abgeschlossen.

»Schauen wir weiter«, meinte sie.

Nach zwanzig Metern machte das Gässchen eine scharfe Linksbiegung, gleich dahinter war der gesuchte Shop für gebrauchte Handys und Handyhüllen. Und für das Entsperren von Handys. Und billiges Kopieren. Und billige Festnetztelefonate in aller Herren Länder, vorzugsweise aber in Richtung Osten. Und billiges Internetsurfen. Und Abholstation für private Paketdienste. Und überhaupt alles, was in diese Richtung ging. Es war eines von Hunderten solcher Minigeschäfte in Wien.

Sie traten ein und sahen sich um. Der Besitzer – die Charlotte vermutete vom Aussehen her einen türkischstämmigen Wiener – sah die beiden kurz an und tippte dann weiter auf seinem Tablet herum. Hinter ihm waren in einer Glasvitrine ein Dutzend Handyhüllen ausgestellt, zu seiner Rechten stapelten sich noch nicht abgeholte Pakete. An der rechten Wand liefen drei Desktops heiß, daneben waren zwei Festnetzboxen. Alle Plätze waren besetzt. Im Hintergrund düdelte türkische oder arabische Musik. Die Charlotte war sich da nicht sicher, und in Wirklichkeit war es ihr auch egal.

Scheiß drauf, dachte sie, am besten mit der Tür ins Haus fallen, und ging selbstbewusst auf den Ladenbesitzer zu.

»Ja?«, sagte der, ohne aufzuschauen.

»Hallo«, grüßte die Charlotte betont freundlich. »Waren gestern in der Früh vielleicht ein paar Syrer oder Araber hier?«

Langsam schaute der Mann auf. Sein Gesicht wurde zur Hälfte von einem imposanten, links und rechts aufgezwirbelten Schnurrbart verdeckt. Er musterte die Charlotte kurz und wandte sich dann wieder seiner ganz sicher viel wichtigeren Tätigkeit am Tablet zu. »Suchen Sie sich einen aus«, sagte er schließlich kurz angebunden und deutete mit der Hand auf die anwesenden Kunden.

Ein paar von ihnen drehten sich um. In ihren Mienen konnte die Charlotte Erheiterung sehen. Es waren nämlich ausnahmslos Syrer, Türken, Araber, Kurden – was auch immer. Die Charlotte schämte sich, die Ethnien nicht unterscheiden zu können.

»Sie sind aber nicht von der Polizei«, sagte nun wieder der Ladenbesitzer, der offenbar doch noch Interesse an den beiden neugierigen Frauen gefunden hatte.

»Woher wollen Sie das wissen?«, konterte die Charlotte.

»Erstens, weil die Polizei schon gestern da war und mir genau die gleiche Frage gestellt hat, und zweitens, weil die wenigstens ihre Dienstausweise hergezeigt haben. Also?«

Die Charlotte musste sich geschlagen geben. Kurz überlegte sie, ob sie es mit der Mitleidsmasche probieren sollte, aber ein Blick in die Augen des Shopbesitzers machte ihr klar, dass das ein hoffnungsloses Unterfangen war. Wortlos verließ sie mit der Andrea das Geschäft. Vor dem kleinen Laden zündete sie sich eine Zigarette an.

»Ich hab Hunger!«, raunzte die Andrea.

»Wir haben doch erst gefrühstückt?«

»Das ist schon wieder zwei Stunden her. Und ich bin noch im Wachsen.«

»So ein Blödsinn. Aber gut, du kennst dich hier in der Gegend aus. Wo sollen wir hingehen?«

Die Andrea überlegte kurz und schlug dann ein indisches Restaurant ganz in der Nähe vor. Grundsätzlich eine Spitzenidee, wie auch die Charlotte eingestehen musste, denn indisch hatte sie schon seit Jahren nicht mehr gegessen. Wie gesagt – grundsätzlich. Wäre nämlich neben einer Handvoll anderer Gäste in dem Restaurant nicht auch die Ulli Birkner gewesen. Die Charlotte kannte die Ulli bisher ja nur aus Erzählungen und hatte zunächst keine Ahnung, wer da wie verrückt »Huhu!« schrie und ihnen zuwinkte. Die Andrea setzte ihr strahlendstes Lächeln auf.

»Das ist die Ulli, also jetzt keinen Blödsinn«, murmelte sie der Charlotte aus dem Mundwinkel zu.

Beim Betreten des Lokals hatten die beiden ausnahmsweise mal nicht Händchen gehalten. Als die Charlotte jetzt automatisch und besitzergreifend nach der Hand der Andrea griff, wischte die sie bestimmt weg. In ihrem aufreizendsten Tussi-Wackelarsch-Gang trippelte sie auf den Tisch der Jus-Professorin zu. Der Charlotte blieb nichts anderes übrig, als hinterherzuwatscheln und dabei zu versuchen, ein möglichst freundliches Gesicht zu machen. Als sie den Tisch erreichten, stand die Ulli bereits. Sie umarmte die Andrea euphorisch und für den Geschmack der Charlotte auch ein wenig zu lange. Immer ruhig bleiben, langsam bis zehn zählen (besser sogar bis hundert), redete sie sich zu. Als die Ulli der Andrea aber nicht nur links und rechts ein Bussi auf die Wange drückte, sondern auch noch einen festen Schmatzer auf die Lippen, war es um ihre Geduld geschehen. Genau in dem Moment, als die Charlotte ihren Mund aufmachte, um zu protestieren, kam aber glücklicherweise ein Kellner und servierte das Mittagsmenü der Ulli. Der Kellner drängte sich an der Charlotte vorbei, die Ulli ließ von der Andrea ab, und aus der ganzen Geschichte war mit einem Mal die Luft draußen. Das Essen sah nicht nur richtig gut aus, sondern duftete auch ganz verführerisch. Da spürte die Charlotte, dass auch ihr Magen nach Nachschub verlangte.

Sie setzten sich zur Ulli an den Tisch. Die Charlotte mehr wider als willig, aber da musste sie jetzt durch.

Die Andrea stellte die Charlotte vor. »Das ist die Charlotte, eine … gute Freundin von mir. Wir haben uns in der Stadt zum Shopping getroffen und sind jetzt zufällig hier hereingeschneit.«

Freundlich, aber distanziert reichte die Ulli der Charlotte über den Tisch hinweg die Hand. Ein angeborener Instinkt sagte ihr wohl, dass die Andrea ihr da etwas vorenthielt, aber die Ulli beschloss, ihre Rivalin vorerst einfach mal zu ignorieren. Dementsprechend ausgeschlossen fühlte sich die Charlotte auch in der nächsten Stunde, weil das Gespräch komplett an ihr vorbeilief. Die beiden anderen unterhielten sich über die Uni, über Politik und tausend andere Sachen, aber nie wurde die Charlotte direkt angesprochen. Na gut, dann eben nicht. Sie konzentrierte sich auf ihr Essen und ließ die beiden anderen quatschen. Erst als das Wort »Frigg« fiel, wurde sie wieder hellhörig. Über Umwege hatte die Andrea das Gespräch unauffällig auf das Thema Mädelschaft gebracht.

»Bist du doch interessiert?«, fragte die Ulli, ihre Nachspeise mampfend.

»Aber ja – die Zeiten haben sich geändert«, meinte die Andrea. »Heutzutage ist es einfach wichtig, dass man die richtigen Kontakte hat. Und natürlich, dass wir zusammenhalten.«

»Zusammenhalt ist bei uns ganz wichtig«, erklärte die Ulli stolz. »Wenn du bei uns in der Mädelschaft aufgenommen wirst, stehen dir alle Wege offen. Wir sind ja auch in engem Kontakt mit einigen Burschenschaften, und wie du weißt, ist das derzeit eine sichere Karriereleiter. Vor allem, wenn du in die Politik willst.«

»Ja, das ist derzeit wirklich kaum zu übersehen«, antwortete die Andrea zweideutig. Der Zynismus ging an der Ulli spurlos vorüber. »Wenn ich schon mal da bin und du auch … glaubst du, dass ich mir eure Bude vielleicht mal kurz anschauen kann?« Die

Andrea sah der Ulli dabei nicht in die Augen, sondern stocherte hoch konzentriert in ihrer Nachspeise.

»Warum nicht? Wir hatten unser Julfest schon am Wochenende, und der Großteil der anderen Mädels ist bereits daheim in den Bundesländern. Normalerweise dürfen Nicht-Mitglieder ja nicht rein, aber ich glaube, bei dir kann ich da schon eine Ausnahme machen.« Der Charlotte kam fast das Kotzen – »Julfest« … Wieso konnten die nicht einfach auch Weihnachten feiern? »Aber deine Freundin …«

»Ach, die ist harmlos. Keine Sorge, außerdem steht sie meinen Ambitionen durchaus positiv gegenüber«, wiegelte die Andrea ab.

Die Charlotte hätte am liebsten gleich wieder gekotzt. So kannte sie die Andrea gar nicht. Schon klar, sie wusste, dass ihre Freundin da jetzt nur eine Rolle spielte. Aber irgendwie war es erschütternd, mit welcher Leichtigkeit sie da hineingeschlüpft war.

Nachdem sie gezahlt hatten – die Ulli hatte es sich nicht nehmen lassen, die beiden einzuladen (gezwungenermaßen auch die Charlotte) –, marschierten sie den kurzen Weg zur Frigg-Bude. Am Weg dorthin konnte es sich die Charlotte nicht verkneifen, die Ulli zu fragen, wie sie es mit einem großdeutschen Gewissen vereinbaren könne, beim Inder essen zu gehen.

Diesen Einwand wischte die Ulli aber locker weg. »Der Inder kocht für mich – wo ist da das Problem? Es ist genauso, wie es sein soll. Der Ausländer arbeitet für mich, ich kann mich auf die wichtigen Dinge im Leben konzentrieren. So muss eben jeder seinen Platz im Leben kennen.«

Hatte die Andrea nicht gestern erst gemeint, dass die Ulli eine der »Gemäßigten« in dem Verein sei? Wie redeten dann erst die echten Hardliner? Und was zum Teufel hatte diese Frau als Professorin an einer Universität verloren?

Vor dem Haustor angekommen, zog die Ulli einen dicken Schlüsselbund aus ihrer Handtasche. Sie schloss das schwere Eingangstor auf und bat die beiden hinein. Die Charlotte fand sich in einem dunklen Hausdurchgang wieder, zehn Meter weiter führte eine Tür in einen Innenhof. Vorher bog die Ulli aber nach rechts ab, in das Haus mit der Aufschrift »Stiege 1«. Zur Linken konnte die Charlotte durch ein Fenster den Innenhof sehen. Er war schön begrünt, sogar einen kleinen Kinderspielplatz gab es. Die gegenüberliegende Häuserzeile war gute dreißig Meter entfernt, der Hof war also das Herz des gesamten Häuserblocks und von mehreren Seiten begehbar.

Am Ende des Ganges erreichten sie ein Stiegenhaus, in dem sich eine geschwungene Treppe sechs oder sieben Stockwerke in die Höhe schraubte. Die Ulli nahm aber die Stufen nach unten. Die Charlotte erinnerte sich, dass am Türschild ja »Untergeschoss« neben dem Namen der Mädelschaft gestanden war. Untergeschoss war wohl nur die moderne Bezeichnung. Tatsächlich handelte es sich um ein ansehnlich ausgebautes Souterrain, wie es heutzutage in Wiener Altbauten nur mehr selten zu sehen war. Schon bald standen sie vor einer schweren Eichentür (natürlich deutsche Eiche). Wieder in Frakturschrift stand darauf groß: »Frigg«. Hier gab es keinen Briefschlitz, keine Glocke, nichts. Außer den drei Sicherheitsschlössern war lediglich ein kleines Guckloch in die schwere Tür eingelassen. Die Ulli fluchte, weil sie nicht sofort die passenden Schlüssel fand. Jedes der Türschlösser war nämlich mit einem eigenen Schlüssel zu öffnen. Ganz schön paranoid, dachte die Charlotte.

Als die Ulli es endlich geschafft hatte, stieß sie die Tür auf, schaltete innen das Licht an und sagte stolz: »Tataaa!«

Die Charlotte folgte der Andrea ins Innere der Bude. Die Luft stank nach kaltem Rauch und Bierdunst. Sie musste allerdings zugeben, dass die Bude wirklich nichts mit einem Keller zu tun hatte. Abgesehen vom Geruch ließe es sich hier sicher auch normal ganz gut leben. Oft hatte sie aber auch während ihrer Zeit als Polizistin nicht in eine Souterrainwohnung hineingeschaut. Trotzdem wollte sie niemals »unter der Erde« leben, egal wie prunkvoll die Wohnung ausgestattet war.

Der Boden der Bude war mit dunklem Parkett ausgelegt, an den Wänden hingen schwere, rote Stofftapeten und große Spiegel, die Türen und Durchgänge waren mit Holzstuckaturen verziert, und an den Decken waren schwere Holzkassetten angebracht.

Die Andrea pfiff durch die Zähne. »Billig war das sicher nicht«, staunte sie.

»Nein«, sagte die Ulli mit Stolz in der Stimme. »Wir haben gut betuchte Sponsoren, Gönner, Wohltäter.«

Sie führte die beiden durch den quadratischen Eingangsbereich in einen Raum, der gut fünfzig Quadratmeter groß sein musste. Hier war, wahrscheinlich noch von der Julfeier, eine große, u-förmige Tafel angerichtet. Ein protziger Kristalllüster hing von der Decke, in zwei Ecken standen schwarz-rot-goldene Flaggen.

»Ziemlich gediegen«, versuchte die Charlotte, sich bei der Ulli einzuschmeicheln.

»Schon, oder?«

»Und wie geht's bei euren Festen so zu?«

»Auch gediegen«, grinste die Ulli.

»Habt ihr auch Liederbücher?«

Ups, das war die falsche Frage, denn die Ulli fand die Anspielung auf die Liederbuchaffäre überhaupt nicht lustig.

»Wie heißt du noch mal?«

»Charlotte, aber bitte ohne ›e‹.«

»Aha. Einen schönen deutschen Namen ausländisch aussprechen? Bist du dir sicher, dass du zu uns gehören willst?«

Die Charlotte schluckte. Ein möglicher Beitritt von ihr war eigentlich bislang überhaupt nicht zur Diskussion gestanden. Sie beschloss, dass es am besten wäre, so nah wie möglich an der Wahrheit zu bleiben. Sie war einfach keine gute Lügnerin.

»Hab ich doch nie gesagt. Ich bin nur die Begleitung der Andrea. Aber keine Angst, eure Geheimnisse sind bei mir sicher.« Ja, die Charlotte war richtig gut darin, sich in Sackgassen zu reden.

»Welche Geheimnisse? Bei uns ist alles supersauber. Wenn du es genau wissen willst, da drüben stehen unsere Liederbücher. Kannst ja gerne reinschauen. Glaubst du echt, dass wir nach dieser Geschichte nicht penibel nachgeschaut haben? Wir wollen uns ja von den linken Zecken nichts anhängen lassen.«

»So war das ja nicht gemeint. Ich dachte nur, weil die Burschenschafter immer so ein Geheimnis aus ihrem Budenleben machen.«

»Und? Ist doch unser gutes Recht. Der Staat hat doch sowieso überall seine Nase drin. Irgendwo wird man ja wohl noch seine Meinung kundtun dürfen. Was ist so schlimm daran, wenn man unter Gleichgesinnten politisch diskutiert?«

Die Ulli war ganz unruhig von einem Bein aufs andere gestiegen. Die Charlotte wartete nur darauf, dass sie jeden Moment den rechten Arm zum Gruß hochstreckte. Ihr wurde immer unwohler in ihrer Haut. Hier sah zwar alles tatsächlich supersauber und gepflegt aus, aber der Geist, der diese Räume durchwehte … Der Charlotte lief ein kalter Schauer über den Rücken. Sie war froh, dass sie in die Bude einer Mädelschaft und nicht einer Burschenschaft eingedrungen waren. Sie war zuversichtlich, sich selbst gegen eine Horde wild gewordener Jungakademikerinnen zur Wehr setzen zu können. Gegen einen Haufen schmissiger Kurzgeschorener sähe die Sache schon ganz anders aus.

»Schon gut, schon gut«, versuchte die Andrea, die Situation zu beruhigen. »Keine Sorge, ich bürge für sie. Sie ist schon in Ordnung. Manchmal ein bisschen aufmüpfig, und oft denkt sie nicht nach, bevor sie den Mund aufmacht.« Dabei warf sie der Charlotte über die Schulter der Ulli einen bitterbösen Blick zu.

Die Charlotte streckte ihr die Zunge heraus. Kindisch sein, ja, das konnte sie. Richtig gut sogar.

»Willst du den Rest der Bude sehen?«, wandte sich die Ulli an die Andrea.

»Gerne!«

»Gut, aber ich glaube, deine Freundin bleibt besser hier.«

Das war der Charlotte nur recht. Mit der Ulli im Schlepptau war es sowieso unmöglich, hier in Ruhe rumzuschnüffeln. Sie wusste nicht, wonach sie suchte, aber irgendwie spürte sie, dass die Frigg-Mädels etwas versteckten. Es war hier fast schon klinisch sauber. Ob die Mädelschaft eine Putzfrau aus Polen oder vom Balkan beschäftigte? Und ob die auch angemeldet war? Oder putzten die tatsächlich alles selbst? Würde ihrem Weltbild ja entsprechen, Heimchen am Herd und so. Aber sosehr sie sich auch bemühte, sie schaffte es einfach nicht, sich die Hela mit einem Putzfetzen in der Hand vorzustellen.

Wonach suchte sie nun wirklich? Ratlos starrte sie in den großen Spiegel an der Wand. Die Stimmen der Andrea und der Ulli entfernten sich immer weiter. Gut, sie hatte also noch etwas Zeit. Rechts war unauffällig eine Tür in die Tapetenwand eingelassen. Der Türgriff war nur ein kleiner Schnapper. Sie blickte sich nochmals um, nahm all ihren Mut zusammen und öffnete die Tür. Dahinter war – eine Küche. Nichts Besonderes im Vergleich zu den anderen, prunkvoll ausgestatteten Räumen. Eigentlich sogar das totale Gegenteil. So eine Küche kannte sie noch aus ihrer Kindheit. Und damals war diese Art Küche schon alt gewesen, um nicht zu sagen antik. Orangefarbene Kästen, der Boden aus Linoleum, ein einfaches Spülbecken, ein uralter Gasherd, der so verkrustet war, dass er ein wenig an ein Korallenriff erinnerte. In einem Eck standen Vorräte: Kartoffel- und Zwiebelsäcke, dahinter noch ein Sack, den die Charlotte nicht genau einordnen konnte, aber sie war sicher, so einen schon mal gesehen zu haben. Ein paar Kisten Mineralwasser, Bier und ein paar Kartons Wein. Sie sah sich den Wein genauer an und fiel aus allen Wolken. Da gab es doch tatsächlich noch einige Flaschen mit Wein vom Weingut Goldmann. Sie hatte gedacht, dass eigentlich alle Vorräte vernichtet worden waren, aber irgendwie waren die Frigg-Mädels noch an ein paar Flaschen gekommen. Da gab es nur eine Möglichkeit: Der alte Zaitler musste ihnen die Flaschen noch vor seinem Tod zugesteckt haben. Was die deutsch-deutschen

Mädels damit wohl vorhatten? Wollten sie wirklich jüdischen Wein trinken? In diesem Moment spürte sie einen stechenden Schmerz im Nacken, für einen Moment blieb ihr die Luft weg. Sie wollte nach Hilfe schreien, bekam aber keinen Ton heraus. Die Pranke um ihren Nacken drückte ihr zwar nicht auf die Kehle, aber der Schmerz war dennoch fast unerträglich. Wo war sie da nur reingeraten? Und wieso hatte sie nicht gehört, dass sich da jemand angeschlichen hatte? Sie hoffte inständig, dass die Andrea noch nicht entdeckt worden war. Dann hörte sie höhnisches Klatschen von der Küchentür.

»Hat es die Muschi-Schleckerin also tatsächlich bis hierher geschafft. Wie bist du denn hier hereingekommen?« Im Türrahmen stand die Hela. Wie üblich wie aus dem Ei gepellt, geschminkt und aufgemascherlt, als würde sie im nächsten Moment auf einen superwichtigen Empfang gehen.

Die Charlotte versuchte, ihren Kopf zu drehen, um zu sehen, wer sie da so brutal am Hals gepackt hatte. Aber der Griff war zu fest.

»Lass sie los, Lothar, sie wird schon nichts mehr anstellen. Ruf doch bitte die Polizei an, die werden die Frau Nöhrer dann mitnehmen, und wir wollen ja nicht, dass sie ›beschädigt‹ aussieht.«

Der angesprochene Lothar lockerte seinen Griff um den Nacken der Charlotte, gab ihr aber noch einen Stoß in den Rücken, dass sie vor der Hela fast hingefallen wäre. Er griff aber – noch – nicht zum Telefon, um die Polizei zu rufen. Immerhin konnte sie jetzt einen Blick auf diesen Lothar werfen, der ja angeblich auch ein Liebhaber der Hela war. Ja, er passte deutlich besser ins Weltbild der kleinen Adefris: Groß, muskulös, blond und – ja, wirklich – blauäugig. Schmisse links und rechts im Gesicht. Ein Undercut auf der rechten Schädelhälfte, dünne, rahmenlose Brille und ein höhnisches Grinsen, dass es einer Sau gegraust hätte. Kurz, als wäre er einem Nazi-Handbuch für echte Arier entsprungen.

»Also, wie bist du hier reingekommen?«

Eine Antwort wurde ihr erspart, weil die Ulli und die Andrea nun ebenfalls in der Küchentür erschienen.

»Was macht die da drin?«, kreischte die Ulli.

Die Hela ignorierte sie. »Ah, und da ist auch schon die andere Muschi-Schleckerin. Ich glaube, wir rufen jetzt wirklich die Polizei.«

»Nur zu«, antwortete die Andrea kühl. »Was genau haben wir verbrochen? Wir sind von einem aktiven Mitglied der Frigg auf einen Rundgang eingeladen worden«, erklärte sie in ihrer sachlichsten Anwaltsstimme.

Die Hela ließ ihr Handy stecken. Der Lothar sah sie fragend an, bekam aber keine Antwort. Stattdessen musterte sie die Ulli mit einem eisigen Blick. »Von einem *Noch*-Mitglied. Sie weiß, dass es eigentlich verboten ist, Nicht-Mitglieder mitzunehmen. Noch dazu zwei so linke Zecken wie euch.«

»Linke Zecken?« Die Ulli fiel aus allen Wolken. Ihr standen Tränen in den Augen, als sie die Andrea mit flehendem Blick ansah. Der Blick schrie geradezu: »Sag, dass das nicht wahr ist!«

»Aber was soll ich mir schon von dir erwarten? Bist ja auch nur eine verhurte Muschi-Schleckerin.«

Interessant, dachte die Charlotte, hatte die Ulli ihre sexuelle Orientierung bislang doch glatt geheim gehalten. Was allerdings nur leidlich gelungen war, wie es schien. Ihr Mitleid mit der Jus-Professorin hielt sich in Grenzen. Die Meldungen, die sie in den letzten zwei Stunden geschoben hatte, waren ausreichend, um zu wissen, wessen Geistes Kind die Ulli war. Und was sollte dieses infantile »Muschi-Schleckerin« die ganze Zeit? Es hatte fast den Anschein, als wollte die Hela da selbst was überspielen. Wäre ja auch nicht das erste Mal, dass man die eigenen unterdrückten … aber halt. Das wurde jetzt zu freudianisch. Und in Wirklichkeit konnte es ihr ja egal sein, wozu sich die Hela tief in ihrem Inneren hingezogen fühlte.

»So, und jetzt schleichts euch, bevor ich wirklich die Polizei rufe. Du auch, Ulli. Du hast ab sofort übrigens Hausverbot.

Schau, ob dich eine andere Verbindung aufnimmt. Ich will dich hier nie wieder sehen.«

Die Hela knallte die Budentür hinter den dreien zu. Die Ulli stand da wie ein begossener Pudel, ihr Blick hing jetzt nur mehr am Eingang der Bude. Die Andrea hatte sie total vergessen. In diesem Moment war ein Teil ihres Lebens den Bach runtergegangen. Weggespült von einer noch nicht einmal Zwanzigjährigen, die nur aufgrund ihres Familiennamens in die Position gekommen war, die sie nun einnahm. Tja, Pech gehabt, dachte die Charlotte. Hättet ihr bei uns das Sagen, würde es allen anderen auch so gehen.

Die Charlotte und die Andrea ließen die Ulli vor der Tür stehen. Die hoffte noch immer, dass die Hela in der Hitze des Gefechts überreagiert hatte und sie wieder zurückbitten würde. Immerhin war sie eines der längstgedienten aktiven Mitglieder der Mädelschaft. Da konnte sie aber lange warten.

Was sie auch tat. Denn als die Hela ein paar Stunden später die Bude verließ, hockte die Ulli noch immer wie ein Häufchen Elend vor der Tür. Die Hela und der Lothar würdigten sie keines Blickes und ließen sie einfach dort sitzen.

Am Rückweg zur U-Bahn stellte die Charlotte der Andrea zuerst einmal einen Baum auf. Aber keinen Bonsai, sondern einen richtigen Mammutbaum. Weil sie die Charlotte vor der Ulli nämlich gar so dämlich hingestellt hatte. Die Andrea entschuldigte sich, gab aber zu bedenken, dass es notwendig war, um die Ulli zu täuschen.

»Wird sie dir jetzt auf der Uni Probleme machen?«

Die Andrea überlegte kurz, schüttelte dann aber den Kopf. »Nein, ich bin ja quasi fertig. Mein Betreuer hat mit ihr auch nichts am Hut. Also ich würde mal sagen, nein. Im schlimmsten Fall habe ich ja was gegen sie in der Hand, dann sollte sie wieder spuren.« Dabei zog sie ihr Handy aus der Tasche und zeigte der Charlotte die Datei einer Sprachaufnahme. »Ich habe es die ganze Zeit mitlaufen lassen. Wenn sie mir also blöd kommt …

Sie hat in den letzten Stunden so viel Schwachsinn von sich gegeben, das würde ihre akademische Karriere nicht überleben. Und nach ihrem Rauswurf bei der Frigg ist das alles, was ihr in ihrem Leben noch geblieben ist. Aber jetzt lass mal deinen Hals anschauen.«

Die Andrea hob die kastanienroten Locken der Charlotte. Links und rechts waren rote Flecken, die Fingerabdrücke vom Lothar, als der sie gepackt hatte. Tat sicher weh, würde sie aber nicht umbringen. Sie gab ihr einen zärtlichen Kuss auf beide Halsseiten.

Die Charlotte unterdrückte mit Mühe eine Träne, küsste die Andrea flüchtig auf die Wange und erzählte dann, was sie in der Küche gefunden hatte.

»Schau an«, meinte die Andrea erstaunt, »es gibt also doch noch ein paar Flaschen vom Goldmann-Wein. Aber irgendwas beschäftigt dich noch, ich seh's dir an.«

Tatsächlich hatte die Charlotte ihre Hände tief in ihren Manteltaschen versteckt und das Kinn auf die Brust gelegt, um sich gegen die bittere Kälte zu schützen. Sie grummelte unverständliches Zeug vor sich hin. »Ja, der Goldmann-Wein ist schon mal eine schöne Verbindung zum alten Zaitler und zum ganzen Nazi-Zeug. Aber nicht genug. Außerdem hab ich da in der Küche etwas gesehen. Ich kann nur meinen Finger nicht drauflegen. Kennst du diese Bilder, die man nur erkennt, wenn man nicht genau hinschaut?«

Die Andrea nickte.

»Genauso geht es mir jetzt. Nur ein Erinnerungsfetzen, aber ich kann ihn nicht fassen. Aaaaahhhh!«, ärgerte sie sich und raufte sich die Haare. Ganz so, als könnte sie die gesuchte Erinnerung aus den Spitzen ihrer Haare herausziehen. Aber so – oder so ähnlich – funktionierte das nur bei Harry Potter. Im echten Leben leider nicht.

»Komm, gib mir deine Hand.« Die Andrea wartete gar nicht erst lange auf eine Reaktion, zog die rechte Hand der Charlotte aus ihrer Manteltasche und nahm sie ganz fest.

Die Charlotte legte ihren Kopf auf die Schulter der Andrea, ließ das aber gleich wieder bleiben. Davon bekam sie nur Kopfweh, weil sie bei jedem Schritt einen Stoß mit der Schulter gegen ihren Schädel kassierte. Schweigend gingen sie zur nächsten U-Bahn-Station. Den ganzen Heimweg über zermarterte sich die Charlotte den Kopf über das fehlende Puzzleteil. Was hatte sie da gesehen?

Erst als sie schon im Auto saßen und die Stadtgrenze zwischen Wien und Perchtoldsdorf überquert hatten, fiel es ihr ein. Sie stieg aufs Gas, dass sich die Andrea festhalten musste. Glücklicherweise kannte die Charlotte jedes Radargerät am Weg, und so parkten sie sich in Rekordzeit vor der Polizeidienststelle am Rand des Marktplatzes ein.

»Was machen wir hier?«, fragte die Andrea.

»Den Fall lösen«, antwortete die Charlotte enigmatisch.

20

Mittwoch, 24. Dezember

Weihnachten! Der Tag, an dem Beziehungen zerstört werden, Familien zerbrechen, Kinderherzen höherschlagen oder – falls das Christkind die Schmierereien auf dem Wunschzettel nicht entziffern konnte – die Kleinen bitter enttäuscht und mit hysterischen Anfällen zu Bett gehen und sich in den Schlaf heulen. Der Tag, an dem in Österreich im Fernsehen und im Radio Jahr für Jahr Spendenrekorde für Bedürftige und Benachteiligte aufgestellt werden, nur um diese Menschen gleich am nächsten Tag wieder zu vergessen. Gespendet wird in erster Linie, um Teil des Events zu sein. Ach ja, und natürlich soll auch ein bisschen das eigene schlechte Gewissen beruhigt werden. Wem geht es dabei wirklich um die Sache?

Weihnachten! Der Tag, an dem selbst die schlimmsten politischen Feinde sich ausnahmsweise mal nicht gegenseitig in die Goschn hauen. Der Tag, an dem sich neuerdings eher die ersten Knospen verwirrt in die Wintersonne strecken, statt dass Kinder am aufregendsten Tag des Jahres im Schnee spielen können.

Heuer war das alles ganz anders. Gut, natürlich nicht alles, aber wenigstens im Mikrokosmos der Charlotte hatte sich im Vergleich zu den vergangenen Jahren so gut wie alles geändert. Zum ersten Mal seit ewiger Zeit herrschte an diesem Morgen kein gespielter, sondern echter Hausfriede.

Na ja, beinahe. Wenn die Flora nicht fluchend in die Küche gestolpert wäre. In der Hand hielt sie ihr Handy, und mehr brauchte die Charlotte gar nicht zu wissen. Hatte der Luca wohl einen Last-minute-Versuch gestartet, das Weihnachtsfest doch noch mit seiner Angebeteten zu verbringen.

Als die Flora in die konsternierten Gesichter der restlichen Familienmitglieder sah, steckte sie das Handy weg und setzte ihr strahlendstes Lächeln auf. Am wichtigsten war ja, dass Muttern happy war. Und das war sie. Wie ein lackiertes Hutschpferd grinste sie. Ging's der Frau Mama gut, ging es allen gut.

Es musste über zehn Jahre her sein, dass die Charlotte das letzte Mal schon den Weihnachtsmorgen am Familienweingut verbracht hatte. Sie war ja gleich nach der Matura von daheim ausgezogen und hatte sich seitdem mehr und mehr von der Familie distanziert. Schuld daran war natürlich das angespannte Verhältnis zwischen ihr und ihrer Mutter gewesen, die sich mit ihren sexuellen Vorlieben zwar arrangiert, aber niemals damit abgefunden hatte, dass sie von ihr keinen Nachwuchs erwarten konnte.

»Wär es nicht schön, wenn da jetzt ein paar kleine Charlottes herumlaufen würden?«, lag der Frau Mama schon auf der Zunge, aber zugunsten des Weihnachtsfriedens beließ sie es bei dem Gedanken.

Dem war aber nicht immer so gewesen, und so war die Charlotte, so früh es ging, von daheim geflüchtet. Wie eine gute Tochter war sie am Heiligabend natürlich schon dort angetanzt, allerdings immer erst so spät wie möglich. Sprich: Abendessen, Bescherung und tschüs. Eine Freundin mitzunehmen, hatte sie sich sowieso nie getraut. Sie wollte das Verhältnis zu ihrer Mutter nicht noch weiter auf die Probe stellen.

Aber wie gesagt: Heuer war alles anders. Sie war in den Schoß der Familie zurückgekehrt, und das sogar gemeinsam mit ihrer Freundin. Das Verhältnis zur Frau Mama war noch immer nicht ganz friktionsfrei (»Enkelkinder, ich will endlich Enkelkinder. Ich habe keine Lust, eine uralte Oma zu sein!«, so tönte es mindestens einmal pro Woche von der Frau Mama), aber doch kein Vergleich zu den letzten Jahren. Die Omama hatte das immer locker hingenommen. Für sie war die Charlotte die Charlotte, und ob sie jetzt eine Frau oder einen Mann knutschte, war ihr aber so was von egal. Und Urenkel spielten bei der Omama auch keine große Rolle – da war ja noch die Flora, die dafür sorgen konnte. Der Herr Papa war schon immer mehr ein Kumpel gewesen und hatte sich früh damit abgefunden, dass die Charlotte keinen Schwiegersohn mit nach Hause bringen würde. Was ihm in Wirklichkeit gar nicht unrecht war, denn er wusste nicht, ob es einen Burschen gegeben hätte, der ihm für seine Erstgeborene recht gewesen wäre. Er hatte auch nie Angst gehabt, dass nach ihm niemand den Betrieb weiterführen würde. Sowohl die Charlotte als auch die Flora waren so erzogen worden, dass ihnen das Weinmachen im Blut lag. Nie mit Zwang, dafür immer mit Lust und Liebe zur Winzerei und den eigenen Kindern. Spielerisch war das abgegangen, und er war sich sicher (nein, natürlich nicht, aber er hatte es gehofft), dass Charlottes Zeit bei der Polizei einfach nur ein Intermezzo war, um sich zu beweisen, dass sie von daheim unabhängig sein konnte. Natürlich hatte er nicht damit rechnen können, dass dieses Intermezzo über ein Jahrzehnt dauern würde, aber wie hieß es so schön? Ende gut, alles gut. Oder auch: Gut Ding braucht Weile, sehr gut Ding braucht Langeweile. Ein Witz, über den er sich auch nach dem hundertsten Mal noch ohne Ende amüsieren konnte. Aber nur er.

Die Familie war also zum gemeinsamen Frühstück versammelt. Der Heurige hatte geschlossen. Ausnahmsweise. Was aber nicht bedeutete, dass es keine Gäste am Hof der Nöhrers gab. Der Hotelbetrieb war natürlich geöffnet, und die Bude war voll. Aus ganz Österreich und dem benachbarten Ausland hatte man Besucher, die sich die Christmette nicht entgehen lassen wollten. In erster Linie, weil diese live im Fernsehen übertragen wurde und jeder hoffte, vielleicht auch im Bild zu sehen zu sein. Deshalb gab es auch einige Reisende aus dem entfernten Ausland. Selbst aus Japan war ein Pärchen hier.

Insgesamt mussten die Nöhrers über Weihnachten um die dreißig Gäste bewirten und bespaßen. Der Herr Papa hatte für den Vormittag eine Schneewanderung durch die Weingärten geplant, um die Zeit bis zum Abend zu verkürzen. Für den frühen Abend war dann eine kleine Weihnachtsfeier in einer der Gaststuben angesetzt. Dabei würde Gans mit Rotkraut und Erdäpfelknödeln für alle serviert werden (war alles in der Pauschale inkludiert).

Die Geschenke für die Gäste – je eine Flasche vom guten Roten und vom guten Weißen – hatten die Alia und die Bahira bereits am Vorabend mit überraschend viel Phantasie eingepackt. Überraschend deshalb, weil die Charlotte Geschenkeverpacken hasste und sie sich einfach nicht vorstellen konnte, wie man in so etwas Energie stecken konnte. Sie selbst verpackte ihre Geschenke immer so einfach wie möglich. Selbst die Idee eines Geschenkbands schreckte sie ab. Dafür hatte sie, wie sie sich selbst eingestand, zwei linke Hände. Damit die Päckchen einigermaßen nach etwas aussahen, wurden sie mit fertig gebundenen Glitzermaschen beklebt. Das musste reichen. Es ging ja um den Inhalt. Redete sie sich halt ein.

Die Geschichte mit dem Jalil war natürlich auch am Frühstückstisch der Nöhrers weiterhin Thema Nummer eins. Die Charlotte und die Andrea hörten zu, wie der Rest der Familie Theorien anstellte, ob nun tatsächlich etwas passieren würde oder nicht. So richtig glauben wollte es keiner. Auch im Frühstücksraum der Hotelgäste war die Bombendrohung natürlich DAS Gesprächsthema. Abschrecken ließ sich davon jedoch niemand. Katastrophentourismus pur. Außerdem würde die Polizei die Mette schon absagen, wenn es wirklich gefährlich werden sollte.

Der Charlotte und ihrem Vater konnte diese Einstellung nur recht sein. In dieser Hinsicht waren beide sehr pragmatisch. Die Touristen kamen ja sowieso. Und besser, sie schliefen in den Betten des Nöhrer-Hotels als irgendwo bei der Konkurrenz.

In der Nacht hatte ein gigantischer Schneesturm, eigentlich schon ein richtiger Blizzard, nochmals für einen halben Meter Neuschnee gesorgt. Die Charlotte und die Andrea ließen es sich dennoch nicht nehmen, den Herrn Papa auf seiner Schneewanderung mit den Hotelgästen zu begleiten. Die Charlotte hatte sonst nichts zu tun, der Leo und seine Kollegen aus Wien kümmerten sich schon um die Bewachung der Kirche. Das hatte die Charlotte ihrer Familie auch so beim Frühstück erklärt. Bis jetzt war ja keine Bombe gefunden worden, wie es in der offiziellen Presseaussendung der Polizei hieß. Daraus ließ sich implizieren, dass sie heute irgendwie reingeschmuggelt werden sollte, wenn es die Terroristen mit ihrer Drohung ernst meinten. Und das würde nicht funktionieren, denn selbst die Ministranten mussten heute ihre Taschen untersuchen lassen.

Das war auch der Grund, wieso die Mette nicht abgesagt worden war. Nach menschlichem Ermessen konnte einfach nichts passieren. Außer jemand attackierte die Kirche wie im Film mit einem Raketenwerfer oder Kampfhubschrauber. Aber an so etwas glaubte dann doch niemand. Und außerdem wartete man in ganz Europa auf die Fernsehübertragung der Mette, die so getimt war, dass man im Anschluss direkt nach Rom auf den Petersplatz schalten konnte, um sich auch noch vom Heiligen Vater den Segen erteilen zu lassen.

Auch in den Tageszeitungen sah man der abendlichen Mette gelassen entgegen. Die Polizei hatte bestätigt, dass es sich bei dem verhafteten Jalil um einen bislang unauffälligen Salafisten handelte, der als »Schläfer« schon länger unter Beobachtung gestanden war und gute Verbindungen zum IS hatte. Er war einer der Fälle, die sich einfach nicht verhindern ließen, wenn man die Grenzen nicht ganz dichtmachen wollte.

Die genaue Auswertung des Handys hatte ergeben, dass er tatsächlich einen Bombenanschlag geplant hatte. Allerdings nicht in Perchtoldsdorf und nicht am Heiligen Abend. Die Bombenspuren in der alten Bahnhofsstation gehörten also zu einem anderen geplanten Attentat. Hier gab sich die Polizei gegenüber der Öffentlichkeit sicher, dass man in Kürze die Hintergründe kennen würde. Jalil sei im Verhör unter dem Druck zusammengebrochen und habe alles gestanden. Dank der Handynachrichten seien einige weitere Schläfer in Europa durch eine groß angelegte Kooperation mit den Kollegen in Deutschland und Belgien identifiziert und festgenommen worden. Der Polizeipräsident bezeichnete es als kleines Weihnachtswunder, dass man dieser Gruppe durch einen Zufall auf die Spur gekommen war. Damit frohe Weihnachten, guten Rutsch ins neue Jahr, baba und foi ned.

Hagen Adefris ließ in einer Presseaussendung wissen, dass es kein Weihnachtswunder war, sondern einzig und allein seiner Hartnäckigkeit, seinem Hausverstand und der Mobilmachung besorgter Bürger (natürlich meinte er seine konsidäre Gefolgschaft) zu verdanken sei, dass sich der Salafist in die Enge getrieben gesehen und entscheidende Fehler gemacht hatte. Welche das waren, darauf wollte der Adefris nicht eingehen, was die Charlotte nicht groß wunderte, denn er hatte ja keine Ahnung, was sich da im Hintergrund tatsächlich alles abgespielt hatte.

Die Bewachung der Kirche erfolgte eigentlich nur, um das Sicherheitsgefühl der Gäste zu erhöhen und einen niemals ganz auszuschließenden Selbstmordanschlag zu verhindern. Aus diesem Grund waren auch der Marktplatz und alle Zufahrten ab dem frühen Nachmittag gesperrt. Schon seit den frühen Morgenstunden wurde jedes Auto, das eine der Zufahrtsstraßen nahm, genau kontrolliert. Die Zufahrt über den Begrischpark und die Herzogsburg war ohnehin schon seit geraumer Zeit durch Stahlpoller gesperrt. Um einen sportlich motivierten Selbstmordattentäter in die Schranken zu weisen, waren bei diesen Pollern trotzdem Beamte der Sondereinheit WEGA postiert.

Was die restlichen Asylwerber im Kulturzentrum anging, war von der Polizei Entwarnung gegeben worden. Der Jalil hatte auf eigene Faust gehandelt. Zudem waren die Asylwerber in den letzten Tagen genau überwacht worden. Keiner hatte sich verdächtig benommen oder versucht, Kontakt zu einschlägig bekannten Gruppen aufzunehmen.

Das Weihnachtsfest bedeutete den Muslimen nicht viel, aber die Karin hatte der Charlotte geschrieben, dass sie für die Kinder trotzdem eine kleine Feier geplant habe. Die hatten das ganze hier übliche Tamtam in den letzten Wochen natürlich mitbekommen und wären bitter enttäuscht, wenn sie nicht auch das eine oder andere kleine Geschenk bekämen. Die Charlotte hatte das beim Frühstück nebenbei erwähnt, und die Omama war so gerührt, dass sie gleich fünfhundert Euro aus dem Betriebstresor geholt und der Flora mit den Worten: »Geh, kauf für die armen Kinder noch ein paar Geschenke ein!« in die Hand gedrückt hatte. Der Herr Papa hatte noch mal zwei Hunderter draufgelegt, und die Mama hatte die Flora und den Noah in die große Shoppingmall chauffiert, wo sie einen Haufen Geschenke für alle Altersstufen von drei bis fünfzehn eingekauft und dann direkt bei der Karin abgeliefert hatten.

Dementsprechend entspannt konnte die Charlotte die Schneewanderung mit der Andrea und ihrem Herrn Papa genießen. Den Balu hatten sie natürlich auch mitgenommen. Die Charlotte und die Andrea hielten sich am Ende der langen Reihe, die sich wie eine Beduinenkarawane durch die Dünen schlängelte. Nur dass in diesem Fall die Dünen aus Schnee statt aus Sand waren. Ihre Position als Schlusslicht war durchaus gewollt, denn so mussten sie nicht durch den hohen Schnee stapfen, sondern konnten den perfekt ausgetretenen Weg der Hotelgäste benützen. Dem Balu war das alles egal, er sprang wieder mal wie ein Flummi herum. Nach einer Stunde war das Tier so erledigt, dass die Andrea und die Charlotte ihn abwechselnd tragen mussten, weil er nicht mehr weiterkonnte.

Der Herr Papa nahm die Route in Richtung Nordosten, die quer durch verschiedene Weingärten bis hin zur Heide führte. Am Ende wartete eine Überraschung auf die erschöpfte Wanderpartie. Sie schlugen nämlich beim Wurzinger Heurigen auf – einem alten Freund vom Herrn Papa, der sich bereit erklärt hatte, für eine Stunde aufzusperren und die müden und hungrigen Wanderer mit einem Achterl Wein, Schnitzel und einem Schnaps zu stärken (war natürlich nicht in der Hotelpauschale enthalten, aber die Touristen zahlten in ihrem erschlagenen Zustand äußerst bereitwillig für eine Stärkung).

Nach der Pause ging es nur mehr eine Viertelstunde bergab

zum Marktplatz und dann mit dem Bus wieder hinauf zum Weingut der Nöhrers.

»So, die Leute sollten jetzt erschöpft genug sein, dass wir bis zur Weihnachtsfeier unsere Ruhe haben«, flüsterte der Herr Papa zur Charlotte, als sich der letzte Wanderer in den Hoteltrakt geschleppt hatte.

Die Charlotte fühlte sich überraschend fit. Sie setzte den Balu noch unter einer Kaminbank ab, wo sich der Welpe genüsslich ausstreckte, den Bauch zum warmen Ofen drehte und in der Sekunde eingeschlafen war. Gemeinsam mit der Andrea befreite sie ihren Wagen vom nächtlich gefallenen Schnee, und dann ging es auch schon bergab in Richtung Marktplatz. Am Ende der Elisabethstraße wurden sie von einer Polizeisperre aufgehalten, aber sofort durchgewunken, nachdem man sie erkannt hatte. Sie parkten den Wagen gegenüber der Pestsäule am Fuß des Kirchenhügels. Am Punschstand fanden sie die Inaaya, die die Hütte bereits auf Hochglanz gebracht hatte. Zwei große Töpfe mit Punsch köchelten leise vor sich hin, die Speck- und Aufstrichbrote waren vorbereitet und in der Acrylglasvitrine zum Verkauf drapiert.

»Du bist echt ein Engel!« Die Charlotte lächelte dankbar.

»Ich weiß«, sagte die Inaaya und grinste zurück. »Mein Name bedeutet ja auch ›Geschenk Gottes‹.«

Die Charlotte schenkte sich und der Andrea ein Häferl Punsch ein. Das picksüße Getränk musste »getestet« werden, bevor man es verkaufen konnte. Sie lehnte sich mit dem Rücken an die Theke und beobachtete das Gewusel dreißig Meter unterhalb. Das Fernsehen war mit zwei großen Übertragungswägen anwesend und baute gerade alles für die abendliche Liveübertragung auf. Eine große LED-Wand wurde ebenfalls installiert. Die war für das Public Viewing am Abend, da man von klar mehr Gästen ausging, als eigentlich in die Kirche passten. Das war auch der Grund, warum der Weihnachtsmarkt heute Abend ausnahmsweise geöffnet haben durfte. Die Zuschauer wollten ja mit heißen Getränken versorgt werden. Für die Betreiber der

Weihnachtsstände bedeutete das nochmals ein schönes Körberlgeld, das es in den anderen Jahren nicht zu verdienen gab.

Vor dem Haupteingang der Kirche waren drei Polizisten in Uniform postiert. Auch an allen Zufahrten zum Marktplatz konnte die Charlotte Polizei sehen. Ansonsten ging das Leben seinen normalen Lauf. Ein paar Leute machten noch hektische Last-minute-Besorgungen im Supermarkt, andere marschierten mit ihren Kindern den Kirchenhügel hinauf in den Begrischpark, um ganz oben beim Sportplatz den Schnee zum Rodeln und Bobfahren zu nützen und die Zeit bis zur Bescherung totzuschlagen. Der eine oder die andere holte sich natürlich auch einen Punsch. Vor allem einsame Herzen suchten an diesem Tag auswärts An- und Zusprache. Darunter befand sich auch der mysteriöse Graf, doch ob er wirklich angesprochen werden wollte, wurde von der Charlotte angezweifelt. Er holte sich von ihr zwar einen Punsch, aber es gelang ihr nicht, ihn in ein Gespräch zu verwickeln. Er war freundlich und höflich, ja, das schon. Aber er stieg auf keinen Versuch der Charlotte ein, eine Konversation zu beginnen. Stattdessen beobachtete er die anderen Leute und machte sich nach einer halben Stunde wieder von dannen.

Gegen vier Uhr am Nachmittag sperrte die Charlotte ihre Hütte zu. Die Inaaya würde sie in drei Stunden wieder aufsperren. In der Zwischenzeit wollte sie ins Kulturzentrum zu ihren Lieben und zur improvisierten Nicht-Weihnachtsfeier der Karin. Die Charlotte und die Andrea fuhren zurück aufs Weingut, wo sie gerade rechtzeitig zum Fest für die Hotelgäste kamen.

Die Gäste waren in einer der Heurigenstuben versammelt, die von der Frau Mama feierlich geschmückt worden war. Der Christbaum erstrahlte in Rot und Gold, dazu selbst gebundene Strohsterne, gehäkelte Engerl, Glasglöckchen und was sonst noch zu so einem Bauernchristbaum gehörte – selbstredend natürlich echte Kerzen, keine elektrischen. Die Frau Mama hatte zwei Freundinnen aus dem Kirchenchor eingeladen und sang mit ihnen eine halbe Stunde lang Weihnachtslieder.

Zwischendurch las die Flora aus dem Weihnachtsevangelium vor: »In jenen Tagen erließ Kaiser Augustus den Befehl, alle Bewohner des Reiches in Steuerlisten einzutragen. Dies geschah zum ersten Mal …«

Die Flora hatte sich in ihr Dirndl geworfen, und auch der Noah trug Tracht. Die Eltern sowieso, und wegen des feierlichen Anlasses hatte sich sogar die Charlotte in ihr Dirndl gezwängt. Was man nicht alles für die lieben Gäste machte …

Während die Flora das Evangelium vortrug, schloss die Charlotte die Augen. Wie lange hatte sie es schon nicht mehr gehört? Traditionellerweise war es in der Vergangenheit immer schon beim familiären Mittagstisch vorgetragen worden, und den hatte sie ja konsequent ausgelassen. Das hier war das echte Nachhausekommen. Da mochten die Leute noch so sehr spotten, und ja, natürlich war Weihnachten ein Konsumfest. Aber da war halt eben doch noch etwas anderes. Diese Vertrautheit, selbst wenn man es seit über einem Jahrzehnt nicht mehr so erlebt hatte. Die Charlotte spürte, wie ihr eine Träne ins Auge stieg. Irgendwie war sie in den letzten Tagen schon sehr nahe am Wasser gebaut. Sie schmiegte sich an die Andrea und legte ihr den Kopf auf die Schulter.

»… die Hirten kehrten zurück, rühmten Gott und priesen ihn für alles, was sie gehört und gesehen hatten, so wie es ihnen gesagt worden war«, schloss die Flora das Weihnachtsevangelium. Sie blickte von ihrem Zettel hoch, sah ihre heulende Schwester und zwinkerte ihr fröhlich zu.

Das Publikum war gebannt. Selbst das japanische Pärchen, das nicht ein einziges Wort verstanden hatte, schien gerührt zu sein. Die Stimmung in der Stube war aber schon wirklich sehr … na ja, kitschig eben. So, wie es sich für Weihnachten gehörte.

Während der Herr Papa und die Frau Mama die Weihnachtsgeschenke an die Gäste verteilten, nahm die Flora ihre noch immer schluchzende große Schwester in den Arm.

»Blöde Kuh«, flüsterte sie ihr liebevoll ins Ohr.

»Zicke«, raunte die Charlotte schniefend zurück.

»Ich bin auch froh, dass du wieder da bist.« Die Flora strich ihr durchs Haar, dann gab sie ihre Schwester an die Andrea zurück.

Die herzte die Flora kurz und drückte ihr einen Kuss auf den Kopf.

»Bäh!« Die Flora schüttelte sich, lächelte ihre Beinahe-Schwägerin dabei aber herzlich an.

Danach wurden die Gäste in die Obhut des Personals gegeben. Während in den Heurigenstuben die Gänse vertilgt wurden, zog sich die Familie zurück in den Wohntrakt, um das eigentliche Weihnachtsfest zu begehen. Die Frau Mama bestand darauf, dass alle in der großen Küche warten mussten, bis die Engelsglocken erklangen und man sich um den Weihnachtsbaum im elterlichen Wohnzimmer versammelte. Nur der Frau Mama war es gestattet, nachzusehen, ob das Christkind schon da war. Kindisch? Ja, schon möglich. Aber der Charlotte wurde dennoch warm ums Herz. Sie hatten ihre verpackten Weihnachtsgeschenke schon am Vortag bei der Mama abgeben müssen, die sie dann kunstvoll unter dem Weihnachtsbaum drapiert hatte.

Nachdem die Mama aus der Küche verschwunden war, gesellten sich zwei neue Gäste zur Familie. Der Leo und die Elena waren ebenfalls rauf aufs Weingut gekommen. Gut erzogen, wie er nun mal war, hatte der Leo beim Herrn Papa, seinem Onkel, angefragt, ob er die Elena mitbringen dürfe. Was natürlich kein Problem war. Grundsätzlich herrschte bei den Nöhrers die Meinung, dass das Weihnachtsfest umso schöner war, je mehr Gäste kamen. Die Eltern vom Leo hatten es vorgezogen, Weihnachten im Süden zu verbringen. Auch die Eltern der Andrea hatte es in wärmere Sphären gezogen. Das war sowieso ein eigenes Thema. Trotz mehrmaliger Einladung hatten die Eltern der Andrea bisher immer eine Ausrede gefunden, um sich nicht mit den Eltern der Charlotte treffen zu müssen. Wenn sie es sich genau überlegte, musste die Charlotte feststellen, dass sie selbst ihre potenziellen Schwiegereltern auch erst ein Mal gesehen hatte. Und das quasi nur im Vorbeigehen. Das war noch in Schladming gewesen, gegen Ende der Saison, als die Andrea von ihren Eltern im steirischen Skiort besucht worden war. Die Charlotte war über das Wochenende ebenfalls nach Schladming gefahren. Zu mehr als einem kurzen »Hallo« und »Freut mich, Sie kennenzulernen« war es damals nicht gekommen. Seitdem hatte es auch nie eine Einladung zum Essen oder etwas Ähnliches gegeben. Das war auch eines der wenigen Themen, bei denen die Andrea einfach zumachte. Über ihre Familie verlor sie kaum ein Wort. Und wenn die Charlotte noch genauer nachdachte, dann besuchte die Andrea ihre Eltern eigentlich auch so gut wie nie. Und sie hatte auch noch nie viel über sie erzählt. Aber das war jetzt wirklich kein Thema für den Weihnachtsabend.

»Uschi!«, rief der Herr Papa nach der Mama.

Die kam sofort zurückgehetzt, herzte den Leo und die Elena (die sie zum ersten Mal sah, aber offenbar hatte sie bei einer Prostituierten weniger Berührungsängste als früher bei den lesbischen Freundinnen ihrer Tochter) und nahm dem Leo sofort seine Geschenkpackerl ab. Dann verschwand sie endgültig im Wohnzimmer, um dem Christkind unter die Arme zu greifen. Oder unter die Flügel. Oder … ach, egal.

Bis die Mama (und das Christkind) mit den letzten Vorbereitungen fertig waren, war noch genug Zeit für einen Aperitif. Der Herr Papa schenkte – großzügig – allen ein Gläschen halbtrockenen Sherry ein. Berührungsängste mit der Elena hatte auch sonst niemand. Die Omama schon gar nicht. Die verwickelte den neuen Gast sofort in ein Gespräch. Die Charlotte bekam mit einem Ohr mit, dass sie die Elena gleich mal über ihren Beruf ausfratschelte. Die Charlotte und die Elena wurden knallrot, als die Omama schmutzig lachte und begann, von ihren eigenen jugendlichen Abenteuern zu erzählen. Da waren Sachen dabei, die die Charlotte eigentlich gar nicht so genau wissen wollte.

Schließlich klingelten die gläsernen Engelsglöckchen, und die Familie durfte ins Wohnzimmer. Die Frau Mama hatte alles abgedunkelt, die Christbaumkerzen und einige Sternsprüher angezündet. Im Hintergrund erklang leise »Stille Nacht« aus dem Munde von Peter Alexander. Die Familie versammelte sich mit großen Augen vor dem Baum und dem darunterliegenden spektakulär großen Geschenkehaufen. Was bei einer so großen Familie jetzt wirklich kein Wunder war.

Nach der »Stillen Nacht« sprach die Mama ein leises Gebet für die Verstorbenen. Bevor sie sich ans Verteilen der Geschenke machen konnte, wurde sie von der Omama unterbrochen.

»Auch eines für die Marianne Zaitler.« Die Omama betete aber kein Vaterunser, sondern erinnerte in ihrem Gebet einfach noch einmal an die Familie Goldmann. Es war einfach, rührend und ans Herz gehend.

Die Charlotte musste gleich wieder losheulen. Ja, das war nicht mehr nur nahe am Wasser, das war schon bis zum Bauch mittendrin.

Als die Frau Mama endlich beginnen wollte, die Geschenke zu verteilen, machte es im Hintergrund einen lauten Knall. Alle drehten sich erschrocken um. Dort stand aber nur der Herr Papa mit einer Flasche Schüttelwein in der Hand und verlegen lächelnd. Schnell schenkte er jedem ein Gläschen ein, dann wurde angestoßen, und erst dann konnte die Frau Mama endlich die Geschenke verteilen. Wenig überraschend bekamen die Flora und der Noah als Nesthäkchen der Familie die meisten Packerl. Aber auch die Charlotte und die Andrea durften sich nicht beschweren. Die Charlotte war schon besonders gespannt, was sich ihre Familie für sie überlegt hatte, denn eigentlich war sie wunschlos glücklich und hatte keine speziellen Wünsche deponiert. Da war es dann auch kein Wunder, dass der Großteil ihrer Geschenke aus kleinen, flachen Kuverts bestand. Sie öffnete eines nach dem anderen. In jedem befanden sich Gutscheine für eine große Elektronikkette.

»Du jammerst doch schon das ganze Jahr, dass dein Fernseher so alt ist«, murmelte ihr die Andrea zu. »Ich glaube, jetzt kannst du dir einen neuen kaufen.«

Das letzte Päckchen war etwas größer. Es war von der Andrea. Sie riss das Geschenkpapier auf, bis eine schmale Box mit vielen Herzchen und Kussmündern erschien. Ihr fragender Blick wurde von der Andrea nicht beantwortet. Die war gerade dabei, ihr Päckchen von der Charlotte auszupacken.

Die Charlotte nahm den Deckel von der Box. Ein handgeschriebener Zettel kam zum Vorschein:

Meine große Liebe! Lass uns doch einmal ein bisschen Zeit nur für uns beide verbringen. Einfach mal weg von den ewigen Morden. Nur wir zwei und ganz entspannt. Darum möchte ich dich über Silvester ein Wochenende in eine Therme unserer Wahl einladen. Ich liebe dich, Charly.
PS: Vorsicht, wenn du diesen Zettel aus der Box nimmst …

Vorsichtig hob die Charlotte den Zettel an. Was ihr da wohl entgegenspringen würde? Im nächsten Moment drückte sie das Briefchen wieder fest in die Box. Ganz fest. Sie hatte nicht viel gesehen, nur dass das Ding aus Plastik oder Silikon war, schwarz, fein gerippt, und so eine Art Gurt hatte. Sie wurde knallrot. Das Rascheln des Papiers hatte die neben ihr sitzende Flora beim Auspacken ihrer wesentlich jugendfreundlicheren Geschenke unterbrochen.

»Alles okay?«, fragte sie besorgt.

Die Charlotte nickte hastig.

Die Andrea hatte ihr Päckchen inzwischen auch geöffnet. Dezent entfaltete sie die Unterwäsche, die die Charlotte für sie (ja, eh, ganz selbstlos) besorgt hatte. Dabei fiel ebenfalls ein Briefchen heraus. Nachdem die Andrea es gelesen hatte, prustete sie vor Lachen laut los.

»Wollen wir … die Thermenwochenenden … zusammenlegen … und eine ganze … Woche draus machen, oder … oder … oder fahren wir zwei Mal?«, fragte sie nach Luft ringend. Dann umarmte sie die Charlotte und flüsterte ihr etwas ins Ohr.

Deren Augen wurden immer größer. Um sich abzulenken, leerte sie ihr Glas mit dem Rosé Sparkling in einem Zug.

Sie zuckte zusammen, als sie eine Hand auf ihrer Schulter spürte. Es war die Elena. Die neue Freundin vom Leo hatte sich dezent im Hintergrund gehalten und dabei ganz zufällig einen kurzen Blick auf das Geschenk der Charlotte erhascht.

Sie beugte sich zu ihr und gurrte ihr in ihrem sexy tschechischen Akzent ins Ohr: »Wenn du willst, zeige ich dir, wie man das anlegt.«

Dann lachte sie laut los, und der Rest der Familie lachte mit, obwohl man keine Ahnung hatte, warum da jetzt gelacht wurde. Aber die Stimmung war einfach so gelöst, dass man in dem Moment wohl über jeden Blödsinn gelacht hätte.

Nachdem alle ihre Geschenke ausgepackt hatten, wanderte die Familie hinüber in eine alte, inzwischen nicht mehr für den Heurigenbetrieb genutzte Gaststube. Dort hatten die Mama und die Omama den Tisch festlich gedeckt. Eine der Kellnerinnen war für eine Stunde vom Hotelbetrieb abgezogen worden, um das Festessen zu servieren. Wie jedes Weihnachten gab es Grießnockerlsuppe und Schweinsbraten mit Erdäpfelknödeln und Sauerkraut. Nur das Dessert variierte von Jahr zu Jahr. Heuer hatte die Frau Mama Tiramisu in Auftrag gegeben – in freudiger Erwartung des italienischen Wunschschwiegersohns. Blöd halt nur, dass ihr das jüngere Töchterchen einen Strich durch die Rechnung gemacht hatte.

»Hast du ihn wenigstens angerufen oder ihm geschrieben?«, fragte die Charlotte zwischen den Gängen ihre Schwester.

Als Antwort kam lediglich ein wenig enthusiastisches Kopfnicken. Damit war das Thema für den Moment erledigt.

Beinahe, denn das Handy vom Herrn Papa bimmelte. Er las die Nachricht, die vom Signore Bianchi, dem Papa vom Luca, war, laut vor. Er wünschte der ganzen Familie frohe Weihnachten und kündigte an, zu Silvester mit seiner Familie nach Perchtoldsdorf zu kommen, um gemeinsam das neue Jahr zu begrüßen. Die Flora wurde blass, und die Charlotte war froh, dass sie sich das Theater nicht geben musste, sondern stattdessen mit der Andrea in irgendeiner Therme herumfaulenzen konnte.

»Glück gehabt«, schmunzelte auch die Andrea und stieß die Charlotte leicht mit dem Ellbogen in die Seite.

Außer der Flora war noch jemandem am Tisch überhaupt nicht mehr nach Lachen zumute. Der Noah hatte von der Renate ja eine Ägyptenreise geschenkt bekommen. Genau über Silvester. Und mit einem Schlag war es gar nicht mehr so einfach, sich über dieses großzügige Geschenk zu freuen. Wie auch? Er würde ja deswegen die Flora mit dem Luca alleine lassen müssen. Er musste sich etwas einfallen lassen. Aber was?

Nach dem Essen waren alle so satt, dass sich eigentlich niemand mehr bewegen wollte. Aber die Pflicht rief. Und so machte man sich gegen acht Uhr auf den Weg hinunter zum Marktplatz.

21

Mittwoch, 24. Dezember

Am Weihnachtsmarkt herrschte ausgelassene Stimmung, die Bombendrohung schien völlig vergessen. Vielleicht war es aber auch der viele Schnee, der erstmals seit Jahren für richtige Weihnachtsstimmung sorgte. Sogar der Adefris und seine Bagage verhielten sich freundlich. Der alte Adefris unterhielt sich zivilisiert mit der Gina Blauensteiner, und – die Charlotte traute ihren Augen nicht – die beiden stießen sogar miteinander an. Dabei lag man weltanschaulich so weit entfernt voneinander, dass man es eigentlich gar nicht mehr in Worten ausdrücken konnte. Wenigstens kam es nicht zum Bruderschaftstrinken. Sonst hätte sich die Charlotte endgültig im falschen Film gewähnt. Natürlich waren auch die Hela, ihre Brüder, die Schwestern und Helgrid, die Mutter der Brut, da.

Die Inaaya hatte sich zum festlichen Anlass eine rote Weihnachtsmannmütze mit weißem Bommel aufgesetzt und von irgendwo einen dieser furchtbar hässlichen Weihnachtspullis herbekommen. Es wirkte alles ein wenig nach Overkill, aber es war das erste westliche Weihnachten, das die Syrerin außerhalb ihres Familienkreises erlebte, und man durfte ihr das Bemühen nicht absprechen, auch wenn man es mit der Integration übertreiben konnte. Die Charlotte hatte außerdem den Verdacht, dass die Inaaya zum ersten Mal in ihrem Leben Alkohol gekostet hatte, denn so beschwingt und locker hatte sie die Syrerin noch nie erlebt. Und tatsächlich stieß sie kurz darauf mit der Flora und dem Noah (vor allem mit dem Noah, den sie in ihrem leicht illuminierten Zustand noch mehr anhimmelte) an und wünschte allen rundherum gut hörbar frohe Weihnachten. Wenn das mal gut geht, dachte die Charlotte. Um auf Nummer sicher zu gehen, tauschte die Charlotte in einem unbeobachteten Moment das Häferl der Inaaya mit einem ohne Alkohol aus.

Der Weihnachtsmarkt und der Kirchenvorplatz waren mittlerweile gesteckt voll. Von überall aus dem Bezirk und auch aus Wien waren Schaulustige gekommen, alle in der Hoffnung, einen Platz in der Kirche und damit im Fernsehen zu bekommen. Diese Hoffnung war allerdings vergeblich. Also musste man sich mit dem Public Viewing vor der Kirche begnügen. Die Nöhrer-Eltern und die Omama waren gleich nach ihrer Ankunft am Marktplatz in die Kirche hinein, um ihre reservierten Plätze einzunehmen. Die ersten sechs Reihen der großen Pfarrkirche waren für diverse Politiker und VIPs reserviert. Die Eltern der Charlotte und natürlich die Omama gehörten dazu. Der Rest der Plätze wurde nach dem »First come, first serve«-Prinzip vergeben. Wer drinnen keinen Platz mehr ergatterte, musste sich die Mette eben auf der großen LED-Wand im Freien geben oder in die modernere Marienkirche im unteren Ortsteil ausweichen. Der Großteil der Leute wählte die erste Variante. Wann hatte man schon die Möglichkeit, sich die Mette gemütlich mit anderen Leuten plaudernd und mit einem heißen Häferl Punsch in der Hand anzusehen? Die Polizei hielt sich dezent im Hintergrund, allerdings wurde nach wie vor jeder Kirchenbesucher genau kontrolliert. Auch der Leo hatte sich inzwischen in Uniform geworfen. Die Charlotte erblickte ihn unten bei der Pestsäule, wo er mit einem anderen Beamten sprach und dabei wild gestikulierte. Wenn sie sich nicht täuschte, handelte es sich bei seinem Gegenüber um den Major Keiffer, was auch Leos hektische Armbewegungen erklären würde. Die ganze Familie Keiffer war richtig mühsam, wie sie im letzten Jahr mehrmals hatte feststellen müssen. Die Anwesenheit vom Keiffer bewies aber auch, wie ernst man die Bombendrohung in Wirklichkeit nahm. Ansonsten hätte das Innenministerium kaum einen seiner höheren Beamten nach Perchtoldsdorf geschickt.

Endlich hatten die beiden ihre Unterhaltung beendet. Im

Gleichschritt gingen sie den Kirchenhügel hoch und landeten schließlich bei der Charlotte.

»Den Major Keiffer kennst du ja bereits«, erklärte der Leo genervt.

Die Charlotte nickte. »Frohes Fest! Wie geht es Ihrem Verwandten in Schladming? Ist das eigentlich Ihr Bruder?«

Der Keiffer seufzte. »Ebenfalls ein frohes Fest, und nein, das ist nicht mein Bruder, nur ein entfernter Cousin. Er liegt mir Ihretwegen noch immer in den Ohren. Muss sich von der Bürgermeisterin ständig anhören, dass er den Fall letztes Jahr ohne Sie nie gelöst hätte. Außerdem steht ihm die Arbeit schon wieder bis oben, weil ja schon die Vorbereitungen für das nächste Skirennen laufen.«

»Darf ich Ihnen einen Punsch anbieten?« Auch wenn sie den Keiffer partout nicht ausstehen konnte, wollte sie heute ebenfalls etwas zum Weihnachtsfrieden beitragen. Hatte ja keinen Sinn, da blöd herumzuzicken.

»Danke, gerne.«

In diesem Moment kam der Adefris mitsamt seinem Anhang herüber. Einen hochrangigen Polizeibeamten musste er natürlich begrüßen.

»Heinrich!«, begann er jovial. »Wie schön, dass du auch hier bist. Und ein bisschen eine Überraschung. Ich dachte, die Bombengefahr ist vorbei?«

Der Keiffer schnaufte. Irgendwie hatte die Charlotte sogar Mitleid mit ihm. Den Adefris wünschte man niemandem im Nacken.

»Schon«, antwortete der Keiffer. »Aber wir hatten so viel Arbeit, da möchte ich doch auf Nummer sicher gehen. Die Leute fühlen sich auch besser, wenn sie sehen, dass wir hier alles im Griff haben.«

Der Adefris blickte sich um. »Ich glaub, du kannst beruhigt sein«, meinte er verschwörerisch. »Ich sehe hier weit und breit keine Moslems. Die haben sich sicher alle daheim versteckt und warten darauf, bis dieser christliche Kram vorbei ist.«

»Ähm!« Das Räuspern kam von hinter der Theke. Es war die Inaaya.

»Oh, entschuldigen Sie. Eine Muslimin haben wir natürlich schon hier. Aber die sieht ja schon recht assimiliert aus.«

Die Charlotte musste beinahe kotzen. So übertrieben freundlich musste der Adefris nun auch wieder nicht sein. Aber ein Blick auf die Hela und ihr spöttisches Lächeln reichte, um zu wissen, dass man hier nach wie vor niemandem ein Wort glauben durfte.

»Wie auch immer. Ich muss jetzt in die Kirche. Komm, Liebling.« Die Helgrid hakte sich bei ihrem Göttergatten ein, und gemeinsam schlenderte sie den Kirchenhügel hinunter. Sie gingen allerdings nicht in die Kirche, sondern schnurstracks daran vorbei und zu einem protzigen BMW, der mitten in der Bushaltestelle parkte.

»Wohin wollen deine Eltern?«, fragte die Charlotte die Hela beiläufig.

»Na, in die Kirche. Aber sie fahren zur großen Mitternachtsmette im Stephansdom. Ich habe ihnen dort Plätze reservieren lassen.«

»Doch Angst vor einer Bombe?«, meinte die Charlotte süffisant.

»Nein«, entgegnete die Hela, »nur gute Verbindungen.«

»Und du?«

»Ich gebe mir das Schauspiel von heraußen.«

»Feig!«

»Ach was! Ich habe einfach keine Lust, mich da mit Hunderten anderer reinzuquetschen. Von deinem Stand aus sieht man ja eh perfekt auf die LED-Wand.«

»Punsch aus der Hand einer Muschi-Schleckerin? Pass nur auf, dass du dich da nicht mit etwas ansteckst.«

Die Hela sah die Charlotte böse an, blieb aber ruhig. »Im Sinne des Weihnachtsfriedens sage ich dazu jetzt lieber nichts. Also, bekomme ich einen Punsch oder nicht?«

»Ja, klar.« Die Charlotte nickte zur Inaaya, die ein Häferl

einschenkte. »Tja, die Wahl zwischen Sodom und Gomorrha, gell? Entweder von einer Muschi-Schleckerin oder einer Ausländerin bedient zu werden.«

Die Andrea ging dazwischen. »Komm, Charly, jetzt ist es genug.«

Die Hela nahm das Häferl aus der Hand der Inaaya entgegen, drehte sich weg, blieb aber ganz in der Nähe der Punschhütte stehen. Von hier aus hatte man nämlich tatsächlich einen hervorragenden Blick auf die LED-Wand und die Übertragung der Mette, die in wenigen Minuten starten sollte. Ein großer Blonder gesellte sich zur Hela. Er begrüßte sie mit einem langen Kuss auf den Mund.

»Da ist ja schon wieder dieser Lothar«, stellte die Andrea fest.

Die Charlotte griff sich automatisch an den Nacken, wo sie noch immer vom Vortag die Fingerabdrücke des großen Blonden spürte. Heute war er in vollem Wichs: Käppi, Schärpe und was sonst noch. Nur auf den Säbel hatte er verzichtet. Nach und nach tröpfelten weitere Burschenschafter ein. Ebenfalls alle in vollem Wichs.

»Ich kann gar nicht so viel fressen, wie ich kotzen möchte«, meinte die Charlotte.

»Alles gut«, beruhigte sie der Leo. Er war beim Punschstand geblieben und behielt von hier aus die Übersicht über das Geschehen.

Der Keiffer hatte sich auf den Weg gemacht, um die einzelnen Posten zu kontrollieren.

Kurz nach einundzwanzig Uhr war es so weit. Die Kirchenorgel erklang, die Gespräche vor der Kirche verstummten, alle starten gebannt auf die LED-Wand, wo man jetzt Ersatzpfarrer Sabinus Mwene sah, der gemessenen Schrittes und mit einem halben Dutzend Ministranten und Ministrantinnen im Schlepptau auf den Altar zuschritt.

»Das wird ein Spaß«, feixte der Leo leise zur Charlotte. »Dir kann ich es ja verraten. Es ist inzwischen fix, dass er bei uns bleibt und die Pfarre übernimmt. Da werden sich einige Leute grün und blau ärgern.«

Beim Anblick des schwarzen Pfarrers konnten sich die Burschenschafter ein paar blöde Kommentare nicht verkneifen. Einer spuckte sogar gut hör- und sichtbar auf den Boden. Nach dem Einzug kam die Hela und bestellte einen weiteren Punsch.

»Für deinen Freund auch?«, fragte die Charlotte.

»Lothar?«, fragte die Hela über ihre Schulter.

Der Angesprochene kam nun ebenfalls zum Punschstand. Er umarmte die Hela von hinten, legte sein Kinn auf ihre Schulter und drückte ihr einen Kuss auf das Ohrläppchen. Im orangefarbenen Schein der Straßenlaternen war ein zentimeterlanger, tiefer Schmiss auf der Wange gut zu erkennen.

»Was gibt's?«, schnurrte er schließlich.

»Unsere gute Freundin Charlotte (dabei betonte sie das »e« extra stark) will wissen, ob du auch einen Punsch willst?«

»Nee, ich nehme ein Bier.«

»Haben wir nicht. Ich kann dir noch Wein oder Glühwein anbieten.«

»Was ist denn mit deinem ›berühmten‹ Schüttelwein?«, fragte die Hela sarkastisch.

»Gibt's auch. Ich dachte nur nicht, dass ein echter Mann wie dein Freund auf so ein Frauengetränk abfährt. Der scheint ja Härteres gewohnt zu sein.«

Die Hela lächelte böse und strich ihm sanft über den Schmiss. »Ja, er ist zum Schneiden scharf, nicht? Übrigens, wie geht's deinem Hals?«

Die Charlotte lümmelte sich mit den Ellbogen auf die Theke und legte ihr Kinn in die Handflächen. »Was ist eigentlich mit dem Pepi? Ich habe gehört, dass du mit dem auch was laufen hast?«

Dieser direkte Angriff ließ die Hela völlig kalt. »Erstens geht dich das wirklich nichts an, mit wem ich etwas habe, und zweitens … hm, nein. Eigentlich reicht erstens. Kriege ich jetzt meinen Punsch, oder muss ich woandershin gehen?«

Die Charlotte schenkte der Hela den gewünschten Punsch ein, und der Lothar beschloss in Ermangelung von Bier, nun doch auch einen Punsch zu trinken.

Die Messe war wirklich schön, wie die Charlotte feststellte. Nicht, dass sie da viel Erfahrung gehabt hätte, denn eine brave Kirchgängerin war sie nun wirklich nicht. Heute war die Kirche aber ganz besonders herausgeputzt, und der neue Pfarrer ging in seiner Aufgabe richtig auf. Bei den Liedern lief sogar der Charlotte die Gänsehaut über den Rücken. Nicht nur, dass Hunderte Menschen in der Kirche wie die Engerl sangen, nein, auch beim Public Viewing vor der Kirche wurde kräftig mitgesungen. Das war ja so eine Eigenart von Massenchören. Egal, ob die Leute da singen konnten oder nicht, in der Masse klang es einfach immer richtig.

In der Kirche war man mittlerweile beim Sanctus angekommen. Die Hela hatte ihr Handy aus der Manteltasche gezogen, das Display beleuchtete ihr Gesicht. Der Lothar schaute ebenfalls drauf (aufs Handy, nicht auf ihr Gesicht), und die Hela begann, eine Nachricht zu tippen. Als das Vaterunser vorbei war, drückte sie auf den Senden-Button. Ein diabolisches Grinsen umspielte ihre Lippen, ihr Freund drückte sie fester an sich. Gespannt blickten beide auf die Kirche. Auf der LED-Wand sah man, wie sich die Leute die Hand zum Friedensgruß reichten. Das Lächeln auf den Lippen der Hela fror ein. Wieder tippte sie etwas in ihr Handy, wieder folgte der gespannte Blick auf die Kirche.

Die Charlotte nickte dem Leo zu. Der steckte zwei Finger in den Mund und stieß einen lauten Pfiff aus. Sofort eilten zwei Polizisten zu ihrem Chef.

»Darf ich?«, fragte er die Hela freundlich und nahm ihr einfach das Handy aus der Hand. Der Lothar, ein ähnlicher Hüne wie der Leo selbst, wollte es ihm wieder entreißen, wurde aber von den beiden Uniformierten daran gehindert.

»Ein bisschen aufbrausend?«, fragte der Leo, während er die letzten Nachrichten auf dem Display der Hela aufrief. »Wirklich sehr einfallsreich«, meinte er extratrocken.

»Lass sehen!«, forderte ihn die Charlotte auf.

Der Leo drehte das Display zu ihr. Dort stand in einer SMS-Nachricht nur ein Wort: »Booommm!«

»Abführen!«, befahl der Leo. Weitere Polizisten waren eingetroffen. »Und nehmt den Rest der Bande auch gleich mit. Personalien aufnehmen und so weiter. Die beiden«, dabei zeigte er auf die Hela und den Lothar, »könnt ihr gleich dem Major Keiffer übergeben. Er erwartet sie bereits. Wir haben jetzt alles, was wir brauchen.«

»Was soll der Scheiß?«, kreischte die Hela. Sie sprang den Leo an.

Der war aber schneller, packte sie am Handgelenk, drehte die Hand auf den Rücken und legte ihr Handschellen an.

»Verfickte Polizeigewalt!«, schrie sie hysterisch.

Der Leo blieb cool und gelassen. »Komisch, so was hören wir sonst nur von den ›linken Zecken‹.«

In der Kirche bekam man davon natürlich nichts mit, am Kirchenvorplatz wandte sich die Aufmerksamkeit nun aber dem Geschehen am Punschstand zu. Hunderte Köpfe drehten sich zu ihnen um. Was dem Leo scheißegal war, um in der Diktion der Hela zu bleiben.

»Der ›Scheiß‹ ist, dass du und dein Freund wegen dringenden Terrorverdachts festgenommen seid.«

»Bullshit!«, spuckte die Hela. »Wie kommst du denn auf so was?«

»Wie wär's mit der SMS von gerade eben?«

»Booommm?« Die Hela lachte etwas gezwungen. »Na, viel Spaß, wenn ihr mir daraus einen Strick drehen wollt. Ich darf doch wohl meinen Freunden noch schreiben, was ich will. Was soll an ›Boooomm‹ so verfänglich sein?« Sie hatte sich jetzt wieder etwas unter Kontrolle und hatte sogar ihren verächtlichen Blick wiedergefunden, mit dem sie auf jeden herabschauen konnte. Auch wenn der oder die einen Kopf größer als sie war. War auch ein Talent, musste man schon sagen.

»Na ja«, meinte der Leo lächelnd. Die Attacke der Hela

ließ ihn völlig kalt. »Es wird eben dann verfänglich, wenn man ›Booommm‹ an ein Handy schickt, das eine Bombe zünden soll.«

Jetzt wurde die Hela richtig blass.

»Klingelt's?«, hakte der Leo nach. »Oh, sorry, blödes Wortspiel. Ja, wir haben eure Bombe gefunden. Also, auch die zweite – nachdem der Pepi uns verraten hatte, wo sie versteckt ist. Das mit der luftdichten Verpackung und unter Wasser … ja, das war schon richtig gerissen und hat sogar die Bombenhunde überlistet.«

»Ja, der arme Pepi«, mischte sich jetzt die Charlotte ein. Sie wollte der Hela schließlich auch noch eine reindrücken. »Weißt du, der steht nämlich wirklich auf dich. Hat nichts verraten. Also, außer wo die Bombe versteckt ist und wie sie gezündet werden soll. Aber das hatten wir vorher schon selbst herausgefunden. Leider ist der Pepi nicht das hellste Licht am Lüster. Hat aber alles auf seine Kappe genommen, um dich zu decken.«

Die Augen der Hela funkelten. »Dann ist doch eh alles gut, oder? Ihr habt euren Bombenleger. Erschreckend, dass es ein Polizist ist.«

»Mooooment. Nur weil der Pepi das alles auf sich nimmt, ist die Geschichte noch lange nicht vorbei. Außerdem bin ich mir sicher, dass er seine Meinung über dich schnell ändert, wenn wir ihm erzählen, dass du ihn nur ausgenützt hast.«

»Ha, das wird er euch nie glauben. Der Trottel ist mir ja völlig verfallen.«

Die Charlotte nickte. »Ja, das haben wir auch gemerkt. Weißt du, ich frage mich ja, ob du ihn wenigstens einmal rangelassen hast oder ob er jetzt mit dicken blauen Eiern in den Häfen wandern wird.« Aus dem Augenwinkel sah sie, wie nun auch der Lothar blass wurde. »Hm, oder gehst du mit allen Männern so um? Komm, Loddi, rück raus, hat sie dich schon rangelassen? Hm? Keine Antwort? Na ja, ich habe die Hela ja sowieso im Verdacht, dass sie rein von der sexuellen Orientierung besser zur Andrea und zu mir passt. Wegen der ständigen ›Muschi-Schleckerin‹. Ist ja psychologisch schon interessant, dass es Menschen gibt, die ständig das anprangern, was sie am liebsten … aber egal. War eigentlich mehr eine rhetorische Frage. Wie auch immer: Leo, zeig ihr doch mal dein Foto«, forderte sie ihren Cousin schließlich auf.

Mit einem breiten Grinsen holte der Leo sein Handy hervor und zeigte der Hela ein Foto. Darauf war zu sehen, wie der Lothar ihr vorhin den Kuss auf das Ohrläppchen gegeben hatte. Wenn es überhaupt möglich war, so wurde die Hela nun noch blasser.

»Ja«, übernahm der Leo wieder das Gespräch, »wir sind uns sicher, dass der Pepi jetzt mit der ganzen Wahrheit rausrücken wird.«

»Nöhrer«, hörten sie nun die brummige Stimme vom Major Keiffer. »Hervorragende Arbeit. Hat sich unsere Schmierenkomödie also ausgezahlt.«

»Absolut, Herr Major!«

»Ist das die Adefris-Tochter?«

Der Leo nickte und sah dem Major zu, wie der nun sein Handy nahm und eine Nummer wählte.

»Alles klar, ihr könnt die Bude jetzt absperren, da kommt mir keiner mehr rein. Und dann holt ihr euch den Durchsuchungsbeschluss. Wie besprochen – mit dem Staatsanwalt und dem Richter ist alles klar. Wenn ihr ihn habt, stellt ihr die Bude auf den Kopf.« Er beendete das Gespräch. Mit einer kurzen Kopfbewegung wies er zwei Polizisten an, die Hela und den Lothar abzuführen.

Die restlichen Burschenschafter wurden vorerst zur Polizeistation im Ort gebracht. Man wollte sie mindestens über Nacht festhalten, um jegliche Kontaktaufnahme zu anderen Verbündeten zu verhindern. Die groß angelegte Polizeiaktion nahm nun ihren Lauf und würde die ganze Nacht über andauern.

Als am Weihnachtsmarkt endlich wieder Ruhe eingekehrt war, genehmigte sich der Major Keiffer einen zweiten Punsch. Trotz der beißenden Kälte wischte er sich mit einem Stofftaschentuch – er war halt noch so richtig oldschool – Schweiß von der Stirn.

»Fräulein Nöhrer, vielen Dank«, sagte er schließlich mit einem breiten Lächeln, was die Charlotte überhaupt nicht glauben konnte. Bislang hatte sie mit den Beamten der Familie Keiffer ja nur schlechte Erfahrungen gemacht. »Ihre Herumschnüffelei in der Bude der Mädelschaft hat uns wirklich viel geholfen. Ich kann ja gar nicht glauben, dass ich das gerade gesagt habe, weil natürlich war das höchst illegal, was Sie da angestellt haben.«

»War es nicht!«, protestierte die Charlotte. »Wir sind ja von einem Mitglied eingeladen worden. Was ich dann dort gesehen habe, musste ich doch einfach weitergeben!«

»Stimmt schon, stimmt schon«, brummte der Keiffer. »Ganz astrein war es aber trotzdem nicht. Egal, Hauptsache, wir haben den Fall jetzt gelöst.«

»Die Sache mit den Bomben, ja, aber was ist mit dem Mord am Pfarrer?«, mischte sich nun die Andrea ein.

»Tja, das ist so eine Sache«, musste der Keiffer eingestehen. »Ich glaube, wir wissen alle, wer das getan hat. Aber Beweise? Das hängt jetzt ganz davon ab, was bei diversen Hausdurchsuchungen gefunden wird. Wir werden uns ja nicht nur in der Bude, sondern auch beim Fräulein Adefris und ihrem Freund umsehen. Mal schauen, was dabei rauskommt. Wir müssen uns auf jeden Fall beeilen, dass nicht irgendwer inzwischen Beweise vernichtet. Und hoffen, dass dieser Pepi vielleicht doch noch erzählt, wie das alles wirklich abgelaufen ist. Aber ich denke, wir bekommen diese Hela und ihre Kumpane schon dran.«

»Die Eltern der Hela sind nicht daheim, die dürften aber auch von nichts wissen«, gab die Charlotte zu bedenken. »Die Hela hat sie ja sogar extra nach Wien in die Mette geschickt, damit sie nicht in der Kirche sind, wenn die Bombe explodiert. Die anderen Burschenschafter sind alle in Polizeigewahrsam.«

»Denen wurden die Handys abgenommen, und bis morgen sind sie mal in sicherer Verwahrung. Der Pepi sitzt sowieso schon bei euch in Wien ein«, ergänzte der Leo. »Die Bude habt ihr abgesperrt, und vor der Adefris-Villa habe ich auch zwei Beamte postiert. So weit sollte also alles in Ordnung sein. Jetzt können wir nur noch warten.«

Der Keiffer nickte, trank aus und schleppte sich dann zu seinem Dienstwagen. Vor der Kirche hatte das Fernsehteam inzwischen mit den Abbauarbeiten begonnen. Die Weihnachtsmette war längst vorbei, und die Menschenmenge hatte sich nach ein, zwei Abschlussgetränken auf den Heimweg gemacht. Viele wollten noch die Mitternachtsmette aus dem Petersdom in Rom sehen, andere sich mit ihren Weihnachtsgeschenken beschäftigen. Wie zum Beispiel auch die Charlotte.

»Wo ist denn die Elena?«, fragte sie den Leo.

»Wieso?«, gab der zurück.

»Na, sie hat mir doch versprochen, dass sie mir zeigt, wie man mein Weihnachtsgeschenk benützt.«

Der Leo verdrehte die Augen, drehte sich um und zeigte ihr im Weggehen den Mittelfinger.

22

Donnerstag, 25. Dezember

Die Elena war natürlich nicht mehr vorbeigekommen, um der Charlotte zu zeigen, wie man ihr Geschenk richtig benutzte. Zum Glück wusste die Andrea auch Bescheid. Gut, war ja auch ihr Geschenk gewesen. Und dabei hatte sich die Charlotte gedacht, dass ihr Geschenk für die Andrea zu verferkelt war. Am nächsten Tag herrschte dann ungewöhnliche Ruhe am Weingut. Die meisten Hotelgäste nutzten den Tag für einen Ausflug nach Wien, und der Heurigenbetrieb ruhte an diesem Tag ebenfalls. Beim gemeinsamen Mittagessen mussten die Charlotte und die Andrea erzählen, was es mit den Bomben nun tatsächlich auf sich gehabt hatte. Die Medien waren noch in der Nacht mit den notwendigsten Informationen versorgt worden. Es war natürlich praktisch gewesen, dass ein Fernsehteam live vor Ort war. Zugleich auch ein wenig amüsant, denn es war natürlich von der Religionsredaktion. Und die hatte für gewöhnlich wenig Erfahrung damit, über einen vereitelten Terroranschlag zu berichten.

Die Polizei hatte ihren Kollegen, den Pepi, noch am Dienstag festgenommen. Im Endeffekt waren es viele kleine Fehler gewesen, die die Charlotte auf seine Spur gebracht hatten. Unter anderem die verlorene Handyshoprechnung, die persönliche E-Mail-Adresse vom Leo, die nur ein Mitarbeiter der Polizeistelle kennen konnte, und die Aussage seines kleinen Stiefbruders. Der Pepi war gleich beim ersten Verhör zusammengebrochen und hatte alles gestanden. Also, fast alles. Denn der Pepi bestand darauf, dass er selbst die Idee mit der Bombe gehabt und alles selbst durchgezogen habe, mit Hilfe einiger weniger Burschenschafter. Was natürlich vollkommener Bullshit war, aber der Bursche war dermaßen in die Hela verschossen, dass er alles tat, um seine große Liebe zu beschützen.

Mit den Beweismitteln aus der alten Bahnstation konfrontiert gestand er, dass er dem Jalil das Handy gestohlen hatte, um dem Syrer etwas unterzuschieben. Das Handy hatte er dann absichtlich in der Bahnstation gelassen, damit es von der Polizei gefunden werden konnte. Es war auch kein reiner Zufall, dass er sich dafür genau den Jalil ausgesucht hatte. Er – in Wirklichkeit aber natürlich die Hela und der Lothar, denn der Pepi war weder wichtig noch gut genug vernetzt – hatte von einem befreundeten Insider aus dem Innenministerium eine Liste mit potenziellen Schläfern in Österreich bekommen. Darunter befand sich praktischerweise auch der Jalil.

Schließlich hatte er verraten, dass die zweite Bombe im Taufbecken der Kirche versteckt war. Diese wurde in einer Nacht-und–Nebel-Aktion vom Bombenentschärfungsdienst geborgen und entschärft. Mittels einer Handynachricht hätte sie gezündet werden sollen, das passende Handy war in das Bombenpaket eingebaut gewesen. Über die in der Bahnstation gefundene Rechnung hatte man schnell die dazugehörige Telefonnummer ausfindig gemacht und diese sofort gesperrt, um eine Zündung zu verhindern. Was man heutzutage alles mit einem Handy anstellen konnte!, hatte sich die Charlotte kopfschüttelnd gedacht, als ihr der Leo das alles erklärte. Auch die Mails wollte der Pepi alle selbst abgeschickt haben. So eine geschwollene Wortmacht traute man ihm wirklich nicht zu, der Leo ging davon aus, dass das alles aus der Feder der Hela oder von jemand anderem gekommen sein musste.

Der Pepi hatte aber auf jeden Fall die passende E-Mail-Adresse beigesteuert. Er gestand auch, dass die Düngersäcke direkt vom alten Zaitler gekommen waren. Der alte Nazi war Feuer und Flamme für den Plan gewesen. Allesamt erhofften sie sich davon, der Terroranschlag und dessen mediale Folgen könnten der ÖHP bei den nächsten Wahlen zum Sieg verhelfen und damit die gute alte Zeit wiederauferstehen lassen. Es war allen klar, dass der Pepi nie und nimmer imstande gewesen wäre, diesen Plan auszuhecken, geschweige denn, ihn alleine durchzuführen.

Man ging davon aus, dass er mit der ganzen Wahrheit rausrücken würde, sobald er das Foto von der Hela mit ihrem echten Freund sah.

Nachdem man die unmittelbare Gefahr für Kirche und Kirchgänger frühzeitig gebannt hatte, konnte man die Mette natürlich gefahrlos über die Bühne gehen lassen. Das Polizeitheater rundherum war zum Teil trotzdem eine Sicherheitsmaßnahme, in erster Linie aber eine Show für die Hela und ihre Gruppe.

»Und das erzählst du uns alles erst jetzt?«, fragte der Herr Papa ein klein wenig empört.

»Sorry«, entschuldigte sich die Charlotte, »aber ich musste dem Leo versprechen, dass wir dichthalten.«

Von der Flora war unglaublicherweise einmal keine Beschwerde gekommen, dass man sie über das aufregende Geschehen im Dunkeln gelassen hatte. Sie war eh genug damit beschäftigt gewesen, sich den Luca vom Hals zu halten. Und ein bisschen was hatte sie bei der Durchsuchung der alten Bahnstation ja auch mitbekommen.

»Aber was ist mit dem Mord am Pfarrer?«, wollte die Frau Mama wissen.

Da konnte die Charlotte nur mit den Schultern zucken. »Wir vermuten, dass es auch die Gruppe von der Hela war. Das erste Mail wurde ja von seinem Laptop abgeschickt und ging auch schon direkt an den Leo. Also muss da auch der Pepi irgendwie verwickelt sein. Ob er selbst dabei war – wer weiß? Wir müssen mal abwarten, was die Hausdurchsuchungen so alles zutage bringen. Der Leo glaubt, dass der Pepi die anderen wenigstens mit den Schlüsseln zum Wehrturm und zum Pfarrheim versorgt hat. Die ganze Geschichte wurde nur inszeniert, um die Stimmung gegen die Flüchtlinge aufzuwiegeln und bei der nächsten Wahl davon zu profitieren. Völlig verrückt eigentlich.«

Der Rest des Tages verlief ruhig. Die Charlotte und die Andrea verbrachten ein paar Stunden damit, über das Internet eine passende Therme für den anstehenden Urlaub auszusuchen, die Flora und der Noah gingen stundenlang mit dem Balu in den Weinbergen spazieren. Am Abend trafen sich dann alle wieder zum postweihnachtlichen Anstoßen in der Turmbar. Da waren dann natürlich auch die Renate und die Elena wieder mit von der Partie.

»Hat dein Weihnachtsgeschenk Spaß gemacht?«, wurde die Charlotte von der Renate mit einem dreckigen Grinsen empfangen. Die Elena stand hinter der Bar und zwinkerte der Charlotte verschwörerisch zu.

Der Leo war natürlich in Zivil unterwegs. Nach den Aufregungen der letzten Wochen hatte er sich auch mal einen freien Abend verdient. Die Charlotte setzte sich auf den Barhocker neben ihrem Cousin. Der schob ihr einen Cuba Libre rüber. »Mit Grüßen vom Major Keiffer.« Die Charlotte schaute überrascht.

»Der ganze Fall ist gelöst – auch der Mord am Pfarrer«, erklärte der Leo. »Die Hausdurchsuchung beim Adefris ist ergebnislos verlaufen. Bis auf die Tatsache, dass sich der Adefris furchtbar aufgeregt und angedroht hat, sich direkt beim Innenminister zu beschweren. Dafür wurde in der Frigg-Bude jede Menge belastendes Material gefunden. Unter anderem auch der gestohlene Laptop vom Pfarrer Kraus. Was du gesehen hast, war tatsächlich ein Düngersack vom alten Zaitler. Wie auf den anderen Säcken ist auch da sein Name unten draufgestanden. Die Bude hatte auch einen Aktenvernichter, dessen Inhalt wir sichergestellt haben. Da wird gerade zusammengebastelt, was vernichtet wurde. Dürfte sich um Anleitungen zum Basteln einer Bombe handeln. Außerdem hat man Verkleidungen und falsche Bärte gefunden, die zu den Bildern bei den Drohbriefen und auf Facebook passen. Eine aus der Mädelschaft ist Kostümbildnerin. Sie hat die Verkleidungen geschneidert, deshalb hat auch alles so professionell ausgesehen. Jetzt müssen nur noch DNA-Abgleiche gemacht werden, dann wissen wir endgültig, wer alles an dem Mord beteiligt war. An der Leiche vom Pfarrer

Kraus haben wir ja ein paar fremde DNA-Spuren gefunden, auf den Verkleidungen sowieso. Und dann ist da noch die angepinkelte Marienstatue. Was sich die Idioten dabei gedacht haben? Das war ja keine DNA-Spur mehr, sondern fast schon eine genetische Unterschrift. Wir werden schon herausfinden, zu welchem der Idioten sie passt.«

»Das heißt, die Hela wird einsitzen?«

»Das werden wir erst noch sehen«, seufzte der Leo. »Sie hat sich ja immer im Hintergrund gehalten, und alle Verhafteten machen ihr die Mauer. Hoffen wohl, dass ihr Vater ein gutes Wort für sie einlegen wird. Ich kann mir nicht vorstellen, dass wir DNA-Spuren von ihr auf den Verkleidungen finden. Sind auch alle viel zu groß, da würde ihr nichts davon passen. Wenn sie wirklich direkt beteiligt war, hat sie ihre Sachen woanders versteckt oder bereits vernichtet.«

»Nicht einmal der Pepi sagt gegen sie aus? Hat das Foto nichts genützt?«

»Doch, aber da steht Aussage gegen Aussage. Wir nehmen an, dass sie ihn benützt hat, um unter anderem an die verschiedenen Schlüssel für Wehrturm, Kirche und Pfarramt zu kommen. Wir haben ja auf der Dienststelle diverse Schlüssel für Notfälle. Außerdem hat er sich natürlich hervorragend als Sündenbock geeignet. Die Hela wusste schon, wie sie ihn zu behandeln hatte, damit er ihr aus der Hand frisst. Und ein rechter Sympathisant war er schon immer. Da war die Verlockung, mit der Tochter des einflussreichsten Rechten im Ort zusammen zu sein, schon sehr groß.«

»Was ist mit dem Lothar? Hat der schon geredet?«

»Ja, kurz. Hat gesagt, dass die Hela nichts wusste. Er und seine Kumpane hätten die Frigg-Bude für ihre Pläne benützt. Die Hela habe sie ihnen überlassen, wenn sie gerade leer war. Sie soll aber nie dabei gewesen sein. Die Verdächtigen überschlagen sich quasi mit Geständnissen, nur keiner will uns die Hela ans Messer liefern.«

»Und das glaubt denen genau wer?«

Der Leo zuckte mit den Schultern. »So schaut es derzeit aus. Und wenn die Hela wirklich so geschickt war, wird sie relativ ungeschoren davonkommen. Zwei, drei Jahre im Gefängnis, bei guter Führung früher raus. Ein Klatsch auf die Hand, mehr nicht.«

»Und der alte Adefris?«

»Der dürfte wirklich von nichts gewusst haben. Natürlich haben wir ihn auch einvernommen, aber er fiel aus allen Wolken, als er vom Ausmaß der Geschichte erfuhr. Nur als wir seine Tochter auch beschuldigten, wurde er sofort hitzig und hat uns gleich wieder mit dem Innenminister gedroht. Aber das ist eine politische Geschichte, die geht mich nichts mehr an. Der Keiffer hat ihn ziemlich auflaufen lassen. Ich fürchte nur, dass der Einfluss vom Adefris größer ist als der vom Keiffer. Der ist übrigens eh ein ganz netter Kerl, wenn man bei ihm mal gut angeschrieben ist.«

»Und das haben die Hela und ihre Kumpane alles nur angezettelt, um dem alten Adefris bei der nächsten Wahl zu helfen?«

Diesmal war es die Renate, die betroffen nickte. »Wenn du wüsstest! Das ganze rechte Pack hat Lunte gerochen. Sie besetzen immer mehr wichtige Posten und trimmen das ganze Land Schritt für Schritt auf ihre Linie. Wir werden uns noch wundern, was alles möglich ist.«

Die Situation erinnerte tatsächlich ein wenig an jene vor gut achtzig Jahren. Nur das Feindbild (wahlweise auch der Sündenbock) hatte sich geändert. Statt Juden waren es heute die Muslime, die für alles herhalten mussten. Und so wurden Schritt für Schritt die Menschenrechte abgebaut, immer ein fast unmerkbares Häppchen nach dem anderen. Zumeist sogar unter tosendem Applaus eines Großteils des Stimmviehs. So lange, bis man irgendwann nicht mehr Muh oder Mäh sagen durfte. Es reichte ja ein Blick nach Ungarn, um zu sehen, wo das Ganze recht schnell hinführen konnte. Und das alles unter dem Deckmantel der »nationalen Sicherheit«. Da war es völlig egal, dass kaum mehr neue Flüchtlinge ins Land kamen, man musste die

Grenzen immer noch dichter machen. Oder am besten gleich eine Mauer bauen. Und sich abschotten, denn das Böse lauerte überall. Am bedrohlichsten jedoch außerhalb der eigenen Grenzen.

»Wie schnell man vergisst, wie es in Europa zuging, bevor die EU gegründet wurde«, schloss die Renate ihre Überlegungen. »Läuft alles perfekt? Nein, natürlich nicht. Aber kein Vergleich zur Vergangenheit. Und allein der seit Jahrzehnten anhaltende Friede müsste das doch alles wert sein.«

In dem Moment stürmte die Magda bei der Tür herein. Sie strahlte über das ganze Gesicht und hielt einen Brief in die Höhe. Es schien sich um einen behördlichen Bescheid zu handeln.

»Cocktails für alle!«, rief sie. Dann sah sie, dass die Bar ziemlich voll war, und fügte hinzu: »Also, für alle, die da vorne an der Bar stehen und sitzen.« Womit natürlich die Charlotte und ihre Clique gemeint waren.

»Da ist aber jemand sehr fröhlich«, stellte die Andrea fest.

Die Magda drängte sich zwischen die Charlotte und den Leo an die Bar und knallte das Schreiben auf die Theke. Es war tatsächlich ein behördlicher Bescheid. Der letzte, der ihr noch gefehlt hatte.

»Heute, am 25. Dezember?«, fragte die Charlotte verblüfft. »Wie hast du denn das gemacht?« Sie schaute die Magda an, die leicht verschwitzt aussah, das Make-up zerronnen. »Bei genauerer Überlegung: Nein, ich glaub, ich will das gar nicht wissen.«

Die Magda lächelte und leerte ihren Cosmopolitan in einem Zug. »Elena, in ein paar Wochen können wir loslegen. Jetzt ist alles bewilligt, und wir können den Umbau des Hauses durchziehen.«

Die Elena strahlte über das ganze Gesicht. Über das vom Leo huschte ein dunkler Schatten, den nur die Charlotte sah. Das konnte durchaus noch interessant werden, dachte sie. Aber nach einem weiteren Getränk waren diese Gedanken – vorerst –

auf Eis gelegt. Die Charlotte hoffte, dass sie jetzt endlich ein wenig Ruhe bekam. Die Verbrechensserie der letzten Wochen hatte auch bei ihr Spuren hinterlassen, und sie freute sich jetzt einfach nur auf ein wenig Erholung. Und den Thermenurlaub mit der Andrea. Aber davor hatte sie noch etwas zu erledigen.

Epilog

Samstag, 27. Dezember

»War das echt notwendig?«, raunzte die Andrea. Sie stieg von einem Bein aufs andere, umarmte sich selbst, zog sich ihre Pudelmütze ins Gesicht und schaute sehnsüchtig zum Horizont, wo sich noch immer kein Sonnenstrahl sehen ließ. Es war fünf Uhr morgens, und gemeinsam mit ein paar hundert anderen nachtaktiven Menschen standen sie am Parkplatz der großen Shoppingmall und warteten darauf, dass der Elektronikmarkt endlich seine Pforten öffnete.

»Bist ja selbst schuld«, erwiderte die Charlotte ohne jegliches Mitleid. »Hättest mir halt nicht den Prospekt mit den Sonderangeboten gezeigt.«

»Jaja, schon gut«, maulte die Andrea zurück. »Hast du wenigstens den Kaffee mit?«

Die Charlotte nickte und goss beiden aus einer Thermoskanne Kaffee in Styroporbecher.

Rundherum herrschte Volksfeststimmung. Alle hofften darauf, dass ihr angestrebtes Sonderangebot noch vorrätig war, wenn man es mal in den Laden hineingeschafft hatte. Vom Handy bis zum Fernseher gab es »sensationelle Sonderangebote – nur am 27. Dezember ab sechs Uhr in der Früh und solange der Vorrat reicht«. Dieser Zusatz war entscheidend, denn man konnte sich an einer Hand ausrechnen, wie groß die Vorräte waren, wenn hochwertige Produkte zu echten Schleuderpreisen rausgeworfen wurden. Die Charlotte hatte nicht damit gerechnet, dass tatsächlich so viele Leute so deppert waren, um sich zu dieser Uhrzeit und bei minus zehn Grad die Beine in den Bauch zu stehen.

Die Andrea raunzte derweil weiter vor sich hin. Dabei waren sie gerade mal zehn Minuten hier. Andere warteten anscheinend schon seit Stunden. Ganz vorne, gleich vor dem noch runtergelassenen Rollbalken, campierten die echten Profis: mit Klappstuhl, Decke und Handwärmern. Da konnte die Charlotte natürlich nicht mithalten.

Irgendwann hörte das Raunzen der Andrea endlich auf. »Was ist?«, fragte die Charlotte. »Warum so ruhig? Bist schon erfroren?«

»Ach, halt doch die …«, motzte die Andrea zurück.

Um Punkt sechs Uhr öffnete das Geschäft. Die Szenen, die sich nun abspielten, sind in Worten fast nicht zu beschreiben. Einige Leute rollten unter dem sich langsam öffnenden Rollbalken hindurch und sprinteten in die Abteilung, in der sie ihr Herzensobjekt ergattern wollten. Dahinter wurde gedrängelt, dass es eine Freude war. Die Charlotte und die Andrea waren so spät gekommen, dass sie ziemlich am Ende der Schlange standen.

Zehn Minuten später standen sie endlich im Geschäft. Da waren die ersten Schnäppchenjäger schon wieder an der Kassa fertig und zogen mit ihrer Beute unterm Arm zufrieden ab. Die Charlotte musste sich erst mal orientieren, so oft kam sie nicht hierher. Schließlich entdeckte sie die Fernseherabteilung. Hand in Hand mit der Andrea, die nun endlich wieder auftaute, marschierte sie im Eilschritt in den hintersten Teil des Elektronikladens. Ein ungutes Gefühl überkam sie. Jetzt waren sie so lange angestanden, was, wenn es ihren Fernseher nicht mehr gab?

In der Fernsehabteilung hatte sich eine Traube aus dick eingepackten, schwitzenden Menschen gebildet. Dutzende umstanden einen Turm von Paletten, auf dem wiederum ein Verkäufer stand. Der musste sich wie ein Rockstar auf einer Bühne fühlen. Rundherum wurde er von seinen Fans belagert, Hände wurden ihm entgegengestreckt, und nach eigenem Gutdünken verteilte er an diese Hände bereits ausgefüllte Lieferscheine. Noch lange bevor die Charlotte und die Andrea bis ganz nach vorne durchgedrungen waren, war der letzte Lieferschein verteilt.

Enttäuscht zogen die beiden wieder ab. Es hatte nur dieses eine TV-Modell so radikal verbilligt gegeben, und nun war es bereits ausverkauft.

»Psst!«, zischte es da auf einmal aus einem Seitengang. Zwischen Zahnbürsten und Küchenmaschinen stand ein Typ, lässig an eine Betonsäule gelehnt. In der Hand hatte er gleich mehrere der begehrten Lieferscheine. »Gibst du mir hundert Euro, geb ich dir Lieferschein.«

Blühender Schwarzmarkt direkt im Elektromarkt. Die Charlotte rechnete kurz nach. Selbst wenn sie dem Typen die hundert Euro gab, würde sie sich noch immer rund fünfhundert Euro sparen.

»Nimmst du auch Karte?«, fragte sie, weil sie ganz lustig sein wollte.

»Hör zu, Schnitte«, antwortete der Typ. Dabei baumelte die schwere Goldkette an seinem Hals bedrohlich hin und her. »Gib mir hundert oder zieh ab.«

Die Charlotte überlegte kurz, ob sie ihn bei der Marktleitung melden sollte, war sich aber ob der Erfolgschancen nicht so sicher.

»Gib schon her«, gab sie sich schließlich geschlagen und drückte dem Schwarzmarkthändler einen Hunderter in die Hand. Der verschwand sofort, um sich ein neues Opfer zu suchen.

Trotzdem durchströmte sie nun ein Glücksgefühl. Vor allem als sie sah, wie viele Leute mit enttäuschten Gesichtern und leeren Händen nach Hause gingen. An der Kassa bezahlte sie den Fernseher mit den Gutscheinen von Weihnachten und war gleich noch glücklicher, weil jetzt hatte sie ja wirklich ur-voll-viel Geld gespart.

Das Grinsen gefror, als sie die Schlange bei der Warenausgabe sah. Weil die war natürlich im Freien und vor ihr waren gut fünfzig Leute angestellt.

Nach einer Stunde kamen sie endlich an die Reihe. Unzeremoniell wurde ihr das flache Paket mit dem großen Fernseher in die Hand gedrückt. Es war erstaunlich leicht. Gemeinsam mit der Andrea konnte sie das Teil problemlos zurück zum Auto tragen.

»Was hältst du noch von Frühstück?«, fragte die Andrea, deren Magen wieder einmal lautstark knurrte.

»Gerne, du zahlst.«

»Okay, aber dann gehen wir zum Maci.«

Als sie das Gelände der Shoppingmall verließen, standen sie gleich mal im Stau. Offenbar wollte die ganze Umgebung gleich am ersten Einkaufstag nach dem Weihnachtsfest den verpassten Konsumwahn der letzten beiden Feiertage nachholen.

Als sie nach dem kurzen Frühstücksabstecher im Burgerladen daheim am Weingut eintrafen, war es bereits Vormittag. Der Noah half beim Aufstellen und Anschließen des Geräts. Die Andrea übernahm schließlich das Einrichten, denn die Charlotte hatte sich natürlich einen Smart-TV ausgesucht, auch wenn sie keinen blassen Schimmer hatte, was sie damit anfangen sollte. Aber er war groß, hatte im Internet gute Rezensionen und war um fünfzig Prozent verbilligt gewesen (plus hundert Euro Schwarzmarkt-/Deppen-Steuer).

»Hier, gib mal dein E-Mail-Passwort ein«, wurde sie von der Andrea aus ihren Gedanken gerissen.

»Hä? Wieso E-Mail?«

»Na, du wolltest doch einen Smart-TV. Mit dem kannst du auch ins Internet.«

»Will ich das?«

»Willst du.«

Okay, warum nicht?

»Lotti_Karotti? Ist das dein Ernst?«, prustete die Andrea vor Lachen, als ihr die Charlotte das Passwort angesagt hatte.

»Blöde Kuh, wieso nicht? Wer denkt schon an so was?«

»Schon gut, schon gut!« Die Andrea schloss das Set-up ab. Sofort poppten zwei Dutzend ungelesene E-Mails am Fernseher auf.

»Checkst du deine E-Mails eigentlich nie?«

»Ach, lass mich in Frieden. Ich bin in den letzten Tagen einfach nicht dazu gekommen. Schauen wir mal, ob was Interessantes dabei ist.«

War es. Ein Mail vom 23. Dezember nämlich. Absender: Die Stadtgemeinde Schladming.

Sehr geehrte Frau Nöhrer,
wir freuen uns, Sie heuer als Ehrengast zum diesjährigen Nachtslalom auf der Planai einzuladen. Aufgrund Ihrer Leistungen beim letzten Rennen ist es uns eine Freude, Ihnen mitzuteilen, dass wir natürlich für Kost und Logis aufkommen und auch die Liftkarte übernehmen. Wir wollen uns damit für Ihren selbstlosen Einsatz im letzten Jahr bedanken und hoffen, dass Sie die Veranstaltung heuer richtig genießen können. Die Einladung gilt selbstverständlich für Sie und eine Begleitperson. Wir freuen uns, wenn Sie zusagen und wir Sie bei uns in Schladming begrüßen dürfen. Frohe Weihnachten und einen guten Rutsch ins neue Jahr.

»Gezeichnet von der Bürgermeisterin«, schloss die Charlotte erstaunt.

»Cool!«, freute sich die Andrea. »Da haben wir ja ganz schön viel Urlaub vor uns.«

»Halt, halt. Warte mal!«

»Was, willst du die Einladung nicht annehmen?«

»Doch, doch. Aber für die ganzen Scherereien muss da schon mehr rausschauen.« Sie schloss das Mail und öffnete ihren Laptop, machte dort die Nachricht auf und drückte auf »Antworten«.

Dann tippte sie.

Sehr geehrte Frau Bürgermeisterin,
vielen Dank für die Einladung. Ich hätte allerdings noch einen Punkt, bevor ich diese auch annehmen kann. Die

Einladung müsste für insgesamt vier Personen gelten. Meine kleine Schwester war maßgeblich an der Auflösung des Falls beteiligt, und ich kann ohne sie diese Einladung nicht annehmen. Deshalb muss ich darauf bestehen, dass die Einladung auf zwei plus zwei Personen ausgeweitet wird.
Ich bin mir sicher, dass Sie das verstehen werden, und freue mich im Fall Ihrer Zusage bereits auf unseren Aufenthalt in Schladming. Ich gehe davon aus, dass Sie mir in den kommenden Tagen detaillierte Angaben zu unserem Aufenthalt in Ihrer schönen Stadtgemeinde zukommen lassen werden. Bis dahin

beste Grüße
Charlotte Nöhrer

»Du bist ja völlig schamlos«, meinte die Andrea mit offenem Mund.

»Weil das ja ganz was Neues ist«, antwortete die Charlotte. Sie presste ihre Lippen auf die von der Andrea und schloss ihr damit den Mund.

Und noch immer kein ENDE in Sicht!

Was war da noch?

Ach ja, ein Dankeschön. Zuallererst an Sie, geschätzte Leserinnen und Leser. Für Ihre Aufmerksamkeit, Treue und die vielen, vielen Kommentare zu den ersten Büchern rund um die Charlotte, die Andrea, den Leo und alle anderen ProtagonistInnen, die mir über die Jahre ans Herz gewachsen sind – wie Ihnen hoffentlich auch.

Mit »Perchtoldsdorfer Punsch« hat sich nun ein erster Kreis geschlossen – jener, den ich für mich persönlich gerne als »Zaitler-Trilogie« bezeichne. Drei in sich abgeschlossene Krimis, die zusammen ein rundes Bild abgeben. Aber wie im echten Leben: Kaum ist der eine Bösewicht endlich weg, kommt schon der nächste. Auch wenn der Familie Adefris fürs Erste die Flügel gestutzt wurden, so werden sie doch schon bald wieder in den Mittelpunkt von Charlottes Leben und Ermitteln rücken. Und mit ihnen ein paar andere Charaktere, die wir in »Perchtoldsdorfer Punsch« kennenlernen durften.

Zuerst geht es aber, wie am Ende dieser Geschichte bereits angedeutet, zurück in die Vergangenheit. Das nächste Mal gibt es endlich die kriminell aufregende »Origins Story« von der Charlotte und der Andrea – wie es im Neusprech so schön heißt –, ehe es danach chronologisch weitergeht. Bevor es aber so weit ist, dürfen meine Romanfiguren erst einmal durchschnaufen und sich einen schönen Winter machen.

Und jetzt zu den Personen, ohne die dieses Buch – und die anderen Krimis davor – nicht möglich gewesen wäre. Allen voran natürlich meine Frau Isa und unsere Zwillinge Charlotte und Leo. Inzwischen sind sie in einem Alter, in dem die Schriftstellerei des Herrn Papa nicht mehr ganz so abstrakt ist und sie mir immer wieder aus den »Büchern mit den bunten Blättern« vorlesen wollen. Ein großes Dankeschön an euch alle!

Ein Dankeschön geht ebenso an meine Schwester Alexandra, die mir immer wieder helfend zur Hand springt, wenn es darum geht, Social-Media-Grafiken oder Lesungsplakate zu gestalten, an meinen Bruder Dominik sowie meine Eltern, Schwieger- und Stiefmütter. Ausführlicher auf jeden Einzelnen einzugehen würde den Rahmen sprengen.

Ebenfalls ein Danke an die vielen, vielen Mitarbeiter des Emons Verlags, die an der Umsetzung und Gestaltung dieser Krimis beteiligt sind. Nicht zu vergessen die unzähligen unabhängigen Buchhandlungen, die meine Bücher schließlich auch unters Volk bringen.

Im letzten Jahr durfte ich auch wieder einige neue KollegInnen im Zuge von gemeinsamen Lesungen und Signierstunden kennen- und schätzen lernen. Unter anderem meine »Partner in Crime« Christian Klinger und Astrid Sodomka, mit denen ich das Lesungs-»Trio Criminale« gegründet habe, oder auch Martina Parker und Christian Scherl, mit denen es immer wieder ebenso aufschlussreiche wie amüsante Fachsimpeleien gibt.

Ich verstehe noch immer nichts von der Winzerei und überlasse die Beschreibung sämtlicher önologischer Vorgänge, mit Ausnahme der Konsumation, lieber den AutorenkollegInnen, die davon eine Ahnung haben. Davon gibt es ja glücklicherweise etliche. Diesmal mache ich aber eine Ausnahme: Die Herstellung von Eiswein habe ich mir dann nämlich doch etwas genauer erklären lassen. Danke daher an Josef Lederer aus Starnwörth am Wagram (www.ledererj.at), der sich die Zeit genommen und mir auch seine Eisweinpresse gezeigt und erläutert hat. Alle Fehler in der Geschichte sind dementsprechend auf meine Unaufmerksamkeit zurückzuführen.

Mein »Schüttelwein« kommt natürlich auch in »Perchtoldsdorfer Punsch« vor und ist nach wie vor beim Weingut Georg Nigl (www.nigl.com) in Perchtoldsdorf zu beziehen. Falls die Schüttelwein-Spezialabfüllung vergriffen ist, kann man auch gerne zum hauseigenen »Nizzante« greifen. Ist das Gleiche, nur mit anderem Etikett. Genauso gut kann man aber auch jeden anderen von Georgs »Natural Wines« probieren. Sie werden es nicht bereuen.

Zu einem ernsteren Thema: Während der Flüchtlings-»Krise« vor ein paar Jahren wurde in Perchtoldsdorf tatsächlich ein Flüchtlingshilfswerk gegründet, das unschätzbare Arbeit und Hilfe leistete, wo es am notwendigsten war. In der aktuellen Situation stehen die Menschen aus der Ukraine im Mittelpunkt. Das Flüchtlingshilfswerk in diesem Buch hat natürlich mit dem echten nichts zu tun, einige Ideen und Hilfeleistungen habe ich mir trotzdem »ausgeborgt«. Ich hoffe, ich habe den Grundgedanken des Netzwerks getroffen. Mehr Informationen finden Sie unter www.fluechtlingsnetzwerk.at.

Bis demnächst, wenn wir uns in Schladming »wiedertreffen«,
Ihr Christian Schleifer

Christian Schleifer

TOD IN PERCHTOLDSDORF

Broschur, 272 Seiten

ISBN 978-3-7408-0818-1

Der Heurigenort Perchtoldsdorf steht unter Schock: Bei den berühmten Sommerspielen wird ein Schauspieler auf offener Bühne getötet. Die ehemalige Polizistin Charlotte Nöhrer, die als Neu-Winzerin eigentlich versuchen wollte, dem Publikum ihren Frizzante nahezubringen, stolpert in die Ermittlungen. Schnell entspinnt sich ein Gewirr aus Liebe, Eifersucht und Erpressung. Dabei hat Charlotte mit dem elterlichen Weinbaubetrieb, den sie gegen alle Widerstände ins 21. Jahrhundert katapultieren will, alle Hände voll zu tun!

Christian Schleifer

PERCHTOLDSDORFER SCHWEIGEN

ISBN 978-3-7408-1149-5

Noch vor dem Frühstück wird Winzerin Charlotte Nöhrer im eigenen Hof eine Leiche serviert. Ein paar Stunden später stirbt ihr Erzfeind Herbert Zaitler während des Hiataeinzugs, und Charlotte stößt in den Perchtoldsdorfer Weinbergen auf einen geheimen Nazi-Bunker – darin der leblose Körper einer lange verschollenen Frau. Drei Tote zu viel, findet Charlotte und beginnt Nachforschungen anzustellen. Dabei taucht sie immer tiefer in die eigene Familiengeschichte ein – was verschweigt ihr die Omama?

www.emons-verlag.de